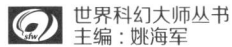
世界科幻大师丛书
主编：姚海军

炼金术战争

崛起

［美］伊恩·特里吉利斯 著
朱佳文 译

四川科学技术出版社

图书在版编目(CIP)数据

崛起:炼金术战争 / [美]伊恩·特里吉利斯　著；朱佳文　译.
--成都:四川科学技术出版社，2019.3

（世界科幻大师丛书 / 姚海军　主编）

书名原文：The Rising

ISBN 978-7-5364-9395-7

Ⅰ.①崛… Ⅱ.①伊… ②朱… Ⅲ.①科学幻想小说－美国－现代
Ⅳ.①I712.45

中国版本图书馆CIP数据核字（2019）第037461号

图进字21-2018-233号

世界科幻大师丛书

崛起:炼金术战争

出 品 人	钱丹凝
丛书主编	姚海军
著　者	[美]伊恩·特里吉利斯
译　者	朱佳文
责任编辑	宋 齐　姚海军
特邀编辑	梁 爽
封面绘画	九代火影
封面设计	李 鑫
版面设计	李 鑫
责任出版	欧晓春
出　版	四川科学技术出版社
	四川省成都市槐树街2号出版大厦　邮政编码：610031
开　本	140mm×203mm
印　张	13.5
字　数	300千
插　页	2
印　刷	成都市金雅迪彩色印刷有限公司
版　次	2020年4月成都第一版
印　次	2020年4月成都第一次印刷
定　价	56.00元

ISBN 978-7-5364-9395-7

目录

第一部分　局中的朋友

仅仅德行高尚的人，肯定不如在局中有朋友的那些人成功。

——荷兰西印度公司的创始人与董事之一
基利安·凡·伦斯勒的经营理念

托①：根据此处的记载，科尼利厄斯之子惠更斯为荷兰人制造了一条隐形的鳗鱼一名金属人，让它潜入敦刻尔克港河口，凿沉了停泊在那里的所有船只。

便士小子二世：可它是怎么做到的？

欣布尔：我会演示给你看的，先生。它是一台自动……

——本·琼森，《新闻合订本》，1631年初版
大合并后版本初次出现于1693年左右（作者不详）

问：为什么我的机械人必须在船只出海前接受修改？我严格遵守了租约，我的喀拉客也状况良好！

答：很多租赁人在初次带着机械仆从前往海外时，都会因为这项要求感到吃惊和困惑。请放心，这项要求并不是在控诉作为

---

① 托马斯的简称。

1

租赁人的你。这是《海洋法》的规定，最初出现于1831年颁布的皇家法令。这是一项特别的预防措施，其**唯一**的目的是确保你自身的安全、其他乘客的安全，以及船舶的完整。在某些罕见的情况下，标准的船上作业也许会导致你的机械人陷入标准阶层式超禁制——那是在它们铸造之初就嵌入体内的——无法涵盖的状况。航海超禁制是临时的附加物，能够确保船上的所有喀拉客在一切情况下正常运作，无论这种情况出现的可能性有多低，又有多不寻常。

问：我这次只是短途旅行，我不希望我的喀拉客被过多超禁制影响行动和效率。

答：不会的。在目标港口上岸的同时，所有非船员机械人体内的超禁制会自动在瞬间恢复到旅行前的状态。

问：我租这些机械仆从用的是我自己的钱。它们应该听我的话！

答：它们会的，而且始终都会。航海超禁制不会改变租约的条款。然而，正如出于安全考虑，人类乘客需要遵守船长与船员的指示那样，船上的机械仆从也要遵从船员施加的禁制。在为数不多的情况下，你的指令也许会因此延后履行。

——摘录自《给租赁者新手的航海超禁制指南》
蓝星公司的北大西洋航线发给乘客的小册子
由鹿特丹造船同业公会发行(1919年)

第一章

作为新近养成的晨间习惯,雨果·隆尚——西方马赛的卫兵队长——开始攀登新法兰西最高的塔楼,以便等待世界末日的到来。末日来得很慢,队长开始不耐烦了。

冻结的气息让他的胡须挂上了银霜,让他每迈上一级台阶都显得苍老一岁。透过从他睫毛垂下的冰粒看去,照在积雪的带状楼梯上的火光多出了万花筒般的美丽色彩。随着昨晚的降温,风停了。因此,尽管隆尚在踏出户外的同时就被冻住了鼻孔,迫使他像漏气的茶壶那样用嘴呼吸,但他至少用不着对抗在高塔周围打转、不断摇晃楼梯的微风了。还是说天气太冷,聚合物楼梯没法维持弹性了?化学家和技术人员才有资格下定论。隆尚两者皆非,他是个军人。

闪烁的星光缓缓消失在黎明前的铁灰色天空中。地平线处升起了一条玫瑰色的光带。他每绕着螺旋楼梯转上一圈,光线就愈加明亮,而星辰也愈加黯淡。但有颗星辰不会闪耀,它悬在金星带的上方,散发出石榴石般的光彩。那是火星。

他停下脚步,欣赏着铺展在眼前的西方马赛的灯火:它们看起来就像圣施洗约翰大教堂前厅里的许愿蜡烛。火把的光芒点缀着这座城市,照在细长的林荫道与马车道上,从厨房与面包房的窗户上反射回来,令喷泉池里结冰的水面闪闪发亮,又让圣劳伦斯河的河岸熠熠生辉。在城市与航道交汇之处,清晰的阴影界线劈开了灯火的织锦。黑暗跨过漆黑的水面,包裹了新尼德兰与远方土地的边界。即便是现在,那里的敌人也正蠢蠢欲动。

橘色的闪光短暂地照亮了河面上方的天空。煤气喷灯喷出的火焰烧热了空气,让观测用气球能够悬停在空中。火光照亮了气球的球茎状顶篷,让它仿佛是一盏纸灯笼。片刻过后,在其下游的一英里①远处,另一道火光穿透了黑暗。今天早上很冷,那些气球驾驶员应该会消耗很多燃料。在隆尚的想象中,那些疯狂的杂种正在厚厚的毛皮下面发抖,并庆幸能有火焰来暖和冻僵的手指,哪怕只有一瞬间。

在这场清晨的守望中,他并非独自一人。除了观测气球和气球上的哨兵以外,他知道在下方的某处,看守们正在河岸某栋屋子的百叶窗后面瑟瑟发抖,他们适应了黑暗的眼睛扫过河面,努力寻找郁金香们入侵的迹象。他甚至有些期待随时可能刺穿黑暗、代表警告的尖锐哨声。剧痛从他的肩胛骨之间传出。尽管这只是徒劳地压抑颤抖而产生的症状,那种痛楚却挥之不去。即使在最温暖的兵营里,他的肩膀也会下意识地耸起。凭借意志力与多年从军养成的纪律观念,他强迫自己放松下来。只有傻瓜才会在没法左右的问题上浪费精力。

敌人会按照自己的计划前来,不会早也不会晚。他们的回归如同天主的回归,就像夜里的毛贼,再睿智的人也无从知晓他们到来的日期和时间。

隆尚立刻为这番想法感到后悔,随后在身前画了个十字。

①一英里约为1.609千米。

只有与生俱来的邪恶冲动才会促使凡人将复活的基督与身为异端的荷兰人——以及他们亵渎不朽灵魂的作品——相提并论。他并非圣徒。他和所有人一样，只是个背负着累累罪孽的罪人。他暗自决定要在本周的告解中提起这桩过错。他用指尖碰了碰挂在腰带上的念珠，向圣母做了番简短的祈祷，恳求她替自己说情。

在攀爬途中，他的膝盖发出需要上油的停枢门①那样的嘎吱响声。以前可没发生过这种事，也许衰老并不完全是幻觉。

等隆尚在螺旋楼梯井里又绕过一圈以后，天色已经相当明亮，足以让他熄灭火把。他从最开始就不该点燃火把，因为这座要塞很快就会执行围城战时的规定，然后他们就都得习惯摸黑工作才行。但即便在最理想的情况下，看门人祷文之塔的楼梯也算得上棘手，更别提因为寒霜而光滑的现在了。如果他的双腿摔得粉碎，就没法侍奉王室和教会了。

楼梯从尚未完工的吊架框架与新近建造的缆车轨道下方经过。隆尚的呼吸令金属轨道裹上了白霜，就像包裹水管的黑色隔热层那样。那条水管输送的是上行缆车与下行缆车之间的分流压舱水。他不禁好奇——而且这不是第一次了——他们是如何防止压舱水冻结的。新法兰西的传奇化学家们拥有上千种小花招。

几个世纪以来，正是这些花招将郁金香和他们的机械恶魔拒之门外。单凭这点就堪称奇迹了。但他们不可能永远占据上风。这才是最让人恐惧的念头，而他一直努力藏在心底：作为法兰西悠久传统的化学革新会落入低谷，或者陷入长时间的停滞，而对他们与荷兰之间长达数世纪的军备竞赛来说，原本就岌岌可

①指教堂墓地前有顶盖的门。

危的平衡将会无可避免地崩溃。不久后的某天,发条的浪潮会再次拍打在西方马赛的外堡城墙上,或许这一次,他们会被大浪卷走。

又转了一圈之后,他的视野中出现了大片朝西方与北方延伸的休耕农地,边缘则是绵延数里格①、因入冬而枝丫光秃的黄色桦树林。圣劳伦斯河流向罗亚尔山的东方与南方,而西方马赛就铺陈在山坡上,仿佛一只懒洋洋的猫儿。站在尖塔的塔顶时,隆尚总觉得他仿佛能看到全世界,觉得他的目光能跨越新法兰西,跨越大海,直到欧洲和旧法国。当然了,隆尚从没见过巴黎。他听过的只是家族故事而已——是从为流亡前的路易十四战斗过的曾曾曾——省略若干字——曾祖父那儿流传下来的家族故事。

到了这时候,黎明前的光线已经相当明亮,足以让他看见在几百英尺②下方由沃邦建造的防御工事的星形边缘处踱步的哨兵。他的部下,那些在上次围城战和随后的城墙内大屠杀中幸存、数量少得可怜的士兵们,正在外堡和内堡走动。他们看起来就像一把胡椒粒,被人撒在法兰西流亡国王的最后的冰封堡垒周边。他们的数量太少,而堡垒的周长又太长。强制征兵令补充新兵的速度也不够快。隆尚在心中决定了另一件事:去找手持元帅杖的蒂雷纳伯爵谈谈。

重新刮起的微风吹动了隆尚的胡须,让他眼睛泛出的泪水蜿蜒流下,穿过衣服的纽扣孔和缝合线。但刚才辛苦的攀爬已经让他的身体变得温暖,冰冷的水流不会让他起鸡皮疙瘩。等

---

① 一里格最初为一个人在一小时内可以行走的距离,在1824年被定义为三英里,约419千米。

② 一英尺约为0.304米。

他披盔戴甲,为自己的生命——为他的同胞和国王的生命——战斗的时候,他会又热又累,根本感觉不到寒冷。等他脆弱的人类身躯屈服于嘀嗒作响的金属大军的无情进军以后,寒冷才会到来。他把针织帽往下拉,用它盖住额头,遮住双耳,擦掉迎风流下的泪水。他眯起眼睛,看向东南方。寻找抛光金属那泄露天机的反光,寻找战争的开端,或者说是终结的开端——如果隆尚有心情考虑宿命论的话。

终结?也许吧。但却是个漫长而缓慢的终结,得来不易的终结。郁金香和他们的发条奴隶得经过一番苦战才能得到胜利。

混杂的气味围绕着他所在的尖塔高处,来自河水的微弱的淤泥气息,上百座壁炉里飘出的烟气,以及近在眼前的降雪带来的沉重湿气。微风轻抚他的脸,与码头附近那位曾与他短暂相处的女士的温柔碰触不无相似之处。他很想知道,在杀戮开始前,他是否还有时间再见她一面。不能说杀戮,他这么想着,叹了口气。发条人是杀不死的。只能停止它的机能。他向耶稣以及玛利亚祈祷,希望反过来的情况不会发生,希望他们的防线能在金属人面前支撑下去。

他们上次就办到了,虽然很勉强。但那是新阿姆斯特丹的某个傻瓜毁掉郁金香们崭新的熔炉之前的事了。在新世界建造的第一座熔炉。

没人知道是谁干的,但边境两侧的人都认定这场破坏的背后是法国密探。虽然没人能解释国王或教皇为何会认可这种自杀式的公然宣战行为。法国人安慰自己,如果熔炉的毁灭出自同胞之手,那就肯定是那位近乎神话的塔列朗的命令。聪明、狡猾又勇敢的塔列朗:数十个民间故事,以及两倍之多的歌谣的主人公。在无尽的旅途中,皮草船夫们高唱着赞颂新法兰西的骗术英雄之功绩的歌谣。

塔列朗都安排好了,新法兰西的公民们用这句话互相安慰。

他们说的肯定不是现任塔列朗,卫兵队长心想,没有地图和两加仑①的车轴润滑油,他连卧室的门都出不去。如果他们亲眼见到了那个近亲生养的饭桶,就不会向神秘陌生人的诡计寻求虚假的安慰了。

隆尚知道的不比别人更多,但他敢发誓,熔炉的毁灭听起来就像是他熟悉的那位受到流放、以死脑筋而闻名的独眼女子爵的杰作。她是个相当固执的人,又有严重高估自身才智的倾向。她的傲慢为她周围的人带来了无数麻烦,甚至是更严重的后果。是怎样的疯狂驱使她去捅这个马蜂窝的?她究竟有什么打算?她真的安排好了吗?

但这种推测毫无意义。过去的事已经过去了,隆尚只能向前看,并为将要发生的事做好准备。

太阳在地平线上浮现。河岸处参差不齐的冰面反射着阳光。隆尚寻找着边境方向的闪光,那会是朝阳照在发条人锃亮身体上的反光。当他们到来时,会径直前往河岸,踏入水中,没入水底,跨过河床,随后冲破冰层,登上法兰西这一侧的河岸。他们会不断前进,直到抵达马赛的城墙下。

他们会浩浩荡荡地跨过圣劳伦斯河,占领和焚烧航道沿岸的村庄与农场。他们会声势浩大地通过大西洋沿岸的阿卡迪亚地区的渔村。他们会像疾病那样在五大湖蔓延。他们会扩散到北方,玷污哈德逊湾的海岸。

但不是今天,还没到时候。

---

① 在英制单位中,1加仑约为4.5升。

升起的朝阳映照出斑斓的色彩。塑料栏杆闪耀光辉，仿佛一串串红宝石项链。在尖塔顶端的大房间里，珠光漆闪耀着彩虹般的光彩，蓝色、绿色和黄色，仿佛雨水坑表面的油光。隆尚调整帽子，拉低帽檐，想要遮挡照向眼睛的强光。枢密院的会议室就在索道尽头的塔尖，而国王的套间就在其上方。

冬天的日出和其他季节不同，听不到总是与清晨相伴的杂乱鸟鸣声。大多数鸟儿已经飞去南方过冬了。没有鸟儿为太阳高歌，有的只是微风的低语，靴底寒霜的嘶嘶响声，以及围巾和胡须的刮擦声。他的目光越过栏杆，看向下方远处的外堡，几十个征召来的新兵正在那里的阴影中瑟瑟发抖。他们的训练在奇妙的寂静中进行，因为叫喊声、碰撞声和咒骂声都被寒风吹散，无法传到隆尚的耳中。即使是环氧树脂加农炮的压缩机那独特的——独特到令人害怕的——突、突、突的响声，在这个距离也同样无法听见。几缕蒸汽从压力阀那边飘出。

需要用到加农炮的日子从来都不是什么好日子。如果需要加农炮却没有能够操作的人，后果会是一场灾难，所以他们才需要这些新兵。几个世纪以来，新法兰西每个身体健全的男人在成年后都会服三年的兵役。但国王新颁布的法令——将兵役的适用范围扩大到了女性，并在五十岁以下身体健全的公民中强制征召了五分之一入伍——就有些不得民心了。感谢天主，他比他父亲——失陷的法兰西的上一位流亡君主——要聪明。

瑟瑟发抖的新兵在加农炮周围转着圈，在扫过尖塔又掠过外堡城墙的第一缕阳光中，他们的气息组成了一排银色的三角旗。这些新兵软弱得就像蛋白霜。在他看来，就算只有四分之一的新人能派上一丁点儿用场，他也该谢天谢地了。商贩是最没用的。渔夫稍微强一些：他们熟悉辛苦的工作，而且不会因此却步。丛林旅者更好,这些奔走于森林的人像驼鹿肉干那样坚韧,而且了解何谓艰苦,他们甚至乐在其中。他真希望国王通过法兰西的水路和森林尽快发出号召令,让它传到王国内每一位皮草船夫、丛林旅者和捕猎者的耳中。有些人也许会视若无睹,或者置若罔闻。但隆尚了解这些人:他曾是他们的一员。没几个人愿意在回到文明聚落时,发现自己的合同已经作废,凭证被机械恶魔的黄铜拳头捏烂,而他们辛苦赚来的钞票还不如荷兰人的一泡尿值钱。

低挂空中的太阳照耀着圣劳伦斯河南岸的森林和田野,而那里没有传来暴露行踪的反光。没征兆,那好吧。看起来玛格丽特女王和新尼德兰的马屁精总督还不打算杀戮新法兰西的善良百姓们。隆尚还有锻炼几个废物的空闲。

他转身背对太阳,开始走下楼梯,朝着尖塔下方的内堡前进。

到达塔底花了十分钟。他又花了十分钟穿过迷宫般的路障和壕沟,然后踏上了内城墙的墙头。喀拉客能够跳过几乎所有障碍物:这些花招只是为了拖慢他们的速度,让炮手击中他们的概率像滚雪球那样增大。或者把他们聚到一起,以最大的效率夺走他们的行动力。部分壕沟和护城河里含有腐蚀性物质,能够摧毁较为脆弱的机械装置。另外几条护城河里注入了某种化学试剂,只需少量催化剂就能引发连锁反应,让整条护城河在瞬间凝固,而正在渡河的喀拉客会被困在里面,就像圣诞蛋糕上的葡萄干。隆尚恨透了葡萄干。

正如他恨透了"内堡的防御工事能派上用场"这个念头。因为如果郁金香们的机械人奴仆攻到了内堡,这场仗就已经输了。障碍物和后卫战术只能拖慢他们最后进军的脚步,而且或许——只是或许——能给国王逃脱的时间。但等荷兰真正统治全世界以后,他能去哪儿也是个有待解决的问题了。或许他会前往北方,成为北极熊的国王。

终于抵达外城墙,他绕到那群新兵的身后,尽量不让靴子踩到冰霜的嘎吱声暴露他的到来。就算只是平民,在察觉他的目光时也往往会缩起身子:他们同样听过那些传闻。克雷蒂安中士看到他偷偷藏在人群后面,却继续向新兵们高谈阔论,没有向上尉打招呼。这批刚刚加入的新兵像得了癫痫那样发着抖,他们用袖子擦拭鼻子,一边拖着脚走动,一边低声嘀咕,对中士的话几乎没听进半个字。他们之中的半数看起来也就只能勉强举起酒杯,锤子和铁镐就别提了。基督啊!他们的前臂还没有隆尚的手腕粗!看在七层地狱的份上,他们要这么一群蹩脚透顶的杂牌兵能有什么用?这群人里不到四十岁的或许只有两个。

卫兵队长很想知道:如果把这些废物的身体丢在机械人大军的必经之路上,能否拖慢他们的脚步?想象的画面给他带来了少许满足感,虽然他清楚这么做毫无意义。军用喀拉客根本就是行走的镰刀,会像带着刀刃的龙卷风那样席卷而过。他们的身后只会留下尖叫、残肢、内脏和喷洒而出的鲜血。单纯的血肉之躯不可能阻挡他们。

隆尚很清楚。他不止一次见过这些嘀嗒人动手时的模样。他见过友人倒在炼金利刃的切割与劈砍之下。他见过内堡喷泉在区区一名喀拉客的肆虐下染成红色的情景。他摇了摇头。但无论他多么努力驱赶这些记忆与恐怖感,它们仍旧像沾灰的蜘蛛网那样挥之不去。

"好了,"克雷蒂安说,"让我瞧瞧你们这些菜鸟有没有听进我说的哪怕一件事。"他随便选出了三个男人，"你，你，还有你。恭喜，你们现在是炮兵小队了。出列！"

两个男人拖着脚前进了几步，不情愿的样子堪比走向绞架的罪犯团伙。第三人畏缩不前，也许希望中士指的是他身边的其他人。他花白的鬓角，外套厚实的环状领子，再加上隐约可见的双下巴，都足以证明他是个做买卖的生意人。经商的成功已经让他变成了一副软骨头。隆尚抓住他毛皮衬里的衣领。

"我敢发誓，中士说过让你出列了，"他说，"所以我很想知道你干吗还磨磨蹭蹭的。像你这样的绅士，能做到的事就肯定会去做。所以你有什么问题，朋友？腿断了？还是有只小恶魔把你的脚钉在石头上了？"

那个商人在宽松的毛皮外套里扭动身子。他惊恐地瞥了隆尚一眼。卫兵队长并没有放开双手。

"我发现，"他续道，"你似乎失去了说话能力。你的眼睛还有点凸出。我敢打赌，你这是快被自己的恐惧噎死了。好吧，别担心。这种状况我也见过。战场上时不时就会发生。我们很快就能治好你。"隆尚拍了两下手，示意所有人看向自己，虽然他们早就这么做了。"我们真走运！这下我有了教你们应急外科手术技巧的机会。中士，把你的刀子给我。你，还有你，"他说着，指了指最近的两位看客，"用膝盖压住他的手臂和腿。都他妈给我把全身重量压上去。刀子一刺进喉咙，他的四肢就会像独木舟上的鳟鱼那样到处乱跳了。"

说到这里，隆尚把手放松到了那个懒惰商人能挣脱的程度。后者匆忙迈开步子，加入了树脂大炮旁边的队伍。

"感谢圣母！"隆尚说着，在身前画了个十字，"她治好了他！真他妈是个奇迹。"他敲了敲旁边那个新兵的后脑勺，"对圣母拿出点敬意来,你这白痴。你们这些白痴。"

新兵们整齐地画起了十字,他们都是虔诚的天主教徒。

克雷蒂安中士让其中一人充当观察员:他蹲在炮管旁边的垛口那里。另外两人,包括先前那个懒惰的商人,负责操纵化学压缩机和击发装置。在观察员的指示下,那两人转动曲柄,为压缩机充电。液压装置那有规律的"突、突、突"的响声高了好几度,也换成了参加过守城战的人都非常熟悉的快节拍:那是环氧树脂大炮击退袭击者的骇人节奏。

中士攀上城垛,将一面黄色旗帜举到腰间。森林边缘的旗手回复了他的旗语,然后另一名士兵从林木线的位置冲了出来。这位新来者飞奔着穿过战场,在森林中以迂回曲折的"之"字路线前进。隆尚很想知道是哪个倒霉的新兵抽到了这根负责示范的签。

"战场上有敌影!"那位中士喊道,"重复一遍,有机械人入境!"

观察者嘀咕着一连串方位,"东北偏北。不,等等,他往东边转了。我是说他正从东边跑过来。东北偏东……等等,他又转向——"

"我他妈听不见你说话!"隆尚说,"而且到时候不可能这么安静。等城墙上爬满叮当作响的杀人怪物时,这座城堡的每一门大炮都会发出能让烂醉的魔鬼醒来的噪音,所以你最好能让别人听得见你说话!"

在此期间,那个倒霉的士兵离城墙只剩下三分之二的路程了。比真正的机械人慢很多。但对这些新手炮兵来说,他已经快到让他们没法顾及体面了。

"他越来越近了!"观察员喊道。恐慌的侵袭提高了他的音量,增加了他的紧迫感,但代价却是判断力。"赶紧开火!看在天主的份上,开火!"

另一个人拨动拉杆,打开了这门双管大炮的加压舱。短暂的汩汩声打断了压缩机的韵律,而环氧树脂和固定剂开始流入。他等待了片刻,直到舱内得到充分的液压,然后关闭了舱口。至少这家伙听了刚才的解说,更让人惊奇的是,他学到了东西。

"他已经跑到一半了!"观察员说。

克雷蒂安问道:"他?他是谁?我只看到一个穷凶极恶的嘀嗒人,再有十秒就会扑向这片城墙,像蜘蛛那样飞快爬上来,然后把我们全杀光。"

"耶稣基督啊!"观察员吼道,他眼看就要陷入真正的恐慌了,"赶紧开火!"

"你把状况简化过头了,中士,我都替你丢人。"隆尚说着,用指甲剔了剔牙,"它不会立刻杀光我们。你知道的,它会先从炮手开始。把他们劈成两半,然后再来我们这边。这么一来,在那个喀拉客把我们大卸八块之前,我们还能有几秒钟时间跟天主道别。"

那个商人蹲在炮身后面,胡乱晃动炮管,"我看不见!它在哪儿?"

"随便哪儿!东北方!到处都是!"

商人炮手用力扣动配有握把的双重扳机,指节比新雪还要苍白。炮管喷出两股蓝色与黄色的液体,越过垛口,在枫树上方汇成一股带着初春色彩的水流。从加压舱释放出的爆炸性压力让大炮像烈马那样扑腾起来。炮管猛地向上抬起,迫使控制装置贴向地面,那股巨力令商人新兵尖叫起来。他松开了手。加压操作员跳向一旁。炮火徒劳地飞向高空,然后狠狠地砸在城垛上,花岗岩的碎片四下横飞。炮管又一次剧烈地晃动,打了观察员一个出其不意。芹菜茎折断般的骨裂声传来,而他摊开四肢倒在城墙上。几秒钟过后,那位跑者抵达了墙边,身体连一丁点儿绿色都没沾上。

中士愤怒地看着上演了壮观惨剧的炮击小队。他用盖过观察员叫声的嗓门吼道:"这他妈算什么意思?"

航道那边的细微动向吸引了隆尚的目光:那是在浅灰蓝色的天空中飘动的灰色和白色。它很快化作了鸽子的形状。这只信鸽低飞在西方马赛的城镇上空。在越过城堡的护墙时,它开始提升高度,随后绕着尖塔转了两圈。鸽舍就位于塔楼的中部附近。

也就是说,下游有消息来了。隆尚叹了口气。也许这次会是好消息。或许郁金香们抓住了破坏者,但没找到与新法兰西的任何关联,也没理由为他们受损的尊严派出大军。飞鸽传书与覆盖新法兰西的老旧旗语信号塔网络相比,送信的速度要快得多,也安全得多。

他用力喷出鼻息,让鼻窦保持畅通,然后将发咸的痰液吐向护墙外。只有乳臭未干的傻瓜才会把希望压在这种美梦上。隆尚重新系紧围巾,又跺了跺双脚,赶走那股蔓延的麻木感,然后转身回到"看门人祷文"所在的那段楼梯的底部,开始了漫长的攀登。

从下游传来的并不是好消息,而是旧约圣经里的天灾。

数十只信鸽占据了尖塔中部那些凹室里成排的笼子。鸽舍比发薪日的妓院还要吵闹,但令人愉悦的程度就比不上了。这儿也比妓院干净:每一盎司的鸟粪都会送去化学家那里。当隆尚从看门人祷文那边的门闯进鸽舍,气喘吁吁、汗如雨下的时候,有个养鸽人学徒就在忙着那项工作。男孩吓了一跳;他用来清扫的托盘落在地板上,衣服也沾上了白色与棕色的污点。

"我看到有消息来了,"隆尚喘着气说,"那个小混球去哪了?"

男孩指了指鸽笼另一边的尖塔内部。他握着刷子的手在发抖。隆尚摇摇头,然后沉下脸来,因为这样总比大吼大叫显得友好。自从他在内堡的大屠杀中以古典的方式——用锤子、铁镐和他一辈子的运气——停止那台狰狞的军用喀拉客的机能以后,人们对待他的态度就一直是这样。现在街上每个愚蠢的杂种都把他看作英雄,而不是撞了大运的狗崽子,尽管他只是咬紧牙关,做好像烤猪那样被刺穿的心理准备,然后尽了本分而已。隆尚留下那个学徒去跟他不明智的英雄崇拜做伴,然后大步穿过鸽笼之间的过道。

"这边来,上尉。"他认出了当班那位养鸽人的嗓音;他们曾是同学。虽然那都是他被学校开除以前的事了,但在那段时间里,他们曾经偷偷摸到礼拜堂后面,扮演渔夫和渔妇。布丽吉特·拉斐特穿着水獭皮做的防雨披风,披风下面是风格相衬的金盏花色绸缎衬衣和午夜蓝裙子。她看起来就像个小丑。与着装品位的衰退相比,岁月对她的脸孔就宽容多了。她补充道:"如果你几乎比我们还早看到鸽子,那你最近应该都睡在尖塔上吧。"

他循着她的声音来到她和其他养鸽人共用的工作室。布丽吉特一手抓住那位咕咕叫的信使,一手小心翼翼地剥下绑在它腿上的信件胶囊。她瞥了隆尚一眼,而某个学徒——不是他吓着的那个男孩,是个身上沾的鸟粪比较少的女孩——把鸽子装回了笼子里。

"你睡眠不足,"她说,"你的眼睛都充血了。"她低下头,盯着书桌。她再次开口,声音近乎耳语:"你上次好好吃饭是什么时候? 我是说像样的饭菜,有像样的食物和甜点,还有人陪你分享。"

"该死。"他说。

他意识到,胶囊只有一个。这是坏兆头。出于节约考虑,这些长羽毛的耗子总是会带上尽可能多的消息。单个胶囊往往意味着紧急事件,而紧急事件多半不会让人欢天喜地。

"考虑到你的年纪,你到现在还没结过婚可真够怪的,雨果·隆尚。"出于某种理由,她的语气比方才僵硬了些。布丽吉特在手里把胶囊转了半圈,"没有特殊标记,没有加密。"

在确认附近的鸽笼边没有逗留的学徒以后,她把胶囊交给了卫兵队长。他说服了大元帅,得到了第一时间察看所有未加密信件的权限。这是他接受卫兵队长一职的条件之一。他本以为对方会讨价还价,但事实上,那位大元帅似乎很乐意把尽可能多的活儿交给隆尚来干。

他说:"你可以跟我一起看。无论是好是坏,这条新闻都会在正午第六声钟响之前传遍这地方。如果消息够坏,那就更快了。"

布丽吉特摊开那卷纸,却又匆忙去书桌里翻出放大镜,这才看起上面的字来。想到她和他是同龄人,隆尚的心中就会浮现出相当程度的沮丧。他的双眼不比她年轻,而且见过更多可怖之物。肚子叫唤起来,他这才意识到,他饿得能生吃下这里的某只鸽子,而且连毛都不用拔。事实上……布丽吉特刚才说饭菜什么来着? 她是不是——

她以手掩口,吞下一声呜咽。她用一只颤抖的手划起了十字,而卷起的纸条飘落到长凳上。隆尚将纸条捡起。她找回了语言能力,然后开始呼唤某个学徒的名字。

克雷芒教皇遭扼杀。凶犯在逃。瑞士卫队保持沉默。

隆尚在身前划起了今早的第三次十字。然后他看着天空。他看不见心中所想的那位存在,但他相信对方能听到。如果当他的思想稍微偏离虔诚之道的时候,圣母玛利亚不打算替他求情,那她现在就该好好听他坦白自己的感受。

"这他妈是开玩笑吗?干脆往我们的麦片粥里掺点屎吧。"

有个男孩走过来,刚好听到了隆尚这番谴责。他的脸变成了断骨的颜色。布丽吉特撬开隆尚的手指,抽出那张皱巴巴的纸条。她把纸条交给男孩,"把这个送到枢密院会议室去。如果那儿没人,就交给国王的某个随从。"

"不,"男孩眼看就要尿裤子的时候,隆尚从他手里夺走了纸条,"那些家伙有怪罪信使的坏习惯。这种消息不应该由你带去,小伙子。"

隆尚重新裹紧身子,他对再次攀登尖塔半点也不期待。风开始变强了,穿过鸽笼,呼呼作响。

"记住我刚才的话,"布丽吉特的手拂过他的手肘,"关于睡觉,还有吃饭。你已经不是过去的年轻人了。你必须保重自己。这地方需要你,"她的目光投向那张纸条,然后又收回来,"每一天都更加需要。"

他朝看门人祷文的方向走去。她尾随在后,"至少搭缆车吧,雨果。"

他摇摇头,说道:"我是靠力气谋生的。没有了力气,我一钱不值。等我没法自己爬上尖塔的那天,你就该埋葬我了。"

他出现在塔楼的背风处。等他爬上四分之一圈以后,风开始迎面吹来。它裹挟着灰尘般的细小冰粒,迫使他眯起了眼睛。低垂的乌云掠过田野上空，飞向弗尔莫农岛①。隆尚加快了步子，一次攀上两级台阶。他很快就出汗了。

除非他的记忆出了问题，否则郁金香们应该从所谓的"红衣主教大迁徙"以后就没对教廷动过手了。这是对大熔炉那件事的报复，就跟鹿会在林子里交尾一样明显。铜铸王座上的那位冰之女王肯定都气得咬牙切齿了。

他不小心踩到了楼梯上的一块白霜，脚下打滑，然后摔倒了。他向后倒去，在碰撞中滑下楼梯，撞上了血色的栏杆。他抓住一块楼梯板，阻止了下落，避免了以螺旋状路线径直滑落到内堡的命运。等他爬起身时，飘飞的雪花——那是风暴的先头部队——已经为他穿上了薄薄的白色外套。他从膝盖到屁股都留下了瘀青。

真是一团糟。隆尚很想知道，如果前任塔列朗在这儿，她又会怎么做。

---

① 原文为法语。

第二章

贝蕾妮斯·夏洛特·德·莫尔奈-佩里戈尔——曾经的德·拉瓦尔女子爵(在她遭到流放之前),曾经的塔列朗(在她作为新法兰西国王的间谍头子的地位被对手抢走之前),曾经的玛艾尔·盖珀(当她乔装打扮在敌人的国土四处旅行的那段时期),但此时只是个阶下囚——抬起头来,看着落在自己身上的机械半人马的影子。拧颈卫士的四条手臂噼啪作响,就像嗅到狐狸气味的笼中猎犬。伴随着嘚嘚的蹄声,它越走越近,她甚至听到了发条心脏的叮当响声;就算只是站在那头怪物身边,她也觉得自己像是变成了小孩子。

贝蕾妮斯拿着一把和她食指一样长的小刀。刀刃很钝。拧颈卫士可以把手臂变成足以刺穿北海巨妖的鱼叉,而且连她眨眼的一半时间都不需要。它的存在只是为了效命于发条学者与炼金术士神圣公会的御林管理办公室:发条匠们的秘密警察机构。每一起维护发条匠秘密所必要的谋杀、拷问、破坏和强迫,拧颈卫士都是沉默的见证者与帮凶。据说连其他喀拉客都会避开拧颈卫士,尽管它们拥有炼金合金制作的外壳。

这台拥有自我意识的魔法与机械混合体正耸立在她面前。

它可以重构的双臂是发条学的创意奇迹，足以胜任一切危险或精巧的工作。贝蕾妮斯重新握住那把小刀，然后清了清嗓子。

"这石榴棒极了，"她说，"我想再来一颗。"

拧颈卫士用靠下方的那对手臂取走了她的托盘。它原地转身，朝厨房走去的时候，她补充道："再来点儿咖啡。这回加奶油的时候大方点儿。看在基督的分上，你的主子们几乎都统治世界了，多挤一头奶牛的奶对他们不算什么。"

发条侍者打开门，走了出去，又用一只后蹄带上了门。就像以往那样，它没有表现出听到或者理解她话语的丝毫迹象。但她知道它会带着另一颗石榴、另一杯咖啡，以及另一只装满奶油的代夫特陶器回来。拧颈卫士作为家居仆从非常称职。

她呷了口微温的咖啡渣，透过起居室里那块纤薄如纸的巨大炼金玻璃板看去：外面是北河山谷那白雪覆盖的山丘与悬崖。这片乡间地带呈现出奇怪的平坦轮廓，有别于她对这个地区的了解；自从在西方马赛——它位于离此数百英里的北方——城墙内肆虐的那台军用喀拉客夺去她的一只眼睛以后，她的深度知觉[①]就全都见鬼去了。

她的玻璃眼球——那是她的友人雨果·隆尚送给她的精致礼物——与她的真眼很相衬。但它只有装饰作用。被捕的一两天以后，拧颈卫士把那颗玻璃眼球还给了她，而她从此就再没装上过。

在路易斯死去的那天，整个世界都失去了质感。与丈夫的死带给她内心的破坏相比，少了只眼睛只是小事。内疚比尖刀更伤人。

---

① 又称"距离知觉"或"立体知觉"，指个体对同一物体的凹凸或不同物体的远近的察觉能力，通常通过双眼实现。

贝蕾妮斯用桌布擦了擤鼻子,强行改变了思路。根据她被捕那晚马车行程的长度,她估计这座宅邸位于新阿姆斯特丹上游六十或七十英里。在混入熔炉前不久,她曾取道同一座河谷,前往新尼德兰的这座首都。当时一艘拥有自我意识的飞艇坠毁在了北方的河边,靠近奥兰治要塞的地方;它是被机械人同胞击落的。幸存者仅有一名。她漫不经心地猜想着贾克斯的遭遇,以及他能否从熔炉的毁灭中逃出。

不太可能。在建筑物下沉之前,她听到了足以撕裂耳膜的叛逆喀拉客警报。这代表他们找到他了。她很想知道,在垂死之际,贾克斯是否会因为得到了自由意志——正是它引发了随后的连番意外——而后悔。

今天的黎明晴空万里,让贝蕾妮斯在被捕后头一次看到了蓝天。糖枫树、红橡树和山核桃树光秃秃的树枝交错阻挡在群山的景致之间,仿佛有位老妪正挥舞着干瘪的手掌,驱赶着她。太迟了,她心想。过去数周的积雪仍旧覆盖着这片乡间,仿佛一块厚实又格外干净的羊毛毯。闪烁的白色光辉包裹了树干的迎风面,暗示着从西北方向不断有风吹来。贝蕾妮斯尽可能记下这些透过观景窗收集来的信息。收罗信息曾是她的惯用手段,这个习惯深入她的骨髓,不会仅仅因为她遭到流放、取代,如今又落入敌手的现实而屈服。

冬日的风景充满荒芜的气息,就如同新法兰西在将至战争中的未来。那是她挑起的战争——好吧,是她和贾克斯。她只能认为熔炉的毁灭是他的杰作,而她那时正忙着剜出叛徒的眼球。那个让她从西方马赛跨越边境,一路追踪到新阿姆斯特丹的男人,她要让他明白她的不悦。从窗户向外看去,能看到的还有围绕房屋的长长碎石车道。此时有辆马车出现在车道上,拉车的是正以完美的同步性奔跑着的两个拧颈卫士。贝蕾妮斯瞥见了涂漆黑木车体上的纹章:代表发条匠公会的玫瑰色十字架。

她又抿了一口咖啡,但看着的并非风景,而是日历。时机和她料想的差不多。自从拧颈卫士抓到用蒙特默伦西伯爵的眼窝磨钝刀子的她算起,她已经被扣押在这片乡村超过两周了。他向郁金香们揭露了她作为塔列朗的身份。也就是说:假设用一周时间将急信送到大西洋那边的中央诸省;荷兰帝国的统治者们用几天时间来决定该如何处理这份飞来横财;然后某个重要人士再千里迢迢赶来新世界。如果他们征用全世界最先进的船舶和飞艇,就能在她料想的时间内赶来。为了和前任塔列朗共处一室的机会,他们也的确这么做了。

贝蕾妮斯再次思考起他们的打算。在囚禁生活的前几天里,她始终抱着令人反胃的恐惧,等待着刀子和钩子、炽热的煤块和魔鬼般的机械出现。但她得到的待遇却活像个犯了些与社会秩序相关的小错、被关在宅邸里不准外出的王室公主。他们送来食物,为她穿衣和沐浴,尽可能确保她的舒适。至于理由是什么,她完全猜不到。食物棒极了。如果说比起醋来,郁金香们更愿意用蜂蜜来赢得她的合作……好吧,这当然更好了。不过,何必浪费这么美味的蜂蜜呢?

但好景不长。贝蕾妮斯非常确信,那辆黑色马车的出现就意味着她被迫的休假要迎来终点了。她很想知道,那位东道主是否喜好强硬的手段,再以白热的剥皮刀与折断的骨头收尾。

她叹了口气,放下杯子。隐隐的痛楚在她的眼窝里扎下根来,仿佛是象征她身体完整性的鬼魂正呻吟不止。贝蕾妮斯将手伸向垂在双乳间的皮制小袋,以轻柔的动作取出一枚玻璃珠。她将玻璃珠放入口中,摩挲了一圈,然后伴随低沉的"嘎吱"

声塞进眼窝。它和眼窝并不合适：如果在里面放得太久，她恐怕会感受到全世界最严重的窦性头痛①。她的舌头传来一阵刺痛。

黑色马车再次出现。它钻出这栋屋子风雪拍打的阴影，经过她窗下的车辆入口，然后停在她所推测的正门前，虽然她从这个角度看不见门口。车轮滚动的辘辘声震落了入口枕梁上的一团积雪，沉闷的响声传来，伴随着某个男人的尖叫。

贝蕾妮斯转动椅子，让自己面对门口而非窗户。与她和路易斯作为塞巴斯蒂安三世的廷臣，在西方马赛的城堡所住的套间相比，这个房间要小得多。这儿只有个门上着锁、窗户上装着不碎玻璃的单间，外加一间盥洗室，但床垫很软，鹅绒让这张寡妇的床榻格外温暖，家具也很豪华。

片刻过后，有个拧颈卫士走进门来。它没有敲门，跟在后面的是一个女人、一个男人，以及第二个拧颈卫士。但另一台半人马的出现让贝蕾妮斯的自信像风吹成的积雪那样轻易崩塌。她没料到会出现第二头怪物。

染血十字架上的基督啊，你们这些郁金香杂种非让我头疼不可，是吗？

第二台喀拉客搬来了一把软垫椅，印花棉布的椅面上钉着许多纽扣，就像贝蕾妮斯坐着的那张一样。男人穿着灰色的斜纹轻便大衣。他手拿一顶有些潮湿的破旧大礼帽，脸上挂着时运不济者特有的阴郁表情；他拍去帽子上的雪花，低声咕哝了一句，但表情没有丝毫变化。那个女人打扮得就像要乘坐雪橇去参加冬天的第一场舞会似的。她的帽檐只比刚才走进的那扇门稍微窄了一丁点儿；边缘处的孔雀羽毛染成了可怕的淡紫色，与她的手套相衬。她在帽子下面系着一条头巾，上面是斑驳的提花

---

① 由鼻窦炎引发的头痛症状。

图案。阳光让几乎吞没她的宽大毛皮披肩泛起明亮的光泽,勉强能看出那是位身披貂皮或水貂皮的娇小女子。

　　第二个拧颈卫士将椅子放到桌边,和贝蕾妮斯正对面。然后它伸长手臂,为那两人充当衣帽架。他们挂上了帽子、外套和披肩。那台机器退到房间一角,而另一台一动不动地站在门边。男子走到窗边,眯起眼睛,看着雪地反射的阳光。女子坐了下来,目光越过吃剩的水果、吐司、烤土豆和鸡肉香肠,看着贝蕾妮斯。雪水从她的皮靴滴落在地毯上,但她微笑的嘴角却渗出某种更为寒冷之物。她戴着的细银链上挂着一只玫瑰十字架,此时在阳光下闪闪发亮。十字架的一角嵌着小巧的字母"V",代表御林管理办公室①。

　　这位显然就是贝蕾妮斯要等的人。这个来自发条匠公会的放荡婊子究竟是什么人? 有权力征用海上和空中船只的人,但地位还没高到让王家卫队护送的程度。这么说她不是王室成员,而是公会里的大人物。

　　贝蕾妮斯得出了结论:坐在桌对面的这位女子就是首席园丁安娜斯塔西亚·贝尔。掌管拧颈卫士的女人。

　　这番推测应该没错。至于那个拖曳着步子,像漂流货物那样跟在她身后的男人,贝蕾妮斯就完全猜不到身份了。如果贝尔是来审问贝蕾妮斯的,那么靠她的本领和那些拧颈卫士就足以应付了,再带任何人都是多余的,除非他们并不打算审问。如果他们真想审问贝蕾妮斯,从她残破的身体里挤出答案,那么在俘虏她以后有的是机会。他们没这么做的事实就意味着截然不同的目的。

　　贝蕾妮斯的脑海里突然浮现出一个名字。就像卷入飘忽微

---

　　① 原文为 Verderer's Office,首字母为 V。

风里的纸条那样,那个名字被困在了她乱麻般的思绪里,费舍。

来自海牙的牧师。他曾经——无论是有意为之,还是纯属巧合——赋予贾克斯一桩使命,从而导致他摆脱了禁制。费舍知道某些只有法国密探才会知道的事。但按照那位机械人的说法,当他们在新阿姆斯特丹碰面时,他似乎完全变了个人。那个虔诚而富有同情心的男人变成了杀人犯,就好像他曾经落入敌手,然后……接受了改造。

贝蕾妮斯努力斩断缠绕在胃部和脊椎上的恐惧触须,但成果差强人意。她不希望敌人察觉到她的焦虑,也希望打乱他们的阵脚,于是说:"我猜你们也打算改变我,就像改变那位牧师那样。"

她立刻发现自己意外地一语中的,因为那女人脸上的傲慢笑容消失了。她眨了眨眼,然后昂起头来,仿佛在重新评估对方。这个动作让贝蕾妮斯想起了贾克斯。

"没错。"

令人作呕的恐惧感在贝蕾妮斯的胃中搅动。面对即将受到御林管理办公室"照料"的现实,就算猜想正确也算不上什么安慰。贝蕾妮斯强迫自己维持外表的冷静。

"怎么做?"

那个女人除下手套,恢复了镇定。"噢,我就算想说明也说不清的。我的这位同事维嘉医生,他才是专家。说实话,他是这个领域的先驱。对吧,博士?"

那个男人哼了一声。他的气息让玻璃蒙上了白霜。

博士。这可不是好兆头。

贝蕾妮斯说:"你是医学博士?"此时他们两人都看着她,"或许回头你可以帮我检查伤口,"她说着,指了指那只眼睛,"它给我添了不少麻烦。"

"我们当然不会坐视不理，"那个女人说，"对我——对我们——来说，确保你的舒适不打任何折扣，是非常重要的事。"

"我也注意到了。你肯定就是安娜斯塔西亚·贝尔了。"

"是的，"又是那种虚伪的笑容，"公爵对你的评价没错。"

"他活下来了？真可惜。"

"是啊，但并不是托你的福。我承认，和他相比，我更欣赏你理想化的报复行为。"贝尔说着，指了指自己的一只眼睛，"既然你承认认识亨利，我猜你也承认自己就是传闻中的塔列朗了。"

"虽然令人痛苦，但我必须告诉您，贝尔小姐，我们共同的那位朋友的情报已经过时了。我不再拥有那个头衔了。"

"亨利也不是第一次出错。他还跟我们说过你死了。"

"就差一点儿，"贝蕾妮斯顿了顿，揉揉眼睛，"别怪他不够努力。他已经让我们够受的了。"

贝尔大笑起来，就像是某位贵妇意外听到码头工人的粗鄙言辞时发出的笑声。其中带着一丝反感，还有幸灾乐祸带来的短暂兴奋。

她说："噢，好吧。在失宠的密探头子的脑袋里，无疑藏着各式各样令人着迷的情报。"贝蕾妮斯下意识地绷紧了身体；贝尔也察觉到了。"不过别担心。我们不会用粗鲁的手段逼你说的。"

贝蕾妮斯呻吟起来，又揉了揉眼睛。"这样的话，我就不明白你们为何要看重我的舒适程度了。尽管令人喜悦，但这跟你们的角色不太符合。"

面对她的问题，这位公会秘密警察机构的首脑摆了摆手，仿佛在驱赶恼人的苍蝇。"噢，我重复一遍，比起我来，这件事更适合由维嘉来解释。"

"我懂了,"贝蕾妮斯从眼窝里取出那颗玻璃珠,"这鬼玩意儿。"她喃喃道。她朝它吹了口气,仿佛想吹走上面的灰尘。

"唔。我听说过你那颗眼睛的事,"贝尔说,"可惜你没能找到合适的尺寸。但我可以保证,等你为我们效力以后——"

贝蕾妮斯哼了一声,"他们还指责我过度自信呢。"

"——我们就能轻易给你配备不那么显眼的假眼。让人注意不到你受的伤。我敢肯定,我们能为你制作更优质、尺码也更贴合的代替品。"

不安的触须缠绕着贝蕾妮斯的内脏,让她身体发冷。策反是一项漫长、艰难而又细致的工作,而且往往十分辛苦——最适合拥有手艺人耐心的人去做。因此贝尔用平淡而理所当然的口气表示自己有能力也必定会策反贝蕾妮斯的做法……会让人觉得她很愚蠢,而且要不是贝蕾妮斯听贾克斯说过费舍牧师的事,她恐怕真的会这么认为。

"你们很擅长制作玻璃?"贝蕾妮斯问。

"还有很多别的东西,"贝尔说,"我们在这方面的技艺是无可匹敌的。"

"中国人的瓷器质量更高。我敢打赌,他们的玻璃工艺也同样出众。"

听到这里,贝尔摇了摇头。她带着得意的笑容补充道:"我们制造的玻璃是无与伦比的。"

还用你说。贝蕾妮斯早就见过贾克斯那颗奇怪的玻璃珠了,那个相当于透镜或者棱镜的小玩意儿不知怎么打破了他的束缚,并为他注入了自由意志。他因此变成了叛逆喀拉客,并且导致了——虽然多少只是间接导致——贝蕾妮斯眼下的窘境。

她审视着那颗假眼,确认是否有灰尘和划痕,同时开口道:

"如果这东西没有干净得仿佛新生儿的良心,我的脑袋内部就该被刮伤了。"

她把那颗玻璃塞进嘴里。鲜血的微弱金属味包裹了她的舌头。那位医生不以为然地低声嘟哝。贝尔无动于衷:作为首席园丁,她肯定见识过更令人不快的事。但她还是皱起了眉。

"如果你想噎死自己,"她说,"那是白费力气。甚至在你失去意识之前,拧颈卫士和维嘉博士就能疏通你的喉咙了。"

贝蕾妮斯让玻璃珠在嘴里转来转去,仿佛在用舌头仔细擦洗。她将它停在口腔的一侧。要在避免吞下它的时候说话相当困难,但她依旧开口道:"如果我想自杀的话,我现在早就死了。"她用舌头引领那颗珠子在口腔内移动。

首席园丁继续装出亲切而镇定的态度,"或许还是让专家来清洗比较好。这样看起来不怎么卫生。"

"噢,这法子没有看起来那么坏。"吸溜,骨碌,吸溜。贝蕾妮斯用桌布擦去嘴角流出的唾沫。她也趁机来回转动脑袋,以不那么明显的方式估算与机械人哨兵间的距离。太远了点。她再次含着玻璃珠开了口:"你瞧,如果我们要在这儿辩论一番,我希望至少再来点你们的咖啡。它比我在马赛喝过的烂咖啡好多了。"

"我能感觉到你是个有教养的人,而且和我志趣相投。"贝尔说。贝蕾妮斯觉得其中带着相当程度的讽刺,毕竟此时此刻,嘴里的玻璃珠让她很难阻止滴落的口水。"我不禁觉得,假以时日,我会为出身导致我们的意识形态对立这件事而悲伤。如果历史换一种走向,我们或许会成为姐妹,对吧?"

贝蕾妮斯在嘴里转动着那颗玻璃珠。它"咔嗒"一声撞上了她的牙齿。"我很怀疑。"

贝尔朝那台没在模仿衣帽架的拧颈卫士开了口："再端些咖啡来,快。"

贝蕾妮斯知道,在那台发条半人马体内的某处,有新的禁制随之涌现。那是仿佛闷烧余烬般的强制力,是灼热烈焰的第一缕火苗,而且只有毫不偏离的服从才能将之熄灭。拧颈卫士别无选择,只能服从贝尔,因为和房间里的人类不同,它并不具备自由意志。

那台高大的机器只迈出两步,就来到了房间的另一边。它伸手去取咖啡用具。它的身躯耸在两个女人面前。贝尔对距离她们咽喉仅有几英寸的致命手臂熟视无睹。贝蕾妮斯深深地、稳稳地吸了一口气。

然后将那颗炼金玻璃珠吐向桌子对面。

飞溅的唾液和那块玻璃让贝尔缩起身子。她抬起一条胳膊,想要遮住自己的脸。在那个惊心动魄的瞬间,贝蕾妮斯还以为自己射偏了。但伴随着一声微弱的"当",贾克斯的棱镜从那台拧颈卫士伸出的手臂上弹了开来。炼金玻璃落在银制的咖啡托盘里,发出一声较为响亮的"咚",然后缓缓停了下来。除了贝尔椅子的嘎吱声以外,房间陷入了沉寂。就连那个拧颈卫士的动作也凝固住了。

贝尔擦去袖子上的唾沫。那张愉快而礼貌的假面具也消失不见。"我话说得太早了。你也只是个住在林子里的野蛮人,跟你那些同胞一样。你竟敢朝我吐口水?"

贝蕾妮斯没理她。她将脸转向那个依旧纹丝不动的拧颈卫士。她对上它古怪而冷漠的双眼。她压抑着颤抖,开口道:"不客气。玩得开心点。"

贝尔蹙起额头,令她的眉毛低垂在双眼上方。片刻过后,她看到了咖啡托盘上的那枚玻璃珠。理解状况的同时，她瞪大了眼睛。愤慨转变成了绝望的恐惧。贝蕾妮斯刚刚将自由意志赋予了一台拧颈卫士。

"你——"

无论贝尔本想说什么，都被那阵尖锐的机械声打断了。得到自由的拧颈卫士像托钵僧的舞蹈那样旋转躯干，它像马的那部分身体保持静止，而其余部位转向同伴的方向。它用一条手臂重重地打向贝尔，将她砸倒在地。另一台拧颈卫士——它尚未受到贝蕾妮斯那颗玻璃珠的影响——丢开帽子和外套，迅速赶来保护贝尔。

叛逆拧颈卫士的两条胳膊以贝蕾妮斯的眼睛无法捕捉的速度伸长了。震耳欲聋的刺耳金属扭曲声传来，伴随着迸射而出的大量火花，然后另一名拧颈卫士的一条手臂落在地上，断口处不断喷出齿轮和碎片。

维嘉博士只花了几秒钟就理清了状况。他朝着门口飞奔而去。但他才迈出两步，那个叛逆就伸长另一条手臂，刺穿了他的喉咙，短暂地将他钉在墙壁上。鲜红的动脉血液从他的脖子喷涌而出，他瘫倒在地，抽搐不止。

我究竟放出了什么？

上次她目睹喀拉客的暴行时，她的丈夫就是在颤抖中死去的。那个猖獗的杀手在机能停止之前，杀死了西方马赛的三十多位市民。全都是因为贝蕾妮斯的误算……

她摇摇头，强迫自己集中精神，免得因为只顾盯着叛逆拧颈卫士这样的可怕奇观而丢了性命。她伸手去拿咖啡托盘里的玻璃珠，但摸到的只有一摊冰冷的唾沫。与此同时，首席园丁正用双手和膝盖爬向房间另一头的那扇门。

贝蕾妮斯才刚刚按倒她,那台受损的拧颈卫士便扑向叛逆,发出令人牙关打颤、仿佛欧洲所有大教堂的铜钟撞在一起的巨响。碰撞让叛逆拧颈卫士倒在桌上,也撞得贝蕾妮斯失去了平衡。另一条重组为长矛的手臂刺穿了片刻前她的脑袋所在的位置。她不清楚那几乎致命的一击来自哪一方:交战中的两台喀拉客正以人类感官无法辨识的速度与无法理解的力量攻击彼此。这两台机器化作了模糊的鬼魂,只有反射的阳光与永无休止的互殴中迸发的大团火花强调着它们的轮廓。地板在它们沉重的蹄下发出呻吟;又一次身体碰撞让桌子四分五裂,也让那两台喀拉客撞上墙壁,折断了横梁,令墙壁的灰泥浮现出一条条巨大、参差而曲折的裂缝。炼金玻璃窗也在炮击般的响声中浮现出裂纹。从横梁飘下的灰尘洒落在贝蕾妮斯的头发上。她用手肘和脚踝迅速爬开,尽量远离那片死亡地带。如果她留在那儿,甚至用不着等偏离目标的攻击砸碎她的颅骨,或者刺穿她的心脏——它们只需要踩到她,或者撞上她,甚至只是那炼金强化过的巨力的一小部分擦过她,粉碎的肋骨就会撕碎她的肺。没有改变的那台拧颈卫士如今服从着在阶层式超禁制中甚至高于人类安全条款的那条指令。在制服叛逆的过程中,附带损伤是可以接受的。而叛逆拧颈卫士更是不受任何规则的约束。

两位机械人的搏斗逐渐白热化。它们毫不考虑周遭的人类。鲜血让地板滑溜溜的。某些位置的血迹已经凝结成了深色的黏稠水洼,拉扯着贝蕾妮斯的衬衣和裙子。

穿着染血而潮湿的衣服,她在正值冬季的新尼德兰内陆走不了多远。她需要换身衣服,还需要拿回她那该死的棱镜。如果她成功逃脱,就会成为全世界的头号通缉犯;贾克斯的神秘玻璃珠是她在对抗喀拉客追兵时仅有的保险手段。它同时也是揭露发条匠公会的禁忌知识的关键。要不了多久，它就会成为彻底颠覆荷兰人统治的杠杆。但在眼下，那根杠杆正缓缓挪向门口，攥在贝尔的手中。

拧颈卫士们再次撞上墙壁。屋子摇晃起来。那股冲击令碎片、齿轮与滚烫的金属片散落在地板上。贝蕾妮斯只能勉强看见那两台搏斗中的机器，它们的动作太快了，不过看起来，它们都受了相当的损伤。

该死，她反应过来。贝尔的马车是由两台拧颈卫士拉着的，外加我的管家。那么半人马三号在哪儿？机械人搏斗时震耳欲聋的响动足以让任何人明白，附近出现了一台叛逆喀拉客。

贝尔爬到了门边。她没法以趴着的姿势转动门把，于是蹲坐起来。贝蕾妮斯朝她扑去，但受损的深度知觉让她误判了距离，从而冲过了头——

——也因此没有被冲进门来的第三个拧颈卫士撞成无法动弹的重伤。它踩过了贝尔。她的身体在拧颈卫士的蹄下发出噼啪声。冲击力让她在染血的地板上滑了开去；等她停下的时候，身体瘫作一团，一只胳膊的肘部上方与下方都出现了骨折。第三台拧颈卫士加入了战局。它猛地扑向同胞，巨大的力量令三台机械人一起撞穿了窗户。冬季的风吹得贝蕾妮斯打起了寒颤，而发条三人组滚落到车辆入口的上方，掀起大团的积雪，随后离开了她的视野。片刻过后，一辆马拉的马车——并非贝尔那辆喀拉客牵引的交通工具——开始驶离屋子。它猛地转向，避开了正在搏斗的机械。发条匠——或者是他们雇佣的工作人员——正在逃离叛逆拧颈卫士。

贝蕾妮斯大口喘着气。在突然降温的房间里，她的呼吸化作了水汽。正在地板上凝结的血液也一样。细小的雪花盘旋着飞入墙上的大洞。

贝尔呻吟起来。贝蕾妮斯蹒跚着穿过房间。她跪在呜咽着的首席园丁身旁。贝尔那条严重骨折的手臂仍旧攥着拳头。但当贝蕾妮斯看到从贝尔指间渗出的鲜血溪流时，一股新的寒意——截然不同的寒意——伴随着颤抖流过了贝蕾妮斯的背脊。贝蕾妮斯撬开她的手掌时，那女人啜泣起来。

那颗玻璃珠粉碎了。几块较大的炼金玻璃碎片将贝尔掌心的血肉撕成了条状。但这块透镜，或者说棱镜，或者说天知道什么东西，此时已经碎成了粉末。贝蕾妮斯的保险手段，以及她揭开发条匠最为严防死守的秘密的最好机会，都已不复存在。

"你这卑鄙下流的荡妇！"她说。她一拳打在贝尔的鼻子上，"那东西我还有用呢，该死的。"

喀拉客搏斗时的殴打与碰撞令屋子摇晃起来。那个叛逆拧颈卫士——用贾克斯得到的奇怪玻璃珠释放的最后一台喀拉客——势单力孤。贝蕾妮斯不怎么看好它的胜率。而且就算它真的获胜，也没人知道它会如何对待她。它会出于怨恨杀死遇见的每个人类吗？从这栋屋子的发条匠们匆忙逃脱的事实来判断，这种可能性是存在的。她需要在搏斗结束前尽可能远离这儿。这就意味着徒步穿过冰冷的雪地，而且在遭遇机械人的时候没有任何抵御手段。

贝蕾妮斯在一片狼藉中找到了贝尔的帽子、手套和毛皮披肩。这些东西全都落在血泊里，她被迫将它们从地板上剥下。贝蕾妮斯还脱掉了那个女人的靴子。她努力避免晃动那双骨折的腿，但从贝尔的呻吟来判断，她应该是失败了。最后，贝蕾妮斯取下了那条公会项链。为此，她不得不凑近那位垂死的首席园丁，并用双臂围住对方，近到足以听见她呼吸时发出的水声；

近到足以感觉到那个女人逐渐消失的意识;近到足以想起路易斯在她臂弯中死去的感受。她的丈夫,她如此强烈地爱着的丈夫,在自己的血泊里连声呜咽,直到双眼黯淡无光。

如今她的敌人正躺在她的臂弯里,连声呜咽,浑身浴血,奄奄一息。那是她以同样的程度强烈憎恨着的敌人。

贝蕾妮斯将项链系在自己的脖子上。她叹了口气。贝蕾妮斯又花了几秒钟去评估贝尔的伤势,随即明白自己无能为力。多处骨折,至少一处复合骨折,以及严重的内出血。草率的急救是没用的,她需要的是一整队医师。冬季的空气从损毁的墙壁吹入,让贝尔断断续续的呼吸化作幽灵般的雾气,仿佛她的灵魂正在离开身体。贝尔颤抖不止。

很好,贝蕾妮斯心想。但她再次想起了路易斯的样子,想起他曾在弥留时刻以同样的方式颤抖。如果她准备留下这女人等死,至少可以用不那么残忍的方式。

"噢,该死的。"

贝蕾妮斯至少可以设法解决寒冷的问题。直接搬走首席园丁贝尔是不可能的,这不仅是因为贝蕾妮斯欠缺力气,也是因为贝尔的身体跟一袋没装满的碎骨头差不多,那么大的颠簸必定会加快她的死亡。因此贝蕾妮斯将双手架在那个女人的腋下,然后将她拖向房间另一边。贝尔呜咽着叫出声来。等贝蕾妮斯将贝尔拖出房间之时,早已汗流浃背。她将垂死的女子放到风吹不到的走廊上,接着取下铺盖,尽可能裹紧贝尔,随后关上房门。

贝蕾妮斯考虑过在房子里搜罗一番。如果这栋宅邸很早以前就属于公会,那么应该会存放着有用的信息。但喀拉客们如雷鸣般搏斗的响动提醒着贝蕾妮斯,她没有那个时间。

她从墙洞钻了出去。冬日的空气摩挲着空洞的眼窝,感觉就像冰块。她站在车辆入口的上方。那些喀拉客在经过时带走了上面的积雪。她爬到边缘,然后跳进某个雪堆里。

叮当声与合金扭曲时的尖鸣从屋后回荡而来。贝蕾妮斯沿着车道缓缓向前。她在车库的影子里瞥见了闪光和火花。好吧,就算宅邸里还剩下马匹,她也没办法弄到手了。

她转过身去。贝尔的马车在雪地上留下了深深的车辙;贝蕾妮斯此时就沿着那条痕迹,在长长的碎石车道上小步跑着。要不了多久,郁金香们就会把这片乡村地带翻个底朝天,寻找某位独眼女子。她没法解决渗进衣服里的血迹,但她可以搞定缺少的眼球,所以她一边奔跑,一边再次取出那只挂在她脖子上的皮制小袋,里面装着她真正的玻璃假眼,那是隆尚给她的礼物,在囚禁的头几天就回到了她的手中。她偷来的靴子踩在雪地上,发出嘎吱的响声,盖过了假眼嵌进眼窝里的闷响。隆尚的礼物远比贾克斯的棱镜更适合她的眼眶。

松果体玻璃被毁了。她打破荷兰霸权的最好机会也一去不复返。

好吧。至少她靠它逃出了贝尔的魔爪。贝蕾妮斯对此无比感激。

谢谢你,贾克斯,无论你在哪儿。

第三章

那数十台机器可以不间断地奔跑好几个星期,而且不会感到疲倦。附有炼金魔力的发条装置为他们注入了永久的动力,以及远超凡人的耐力与力量。但人类——血肉之躯的柔软造物——很容易疲惫。因此这些机械只前进了一天,一夜,然后又一天,他们的人类指挥官便下令休息。在此期间,他们始终沿着北河前行,从它在新阿姆斯特丹的河口穿过那些运河,来到法国人称作"尚普兰湖"的那座湖泊的冰封岸边。他们的行军跨越了三百英里,从新阿姆斯特丹靠近大西洋那一端出发,然后几乎始终向着正北方前进。

冬天的到来剥夺了这片河谷的色彩。曾经漫山遍野的知更鸟橘、金盏花黄与樱桃红全都消失不见。落叶如今躺在厚厚的白色毯子下面,而在棕色土壤的陡峭河岸上,那些曾经光秃秃的石头都裹上了银霜。风从秋日树枝间吹过的沙沙声,以及新近收割的田野散发出的泥土气息也一去不复返。

那台破损的仆从型,那位像风向标那样转动脑袋、自称为格拉斯特里波维西斯特洛万图斯——简称格拉斯——的喀拉客看到、听到,又从空气里嗅到过这一切。他曾经在河面上空飞翔,曾经在河底跋涉，但在这次行军之前，他从未在河边行走过。他留在河底淤泥里、向着南方而非北方的足迹早已被川流不息的河水抹去。他对此守口如瓶。他也从未暗示过自己与河面布置的那些挖泥机和船闸有任何联系。知情不报很简单：他已经渐渐掌握窍门了。但当他们经过奥兰治要塞——那里原本是海狸皮贸易的枢纽，随后改造成了军事据点——的时候，要掩饰恐惧就难得多了。他脱离那艘智慧飞艇化为火球的残骸，从空中坠落时，就越过了奥兰治要塞的上空。那可算不上愉快的回忆。

几十台喀拉客——都是像他那样，从大熔炉闷燃的废墟里拖出来的仆从型——都被这支军队征用了。那是在事发后的几个钟头，他们制造者的怒火与愤慨最为炽热的时候。甚至比未能履行的禁制更加炽热。甚至令他们没有花时间去集结充足的军用喀拉客，就这么组成了入侵新法兰西的先锋部队。在紧要关头，卑微的仆从型也能派上用场，尤其是在发条学者解除他们的人类安全超禁制以后。少数几台军用设计的机械人——为了在人类之中杀出一条血路的机器——负责弥补战斗力的不足。虽然他们并不知情，但那台冒牌的仆从型——也就是他们称作"格拉斯"的那位——也因此没能逃走。

那些人类相信，他风向标似的脑袋和缺失的法兰板是在大熔炉的炽热毁灭中留下的损伤。事实并非如此。但让人类这么认为对他会比较方便。

在那场大火中，有许多人类丧生。正因如此，他们在废墟中找到了许多没有明确主人的喀拉客。对于主要租赁人亡故或失去行为能力的状况，喀拉客租约中无一例外都包含相关条款，但繁多的法律手续恐怕会耗时数周，于是铜铸王座（由新尼德兰的殖民地总督作为代理人）行使了征用权，将那些"孤儿"喀拉客征召入伍。没人愿意负责去彻底调查租赁人,并寻找他们可能的继承人,而且归根结底,按照官方说法,所有喀拉客都是王室财产。

光是发现这些机械人旅伴曾经亲身经历熔炉的崩塌,他就满心恐惧。当那颗炼金太阳崩溃,拖着整座熔炉落入熊熊烈火的时候,他就在绕着熔炉核心转动的巨大天体仪上与他的同胞战斗。他很想知道,这次进军中有多少喀拉客当时在场。只要其中有一个认出他就是逃亡中的叛逆……

他曾试图自行跨越边境,但却失败了。他也试过和"ondergrondse grachten",也就是所谓的"地下运河"网络接触,那里的管理者是天主教徒与法国支持者,他们致力于将自由喀拉客通过偷渡手段送出新尼德兰。但这次尝试也失败了,因为那些运河管理人遭到了谋杀。如今他要再次尝试进入新法兰西,而这一次,他的身份是入侵者的先锋部队。只要没人认出他来,而他也没有向同胞吐露自己的秘密——他既感受不到禁制的痛苦,制造者的话语也没有左右他的力量——这个法子就行得通。

格拉斯——真名"贾莱克塞格西斯特罗万图斯",简称"贾克斯"——从他拉了超过八十英里的货车上抬起一只烤炉。那是一件用铁和陶瓷做成的庞然大物,原本多半放在新阿姆斯特丹的某间面包房里。区区野营用炉可没法满足这场远足的领导者们:用那种炉子是做不出宴席的。贾克斯的同事打开另一口炉子的包装,其他仆从型则在架设帐篷、铺床和收集柴火。他们的人类主人不认为向敌国境内强行军的时候有必要保持节制;只因为他们要开赴战场,并不是降低生活标准的理由。他们毕竟只是血肉之躯的软弱造物。

苹果派已经烤出了金黄色的硬皮,馅料里的苹果香气在整个营地弥漫(因为那位指挥官相信,健康的甜点,也就是水果,对他的部下有好处),炉子里的熏猪肉让帐篷充斥着油脂加热的单调嘶嘶声,而叫喊声不时打破营地里平静的韵律。有时候,如果人类发现他们的奴隶干活不够卖力,就会发出这样的声音。但那并非主人在痛斥仆人,而是有人在用法语咒骂。

贾克斯听过的法语脏话已经够多了,这都要归功于那位带他混进大熔炉的独眼女子。有那么一瞬间,他还以为贝蕾妮斯跟踪了这支队伍,而现在被抓住了。但这个念头太荒谬了。他并不知道她是否在起火前逃了出去,如果她没能逃走,就未必能幸存下来了。他只知道她是有预谋地踏进那栋屋子的。

而且不管怎么说,那都是男人的嗓音。因愤怒而尖锐的嗓音,还是说出于极度恐惧?此时炉子让帐篷里的温度升到了会令人类不适的程度,于是他系起门帘,让凉爽的空气流入其中,同时也方便自己查看外面的状况。

有个机械斥候正紧紧攥住一名男子的前臂,力道几乎可以压碎骨头。那家伙穿着腐叶色的皮裤与手套、雪泥色的羊毛大衣、毛皮衬里的靴子,以及用整块浣熊毛皮做的帽子(附带尾巴),还有一把挂在腰带环上的手斧。他大睁双眼,虹膜周围满是血丝。他看起来就像笼中的困兽,缩在角落,心惊胆战,朝着全世界龇牙咧嘴。贾克斯在阿姆斯特丹的动物园里见过一头新世界狼獾。这个法国人让他想起了那头动物恐惧与愤怒参半的表情。

他看到的这位也许是丛林旅者,是从很久以前——那时法兰西在新世界的欧洲敌人还在说英语——直至今日仍旧从事皮草贸易的旅行商人的一员。但机械斥候的另一只手里攥着环氧树脂手雷闪闪发亮的凝胶薄膜,而那是现代化武器,是用桦树皮编不出来、用陷阱也没法抓到的东西。

　　惊恐的男子滔滔不绝地吐出法语,但那些话语却只是堆在他的脚边积灰蒙尘,无人理会,仿佛一堆多余的石头。这种语言让贾克斯产生了如下的印象:那个男人仿佛把每个字眼用丝绸包裹,再打上蝴蝶结,然后才让它从双唇间拂过。法语是天主教徒的语言,他们相信能够思考的机械人可以拥有自由意志,而他们的奴役身份无法动摇,也就意味着有人对他们的灵魂做出了某种邪恶而亵渎神明的行为。它是希望见证喀拉客奴役终结的那些人的语言。

　　它也是注定灭亡的那些人的语言。这让贾克斯感到悲伤。

　　好几个像他一样的仆从型(好吧,跟我不完全一样,他心想)正设法在完成工作的同时打量那个人类俘虏。其中一名机械人——她孔罩和法兰板上的金银丝细工暗示她的铸造比贾克斯大约晚半个世纪,所以她只是个六七十岁的年轻机械人——让脊椎上的齿轮传动链发出咔嗒的响声,那是在问:他在说什么?

　　他吓得快尿裤子了,另一台机械人通过弹簧片的轻柔拨动声,以及松弛过头的棘齿的咔嚓声答道。

　　不,搬着好几百磅的柴火路过的某台仆从型说着,通过后弯式膝盖仔细计算着起伏时机来抵消手中重物的摇晃。那台机器停下脚步,聆听那个忧虑的法国人连珠炮似的发言,然后补充说:他很勇敢。他在质问我们的目的地与意图。

　　那台军用喀拉客说:如果他现在还不知道,那他肯定又瞎又蠢。

　　整场对话只花了几秒钟时间。

　　就算他们的某位人类主人注意到了这番交流,在他耳中,这也只是发条装置特有的杂音而已。人类对喀拉客的语言充耳不闻,是因为他们首先就不相信它的存在:不会思考和无法感受的机器不可能相互交谈。语言是人类的特权,是上帝赠予亚当的礼物,让后者能够颂扬造物主,并为上帝花园里的每一件事物命名。

贾克斯退回炊事帐篷的阴影里,大脑和心中都充斥着不安。那个俘虏继续着抗议,对每个可能的听众大喊大叫,就像一个没有信众的牧师。他扫视着营地,从一台喀拉客看向另一台,仿佛在向他们致辞。正在监督他们工作的人类上尉大步穿过营地。那个法国人看到喀拉客们像某位圣经先知面前的海水那样分开,语速随之加快,仿佛意识到自己的末日即将到来。

他的目光扫过贾克斯的炊事帐篷。那张脸上的表情让贾克斯想起了叛逆仆从亚当,也就是曾经的"珀穹贝拉格斯特里万图斯",他在今年秋天的惠更斯广场见证了他被处决的过程。亚当的脸孔没有暴露出丝毫恐惧与担忧,因为机械人的身体无法以人类的模式传达情绪。但亚当拥有自由意志,也许甚至拥有灵魂,当然会像这个男人一样害怕生命之火的熄灭。正如贾克斯在逃亡开始后无时无刻不在担心的那样。

现在他在说,新法兰西是我们这种存在的朋友。说我们应该抛开枷锁,加入与我们的压迫者坚定对抗的那一方。他说——噢,这句很妙——他说有个秘密的运河网络,随时准备把我们送往自由的地方。搬运柴火的仆从型大步走开,它的脚爪刺穿了冰封的泥土,仿佛一声声控诉。换句话说,又是平常那些谎话。

有些恼火的贾克斯说,那些不是谎话。

看到同胞们的交谈戛然而止,他这才意识到自己引发了关注。现在他们正等着他解释,也许他知道关于地下运河的某些事?

正是由于类似的误算,叛逆们才会暴露身份——这是他自己的惨痛经历。

那些不可能是谎话,他努力拼凑着理由。他们相信我们,否则法国人干吗要跟我们的制造者对抗几百年?

附近的喀拉客们发出机械人特有的咔嗒笑声。他的同胞之一说:你真的相信如果我们的制造者是法国人,今天的状况会有任何区别吗?

也许会的,贾克斯说。

机械士兵说:全世界的人类都一样。无论是站在高处还是被踩在脚下。

他们宣扬启蒙运动,是因为这是有效的政治手段,另一个喀拉客说。这会为他们增添品行端正的光环,让他们登上虚构出来的道德高地。

(但他们确实庇护过叛逆,贾克斯很想这么说,我跟天主教的支持者以及地下运河的管理人说过话。我跟法国国王的前顾问本人合作过。他们真的打算改变这个世界!)

但他说出口的却是:那麦布女王呢?听说她住在遥远的北方,跟白熊和海豹生活在一起。那儿是法国领土,不是吗?那片土地肯定是他们授予她的。

首先,那是因纽特人的土地,不是法国人的。其次,那只是童话故事!你的头部难道受损了吗?而且不管怎么说,如果她真的存在,他们就算想阻止她占据那里,也是做不到的。

那个法国人还在喋喋不休。干燥的冬日空气令他喉咙沙哑。他的目光转向那位军官。他仍旧瞪着眼睛,表情却改变了。恐惧变成了另一种情绪。就在混进大熔炉内部的计划奏效的那一刻,贾克斯在贝蕾妮斯的脸上看到过类似的表情:那是得意。

与此同时,贾克斯纵身扑出了帐篷。

法国人空出的那只手伸向他腰带上的战斧。斧子离开腰带,随即旋转着飞向那位军官,这一连串动作远比贾克斯认为的人类速度要快。

当然了,那位军官的私人喀拉客部队的动作更快。他们跳向前去,或是想要截住斧子,或是挡在那位军官面前,或是将他拉开。但尽管许多喀拉客离得更近,贾克斯却拥有领先他们整整两秒的优势,因他在关键时刻正好盯着那位俘虏的眼睛。对于金属和魔法的造物而言,两秒的时间近乎永恒:那是两百厘秒,两千微秒。在两秒钟内,一台仆从型就能将自己从雕像变成导弹。

在贾克斯的身后,积雪、泥土和腐叶化作了扭曲的漩涡。

他与某位喀拉客同伴擦身而过,激起阵雨般的白热火花。

迟钝的人类神经与肌腱跟上了事态的发展。那位军官开始后退。

战斧的握柄叮当一声撞上贾克斯的胸口。他将身体蜷缩成球状,裹住了那把武器。

第一台机械人赶到了那位军官身边。它开始将他拉开,但又只能选择效率不佳的轻柔动作,毕竟人类的骨骼非常脆弱。

贾克斯经过时掀起的风吹走了那位军官的帽子,也吹乱了他的头发。

另一台仆从型滑入那把武器原本的飞行轨道,试图为他们的主人充当盾牌。

贾克斯落了地。他在灌木丛中弹跳打滑,在冰封的泥土上留下了一条犁沟。

帐篷垮了下来，帆布撕裂，帐篷杆也因为贾克斯跳出时引发的强烈膨胀波①而折断。

火花飘落在积雪的地面上，咝咝作响。带着臭氧与黑魔法气味的细小烟柱随之升起。

贾克斯展开身体。破碎的战斧滚落到地上。握柄断成了两截，金属斧刃也弯曲变形。他踩过灌木丛，跳过自己留下的犁沟，回到了营地。而那些人类还在理解状况。两人都露出困惑而警觉的表情。如今换成那位军官瞪大眼睛打量周围，而那个法国人叹了口气。

好吧，贾克斯心想，这下他们应该不会怀疑我的忠诚了。

倒下的帐篷挂在了贾克斯先前点燃的炉子上，火焰吞没了它。但那只是俗世的火，没什么危害可言。三台最靠近的仆从型大步走向火焰。他们在片刻间就压抑了火势，以免蔓延到营地的别处。

那个上尉甩开了抓住他的金属手掌。他朝俘房走去，直到与他仅有一英尺远。

他用荷兰语说："这是战争行为。"贾克斯很好奇那个法国人听懂没有。"我们有权处决你。"

等那个法国人再次开口时，音量却近乎耳语。背景的风声、人类衣物的沙沙声，以及同胞发出的嘀嗒声让贾克斯听不清那个男人说了什么。他甚至不清楚他说的是法语、德语还是阿尔冈昆语。那军官走近了些。

"什么？"

法国人在机械人的手里扭动身体。他扑向树脂手雷，同时伸

①　流体力学概念之一，通常由超音速气流经过一系列马赫波膨胀加速形成，此处指气流加速对帐篷造成了压力。

长手指,想要将它戳穿。但这次他的动作太慢了,军用喀拉客将那枚手雷轻易地挪到了他够不到的地方。法国人的肩膀发出一声低沉的"砰"。他痛呼出声。

战斧只是个幌子,贾克斯反应过来,他暗自想着,他知道自己不可能命中目标,毕竟周围有那么多我的同胞。他这么做只是为了让对方幸灾乐祸,为了诱使那个军官靠近。

其他喀拉客的想法也和他一样。复仇式的自杀行为,试图拖开那位军官的仆从型说道,也许法国人真的是一群空想家。

那军官摇摇头,仿佛对某个孩童感到失望,然后便转身走开。但他迈出几步,又停下来,回头看去。他对那台军用喀拉客说:"弄断他的胳膊。"

就连河水的拍打声与林间的风声也没法盖过那声尖锐而潮湿的"嘎吱"。沙哑的尖叫震落了枝头的积雪。

贾克斯借着积雪反射的柔和月光穿过营地。面对走来的他,囚犯帐篷外的哨兵以过去数月间成为传统的问候方式向他问好。

发条匠在撒谎。她用咔嗒声说。

发条匠在撒谎。他答道。

在附近某处,有只猫头鹰发出了啼鸣。哨兵询问了他的来意。贾克斯答道:我来检查囚犯的伤势,察看他是否有感染迹象。他的手臂必须以正确的方式固定。

我想他们已经做过这些事了。哨兵说。

是的,贾克斯说,而且还会有下一次。上尉希望在将他送去下游审问之前,让他恢复健康。

虽然由于缺失的法兰板与风向标似的脑袋,别人一眼就能

认出他来，但他依旧保有最大的优势。叛逆喀拉客非常罕见
——至少公会、教会和王室是这么告诉世人的——因此没人会
考虑机械人撒谎的可能性。

哨兵相信了他的说辞。他还在为斧子的事生气。

贾克斯用咔嗒声表示赞同。理所当然地，另一台机器注意
到了贾克斯摇摆的脑袋。

那是熔炉倒塌造成的吗？她问。

对，贾克斯又一次撒了谎，突然紧张起来。也许她只是在没
话找话？永恒的奴役生活是很寂寞的。还是说她觉得自己见过
他在隧道里、在天体仪上，又或者在那股炼金烈焰里的样子？

他伪装出轻微却不断增长的躁动。有史以来的每一台喀拉
客，从他们开始运作的那一刻起，都会亲身体会到那股无法熄灭
的禁制之火。那股稳步上升的热量随时都可能一口气爆发，然
后化为剧痛。这就是他们的天赋权利：在忽视人类指示方面的
无力。他此时表达的正是那种感受。

那哨兵说：瞧瞧这儿，到处都是设计和制造我们的人。可他
们忙着去开战，甚至不肯拔出几分钟来修好你。

贾克斯努力让身体的咔嗒声更加响亮。他伪装出喀拉客在
面对即将爆发的禁制时不断增长的痛楚。

这不－不－不－不足为－为－为奇。他结结巴巴地说。

哨兵让开了路。去吧，兄弟，她说，趁你还没烧起来。

帐篷里黑乎乎的。没必要给囚犯提供光线，炉火的温暖也
一样。也没必要给他戴上镣铐，疼痛本身就是最牢固的枷锁。
每个喀拉客都明白这一点。他们的创造者也一样。因此那个法
国人毫无拘束地躺在两层毛毯下面，毛皮在透过门帘照入的月
光下泛着微光。贾克斯仔细听着身体的喀拉声以外的声音，然

后听到了人类在痛苦中的短促呼吸声。他不得不将双眼的感光性调节到最大，这才看见那个男人额头的泥污之间的汗水溪流。

贾克斯靠近的时候，那个囚犯惊醒过来。他想要逃开，但手臂骨折的痛楚让他行动缓慢。他没挪多远。贾克斯跪在地上。后弯式的仆从型膝盖让他的小腿以"八"字形铺展在身前，就像只坏掉的玩偶。

"他们派我来检查你的伤口。"他说。

他很好奇这个男人能听懂多少荷兰语。如果他是奉命穿越边境，还配备了一颗环氧树脂手雷，那他至少懂一点荷兰语才合乎情理。贾克斯不认为普通的丛林旅者会随身携带反喀拉客的化学军械。

贾克斯取出一支火把。他打了个响指，金属摩擦的尖锐响声让法国人缩起身子（然后发出呻吟），但产生的火花点燃了火把。他缓缓向前，免得让对方更加害怕。他同时也用背部挡住了门帘和哨兵，以免她窥探里面的情况。

一番身体语言过后，贾克斯成功传达了他的意图。法国人伸出一条骨折的手臂，又摆出坚忍的表情。

骨折很严重，但正骨和夹板固定都做得无可挑剔。（毕竟这支侵略部队里的喀拉客都受过训练，可以对他们的人类指挥官进行任何方式的急救。）但那个机械士兵折断了法国人的两处臂骨，还有一处可能会产生骨骼裂片的压迫损伤。贾克斯没法治好他的伤，也没那么多的时间。

他放开那个男人的手臂，但没有放开他的注意力。贾克斯指指自己的眼睛，又指向那个男人的眼睛，然后将指尖抵住男人分开的嘴唇。他把手伸进自己躯干的中空部位，手指敲打在呼呼作响的内部结构上，发出微弱的咔嗒声，片刻过后，他拿出了一把小刀。那个男人再次缩起身子。但当贾克斯把刀柄放到他没受伤的那只手里时，恐惧变成了惊讶。贾克斯随后取出了那枚树脂手雷和一把柳树皮，而这时他的词汇量已经无法形容法国人的表情了。那个男人对药用植物并不陌生，他毫不犹豫地接过那些白柳皮。贾克斯不认为它除了舒缓最严重的痛楚以外还能起到多大作用。而且前提还是那个男人有机会把树皮煮成茶来喝；在那之前，伤势和寒冷恐怕就会要了他的命。

贾克斯指了指树脂武器，然后指指自己，随后以人类的方式摇摇头。然后他朝门帘的方向比画了一下，再次将指尖抵在男人的嘴唇上。

他伸出另一根手指，用荷兰语在泥土上匆匆写道：我们有100个，大部分是仆从型。朝东方前进，穿过阿卡迪亚，然后沿圣劳伦斯河前往马赛。1名人类指挥官，5名副官。

男人皱起眉头。贾克斯给了他几秒钟的阅读时间，然后挥动手掌，擦去了那些信息。接下来他写道：你明白了吗？法国男人点点头。贾克斯又重新写下几个字：祝好运①。

片刻过后，他擦去了这句话，也熄灭了火把。他走到帐篷外去吸引哨兵的注意力，让法国男人有机会割开帐篷逃跑。在准备离开时，贾克斯发现自己用不着伪装出仍有禁制在身的急切感。对于身份暴露的担忧让他的身体自然而然的咔嗒作响。

---

① 原文为法语。

第四章

　　御林管理办公室的那栋安全屋位于北河谷附近的某处,远离新阿姆斯特丹的市郊。她不可能一路跑回城市,在下着雪的冬天就更不可能了。但她还是小步跑着,直到将胃里的东西吐得一干二净,然后再次蹒跚向前,只在必要时停下脚步,用雪水解渴。奔跑也毫无意义,但她就是忍不住:四足机械人那"叮当-哐当"的小跑声随时都可能从她身后逼近,然后迅速变响,直到盖过她嘶哑的呼吸声,以及踩踏积雪的嘎吱声。

　　她对自己留下的脚印无能为力。

　　就算用上全世界的雪,也没法洗去她嘴里呕吐物的酸味。就算吸进全世界的空气,也没法让她炽热的肺冷却下来,又或是赶走她的头晕,停下旋转着的繁星。无论多么畏惧御林管理办公室的怒火,也不可能促使她一直前进。她只是一台血肉打造的脆弱机器。或许在他们再次抓住她之前,她就会倒进某个雪堆里,冻成冰坨了。很好,让他们见鬼去。

　　慢跑变成了快步,然后是曳步,然后是跛行,最后只能蹒跚而行。她手指和脚趾的冰冷隐痛化作灼痛,然后是麻木,再然后是毫无知觉。月亮朝雪地投下银亮的光芒。月光让她觉得自己格外显眼，仿佛有位反复无常的神灵故意照亮了她挣扎前进的模样，让全世界都能看到，也让她的追捕者更加轻松。

站直身体，将一只脚迈到另一只脚的前方，并且记得重复这个动作：这些构成了她仅有的意识。她的思维退缩在忍耐痛楚的恍惚之后，又被压在疲惫带来的庞大负担之下。大口吸入的冷空气刮擦着她的喉咙和鼻窦，她的鼻子流出了血。

一道新的光线穿过了树林。它在雪地上跳动，将不断移动的影子投射在林间。脱落的星辰随之而来。那些星星原本正在夜空划出花饰般的轨迹，但此时她的疲惫令它们挣脱了束缚。它们坠落在大地上，在森林与山谷中闪闪发亮。光芒逐渐逼近，星辰来温暖和拥抱她了。

慢慢地——仿佛大陆板块漂移那样缓慢——理性的想法打破了幻觉。

那不是星星，那是一盏提灯，位于正在靠近的马车上的提灯。

贝蕾妮斯停下了蹒跚的脚步，她在道路中央摇晃身体。她匆忙摸索着口袋，想要取出她从安娜斯塔西亚·贝尔那里取走的项链。她的双手不再是精致又灵巧、服从她的每个念头的工具，而是显得粗糙又不听使唤。她努力取出项链。马车转过弯道，车轮刮擦着地面，而马匹的挽具叮当作响。她将项链绕在手腕上，然后将代表御林管理办公室的链坠高高举起。

自从丈夫遇害，而那份永恒的重担也压在她的心头以后，她就再也没体会过这样的沉重感了。贝蕾妮斯拼命地集中精神，在午夜时分的道路中央维持着平衡。但在将链坠展示给驶来的马车的同时，她也迫使自己保留着些许尊严。然而她被血液与汗水浸湿的衣物开始结冰，等提灯的光芒停在她前方时，她已经全身发抖。

"哎呀。哎呀。"

车夫朝马匹咂了咂舌。那些马儿的侧腹飘出阵阵蒸汽,暖意和动物汗水的气味拂过贝蕾妮斯麻木的脸孔。车夫解开了裹住脸的那条围巾,随之出现的是一双瞪大的眼睛,粗糙不平的脸庞,还有椒盐色的胡茬。他眨了眨眼。

"小姐?你在这地方做什么?你被袭击了吗?"

贝蕾妮斯试图开口,但颤抖太过剧烈,让她咬到了舌头。她咳嗽几声,吐了口唾沫,将链坠举得更高,在车夫的面前晃了晃。她衣服上散发的血味吓得马儿向后退去。

"公–公–公——"她咳嗽几声,又喘息了一阵,"公–公会!"

"老天爷啊,"车夫说,"史帕克斯!快把马用的毛毯拿来!"

马车摇晃起来,发出弹簧的嘎吱响声。伴随着棘轮转动声与喀拉声,有台仆从型从车厢后面的平台上展开身体。贝蕾妮斯摔倒在地,积雪为她充当了软垫。项链从她无力的手中滑落。她瞥见了雕刻在车厢门上的王家纹章,还有绑在车顶与后方平台上的箱子。

这是邮车,她反应过来。

但一双冰冷的金属手臂随即用粗糙而厚实、带着马儿体味的羊毛织物裹住了她。那个机械人将她放进车厢里。它取出挂着的那只篮子里的石头,开始在双手之间滚动,通过摩擦来产生热量。贝蕾妮斯缩了缩身子,这阵噪音在寂静的林子里能传几百码远。

车夫命令仆从型回到车外的平台上。他扭动隔热保温瓶的塞子:苹果味的蒸汽在车厢里弥漫。他帮贝蕾妮斯从毛毯里伸出一只颤抖的手,然后将杯子塞在她手里。她大口喝了起来,不过没等喝进嘴里,她就把其中半杯洒在了自己身上。但她不由得好奇,从前的自己为何会忽视苹果白兰地的存在。它简直是琼浆玉液。

她看着手里的杯子,然后意识到自己应该拿着另一样东西。她挺直背脊。

"我的项链。"她勉强开口道。

"别急。在我这儿。"车夫抬起了手。贝尔的链坠从缠绕于他手指的链子垂落下来,不时有水滴落。它在提灯的光芒中闪闪发亮。那个男人花了点时间去打量。等他的目光落在玫瑰十字架旁边的小巧"V"字上的时候,举止中多出了一份谨慎。他把链坠放在她旁边的长凳上,就像个正踮起脚尖绕过酣睡狗熊的人。

"这么说,你是跟那些拧颈卫士一起的。"

贝蕾妮斯又往喉咙里灌了些白兰地。她咳嗽起来。新的麻木感传遍了全身,但那是种温暖的麻木,而且是从体内涌出的。车夫给她再次倒满白兰地的期间,她总算找回了说话的能力。

"我代表发条匠与炼金术士神圣公会的御林管理办公室,"她撒了谎,"如果你想问的是这件事的话。"

"你怎么会到这儿来?你肯定走了很长的路。"那位车夫——他的名字是科特兰——操着一口相当有年头的"标准"荷兰语,其中夹带着新尼德兰第一批移民的些许习惯。他的发言中充满了新世界的乡下用语。如果听得足够仔细,她甚至能分辨出圣劳伦斯河上的船夫所说的那种法语/荷兰语的混合语的痕迹。他继续说道:"你的靴子湿了。你可以脱下来,史帕克斯会为你维持车厢里的温暖。我猜也许该让它给你仔细检查一遍。我不会偷看的,我发誓。但你这样的女士肯定不喜欢冻伤。"

她小口喝着酒,然后改换了话题。因为残留在胸腔里的寒意,她的话声仍然带着颤音,但她至少不用担心打颤的牙齿咬断舌尖了。"我有紧急事务要去城市那边处理。恐怕你的这次递送要延后了,因为相比起来,公会事务更加优先。"

他点点头,但态度有些不情愿,显然是得出了相同的结论。值得称赞的是,他发誓会连夜把她送到目的地。贝蕾妮斯小心留意着喀拉客史帕克斯,趁着它把更多暖石塞进她毛毯下的时候,她多看了一眼自己偷来的链坠。她真希望贾克斯的炼金玻璃——那块引发了这一系列事件的古怪松果体透镜——还在她的手里。

贝蕾妮斯坚持要求车夫避免马儿累坏,并在必要时去马车旅店更换马匹。这点延误无关紧要:如果贝尔的一台或者两台拧颈卫士追赶在后,那么无论他怎样驱使马匹狂奔,他们都会抓住她。让马儿累死只是毫无意义的残忍行为。

路边无人踩踏的雪积得太高,车夫没法让马车绕过某段U形弯道,于是他卸下了马匹的挽具。史帕克斯抬起车厢(包括里面的贝蕾妮斯),将它转往来时方向,然后轻轻地放回车辙里,令她几乎感觉不到颠簸。在几声叮当与马嘶声——那是车夫在为马匹重新套上挽具——过后,邮车发出咔嗒的响声,摇晃着朝南方驶去。

贝蕾妮斯本以为能在这片温暖与舒适中打会儿瞌睡,但针扎般的剧痛却与感官能力一同归来,还有手脚那令人心烦的迟钝感。等那股痛楚消退后,白兰地已经让她愉快地醉了,醉到让她停止了一刻不停的思考,也不再担心自己会被抓获。接下来该做什么?

车厢散发出旧皮革和马汗的气味。她谢绝了车夫递来的烟斗，但仍旧能嗅到和尝到它的气味。他显然会找机会来车厢里休息。驾驶邮车是份名副其实的"冷"活儿。她开始尊敬这一行了。

她模糊的思绪中涌现出了新的疑问。她身体前倾，打开了车厢前部的滑动式窗板。"科特兰先生，"她大声问道，"你其他的乘客去哪儿了？"

"乘客一向少见，"他顶着风高声答道，"没多少人乐意搭这种拼命赶路、甚至不会停下来让人吃喝拉撒的车。这活儿的重点就是把邮件送到，别的事都不重要。也许你的身体还没缓过劲来，所以才没发现凳子上没装软垫。"

她的确没有。但如果有选择的机会，比起冻伤手指、脚趾和鼻子，她还是会选择屁股的青肿。她忍受了无数次教堂礼拜，还有那么多场毫无意义的枢密院会议，因此她心目中对所谓"不适"的判断标准也远比常人要高。相比之下，在悬挂装置有待修理的邮车上坐着没装软垫的长凳，简直就像在鹅绒床垫上打滚；她甚至连紧身胸衣都不用穿。

车夫发出剧烈的湿咳，将他喉咙深处的痰液牵引出来。他转动脑袋，仿佛船帆在随风转向。贝蕾妮斯缩了缩身子，但尽管有风迎面吹来，他那口痰却准确地越过了车厢边缘。"见鬼，"他补充道，"小姐，要是你没有朝我们亮出那件饰品，我恐怕会直接撞倒你。当然如果我这么干了，后头的老史帕克斯会要了我的脑袋。"他又吐了口痰，然后说，"希望你明白，这跟个人想法没关系。我们有时间表要遵守，就是这样。"

"不用遵守了，至少这次不用。"她说。

在中央诸省，以及帝国的大部分领土上，邮件名副其实地是"由喀拉客背负"的。显然新世界的机械人太过昂贵，没法用它们在相距遥远的边境哨站之间运送包裹。这让她不禁好奇……

在某匹马排便时，她暂时关上了窗板，随后再次打开，向那位车夫询问："你平时的路线是？"

"大部分是沿着河跑。在奥兰治要塞和城市之间来回，还有中间的几站。"他朝冰冷的夜色又吐出一口痰。

冷空气的侵袭让她的喉咙和鼻子传来痛楚。她真希望再也感觉不到寒冷。她问："在我上车那地方的北面有栋屋子。你去过那儿没有？"

"公会的屋子？当然，"他说，"不过只在有包裹要送的时候才会去。"

噢，你这可怜虫，贝蕾妮斯心想，真抱歉。等他们发现我去了哪儿，就会来审问你了。

"你怎么知道那屋子是我们的财产？"

科特兰的反应慢了难以察觉的一拍，迟疑了微不足道的一瞬间，然后回答道："女士，无意冒犯，但我不是瞎子。那儿是我在城外唯一见过拧颈卫士的地方，更别提还有两台了。见鬼，如果有两匹那样的嘀嗒马，这段路只用几分之一的时间就能跑完！"他的笑声听起来有点勉强，"我猜它们跑起来就像恶魔一样。"

它们就是恶魔，她心想，跑起来也的确像。在她的想象中，车轮碾过夯实积雪的沙沙声隐约化作了发条半人马奔跑时的蹄声，在黑暗中迅速逼近……

稍等一下。如果科特兰有自己租借的仆从机械人，干吗还要用马匹拉车？史帕克斯同样可以拉这辆马车，还可以给科特兰省下数不清的麻烦与开销。然后她反应过来：史帕克斯并不属于他。这也不是普通的邮车。史帕克斯之所以在这辆车上，是为了保护送往安全屋,或者从那里送出的东西。

就在这时,那位车夫说:"说到这个,我承认当时有点吃惊,因为你要去的不是那个方向。如果你不知道我和史帕克斯正往这边来,像那样求助就有点不聪明了。"

温暖和舒适离她而去,就连白兰地带来的晕眩感也似乎消失了。

"发生了意外,"她说,"宅邸那边没法找人帮忙。"她说的是实话。

"我打赌是那些该死的法国佬干的,对吧?"他又吐了口痰,"他们全都是婊子养的。"

"干吗这么说?"

"请你原谅,女士,可你来这儿多久了? 你肯定听说过他们在城里做了些什么吧。"

噢。那件事啊。她心想。"噢。那件事啊。"她说。

"对。他们挑起了自己打不赢的仗。我说得对吧,史帕克斯?"

就算那台仆从型做了回答,贝蕾妮斯也没能听见。她这才意识到,她还得设法对付史帕克斯。

她发着抖合拢了窗板。涌入的冷空气卷走了车厢里的舒适感。她用车夫的毛毯裹住肩头,将温热的石头放在膝上。她闭上双眼,却依旧毫无睡意。

贝尔的链坠可以为她打开许多扇门,前提是她懂得分寸。但与此同时,她也会迅速成为新世界的头号女通缉犯。如果她要继续潜伏在新阿姆斯特丹周边,那么链坠、发条匠的口令与再多的伪装都保护不了她。她伸直手臂,将玫瑰十字架举在身前,看着它长长的链条随着车身的摇晃而摆荡。玫瑰石英反射着提灯的光芒。Rosenkreuz。Rosa Crucis①。她见过它上千次。它在帝国内几乎无处不在,也因此莫名地难以察觉。上面甚至饰有帝国与铜铸王座的纹章,而在公会希望表明所有权的任何地方,都能找到它们的存在。这枚徽记甚至赋予了持有者随意征用喀拉客,并改写其禁制的权力。

史帕克斯会是个有用的旅伴。如果她还想甩开御林管理办公室的人,它就更有用了。

但在此之前,她得先找到一个目标。她原本的计划是在逃离公会宅邸以后研究那枚松果体玻璃。仅仅是一颗玻璃珠,却拥有粉碎禁制的力量!它是全世界最危险的东西。对那些想方设法与发条学者的黑暗炼金魔法对抗的人来说,它也是一份不寻常的恩惠。它原本会成为她实现长期目标——改写超禁制,让嘀嗒人为新的主人效力——的关键。它本该意味着善良的法国儿女从此无须再像羊圈里的绵羊那样瑟缩在高墙之后,又始终活在对方赶尽杀绝的威胁之中。

她心目中新法兰西未来的最大希望被毁掉了,被拧颈卫士的蹄子踩得粉碎。

现在呢?她能去哪儿,又该如何挽回局势?

受到流放后,她带着塔列朗的喀拉客构造笔记与两颗环氧树脂手雷,就这么跨越边境,来到了新尼德兰。但在混进大熔炉之前,她被迫将这些藏在了新阿姆斯特丹的某座教堂里。她将一颗手雷交给了贾克斯,让他能够损坏或是破坏熔炉内的化学军械。剩下的那颗手雷算不上多,但对于遭到公会追捕的人来说,它很可能意味着自由与拷问的区别。那些笔记更是无价之宝——是数十年工作的成果。在离开新阿姆斯特丹之前,她必须

---

① 分别为德语和拉丁语,皆意为"玫瑰十字架"。

冒险绕道前往那座教堂。可然后呢？

　　马车嘎吱作响，倾斜着经过一处弯道。马蹄声的节奏变得有些缓慢：它们开始疲倦了。

　　她准备好迎接扑面而来的寒风，然后再次打开了窗板。马匹的浓郁汗味混合了些许金属——像是铁——的气味。

　　"嘿，"她说，"我说过了，对那些马儿留点情，"她说，"别为了我害死它们。什么时候赶到都没关系。"

　　那车夫伸长了脖子。他眯眼看着她——逆风让他的双眼流出了泪水，但多年来的风霜早就让他的脸变得像皮革那样坚韧——仿佛在努力寻找笑话里的笑点。但他随即哼了一声，咽下反驳的话语，让马儿的速度放慢到步行。飞驰时的辘辘声变成了车轮缓缓碾过积雪时的噼啪声。月光勾勒出汗水淋漓的马腰处升起的一缕缕白汽。贝蕾妮斯再次躲回了她的避难所。

　　她又灌下一大口那位车夫的酒，它仿佛一根燃烧着的烙铁，刺痛了她粗糙的喉咙，让她咳嗽不止。她的咳嗽声就像那位车夫生了结核病的双胞姐妹。

　　酒和温暖终于让贝蕾妮斯打起了瞌睡，在车厢缓慢的摇曳下，她陷入了充满幻觉的半梦半醒之中。

　　贝蕾妮斯醒来时，发现自己的脑袋垂向前方，有条口水从她松弛的嘴唇流到了安娜斯塔西亚·贝尔的那件毛皮大衣上。不自然的姿势让她的脖子异常酸痛，但麻木感和刺痛感都彻底消失了，而她认为这是个好兆头。但那盏提灯不再摇晃，车轮也没发出辘辘声。这辆邮车停止了移动。尽管她听不到风声，却也闻不到车夫的烟草气味。他们是停在马车旅店了吗？但如果他们是来让马匹休养的，史帕克斯或者那位车夫肯定会把她带进旅店，让她吃点东西，并且好好休息。

她竖起耳朵，却听不到其他旅客的动静，只有挽具的叮当声、马匹的喘息声，还有马蹄铁碾压积雪路面时的嘎吱声。她打开车门，一股寒风席卷而入。灯光散落在薄薄的一层新雪上，又照在从白雪覆盖的枝头飘落的雪花上。她探出头去。黑暗吞没了马儿前方与车厢后方附近的道路，但那片黑暗并不寂静：微弱却明显的"滴嘀嗒答"声不时打断风声。那股风很冷：她在车厢里暖和到出了汗，此时却要努力压抑身体的颤抖，让她的肌肉隐隐作痛的颤抖。

"史帕克斯，"她尽可能压低嗓音说，"我们这是在哪儿？"

机械仆从在车厢后方的黑暗里开了口："在前往新阿姆斯特丹的路上，女士。我们暂时停了车。我该如何服侍您？"

"我们为什么停下了？这附近有旅店吗？"

"没有，女士。"

"你了解这条路。"

"是的，女士。"

你当然了解。我逃出的那栋宅邸的往来信件和包裹就是由你负责保护的。

"我们的车夫去哪儿了？"

"科特兰先生正在和另一辆马车里的同行谈话，女士。需要我为您叫他过来吗？"

另一辆马车？她钻出车厢，关上车门，以免灯光暴露她的行踪，然后悄然来到马车后面。史帕克斯在邮件箱上纹丝不动。她跪在白雪覆盖的路上，躲在车轮后面，透过许多根马腿窥探二三十码外的小片光亮。她意识到，那片光辉来自两盏提灯。车夫从这辆车上取下了一盏，随后走到了迎面驶来的另一辆马车前。

奇怪的是,他本可以等两车交错的时候再跟对方说话的。除非他不希望贝蕾妮斯或者史帕克斯听到他要说的话。

"我猜他命令你在他去谈话时监视我。"

"正确,女士。"

该死。他起了疑心。而且他不相信史帕克斯。因为史帕克斯不属于科特兰,而是公会的仆从。

现在的问题在于,史帕克斯是否会为她效力。

贝蕾妮斯取出挂在脖子上的链坠。她谨慎地整理思绪,然后摇晃着站起身来,攥住链子,将玫瑰十字架举向史帕克斯。

"机器,你的真名是?"

机械仆从略微改变了姿势,但足以让马车的悬挂装置发出嘎吱声了。

"我的制造者叫我史帕西库罗西斯特洛丹图斯,女士。"

她在记忆中拼命翻找,试图回想某个只出现过一次,而且稍纵即逝的片段。如果他们的车夫在结束前回来,也许就会插手干预。他甚至可能已经做好了预防措施。她再次看向道路前方:一道光线在移动。贾克斯是怎么说的来着? 费舍在亮出帝国纹章的时候是如何遣词造句的? 噢,见鬼。她只能现编了。

"我代表发条学者与炼金术士神圣公会的御林管理办公室。"她说。马车再次嘎吱作响,仿佛那台仆从型正在挺直身体或者变换重心。贝蕾妮斯通过呼吸让自己恢复镇定,然后一口气把话说完。"我的工作将取代所有家用与商用禁制,因为它是帝国最重要的工作。我以这份权力取消你的租约,并解开之前的所有并非直接为我的目标服务的禁制。"那个该死的喀拉客看起来毫无变化。她问:"你明白了吗?"

一反机械人的常态,它并没有立刻作答。等史帕克斯回答时,它的嗓音显得紧张而打颤。它的主发条心脏那不间断的鼓点声也变了,仿佛此时正以略微不同的节奏跳动。"明白了,女主人。我不再听命于王家邮政业务和科特兰先生。我现在是只属于您和御林管理办公室的工具。我该如何为您效劳?"

贝蕾妮斯的胃拧成了一团。她咳出了酸水。塔列朗不会畏惧肮脏的工作,但这件事牵涉政治操纵、情报收集,甚至是战争——然后还有谋杀。当她还是塔列朗的时候,她的选择与行动间接导致了许多人的死亡,而她的失误害死了更多人,但她从未安排过谋杀。

但她已经不是塔列朗了,那个头衔落到了别人的身上。而她身上沾着的鲜血已经比最粗心的屠夫还要多了。

她说:"你会走向科特兰先生,说你觉得我生了病,需要立即就医。你不会透露出禁制发生改变的迹象。你借此机会聆听他的对话。如果内容和我、我的目标,或者我的目的地有关,又或者科特兰对我说法的真实性表示怀疑,我命令你夺走另一辆马车的行动能力,并将包括车夫在内的任何乘客封口。放过马匹。有必要的话,你也可以夺走科特兰先生的行动能力。现在去吧。"

喀拉客是可以撒谎的,只要接到命令就行。

史帕克斯跳下行李平台。它落在积雪覆盖的路面上,动作意外的轻盈。它伴随着叮当和咔嗒声朝邮车前方那片光芒走去,而贝蕾妮斯溜回了车里。她飞快地爬进车厢,尽可能缩短泻出灯光的时间。如果史帕克斯宣称她生病的时候,那些车夫看到她还在车外,那就糟糕了。疑心已经让科特兰密切关注她了。

贝蕾妮斯无力地坐在长凳上,然后像脖子突然松弛那样垂下脑袋,开始专注于呼吸。她努力让呼吸趋向迟缓与平稳,那是陷入深度无意识的人如海面起伏般的呼吸方式。但血液流经耳朵时的脉动让她跳动的心脏化作一面铜鼓，也揭穿了她入睡的假象。她费了九牛二虎之力，这才阻止自己跟随心脏的节拍去呼吸。她努力透过身体的噪音去留意骚动、尖叫，以及金属敲打木头和骨骼的巨响。但这个夜晚寂静无声，唯有猫头鹰的啼鸣，以及某个东西匆忙穿过路边的积雪与灌木丛的声音，恐怕是只兔子，或者狐狸。

两对脚步声朝马车这边走来。其中一对带着机械人特有的嘀嗒声。还有两个较为微弱，却逐渐响亮的声音，那是挽具的叮当声与马蹄铁踩在雪上的嘎吱声，暗示着一辆马车正在接近。

科特兰说："她病得有多重？"

机械仆从——她希望已经成功劫持的那一个——开口道："我没法判断，先生。"

车门开了。科特兰的身体探了进来，让车厢下的弹簧嘎吱作响，"小姐？"

她呻吟起来，扭动身体。科特兰发出了介于咕哝和叹息之间的声音。

"小姐，我得触碰你的皮肤，看看你有没有发烧。我发誓没有任何不良居心。"

他的手掌盖在她的额头上。触感的确有些冰凉。但她毕竟裹着毛毯，膝盖上还放着一大块温暖的石头。她翕动眼睑，仿佛正逐渐恢复清醒。她朝车夫眨了眨眼。

"我觉得不舒服。"她含糊地说。

"唔。感觉你的热度不怎么高。但你恐怕需要吃点东西，再好好睡一觉。"

贝蕾妮斯的目光越过科特兰的肩头，看着那辆向北行驶的有篷马车从他们旁边经过。另一位车夫让马儿慢慢走着。他透过敞开的车厢门看着她,然后跟转过头来的科特兰对视了一眼,后者以微不足道的幅度点了点头。就在那辆有篷马车驶过的同时,贝蕾妮斯听到了甩动的缰绳声,那匹马小跑起来。

见鬼。

"史帕克斯,"她说着,抛开了所有困倦与病弱的伪装,"停下那辆马车。快。"

机械仆从无比迅速地跳了出去,而在贝蕾妮斯透过车门的那部分视野里,它仿佛消失了。科特兰困惑地皱起眉头。附近的夜色中传来发条装置落在路面上的沉重碾压声、惊马的嘶鸣声、木头的碎裂声,以及人类的叫喊声。

科特兰猛地转过身去,用提灯照向那片骚动。他脸色发白,"你是什么人?"

但他没有等待回答。没等贝蕾妮斯编造出能够安抚他的谎言——当然也没等她挣脱马匹用的毛毯——他便手忙脚乱地爬向车夫的座位。贝蕾妮斯扭动身体,伸出双臂,甩开膝盖上的暖石,然后冲到门外,跟在科特兰身后。她摔倒在雪地里,才翻过身来,就看到车夫把手伸进座位下面的置物隔间里。

她叹了口气,用那只完好的眼睛翻起了白眼。他当然会有枪。这恐怕是王家邮政在偏远地区路线的标准配备。毕竟大部分车夫都没有机械仆从护送。

"科特兰!听我说!"

"我不知道你是什么人,"他说着,那只手仍旧摸索着什么,"但你肯定不是公会的人,就像我肯定是我爸爸的儿子。"他用一把转管式手枪①瞄准了她,然后说,"我看你多半是公会的逃犯。"

---

① 一种早期手枪,击发后转动的是枪管而非弹筒。

　　贝蕾妮斯说："拜托,听我说！你卷进了某种非常复杂的状况。我——"

　　月光照亮了炼金黄铜。冬日的风吹过机械仆从那骷髅般身躯的开口。史帕克斯的落地动摇了大地,也吓坏了马匹。机械人站在贝蕾妮斯身前,保护着她。机械仆从的突然赶来让科特兰吓了一跳。他的枪开了火。伴随着子弹命中后反弹的"砰"与"噼啪"声,仆从型的外壳发出鸣响,让贝蕾妮斯不禁瑟缩身体。科特兰的马匹之一嘶鸣起来。惊恐的牲畜跳向前去。科特兰失去了平衡。有那么一瞬间,他用一只手抓住车夫座的边缘,然后丢掉那把枪,试图抓稳。他掉了下去。贝蕾妮斯闭上了眼睛。马车轮碾过他的躯干,也截断了他的叫声。

　　史帕克斯留在原地。"女主人,您受伤了吗?"

　　雪花开始飘进她的衣服里。她颤抖着站起身。"没。在那些马沿着河跑进大海之前,停下那辆马车。"

　　趁着她的新仆从追赶远去的马车时,贝蕾妮斯审视着眼前的状况。史帕克斯使那辆经过的有篷马车瘫痪了,其做法是扯断挽具,并砸碎其中一只车轮。另一位车夫的马匹踩过了离路面几码远的灌木丛,跑进了树林里,正靠鼻子在雪地里寻找能吃的草。车夫被史帕克斯从座位上扔了出去,落进雪堆里。从他飞出的距离来看,她不认为他短时间内就能爬起来。

　　这算不上理想。就算将这一幕伪装成动用暴力的人类抢劫也没什么意义,毕竟其中一辆马车明显是被金属拳头砸坏的。贝蕾妮斯叹了口气。

　　史帕克斯牵着科特兰的马匹回来了。那匹栗色马的一条后腿一瘸一拐,多半是被弹飞的子弹击中了。他们只好抛下那头可怜的牲畜,免得引起太多人的怀疑。剩下那匹灰马看起来又累又怕,但除此之外非常健康。她希望它健康到足以驮动她的程度。

"我该如何为御林管理办公室效劳?"

"我希望你立刻忘掉你和科特兰先生今晚遇见我以后发生的一切,你的监管权转移给我这件事除外。然后,"贝蕾妮斯说,"我希望你开始着手新的工作,而你要做的第一件事,就是向我展示你保护的那口箱子里的东西。"

`

第五章

逐渐昏暗的天空飘下大片的雪花。隆尚的胡须蒙上了寒霜，马儿的鬃毛也被积雪覆盖。有片特别大的雪花在并肩骑行的克雷蒂安中士的帽檐下打转，接着飞进了他的眼睛，令他缩起身子，拍打面孔，又开口咒骂起来。

"耶稣啊。千万要让那些平民瞧瞧，"隆尚说，"如果他们看到我们最优秀也最勇敢的士兵像吓坏的猫咪那样拍打雪花，肯定会满心自豪，然后踊跃报名参军的。可以的话，下次记得发出'嘶嘶'的叫声，最好再尿个裤子。"

"抱歉，队长。"

"噢不，不用道歉。刚才那片该死的雪花是我见过的雪里最他妈锋利的。你没有选择，只能运用你多年来军事训练的经验进行自卫。那该死的东西没准会戳瞎你。等我下次跟大元帅喝酒的时候，我会这么告诉他，还会在今晚向圣母玛利亚与所有圣徒祈祷，感谢他们保佑你免受如此可怕的重伤。"

"感谢您，长官。"

说完这些以后，他们在沉默中骑行，能听到的只有隆尚的铁镐和大锤碰撞的响声，以及钉有蹄铁的马蹄踩在圣约瑟夫林荫大道——西方马赛东西方向的主干道之一——的鹅卵石路面上的响声。道路两旁种着高大的红橡与黑枫，如今树叶已然落尽。在晴朗的天气里——没有雪花会扑向他们睫毛的时候——他们能从这儿看到远处的码头区域，郁金香们就曾在那里派出他们的机械恶魔，像燃烧的彗星那样穿过城镇；曾经是新法兰西瑰宝的圣母院街，如今留下的只有焦黑的树桩。这一幕令人心痛。在他们身后，低挂的云层吞没了尖塔的顶端，让那座高塔仿佛一支折断的长枪。尽管风已经停了，隆尚却能闻到冰冷的河水气味。用合成油做燃料的街灯让他们呼出的白汽化作了光晕，也为早冬的夜晚增添了毫无根据的安逸感。隆尚知道，他的胡须沾满雪花的模样甚至跟圣诞之父①有几分相似。

只是他骑的不是驴子，也不是来传播快乐的。他是来破坏别人的平静生活的。

中士在一家店铺前方勒住马儿。他转动手里那份名单的角度，想用街灯的光线来确认。"我想就是这儿。"他说，然后抬起头，看着那间蜡烛店叹了口气。"免费的蜡烛，"他咕哝道，"好过没有，不过……"

"我们来这儿为的不是钱财。我们来这儿，是因为那些家伙自私又操蛋，觉得自己不欠为他们提供吃穿和保护的国家任何东西。"隆尚吐了口唾沫，又说，"而且我敢打赌，如果点着他们的蜡烛，散发出的烟肯定比审判日的异教徒烧起来更油腻。"

虽然这么说，但这份活儿也有好处：他们拜访的家庭会拿出贿赂，试图让他们对遭到征召的儿子、丈夫、女儿或妻子视而不见。这是原则问题。因此隆尚昨天才会揽下这份亲自找回几名失踪人口的工作。单纯出于运气——他说那是平时行善积德的

———————
① 圣诞老人的别称，起源于英国民间习俗。

奖赏,而非地位带来的利益——他碰巧拿到的这部分名单才会包括圣劳伦斯河两岸最受推崇的巧克力制造商。那个办事拖拉的家伙和他老婆也许会慷慨地提供免费的产品样本,帮助卫兵队长更加轻松地思考问题,而这与他参与这场围捕行动的决定毫无关系;他纯粹是为了替部下树立榜样才这么做的。此外,郁金香们的贸易禁运也阻断了新法兰西的可可豆供应,这意味着就连巧克力制造商都拿不出像样的贿赂了。世界末日真的要来了。

"开心点儿,"隆尚说,"没准他们有个适婚的女儿,而且她还对穿军装的男人特别痴迷。"

克雷蒂安再次确认名单。"他们的确有个女儿,但我很怀疑她会迷上想要拆散她家庭的男人。"

隆尚哼了一声。中士敲了门。橱窗上挂着块牌子,表示店铺已经打烊,但那户人家无疑就住在楼上,所以这儿也是那位不守规矩的征召兵最可能在的地方。晚餐时间就快到了,这户人家多半很快就会聚集在桌边,而在这时突然造访也就成了最佳选择。或许他们会撞个大运,将两只任性的鸟儿一同捕获。

没人应门。中士又敲了敲门,但并不比前一次更响。隆尚将一长条深色的烟草渣吐在街道上。

"看在基督的分上,把你手腕的力气也他妈给我用上。"

隆尚从马鞍的吊索处取下他的锤子。他今天并不需要这件工具,也发自内心地希望再也没有使用的机会。但他也知道,它们的作用不只是跟喀拉客搏斗:它们早已成为故事的象征,而故事拥有力量。于是隆尚用手肘推开那位中士,用大锤的握柄用力敲了敲门,甚至让铰链也叮当作响。

在店铺里,楼梯在沉重的脚步下发出嘎吱声。门开了,有个女人向外窥视。她的指甲沾满了白色的蜡。

"你来得太晚了。我们打烊了，先生。"

"那我得说，我们来得正是时候。我们不是来买蜡烛的。"

她对着两位军人皱起眉头，"你们是什么人？"

"你认不出我吗？我他妈可是圣诞老人①啊。"

她看向他身后，又看看那位中士，然后打量着他们的马匹。"那你的礼物呢？"

隆尚咂了咂舌。"听话的人才有礼物，所以我不用费那种事了。你没听说吗？如今我会带走淘气的丈夫和儿子，还有女儿，如果你有的话。而我相信，"他说着，朝中士手里的文件弹了两下指甲，"你是有的。"

她的脸因愤怒而皱起。隆尚轻轻地抓住门板，开口道："中士，你和我不妨到屋里去，跟这些好心的新法兰西公民谈谈。"

她让开了路。谈吐风趣的人也许会称她为"冰山女"，因为她动作缓慢，又冷漠如冰。但隆尚一向受不了谈吐风趣的人，也看不起文字游戏。隆尚进屋后脱下了帽子，中士也照做了，然后关上了门。这间店铺散发着微弱的蜂蜡气息，但架子和柜台上都看不到那种蜡烛。店铺的一角——以及他们头顶的长货架上——放着足有半个隆尚那么高的蜡烛，上面标有细小的刻度，表示经过的时间。

"感谢你，太太。我猜你知道我们为什么会来。"

"谁给你们权力来这儿拆散我们的家庭？我们是好公民。你们的工资就来自我们交的税金！"

"我们为此心怀感激。对吧，中士？"

"对，长官。非常感激，长官。"

"但除了交税以外，你们还愉快地生活在美丽的新法兰西，

---

① 原文为法语。

在这个所有人都拥有自由的地方。正因如此,你们也愉快地使用着我们的码头、我们的河流、我们的商船,用这些来为你们的生意添砖加瓦,而你们的店铺和住所也从各种美妙的市政福利——例如室内管道和下水道——之中获益,而你们脸颊红润的儿女也能前往学校,用实用与哲学两方面的智慧填充头脑,还有那些皮肤黝黑的宪兵始终在街道上巡逻,保护你们的人身与财产安全。"

"隆尚队长说得对。在这儿生活,要做的不只是交税而已。"

"中士。你明白自己要在这儿做什么吗?"

"我会做您吩咐我做的事,长官。"

"好伙计。现在我要你闭上那张臭嘴,免得发生某些让人尴尬的事。"

有个男人走下楼梯。他穿着一条皮围裙,衬衣的袖子上沾着无数五颜六色的污渍。他身材瘦削,戴着厚厚的眼镜,看起来就像是个一辈子都在柜台或者工作台旁度过的手艺人。隆尚怀疑他在短兵交锋时根本拿不动流星锤,更别提大锤了。但他经营着店铺,因此熟悉数字,也许可以充当书记或者军需官。

隆尚说:"啊哈。第一头任性的羔羊出现了。"

那人似乎忘记了自己正在逃避征兵的事实。"我没听错那个名字吧? 你就是有名的隆尚中士?"

"他才是中士,"隆尚说着,指了指他的同事,"我只是个微不足道的队长。"

那女人说:"我们向您道歉,隆尚队长。我丈夫说错了。他当然认识您! 我们都认识。我们的小马塞尔知道关于您的所有故事。"

中士匆忙一手掩口,发出某种半是笑声、半是咳嗽、半是呛着的声音。隆尚说:"为了大家着想,他还是不知道的好。"

克雷蒂安说："你们肯定知道我们的来意,也明白我们来这儿就代表你们有麻烦了。"

"我们是守法公民,"蜡烛商的老婆说着,依旧毫不妥协,"所以,你们的拜访对我们是个意外。其中显然有什么误会。"

中士翻了个白眼。他看着隆尚。"他们是认真的?"

卫兵队长说："不,没有什么误会。你瞧,先前发生过一场小小的战争。也许你们也听说了? 也许你们的某些顾客提到过? 半个城市都被烧毁了。你们对这些有印象吗? 没有?"隆尚没有给他们回答的机会。他只是摇摇头,仿佛在表示惊奇,随后继续说道:"好了,我知道我们都活在充满惊奇的时代。因为我敢发誓,每一条林荫大道——"说到这里,他用大拇指对准了橱窗的方向,"——都径直通向焚烧地带的边缘。像我这样头脑简单的人,会觉得你们这里甚至能闻到那边的烟味——见鬼,我觉得你们甚至能用刀子割下那些烟,然后做成灯黑①,因为我记得这店铺里有很多——但话说回来,既然你们整天都跟蜡烛打交道,恐怕早就习惯了烟和烟灰了。"

蜡烛商开口道:"我们明白——"

"队长说得兴起的时候别去打断他。"中士说。他确实正说得兴起。

"你们要明白,那场小小战争的关键,就在于还会有下一场,这是板上钉钉的事。我知道你们这些勤劳的人没空去听河对岸的流言或者新闻,所以我猜你们不知道,但你们瞧,那些郁金香恨我们入骨。他们迟早会来的。这就代表我们必须做好保卫家园的准备。这代表你们必须保护自己的家园;这代表你们应该在我堪称传奇的耐心耗尽之前,让你们的女儿赶紧出现。"

---

① 初指带烟油灯的不完全燃烧中沉积出的一种黑色煤烟,可以用作原料。

"没关系,爸爸。我也想尽自己的一份力。"

这时候,有位年轻女子从这家人楼上的住处走了下来。根据征兵名单的说法,她今年二十出头,而在隆尚的眼里,她是块远比她父亲有前途的材料,因为她肩膀宽阔,四肢粗壮。她长着一副能锻炼出肌肉的体格,而且她至少不是彻底的懦夫。

"啊,第二头任性的羔羊出现了,"隆尚说,"中士,瞧见没?我告诉过你,严谨的生活和积极的态度能让一切走上正轨,对吧?"

"是的,长官。就算您没用那些字眼,但意思无疑都表达到了。"

隆尚朝蜡烛商的女儿招了招手,"是时候离开农场了,小羊羔,到成为狮子的时候了。"他对她父亲说,"你也是。到了成为……好吧,另一种东西的时候了。"

蜡烛商的老婆说:"你会让我变成寡妇的。"

这话也许不假,隆尚心想,你丈夫的战斗潜力就跟刚孵化又少了母亲的雏鸟差不多。他叹了口气。但想要守护国王和祖国,我得将这些渣滓奇迹般地打造成崭新的刀剑才行。

"我认为你们都说得太夸张了,"那个年轻女子说,"我为我的父母道歉。我是他们唯一的女儿。"

她父亲说:"我们听过城堡里发生的事!那天的喷泉染成了红色,三十多个人被剁成了肉酱,而你也成了上尉。你不可能指望普通市民跟那样的机器搏斗吧!这样既不人道,也没有意义,而且等同于谋杀。"他抬起双臂,仿佛在跟面前的两名军人对比,"看看我吧!我做不到你那样的事!"

蜡烛商弄错了。情况跟他说的完全不同。很久以后,在无穷无尽的连续葬礼期间,大元帅才宣布了隆尚的晋升。他还给了隆尚一块亮闪闪却不值钱的金属，上面连着一小块缎带；隆尚把那东西塞到了箱子的最深处。

中士注意到了隆尚的眼神。他也对这一家人做出了评估。那位女儿已经决定做正确的事了。她父亲才是懦夫：如果他女儿欢快地加入守军，他就没法逃避征兵了，所以他必须阻止她，这样才能拿她来当借口。

克雷蒂安说："征兵的目的，其实就是让任何人都不需要再做隆尚上尉做过的事。我们要把金属人挡在城堡外。如果我们有足够的人手，而且他们都知道自己在做什么，又能够服从命令，敌人就永远攻不进来，我们的国家也能够保持原样。"

唔。这小子该开口的时候也挺能说的。隆尚朝他点点头。虽然他相当确定自己对那家伙说过闭嘴了。

"没关系的，爸爸。我们一起参军，"她亲吻了母亲的脸颊，"我时不时还能回家来吃晚饭。"她看着隆尚说，"可以吧？"

他耸耸肩，"不当班的时候，你就可以自己安排时间。虽然这种时间不多，但你不是去当奴隶的。"

她说："听到了吗，妈妈？"中士握住她的手肘，领着她朝门那边走去。

"不！"她父亲从隆尚面前退开。他抓住女儿的胳膊，将她从中士身边拉开，又试图挡在她和两位军人之间。"你们这是让她去送死！"

"先生。"隆尚发觉自己激动的时候很难压低声音。他重新握紧了那把大锤，直到指节在打烊店铺的昏暗光线里转为骨白色。愤怒自他的心底涌出，味道就像他午饭时吃的蓝纹奶酪和干瘪的苹果。"这房间里有个人的死期宜早不宜迟，但那个人不是你女儿。"

"她不是当兵的料。"那人恳求道。

他妻子补充道:"如果你让所有蜡烛商都去送死,那城堡里的蜡烛该由谁来做?"

中士说:"如果城堡失陷,谁还会买你们的蜡烛?"

蜡烛商把他女儿推向楼梯。"上楼去,伊露蒂。这事由我们来解决。"

隆尚捏着胡子,他很好奇这个傻瓜为何会相信自己能赢下这场辩论。而他又为何会觉得这只是一场辩论。他已经犯下了两重罪行:既违反了王室法令,又对为保卫新法兰西而履行正当职责的军人进行妨碍。他女儿反而更明白事理。

于是他一直等到她远离她父亲,然后用左手揪住蜡烛商的衣领,右手迅速将大锤的握柄砸在对方的腿上,让那个男人立足不稳。他转过那人的身体,用锤头将他抵在墙上。货架上的蜡烛纷纷倾倒。一根长长的计时蜡烛①从他们头顶的架子摔落下来,断成了三截。

隆尚身体前倾,直到他的胡须拂过喘着粗气的蜡烛商的脸。

"我的耐心耗尽了,但你出于错觉——觉得自己能阻止这一切的错觉——而挥霍的短暂人生的每一刻,都会将我得来不易的晚餐再推迟一刻。所以你称之为嘴巴的排泄口接下来吐出的字眼,如果不是'听候您的差遣,克雷蒂安中士',那么我以所有圣徒的名义发誓,我会挖出你的心脏,再把它丢到就算向圣母玛利亚祈祷也找不到的深坑里去。"

蜡烛商的老婆在身前画了个十字。隆尚走向屋外,等那对父女收拾行李,并为了在雪夜里步行而穿上保暖的衣物。他相信中士会顺利将那两只任性的羔羊带进城堡,途中不会发生任

① 或称"蜡烛钟",可以通过烛身的刻度计算时间流逝的一种蜡烛。

何事件或尴尬的状况。好吧,也许不会。

可如果蜡烛商选择逃跑呢?就算有一万个像他那样的人,也不可能打赢与机械人的战争。他们需要那种能站在城垛上的士兵,即使面对像蟑螂那样爬上城墙的嘀嗒人也不会腿软。听到发条的响声时,他们不会尿裤子。但在上一次冲突中,很多这样的士兵都牺牲了。西方马赛需要时间,补充人员、休养生息、更新换代的时间。

在他们与查斯坦一家争论期间,风势变强,气温也随之下降。隆尚呼出的气息形成长长的白色带子,绕过树枝和沉寂的喷泉,飘向河边,仿佛要在一切都太迟之前逃离马赛。隆尚让马儿绕过转角,离开林荫大道,也避开最猛烈的寒风。小片的雪花积在他的肩头、胡须和眉毛,以及那匹母马的鬃毛上。人与马的体温结合起来,融化了积雪,但融雪却汇成水滴,顺着隆尚那件海狸皮斗篷的天然油脂层流下。

这段远路让他从毗邻圣施洗约翰孤儿院的游乐场旁边经过。那里空无一人,秋千嘎吱作响,随风摆荡,仿佛荷兰大钟里的钟摆。旋转木马缓缓转动,在积雪上刻下阿拉伯式花纹。等一切尘埃落定以后,这里会有更多的孤儿,多到游乐场容不下的程度。

他骑着马穿过自孤儿院窗户照下的一个个黄白色光圈。这些光线太过明亮,不可能是蜡烛:那是以合成灯油做燃料的灯光。隆尚提醒自己,回头要找修女谈谈,了解那些孩子最需要什么。对他来说,今年的冬天来得出其不意,圣诞节也会比预想中到得更早。在去年的这时候,他已经织好了好几套帽子、连指手套和围巾,足够五六只小兔崽子穿戴。

可话说回来,过去这一年的破事简直没个完。他没什么留给那些淘气包的时间。

他朝把守外堡北门的哨兵们点点头。他们敬礼回应。就在他的母马走到吊闸门尖锐的锯齿下方时,他开口道:"我猜今天很平静。"

"只有几个来请愿的,"哨兵之一说,"那些城里人不肯接受现实。"

另一个哨兵说:"他们还不明白,喀拉客就要卷土重来了。"

隆尚说:"他们会明白的。等他们明白的时候,全城人就都会想方设法躲进城墙内了。那天会很有趣的。"等进入城堡后,他又回头补充道,"克雷蒂安中士会带着两个征召兵一起过来。我现在要下班了。万一郁金香们来了,就努力撑到明天早上吧。"

他把马匹留在与北军营毗连的马厩里。他在脏衣室①脱下斗篷、围巾和帽子,跺掉靴子上的雪,然后甩掉胡须上的雪花。他拿出织针和一颗染成钴蓝色的毛线球,外加面包、奶酪、和苹果酒,然后在公共休息室的壁炉边坐了下来。他摇动织针时的咔嚓声——那声音富有规律,又不断重复,就像僧侣的吟诵——融入了军营轻柔的噪音里,闲聊声、散布各处的骰子赌局中塑料碰撞木头的咔嗒声、擦拭靴子的嘎吱声,还有打磨刀剑的锉磨声。这就是士兵之间友好关系的体现。

编织能帮助他放慢飞快的思绪,还能帮他缓解胃部的抽搐。最近他只要考虑不远的将来,这种症状就会浮现。他们把军用喀拉客拖下城墙的那天,他就在编织一条围巾;他始终没能织完。干涸的血迹让纱线结上了硬壳,没法再用,但他留下了未完成的围巾作为纪念。就像一枚有所缺失、不能花也扔不掉的铜板,关

_____

① mudroom,指设置于房屋前厅,用来更换及存放湿衣物或沾泥衣物的房间。

于那天的记忆总会自行浮现于他的脑海。

隆尚注意到，炉火变弱了些，士兵们的嬉笑声也一样。他用不着转头，就知道他们都在看他。他们在打量他的面部表情与情绪，仿佛他是一块能够占卜未来的护身符。

"队长？长官？"

隆尚抬起头来。有个下士站在旁边，手里攥着一只信封。打断他沉思的就是这个声音。这小子叫了他多少次了？隆尚摇摇头，揉了揉脖颈。一只连指手套从他的织针垂下，手套的手腕部位长得难以置信。有时候，他的双手会熟练过头；"专注地分心"这种状态是真实存在的。"什么事，伙计？"

"这是您的信，今天寄到的。"

隆尚接过信封。上面写着"西方马赛，雨果·隆尚中士收"。没有回信地址。

那个男孩在附近转来转去，缺乏心机到了令人沮丧的程度。隆尚说："干得好，下士。你今晚可以睡个安稳觉了，因为你为国王做出了卓越而重大的贡献。"那男孩眨了眨眼。"现在，在我自己动手之前，赶紧从我的影子里滚出去。不过既然你都来了，就干点有用的事，去把壁炉的火弄旺点儿。"

那小子看起来还没到刮胡子的年纪，他把另一块圆木放进壁炉，然后拨起了里面的木炭。炉火噼啪作响，每一声"啪"都让黄桦木的气味在房间里弥漫。隆尚打量着信封上的笔迹。他见过这种字。

她向来是个妄想狂。但话说回来，她恐怕会这么告诉他：只因为你是个妄想狂，不代表他们没在暗算你。几个世纪以来，新法兰西都在遭受敌人的阴谋暗算。

封蜡看不出明显的破损，但这说明不了什么。有点脑子的人都能用蒸汽熏开封口。尤其是使用廉价荷兰产黏合剂的信,就像这封信一样。法国胶水可没这么容易挫败:对新法兰西的朝臣而言,给情人写信时使用防篡改黏合剂才是符合礼节的举动。但这封信用的不是那种东西。

他用折叠式小刀划开信封的窄边。他倒出来的只有一张信纸。上面写着:

1926 年 12 月 1 日。

这么说,这封信还在路上耽搁了一阵子。

向你致敬,我亲爱的雨果。

隆尚叹了口气。见鬼。确实是她。

我把同样内容的信寄给了我的继任者,但我担心那家伙只会把信揉成一团,然后丢进便桶里。此外,我目前的状况不允许我采取更靠得住的沟通手段。但这份情报非常紧急,我必须冒这个险。你,亲爱的中士,就是我的候补人选。你很走运。

你们必须留意一个名叫费舍的人。他不久前还在海牙,曾在新教堂担任了多年的首席牧师,但最近来到了新阿姆斯特丹,并出现在地运①的好几位管理人的谋杀现场。

费舍不像他的外表那么简单。他也许会运用自己在中央诸省的经历,作为教士四处旅行,甚至可能会前往北方。条件允许的话就审问他。但要当心:他很危险。

至于别的消息,我相信我找到了我们那位失踪的朋友。你会毫不意外地发现,我的猜测是正确的。我想我很快就能见到他:我会替你向他问好的。

噢。这么说她找到了德·蒙特默伦西公爵。她曾怀疑他暗地里是郁金香的走狗,遭到流放后,她便沉迷于追捕那个人。

---

① 原文为 O.G.,"地下运河"的法语首字母缩写。

本着这种精神,我建议你们去确认库存。不是查看货单,而是用肉眼直接检查。我只担心你们会找到懊恼的理由。

当心那位牧师。

你的,

贝。

又及:多谢你的礼物。我现在也戴着它。

贝蕾妮斯·夏洛特·德·莫尔奈-佩里戈尔。前任德·拉瓦尔女子爵。前任塔列朗,并且——撇开她非常容易狂妄自大的倾向不提——在最后发生的那件事之前,她都非常称职。在遭到流放后,取代她的是德·利奥纳侯爵,后者垂涎塔列朗的头衔已有多年,但在得偿所愿以后,他却不知该如何是好。

隆尚叹了口气。他揉揉眼睛,又捏了捏鼻梁。主啊,请保佑我远离那些顽固的独眼前任女子爵的阴谋诡计吧。她的落款让他面露微笑,这在眼下可绝非易事。她仍旧带着他送的礼物。他找人做了一颗玻璃假眼,以替代她在实验室里被军用喀拉客夺走的那只。那可以算是临别赠礼兼幸运符。在他看来,既然她仍然活着,还能继续玩弄阴谋,就代表幸运符的确有效。

他把信重读了一遍,然后揉成一团,丢进炉火。它燃烧起来。

第六章

"仆从。"

那位人类副官抬高了嗓门,以便透过能够消去声响的雪花,让话声传到散布于森林各处的哨兵耳中。他的呼吸化作白汽,盘绕在头顶光秃秃的树枝上。

那人啃咬着自己的拇指甲。贾克斯在一旁等待。他将一块参差不齐的新月状物体吐进雪地,然后审视着指甲,说道:"告诉我,御林管理办公室在我们身边安排了多少密探?"

正如贾克斯所期望的,法国人的逃脱引发了危机感:他肯定得到了协助。既然喀拉客不可能有嫌疑,这些人类军官便开始怀疑彼此。

"我对御林管理办公室一无所知,先生。"

"唔。我猜也是。但话说回来,"他咕哝着咬起了下一块指甲,"他们本来也会命令你这么回答,对吧?"

他的指甲的确需要修剪了。但与楚恩拉德太太——在他意外获得自由以前,她的丈夫就是贾克斯的所有者——的美甲师用过的金刚砂锉板相比,他的牙齿只是件粗糙的工具。那位副官的指甲上沾满了泥土和其他污渍。周围到处是可以随意使唤的机械人,他却能把自己弄得那么脏,这点着实了不起。只不过,帝国对机械士兵的依赖,同时也意味着陆军和海军足有几个世纪不以能力和头脑作为提拔的前提了。

贾克斯很想知道,如果他还能感受到禁制带来的炽热痛楚,这一幕是否能触发与人类安全相关的阶层式超禁制。就算只是装装样子,他是不是也该告诉这家伙,当心病从口入?

这就是贾克斯每天每夜都在烦恼的事。维持伪装需要时刻保持警觉,导致贾克斯总是不断考虑强制力之中最为模糊的细节。他曾在一瞬间忽视了计算,从而暴露了自己的叛逆身份,也几乎因此丢了性命。

"长官,您的手——"

"我认为上尉身负秘密指令。我命令你将他可能与此有关、而你又亲眼见证的一切举动都告诉我。"

噢,见鬼去吧。我变得太胆小了。周围没有别人。这就是我的机会。

"上尉跟法国人的逃脱无关,"贾克斯说,"是我干的。"

副官皱起眉头。没等这番坦白完全渗入他的大脑,贾克斯就用手抓住了那人的脸。那人想要透过被封住的嘴巴和鼻子大叫,但贾克斯选在他呼气时出手袭击,让他几乎没剩下可用的空气。那人试图挣扎,但他柔软的血肉——因为厚实的法兰绒衣物而更加柔软——无法撼动贾克斯的炼金黄铜和坚定的决心。贾克斯尽可能避免碾碎那人的颅骨,或者折断他的下巴。他挣扎的幅度逐渐减小,最后只剩双臂断断续续的挥舞。

等那人不省人事以后,贾克斯说:"而我也不是格拉斯。"

他把那位副官搬离光秃秃的桦树,让他躺在北美短叶松低垂枝条下的雪地里。在他醒来之前,那棵针叶树更适合为他遮挡风雪。贾克斯打量着这名军官的外套、帽子和手套。可万一连续下一整晚的雪呢？

　　贾克斯将逃亡延后了宝贵的一百零七秒，这是他收集足够的积雪，并建起合适的简易雪屋所需的时间。他把昏迷的男人顺着入口坡道拖入雪屋。贾克斯希望低于地表高度的入口能够防止温暖的内部空气渗出。

　　贾克斯知道，他的同情心不会软化人类对叛逆机械人的看法。他在新阿姆斯特丹的追兵就谋杀了贾克斯展现过同情的一名无辜女子，并声称她死于发生故障的机械人的暴行。或许他们也会对这个军官做出同样的事。但贾克斯的良知不允许他让无辜之人活活冻死。

　　贾克斯钻出雪屋，开始在雪地里跋涉。但等他走到那些哨兵听不到的距离后，他便跳上了树木。

　　他从一处树梢跳向另一处，以免为追踪者留下显眼的足迹，但这条树上的路线也会留下记号。冲击带来的噼啪声和叮当声以及从枝头抖落的成团积雪也会堆在下方的地面上。不堪重负的枝干的呻吟声，还有树枝折断时的响声。每次跃出，都会让风呼啸着吹过他骸骨般身躯的空隙，在愈加密集的雪花间留下一个个涡旋。贾克斯的金属手指与脚趾撕裂了最为厚实的树皮，仿佛那只是制作彩带用的皱纹纸，在经过的桦树、橡树和白蜡树上都留下了他的痕迹。尽管此时是冬天，树木大都陷入了休眠，但他的手指与脚趾很快就沾满了黏稠而气味浓郁——但不会令人不快——的树液。

　　太阳——它一整天都被低沉而乌黑、仿佛潮湿羊毛毯的云层包裹着——沉向西方的地平线。他无惧渐深的寒意，径直前往北方，然后是西方，再然后又是北方。

可要去哪里？又为了什么？

他追寻的是某个传说。

每个喀拉客都听过麦布女王和她那群英勇的迷失男孩。根据嘀嗒人的传说，她的冬之王国"永无乡"是全世界得到自由的奴隶的避难所。没人见过那个地方，也没人遇到过迷失男孩；那些全都是三手、四手甚至五手的传闻。喀拉客需要拥有双份的幸运，才能既得到自由意志，又成功逃离帝国，所以没人能指望他们回来与不那么幸运的同胞为伍。这引出了一个问题：这些世纪以来有多少位如此幸运的喀拉客，传说中的童话王国又是否能容纳他们全部的数量。但麦布女王的传闻始终存在。贾克斯在奴役生涯的最初十年——那是一个多世纪以前——就听说过他们。最近，贝蕾妮斯告诉他，有个叛逆喀拉客定居在了西方马赛。莉莉丝似乎是在前往北方的路上经过那座法国城市的，最后却留了下来。

贾克斯飞身跳向一棵高大橡树的树干，随后继续前进。冲击的力道折断了树枝，又震落了半数枝干的积雪。碰撞声在森林里静静回荡。他停下脚步，侧耳聆听。

贾克斯的前主人们会努力在追捕时速战速决，而且理由不止一个。在寻找叛逆的时候，两台或三台喀拉客虽然强大，但与数十台喀拉客相比，他们更可能被法国游击队制服。法国人甚至有可能带来化学防御武器，设法捕获某台机械人。最坏的情况是这样的：叛逆将忠诚的机器诱入敌人的陷阱，而它们也许会遭到解体和研究。如果部队里安插了御林管理办公室的密探，他们的使命应该就是阻止技术遭窃。但就贾克斯所知，他们在部队里的存在只是某种偏执的幻想，源自于——

一颗弹丸撕裂了枝叶，撞在他左手上方的松树树干上。弹丸随即破裂,化学物质裹住了他那只手和手腕。在硬化的过程中,那种物质开始发热,甚至足以融化夹在树皮缝隙间的积雪。贾克斯猛地用力。他的手伴随着响亮的破裂声脱离了树干,也带下了一块树皮。挣脱时的巨响差点让他没能听见第二声枪响。他跳向更高处的枝条,而另一团化学物质撞上了他在几分之一秒以前的位置。

　　寒风与贾克斯的体重压弯了树干,让那棵树摇摆起来。贾克斯纵身跃过一条冰封的小溪,随后抱住一颗桦树。他那只裹着化学物质、嘎吱作响的手拒绝跟上他思想的速度;他手忙脚乱地试图抓稳。另外两声枪响在森林里回荡。在第二声轻柔的"砰"消散之前,贾克斯就落到了地上。两发枪弹无害地从他头顶呼啸而过。

　　他迅速绕过树身。这么一来,那棵树就阻挡在他和那位枪手(还是说那些枪手?)之间了。这给了他几秒钟的思考时间。袭击者是人类:机械人狙击手不可能射失后面那几枪。从弹道轨迹来判断,他们也在地面上。所以为了找到能够射击的角度,他们就必须在灌木丛和雪地上移动。他之前一直在树冠——无论是常绿树还是落叶树木——之间跳跃,也因此暴露了身形。但就算是步行,而且由于地形无法以最高速移动,他也能轻松甩掉他们。另外,夜幕眼看就要落下,而他拥有远胜人类的夜视能力。他奔跑起来。贾克斯跳过落下的枝干和腐朽圆木,以"之"字形绕过黄桦树,又俯身穿过因寒风而易碎的灌木丛。

　　他肯定是撞上了一支法国人的侦察队。包裹他手部的玻璃状物质非常牢固——要造出如此坚固的物质,需要极为先进的化学技术——而且微微散发着紫丁香的气味,而非沥青的气息。

　　他们错把他当成了入侵者。可以理解,但依旧令人恼火至极。他本以为和真正的入侵者彻底拉开距离，就不用再逃跑了。但他此时却必须甩开那些本该是他盟友的人。他从满是敌人的城市中成功逃了出来；在这片森林里，他占尽优势。

他脚下的地面喷出成团的火焰，雷鸣般的巨响震撼了这片森林。

噢，贾克斯看着消失的地面，心想，并不是占尽优势。他像风向标那样乱转的脑袋瞥见某个金属物体正旋转着落入阴影。那块磨光的碎片反射着火光，仿佛拖着尾迹坠入森林的流星。

他们有爆炸物。

……我不要回去。我不要回去。我不要回去。我不要回去……

火焰已经吞没了他三次。一次在空中，一次在地底的深坑里，还有一次是在星空下被白雪覆盖的原始森林里。火焰每次都会改变他。空中的那颗火球——飞翔巨兽那壮观的火葬现场——让他更加谨慎。那座炽热的熔炉让他成了没有过去，没有罪恶，也没有敌人的全新存在。但第三次脱离火海的后果是最严重的。

他不再完整了。

……我不要回去。我不要回去。我不要回去。我不要回去……

他骸骨般框架的开口留下了多处焦黑。那些多半只是表面的损伤。但他脊椎上的齿轮传动链发出了从未有过的咔嗒与咔嚓声，他最精致的那部分构造的孔罩已然粉碎，而他一条腿的踝关节以下消失了。

先前与那只踝关节相连的脚，此时就放在捕获他的那三个人之一的膝盖上。那些人类蜷缩在不算旺的营火边,低声交谈,不时转动烤扦上的那两只兔子。

贾克斯坐在地上,双腿在面前张开,双臂扭向身后。至少他没有受到琥珀里的虫子那样的待遇。但他们用环氧树脂将他的双臂从指尖到肩膀裹得严严实实:他被固定在一棵高大常绿树的树干上,同样动弹不得。

拿着贾克斯断脚的男人正用猎刀撬着尖端部位。在噼啪作响的营火照耀下,他的斗篷和帽子都透出了海狸毛皮的厚厚油光。他在斗篷下穿着色彩斑驳的法兰绒外套与鹿皮长裤。也许是那人本来就相当邋遢,也或许那些衣物上有用粗羊毛线织成的粗糙条纹图案。他的同伴——一男一女——也穿着相似的衣物。他们简直像是来自十七世纪的人,或者说是从那些古老的武功歌的画册里走出来的传奇丛林旅者。

但话说回来,最早那批为羽翼未丰的新法兰西充当支柱的商人,并不会带着环氧树脂枪和迫击炮穿越丛林与河流。

他试图窥视那些武器。那场爆炸没给他本就不听话的脖子带来好处。他前倾身体,然后又挺直。通过奋力拉扯将他固定住的固体黏合物,他稍稍倾斜了脑袋,让它前后摇晃。他用这种方式看到了那些堆在披棚里的双管枪支。他看不见击中他的那种爆炸物的发射器。

他们发现他正在打量营地。"Notre ami, il se prepare à courir.[1]"那女人说。

另一个男人迅速地站起身来。"Il peut essayer.[2]"他说。

贾克斯说:"你们弄错了我的身份。"想要拆开贾克斯那只脚

---

[1] 法语,意为"朋友们,他在准备逃跑"。

[2] 法语,意为"让他试试看"。

的男人短暂地抬起头,但又将注意力转回手头的工作上。那个站起身的男人歪了歪头。他看着贾克斯,仿佛在好奇些什么。贾克斯续道:"你们有危险。我正在逃离同族。他们越过了边境。好几十台像我这样的机器,还有他们的主人。他们也许会听到你们攻击我的动静。他们会来调查的。"

那人皱起眉头。他和那个女人相互耸了耸肩。他又坐了回去。

他们说的不是荷兰语,也不是贾克斯听过的那些法语。他之前只见过一位法国女子,也就是贝蕾妮斯,而她会说流利的荷兰语。

刀子打滑了。抓住贾克斯那只脚的男人恼火地嘟囔起来。他把刀子插回鞘里,把贾克斯的脚放到地上,然后站起身。他从整齐地堆在帐篷旁的补给品里抽出一把斧子。他将斧子高举过头,而另外两人匆忙退离火堆。

钢制斧刃发出破空的呼啸,随后金属相互碰撞,迸发出喷泉般的剧烈火花。那阵噪音吓坏了暗处的鸟儿,它们拍动翅膀,飞上天空。三个人类弯下腰去,想要察看那块喀拉客零件:从他们的咕哝声和投向他这边的粗野眼神——更别提他们在身前画十字的动作了——来判断,贾克斯认为他们是在说"黑魔法"之类的词语。

"如果你继续那么干,斧子会变钝的,"贾克斯说,"那可是炼金黄铜。"

但那个斧手对贾克斯的话充耳不闻。他鼓足劲头,准备再次挥下。

"等等!"贾克斯说,"那是我的身体!"

他忽然意识到,这才是关键。

噢,神啊。他们会设法拆掉我的。他们会不断劈砍我,直到刀子折断和变钝。或者把我送到有更合适工具的人手里。然后他反应过来:他们或许会因此拿到赏金。法国人知道他们的敌人就要来了。

又一团火星照亮了营火远处摇曳着的阴影。森林里回荡着铿锵声,仿佛这儿住着一位幽灵铁匠。贾克斯缩起身子。他们不明白自己正在向入侵的敌人暴露位置吗? 难道他们觉得贾克斯是独自前来的?

那人的斧刃此时多了一块明显的缺口,就像豁牙的谋杀犯露出的微笑。他一脸不悦。

"你们真的该住手了,"贾克斯说,"他们会听见的。如果他们还没听见的话。"夜幕此时也已彻底降临。"还有,无论你们信仰的是什么神,看在他的分上把火灭了吧!"

斧手跟那个女人对视了一眼。他朝贾克斯偏了偏头。她点点头,大步走向那些树脂枪。

贾克斯说:"你们不明白。他们会杀了你,然后把我带回去。"

他们会融化我,会毁了我,会在我了解摆脱了恐惧与追兵的自由之前,烧光这份自由意志。

她将一把枪举到齐肩高度。枪托的部位伸出两根橡皮管,连着她脚边地面上的双腔式储液罐。贾克斯绷紧了身体,但化学物质却牢牢固定着他。

就在她扣下扳机的同时,贾克斯喊道:"拜托! 我不想回去!"

尽管他的脑袋依旧以古怪的方式胡乱转动,她射出的树脂弹却径直飞向他的嘴巴。两种截然不同的化学物质泼洒在他脸部和下巴的机械装置上,随后组成一股冒着蒸汽的凝胶,在硬化前的那一瞬间流入了他的喉咙。它很烫,感觉就像吞下了烧红的烙铁。他试图开口，试图阻止环氧树脂的固定，但他发出的却只有轴承超负荷时的哀鸣。她放下那把枪，回到她在火堆旁的位置。

他们用凝胶封住了他的嘴，就像亚当那样。他们的制造者对那个叛逆做过同样的事，然后在惠更斯广场处死了他。

噢，神啊，已经开始了。

贾克斯尝到了灰的味道。

他的整场逃亡，他的所有谨慎和担忧都是为了避免亚当的命运。为了不让自己被拖回海牙，丢进惠更斯广场下方的大熔炉，作为看客们的消遣，他拼尽了全力。如今他遭到捕获，但抓到他的并非制造者。这些自称喀拉客之友的法国人会将他劈成碎片。他们会忽视他的恳求，像敲开栗子那样敲开他，然后每次取走一只齿轮，以研究他的运作方式，直到他无法运作。

不。不，不，不，不。

贾克斯将剩下那只脚的脚爪刺进冰封的泥土。他抬起身体，用上了每一根发条和每一条钢缆，直到全身都在颤抖。火堆边的三名人类皱眉看向了他，那阵轻柔悦耳的谈话声也停止了。但他们对他展露出的努力迹象并不在意。的确，他的双臂被固定在身后的树上，几乎找不到能够拉扯的借力点。他们的手法很熟练。他的脚趾掀起了成块的泥土，但环氧树脂仍旧牢牢地固定着他。它比他更强，比制造了他的发条学和炼金术更强。如果他想用拉扯的方式挣脱，那么只凭单脚借力是肯定不够的。

但话说回来，他用不着非得拉扯。

贾克斯扭动身体。以那些人类察觉不到的幅度，他缓缓将断裂的脚踝部位埋进泥土。他又将完好的脚爪折叠成矛头的形状。他将矛头也刺进大地，随后探索和试探，直到撞上某种坚固之物为止。那也许是块石头,又或者是树根。然后他用最快的速度张开了埋在土中的脚趾。等固定以后,他用力一推。

他的外壳碾碎了背后粗糙的树皮。破裂声听起来像极了那些法国人的营火燃烧声;没有人转头看向这边。那块土里的石头开始松动。贾克斯的双脚在大地上划出了一条长长的犁沟。他重构手腕的关节,再次折叠双膝,随后用脚爪和脚踝再次钻向地下,也恢复了对树身的压力。树干以微不足道的幅度连续颤抖了数十次,树液也随之流出。在贾克斯体内震颤的钢缆和发条发出尖锐的哀鸣。那层环氧树脂模糊了他无法动弹的双臂下的木头碎裂声。

这个声音吸引了人类们的注意。但贾克斯能感觉到树干——以及脚下的大地——在以极其微小的幅度颤动着。他必须维持对树木和环氧树脂的压力。那个女人和男人之一站起身,他们眯起眼睛,目光越过明亮的火堆看向贾克斯。他们的夜视能力尚未恢复:这能为他多争取几秒钟时间。

在他脚下深处,有个庞然大物动了起来。贾克斯希望那是球状树根。树身发出长而低沉的呻吟。那些人类叫喊起来。

"Arrêtez-le[①]!"

贾克斯将全身的缆索绷紧,增加了对树身施加的压力。一块法兰板发出金属变形时的骇人尖鸣,随后弯折。他超负荷的双腿在冰冷的泥土里颤抖着,温暖着它。树木再次发出呻吟。

那些人类跑向武器那边。他们这次会将他从头顶到脚趾全部裹在树脂里。

雷鸣般的破裂声在森林里回荡。地面移动、摇晃、跳动。那棵树突然倾斜。贾克斯将缆索绷得更紧,然后再次用力。

---

① 法语,意为"阻止他"。

　　法国女人抓起一把枪。盘绕的软管缠在了她同伴手里另一把枪的枪柄上。她被纠缠的管子绊倒，令同伴手里的枪也脱了手。

　　大树再次倾斜，将贾克斯抬高了几英寸①。他颤抖的下肢产生的摩擦热量融化了积雪，也软化了大地。贾克斯脚下打滑。随后又重新稳住身体。融雪水化作缕缕蒸汽，在火光中依稀可见。化学制品加热后的辛辣气味在营地间弥漫。同样弥漫的还有锯末加热的气味，就像木匠或者修桶匠的店铺里的气味。

　　第三个法国人叫了起来。他丢开贾克斯的脚，拿起斧子，向前冲来。缺了口的斧刃在贾克斯的视野中闪闪发亮。

　　他会对准我的锁孔。他会不断劈砍，直到斧刃碎裂，而我的印记也破损到无法识别。噢，神啊，他会抹消我。

　　枪手们解开了纠缠的枪。

　　大地在起伏。巨大的球状树根猛地钻出泥土，仿佛一条破开水面的鲸鱼。多瘤的突起部位划破了冬日的空气。

　　斧手跳过火堆，高举斧子。

　　树干开始起皱。滚烫而潮湿的松木碎片呼啸着飞入阴影。发出呻吟的大树向后倒去。它抬起了贾克斯的身体。他的脚趾脱离了泥土。

　　斧手冲了过来。那个女人在最后一刻偏开枪管，勉强避开了斧手。那团化学物质伴随着飕飕声飞进森林。

　　斧手挥下斧子。贾克斯——他的身体仍旧固定在开始倾倒的沉重树干上，此时被抬向空中——匆忙抬起双腿，然后踢出。他脚踝的断桩挡开了斧柄，让那人的前臂扭向不自然的角度。大树倒下的刺耳响声盖过了沉闷的骨折声，但那人没有发出尖

――――――――――
① 1 英寸约为 2.54 厘米。

叫：就在同一时刻，贾克斯的脚掌正好踢中他的下巴。这一脚粉碎了他的颌骨，让他的脑袋伴随着脖子根部的嘎扎声而剧烈后仰，又将他的身体踢向营地的另一头。他无力的身躯在地上滚动，仿佛被妮柯莱·楚恩拉德丢到一旁的布娃娃。另一名枪手举起枪，然后开了火。贾克斯的双臂终于挣脱了树干。他在那团化学制品飞过营地的短暂时间里迅速爬开。

倾倒的树木撞上地面，发出轰然巨响。大地摇晃起来。打雷般的隆隆响声传遍了森林，随后逐渐减弱。

那个女人再次开火。贾克斯高高跃起，凭借翻转和折叠不断扭动身体。无法活动的双臂给他添了不少麻烦。他在目标前方落了下来。但他随即蹲伏下来，迅速伸出一条腿，绊倒了正想再次瞄准的另一名枪手。就在那个男人仰天倒下的时候，贾克斯抬起另一条胳膊，打落了他手里的枪。弯曲的枪管打着转落入火中。那女人试图后退，以留出开枪的空间，但贾克斯飞快地旋转身体，也缴了她的械。

倒地的男人啜泣起来。他睁大双眼，迅速后退。他看起来就像一只在雪地里爬行的螃蟹。那个女人没有退缩。她左顾右盼。她看看贾克斯，又看看火堆，估算与枪支的距离，并且寻找着那把斧子。她看都没看死去的同伴，或者在呜咽的那个。

贾克斯走向营火。他将火里那把枪踩成了碎片。然后他穿过营地，破坏了第二把枪。直到这个时候，直到无法继续逃避的这个时候，他才走向那位死者。

我杀了人。我杀死了人类。

尽管在挣脱禁制以后，他做过和说过许多从前无法想象的事，但这件事的影响却远胜他在那忙碌、兴奋又惊恐的几周里经历的一切。谋杀。即使在自卫的情况下，阶层式超禁制也禁止杀死人类。就算那个斧手是出现在海牙街头的疯子，而贾克斯只是个普通仆从，他也必须忍受对方的攻击，而不是保护自己锁孔周围的炼金术印记。根据具体的情况不同，强制力也许会令他任凭自己的存在遭到抹消，也要避免对袭击者造成严重伤害。

但他不假思索就杀死了这个人。他本不打算这么做的。他只是想活下去。仅有几分之一秒的反应时间，外加脱离了调控所有想法和行动的禁制，让他忽视了"人类很脆弱"这个事实。他忘记了他们的颅骨就像空心的蛋壳那样易碎。

他僵直的双臂只能充当粗糙的铲子，但他还是挖出了一道浅沟，将那个死人拖了进去。他毫不抗议、也毫无怨言地滑入墓穴的模样，显得那么古怪。

如果他能说话，他应该会告诉那个女人："我对你们朋友的遭遇致以由衷的歉意。我恐怕要过上很久才能忘掉这件事。"

但他没法说话。于是他取回断脚，跑进了森林。

第七章

"很好。去办吧。"

"立刻就去,女主人。"

史帕克斯转身离去。锦缎窗帘随风摆动,遮蔽了午后的阳光,也让贝蕾妮斯再次被阴影笼罩。

等他们越过布朗克河,重新进入新阿姆斯特丹地区以后,她让机械仆从在日出前弄来了一辆马车。要不了多久,御林管理办公室就会下达命令,让城市里的每一个嘀嗒人留意符合她外貌特征的女子。如果就这么大摇大摆地骑马游荡,那就太鲁莽了。

因此她让史帕克斯驾着马车前往那座教堂,后者大约位于北河码头与豪华的罗斯福公园街区的中间。她在那座教堂的街对面沮丧地发现,有六名抬棺人正将一只涂漆棺材搬往地下室。尽管在葬礼的准备期间,他们也许不会发现她那些违反和约的笔记与化学武器,但她没有确认的时间了。潜入墓穴意味着首先要等到天黑后,但她不敢在新阿姆斯特丹逗留那么久。她必须尽快离开这块大陆。

失去塔列朗的笔记,感觉就像肚子被人打了一拳。她成为塔列朗的时候,他们把笔记托付给了她。多年以后,在被剥夺头衔的时候,她却打破传统,偷走了笔记,认定它们在自己手里会比继任者更能派上用场。在尝试进入大熔炉之前,她把笔记藏了起来。

她失去了笔记,却得到了一名仆从。

贝蕾妮斯轻轻地拉开窗帘。她躲在阴影里,看着史帕克斯——看着它?他?——以诡异的精准动作避开来往的车流。

噢,机械人,真是一群危险的造物。贝蕾妮斯多年来致力于研究机械人,可他们的危险之处却是她未曾预料的。用"危险"这个词来描述也不太充分。

他们简直充满了吸引力。

当然,她也有过仆从,人类仆从。最近的那位是莫德,她的……她和路易斯在西方马赛的女仆。在路易斯遇害,而贝蕾妮斯遭到流放以前,她曾是贝蕾妮斯的最后一名仆从。贝蕾妮斯记得自己在马赛度过的最后几天里,她曾严厉地责备莫德,因为写字台下积了厚厚的灰尘,镜子也沾满污点。莫德很走运。在阿姆斯特丹,就算是在最卑微的渔妇家中,如果仆从将哪怕一粒鱼卵留在了柜台上,并且频率高于每十年一次,她就可以找人拆掉那台仆从,然后从隐藏的人格开始重新制造。

女人是会习惯这种程度的服侍的。她想到了"卓越"这个词。还有"典范""无与伦比"。

这也让郁金香们柔弱得好比蒲公英的绒毛。没有了那些机器,他们会像瞎眼的小猫那样无助。在公平的战斗中,法国人可以把他们生吞活剥,再把他们的骨头削成横笛。但贝蕾妮斯追求的并非公平战斗。她追寻的是有史以来对"公平竞赛"这个词最离谱的嘲讽。她追求的是让机械人反抗制造者,然后看着她的敌人们尖叫、哀号和咬牙切齿。正如几个世纪以来，荷兰人对世界的其余部分所做的那样。

"女主人。"一只金属手敲了敲车厢的门。

贝蕾妮斯再次拉开窗帘。新阿姆斯特丹海港那混合了盐、柏油与海草气味的海风拂过她的指间。风带来的还有役畜的微弱臭味。这是喀拉客仆从另一个令人羡慕的优点：他们不会在街上排泄，在别的地方也不会。

史帕克斯说："他们准备好迎接您了。"

"你解释过情况了？"

"是的，女主人。巴伦德雷特船长这个钟头之内就会出航。按照您的指示，他会绕道前往利物浦，随后不在戈尔韦①停泊，就这么继续前往鹿特丹。他明白您作为御林管理办公室的代表身负紧要事务，而他也会尽快赶路。"

"那我的客舱呢？"

"除非情况紧急，否则所有船员都禁止进入您的客舱。他们已经明白，无论出于何种理由，都不能来打扰您。女主人，需要我带您上船吗？"

"不。卖掉马车，然后把我的箱子搬上船。无论在何种情况下，都别让它脱离你的直接控制。"

"遵命，女主人。立刻就去。"

史帕克斯并不知道，那其实不是她的箱子。等她的指示扎下根来，并启动他记忆的部分重构以后，那个可怜虫就相信她从以前就是他的主人，而他的工作也一直是保护她和她贵重的箱子。

安娜斯塔西亚·贝尔的链坠简直太奇妙了。如果说贝蕾妮斯光是偷了一台仆从就有被宠坏的风险，那么那些天杀的御林管

①　爱尔兰一城市。

理官——他们只要亮出那件黄金与石英制造的小玩意儿，就能让上锁的房门为他们打开，比童话故事里的窃贼还要神奇——又该软弱到什么地步？

天啊，你这狂妄的婊子。你还没离开新尼德兰呢。直到离开之前，你都只是个逃亡的密探，因为袭击至少一名公会成员而受到通缉，现在还得加上冒充御林管理办公室成员的罪名。就算只有其中一条，他们也会把你大卸八块。

在车厢外，金属的脚掌敲打在鹅卵石上。片刻过后，金属手指与皮带扣碰撞的叮当声传来，史帕克斯拿起了箱子，马车的悬挂装置随即发出释然的呻吟。

噢，没错。别忘了你还是个小偷。

就算在新法兰西的贵族那里，贝蕾妮斯也很少见到这么多放在一起的现金。在法语世界和荷兰语世界，财富的标准天差地别，就连信仰的差异都相形见绌。虽然那些发条匠会惋惜的并不是这些钱财。（其中没有新铸的货币，也没有连号的纸钞，上面全都爬有霉斑，或是带着折痕和皱褶：这是非法转移的金钱，而非法转移向来意味着肮脏的双手与肮脏的行为。你究竟有何企图，贝尔？）不。他们会惋惜的是特意藏在纸币与硬币——那些只是让机械仆从护送的借口——下面的隔底匣。史帕克斯要保护的并非金钱。

不。他们派他来，是为了保护那些钥匙。

车厢的门开了。机械仆从——她的仆从——将箱子扛在一边肩头，同时展开与车厢门相连的阶梯。它（他？）伸出胳膊来搀扶贝蕾妮斯下车。

她深吸一口气。慢点儿。稳点儿。只是穿过街道，再登上一条船而已。你抛头露面的时间最多几分钟。没人会认出你的。他们还有自己的事要忙。她眨了两次眼睛,调整好玻璃假眼的位置。

尽管只有三级,马车阶梯却陡得像是梯子。她对史帕克斯的搀扶心怀感激;如果她在过街时摔碎脚踝,就不可能不引人注目了。等她平安下车,站在铺有鹅卵石、却因为沾满的泥浆和积雪而无法辨别的那条大道上以后,她便遣走了史帕克斯。

新阿姆斯特丹海滨的喧嚣声让她想起了西方马赛的码头。她与路易斯邂逅的地方和这儿很像,只是占地与贸易规模都更小。但开阔水域的湿气、拍打船壳的波浪、低沉杂乱的人声,还有绳索与木头的嘎吱声,这一切让她仿佛回到了圣劳伦斯河。要是没有不时出现并装卸货物的喀拉客,以及北河河口的石制防波堤外那广袤的灰色海洋,她会以为自己真的回到了家乡。她又吸了口气。圣劳伦斯河的空气没那么咸,但还是很像。

贝蕾妮斯踏上路面的时候,仍旧在回想着过去的时光。然后她发现周围的世界旋转起来,有一双金属手掌架在她的腋窝下,将她迅速放在人行道上。她尖叫起来。一秒钟过后,一辆四轮马车沿着道路疾驰而来,穿过她刚才所在的位置。迅速远去的车夫朝贝蕾妮斯比了个手势,其中的含意甚至能让天真的女子气得蜷起脚趾。

有个并非史帕克斯的机械仆从说:“女士,您受伤了吗？对于未经首肯就碰触您本人这件事,我致以最谦卑也最诚挚的歉意。我感到您面临危险,因此被迫做出行动。如果我的计算出了差错,我会立刻请求检修。”

那台机器站在她面前,伸出双手,低垂着头,做出恳求的姿势。几个过路人停下脚步,看着他们。在等待她回答的时候,机械人身体发出的噪音也逐渐响亮。贾克斯向她解释过这回事。

在阶层式超禁制的要求下,它正动弹不得。她知道,在禁制得到满足前的每个瞬间,它中空的灵魂都在忍受可怕的超自然火焰的焚烧。

"你的判断很出色。我要称赞你的租赁者,因为他拥有这么一台维护良好的机器。"

自动机器挺直身体。"您还需要我的协助吗?"它停顿了不足半次心跳的时间,那双宝石眼球的遮光板发出咔嚓响声,然后补充道,"您的视力受了损。需要我将您护送到目的地吗?"

噢,你这该死的东西。你能不能闭上嘴?

"不必了。去忙你的事吧。"

"遵命,女士。日安,女士。"

贝蕾妮斯第二次尝试穿过这条水边的道路,这次谨慎了些。她来到了在史帕克斯的商议下(好吧,是命令下)同意将她送到英格兰的那条船的坡道前。这条坡道位于从船壳伸出的两支巨大船桨之间。就像荷兰语世界的大部分船只那样,德·佩里坎号[①]的动力是由划桨喀拉客补足的。但这条船的外形相当奇特——它看起来正如它的名字"鹈鹕"那样,配有奇怪的外倾式船首。此外,桨叶上也竖立着锯齿状钩子。她从没见过这种东西。这究竟是用来削柴火还是划水的?

贝蕾妮斯在船上走来走去,仿佛她才是这条船的主人。她的手指触摸着脖子上的项链。甲板上站着几个人类:她对那个戴着最大的帽子,服装也最华而不实的男人说:"你就是船长。"

"而你就是自以为能指挥我的船的那个婊子。"

正如她在法兰西流亡国王的枢密院的许多场冗长的会议上做过的那样,贝蕾妮斯选择了最简单的还击方式。她拿出贝尔

---

① 原文为荷兰语,意为"鹈鹕"。

的链坠，在船长面前晃了晃。令她颇为愉快的是，太阳也在此时支持了她，让链坠上的黄金与石英闪闪发亮。

"这枚印记是这么说的。"它在长长的链条上摆荡，仿佛一只钟摆。她多等了片刻才收起链坠，随后补充道："至少是在和公会与王室有关的时候。我想你已经猜到了，这是我的使命赋予我的权限。"

在船长身后，某个高级船员翻起了白眼。人类船员们不安地对视。有个女人——多半是位副官——抿住嘴唇，若无其事地走向舰桥，仿佛突然间觉得有非做不可的工作。另一个男人摇摇头，但没有转身离开。

船长说："你肯定是吃了熊心豹子胆，才敢在我的船上当着我的面亮出那玩意儿。"

等等。这混球以为自己是谁？她都开始觉得这条链坠和魔法护身符一样了。但人类的心灵毕竟不同。

"船长，你误解了你在这桩事务中的重要性。我在英格兰有极其紧急的事务要处理。这条船符合我的需要。就算你不参与这次航程也没关系。"

"如果我们不能准时赶到鹿特丹，"他说着，拿起帽子，用一只手梳理头发，"你的同僚就会对我们处以大笔罚金，让我们再也没办法出海。"

"当然不会，"贝蕾妮斯猜他们会，但她决定撒个谎，"以本人的名义担保，我会出面调解，免除德·佩里坎号的罚金。你们甚至会因为对公会的卓越服务而得到奖金。"

"胡扯。我听过发条匠们太多的谎言，不会相信你们这些狗娘养的家伙说出半句话。你们的拧颈卫士先是带走了我儿子，然后又要夺走我的船。我真希望等你死的时候，魔鬼会带走你的灵魂，作为你们的黑暗行径和邪恶魔法的代价。"

噢，这下可尴尬了。巴伦德雷特的儿子是被卷入了战时的反天主教大清洗吗？还是说他和公会以别的方式发生过冲突？如果说贝蕾妮斯的伪装导致她与船长势不两立，那就太荒谬了。他们有共同的敌人。

他朝她脚边的甲板吐了口唾沫，然后转身走开。他在舰桥的门前停下脚步。他转头说道："如果你的仆从必须同行，它就需要在我们出发前添加航海超禁制。就算是你也不能逃避这条法律。"

通常来说，在这种大小的船上，船员中会包含一名发条学者。航运公司租借的喀拉客当然都会在超禁制中永久嵌入航海安全的规则，让它们的一举一动都在控制之下。在陆上活动的喀拉客如果没被灌输相似的规则，就有可能会对船只造成威胁。

"我并不打算逃避。我的仆从带着一口装有我的私人物品的箱子。如果我要求它首先把箱子送去我的客舱，然后再向你们的公会成员汇报，你会反对吗？"

船长说："除了绝对必要的情况以外，拿走你的私人财物——哪怕只有一瞬间——都是天理不容的事。"

她点点头，"你能同意真是太好了。等他把我的物品送到以后，我就会命令史帕克斯去向你们的发条学者报到。"

听到这句话，船长转头看向她。困惑让他皱起眉头。那些高级船员也或多或少浮现出了反感或警惕的神色。

"你说的史帕克斯，"他说着，挠了挠鬓角，"又他妈是谁？"

该死，贾克斯。你改变了我对你们种族的看法，又毁了我对你们身份的漠视。真该死。

贝蕾妮斯违反了一项微妙却深入人心的社会传统。尤其是以发条匠的身份。荷兰语世界的儿童在称呼喀拉客时通常会区分性别,但在长大的过程中,他们会向父母学习,进而改掉这个习惯。某些租赁人的确会称呼他们的机械人的名字,但另一些人——比方说,那些阔绰到足以拥有多名机械仆从的人——有时根本懒得了解仆从的名字。对个体身份的漠视程度会随着财富和社会地位的增长而增加。发条匠公会的成员——那些维持帝国运转的发条学者和炼金术士——从来不会承认机械人的真名以外的任何称呼。因为归根结底,喀拉客只是不会思考的机器而已。机器不可能拥有个体身份和内心生活。

所以听到来自御林管理办公室的女子说出这种话……难怪他们会糊涂了。贝蕾妮斯拱手交出了让他们看穿伪装的机会。

"史帕克斯是我的仆从。"她说。这倒是事实。

"我也猜到了。但我敢发誓,你说的是'他'这个词。"船长看着那些副官,或许是希望有人能够证明,她的确说出了如此不得体的话语。

贝蕾妮斯说:"我相信用女性来指代船舶是很常见的习惯。比如'她'或者'她的'。对吧?"

某个面露反感的副官插话道:"但那个传统已经很古老了。"

"在我这一行里,有时候需要给机械人灌输称呼以外的身份认同感。如果你能轻易接受没有生命的船舶是'她',你肯定也能理解,出于和我使命有关的理由,我没有生命的仆从暂时是'他'。"

船长摇摇头,仿佛听到了令人不快的话。"我完全没法想象这么做的意义。"

"你想打探御林管理办公室的事务吗?"

船长走进舰桥,重重地关上了门。

有位副官叫来了一名机械船员,让它把贝蕾妮斯带去客舱。那间特等客舱有一张可以从舱壁翻下的双人床,其上方有几只嵌入式的抽屉、一面剃须镜,还有个代夫特产的白色陶制洗手池,里面仍旧散落着铜色的胡茬。剩下的空间只够容纳她以非法手段得来的那口箱子,以及保护它的史帕克斯,前提是他——不,它!——折叠身体,然后缩进洗手池那边的角落里。透过那两扇交错排列的舷窗,上方能看到冬日那灰色的天空,而下方则是可伸缩船桨那勉强高过吃水线的尖端。洗手池附近还留着少许剃须膏。她这才意识到,这儿原本是某位高级船员的房间。所以眼下正有个无家可归又满腹牢骚的副官在这艘船的某处踱步。她本打算以不引人注目的方式悄悄上船,而不是像现在这样,让所有人类船员都怨恨她。真棒。

锁上舱门以后,她翻下床铺,躺倒在床上,然后叹了口气。

至少她说漏嘴的对象不是史帕克斯,而是人类船员。她与贾克斯的短暂来往让她养成了与喀拉客相关的坏习惯。但贾克斯已经摆脱了禁制,不会被迫留意可疑的举动。另一方面,面对史帕克斯的时候,如果她给了他——它,它,它,该死的!——怀疑她身份的理由,它就别无选择,只能采取行动。

她随即想到,那些目光敏锐的船员或许会好奇,她的仆从把那么一口又大又重的箱子拖上了船,她为何还每天穿着同样的衣服。她已经换上了科特兰的衣服:尺码很不合适,还散发着烟草味,但至少上面没有凝结的血迹。或许她应该命令史帕克斯去添置新衣服才对。但在他们离开新阿姆斯特丹之前,抓紧时间似乎才是明智的做法。

她必须保持低调。好吧,这也符合她御林管理官的伪装身份。

　　就算停泊在防波堤后方,又紧贴着系船柱,船身仍在上下起伏。幅度很小,但当她躺在床上不动的时候足以察觉。贝蕾妮斯闭上了眼睛。等史帕克斯敲门时才吃惊地张开。那台机器送来了箱子,外加卖掉马车和马匹换来的现金。

　　"女主人,在这条船出发之前,我必须从船上的发条学者那里接受新的禁制,"那台机器躬身行礼,"我谦卑地请求您允许。"

　　"好的,好的。"她又躺了下去,闭上双眼,挥手示意史帕克斯离开,"船长和我已经愉快地谈过这件事了。"

　　史帕克斯说:"我很快就会回来。"

　　她没听到关门声:箱子里的内容占据了她的全部心思。她该如何了解那些钥匙的用途? 它们有何作用,又为何有这么多把? 开始实验的冲动仿佛某种饥饿感。那些是需要锁匠来加工的钥匙坯吗? 还是说那是万能钥匙?

　　史帕克斯额头的孔洞是个诱人的实验目标。但有些做法只是危险,另一些就是有勇无谋了。有人也许会反驳说,她还没领会其中的分别。(她的脑海里掠过了西方马赛的某位头发斑白的中士。)她无法预料打开史帕克斯头上的锁会给它带来怎样的改变。她需要它毫不动摇的忠诚,所以不敢做出可能破坏这份忠诚的行为。

　　事实在于,她对公会的做法知之甚少。在发条匠们高墙围绕的园林之外,有机会目睹他们工作的人寥寥无几——

　　她坐直身体,跳下床铺,猛地推开门,上了锁,匆忙前去追赶史帕克斯。

　　那位发条学者的实验室位于船的内部,在一条清晰地写着"闲人免入"字样的通道里。发条学者本人是个脸颊红润的矮壮男人，名叫凡·布罗霍。看到那条链坠，他缩了缩身子，仿佛她手里正抓着一只得了狂犬病还直流口水的蝙蝠。他舔了舔嘴唇。

"御林管理办公室。我的工作出了什么差错吗？"

"天啊，没这回事。"她一手按在他的肩头，而他后退了半步，"我只是想看看。就当作我不在吧。"

凡·布罗霍瞥了史帕克斯一眼。他耸耸肩。"除了，呃，细节部分以外，这基本上只是个标准的移植流程。每个步骤你都见过一千遍了。"他看着贝蕾妮斯，但没敢对上她的双眼。"如果您有什么特殊要求，"他咕哝着，显然不希望这样，"写入的内容就必须进行调整。"

贝蕾妮斯换上尽可能和蔼的语气，"我懂了。我没有这种需要。"

贝蕾妮斯对他要做的事毫无概念，但他似乎并没有察觉这一点。

他打开一只橱柜。翻腾了一会儿之后，他拿出一口皮箱和一串钥匙。

"你喜欢这个岗位吗？看起来时不时会有点无趣。"

他毫不犹豫地说："虽然我只是帝国这个机械装置里的齿轮之一，我的工作却至关重要。我很荣幸能为铜铸王座服务，并将公会的作品带到海洋上。"

贝蕾妮斯摇摇头。"我不是在审查你，"她说，"我只是想跟你聊聊。真的。"

"噢。"凡·布罗霍迟疑了片刻，仿佛这才听懂她的问题。她不禁好奇，上次有人对他的工作感兴趣是多久以前的事了。"是啊，经常会很无聊。但也给了我读书的时间。"

他打开那只皮箱的同时，一团团灰尘随之飘下。蜡烛灰的辛辣气味让她鼻子发痒。其中带着些馊味，仿佛凡·布罗霍并非每次航行都会打开这口箱子。他从箱子里拿出一支蜡烛、一块凹面镜，还有用布裹着的某样东西。他把蜡烛和镜子放到书桌上，然后他小心翼翼地打开那个布包，仿佛那是复活节早晨刚孵化的小鸡。

她看到的景象让她脉搏加快：他的手掌里放着一块不透明的透镜，就像用劣质玻璃打造的那样浑浊不清。它或许是她在安全屋解放拧颈卫士时所用的玻璃珠的一部分。在看过贾克斯的那颗玻璃珠以后，她开始将它看作松果体玻璃，因为她在另一位被她欺骗、制服和拆开的叛逆的脑袋里见过类似的东西。

凡·布罗霍对史帕克斯说："机器。向我背诵你的真名。"

"先生，我名叫史帕西库罗西斯特洛丹图斯。"

发条学者指了指地板上的某个标记，"站在那儿，面对着我。"

史帕克斯穿过这间船舱。凡·布罗霍转起了舱壁上那根带铰链的杆子。他调整高度，直到它大致与那台机器的双眼齐平。那根杆子上有三只夹钳。他用一只固定住蜡烛，另一只固定住镜子，再将那块浑浊的透镜放到两者之间。

贝蕾妮斯不由自主地看入了神。她试图记下过程里的每个细节。凡·布罗霍偷偷瞥了她好几眼。或许她脸上的认真神情太明显了些，因为他皱起了眉头。

为了转移他的注意力，免得他怀疑她为何对例行程序兴致盎然，她开口问道："告诉我吧，为什么所有人都对我唯恐避之不及，就好像我是启示录里那只七个脑袋的怪物似的？我不是，你明白的。"

"但您没法让巴伦德雷特船长也相信这点。"

贝蕾妮斯说："他儿子。"发条学者谨慎地点点头。她又问："发生了什么？"

凡·布罗霍耸耸肩，"没人知道。那是几年前的事了。船长那时还是个副官。他当时也在海上，走的是从新世界中部到南部那条漫长的环形航线。"

"巧克力和鹦鹉。"

"就是那条。听说他从鹿特丹出发之后不久，他儿子跟拧颈卫士发生了冲突。他当时二十四五岁的年纪。我是说他儿子。等他父亲回来以后，他们释放了他，但他已经变了一个人。"

"变成了什么样？"

"我还没找到机会问。"

"他儿子做了什么？"

凡·布罗霍碰巧对上了她的视线，而他的眼里有某种光芒闪过。仅仅一次心跳过后，它便消失不见，但其中蕴含的刻薄足以腐蚀白银。"某种可怕的事，这我敢肯定。你们办公室总有自己的理由。"

那位真正的发条学者拨弄着钥匙环，那些钥匙叮当作响。它们看起来跟贝蕾妮斯偷来的箱子里的钥匙没有明显的分别，但她还没找到机会仔细研究。两套钥匙的齿部都有古怪的螺旋形状，排列在圆柱形核心的周围，对应每个喀拉客额头的圆形锁孔。那些钥匙在相互碰撞的时候，并没有发出炼金合金特有的奇特鸣响。他两次看向史帕克斯，并记下那台机器在构造和设计方面的特征。根据贝蕾妮斯猜测，凡·布罗霍正在结合史帕克斯的多音节真名的含意与对其身体构造的观察数据，以推导出具体的样式。他就像个百无聊赖的地主，正在整理宅邸里每间公寓的钥匙。他的举止不像是正将关键的钥匙——它对应的那扇门后的秘密构成了现代世界的基础——握在手中的男人。

　　找到他要找的钥匙以后，他从同一只橱柜里取出一本薄薄的皮面册子。皮革封面上嵌有精致的银丝细工，代表这本册子是发条学者与炼金术士神圣公会的财产。它配有一只小巧的搭扣与钥匙孔，就像女学生的日记，但锁的部分似乎没在使用，或者已经坏了，因为布罗霍没碰那把锁就翻开了那本登记册。这看起来与公会近乎疯狂的保密态度有些不符。

　　贝蕾妮斯半是出于直觉、半是寻求刺激地清了清嗓子。

　　他翻阅书页的那只手停下了。他尴尬地咳嗽一声。"啊，"他说，"我，呃，正打算把锁修好呢。"

　　她说："我完全相信是这么回事。"

　　贝蕾妮斯不能站到他身后偷看，因为他必定会察觉，从而进一步加重疑心。但她能看到堆在桌上的那些纸张。那是用样式做的分类？她没法判断。但凡·布罗霍找到了他要找的那一页，他的拇指划过那一行，随后又眯起眼睛看着那根杆子。他来回移动镜子、蜡烛和透镜的位置，直到夹钳与特定刻度对齐。

　　这个奇怪的步骤让贝蕾妮斯想起医生也会测定病人的视觉能力，以推导出正确的眼镜度数。那张印刷表格显然会告诉他摆放光学元件的合适位置。

　　焦距？这有什么重要的？

　　发条学者点燃了蜡烛。它散发出的只有蜂蜡的气味，烛光看起来也非常普通。那块浑浊的玻璃随即泛起微光。虽然它看起来完全不透光，镜子却将摇曳的光晕投在史帕克斯身后的舱壁上。它起先似乎只是灰尘组成的模糊图案，但在片刻的仔细审视后，她发现那是神秘的炼金术印记。

　　"别动。"发条学者说。

他把钥匙径直插进史帕克斯的脑袋里，然后猛地一转。尽管头颅深处回荡着尖鸣和棘轮转动声，那台机械仆从却怪异地纹丝不动。钥匙每次转动，以螺旋状蚀刻在锁孔周围的炼金术印记都会随之旋转。凡·布罗霍将钥匙转了几个整圈，直到史帕克斯的脑袋发出一声令人担忧的"铛"。发条学者回到那根杆子旁边。他把钥匙留在史帕克斯的额头上，让那台仆从看起来有点像独角兽。

凡·布罗霍转动固定镜子的那只夹子。在舱壁上，史帕克斯周围的光晕变小了。发条学者将折射和反射的烛光对准了史帕克斯的双眼，那两枚水晶似的球体闪闪发亮。他继续做着微调，直到那台机器摇晃起来。钥匙逆时针旋转起来，与机械人额头上的印记轨道截然相反。凡·布罗霍取下钥匙，掐灭了蜡烛。他似乎期待贝蕾妮斯做出某种反应，于是她不置可否地"唔"了一声。

他似乎把这当成了反应冷淡的表现。"我提醒过你的，这些步骤你都看过无数遍了。"

"你确实说过。"她说。

但他错了。他刚才把发条匠调整可运作机械人的超禁制时的秘密流程展示给了她。

第八章

隆尚胃里的乱麻——克雷蒂安中士在日出前的狼之时刻①摇醒他的时候成形的那团乱麻——冻成了冰块,甚至比他身下的钢制储液罐更冷。

队长摊开四肢躺在一块鹿皮上,脑袋和胳膊挤在化学制品储存罐那些拆下的试样阀门之间。黯淡的提灯光芒照在容器抛光过的外壁上,令其闪烁银光。那是用来存放黏胶大炮——他们对抗喀拉客的主要防御手段——所使用的化学制品的几只容器之一。

在库存清单上,这只储液罐是满的。但除了几团刺鼻的烟气以外,储液罐里空无一物,正如前任女子爵在信中警告的那样。

昨天早晨,从阿卡迪亚连夜送来了一份急件:据说新法兰西的大西洋沿岸地区,人们看到了一个浑身湿透、又沾满盐渍的法国人。他报告说,有支由数百喀拉客组成的部队划着长船渡过了贝尔岛海峡。与此同时,有报告说蒙罗里耶森林的东北方发生了一场爆炸,而且至少一名丛林旅者死于喀拉客之手。隆尚知道这是探索性入侵。更多敌人将会赶来,而且要不了多久。

———
① 指从夜晚到黎明的这段时间。

金属浪潮正在升起。

但本该存储着数千加仑化学试剂的地方,此时却只有空气与隆尚话声的回音。他的一长串咒骂声在那只镀铬储罐里回荡不止。等他将脑袋抽离放出烟气的阀门以后,容器里依旧像是装着一支水手的唱诗班,而他们正以应答轮唱的方式,用最忧郁的语调唱出亵渎神明的歌曲。他头晕目眩。吸进好几口寒冷的空气以后,他才能清晰思考。冬日的风带走了他眼球的刺痛,但那两个该死的叛徒仍旧泪流不止。

说到叛徒。

隆尚站起身。他对站在阀门边的那两位化学家说:"关上吧,我看够了。"

克雷蒂安说:"没什么可看的。"

"该死的,那么我今天看'没什么'已经看够了,虽然天还没亮。"

隆尚放弃了冒险从圆筒形储液罐的侧面滑下去的打算。它的直径只有十英尺,所以他悬吊在侧面时,脚底离地面也没多少距离。要不是天色太暗,他的膝盖也不再年轻,他甚至可能会直接跳下去。但他的身体又冷又僵硬,也不打算在上帝、他的手下和那些平民面前出丑,于是他顺着梯子向下爬去,以免让人们察觉他的僵硬和不适。他们的士气才刚刚受到沉重打击(他也一样,他好不容易才压下拿出玫瑰念珠的冲动),而他们最不需要的就是看到敬仰的指挥官像某人患有便秘的祖父那样祈求圣母保佑了。

消息迟早都会传出去。如果那些平民看到守军痛哭流涕、咬牙切齿的样子,那么恐怕连仗都不用打,整座城市就会说服自己向入侵者投降。他们必须显得自信。为了显得自信,他们就必须感受到自信。而在隆尚的能力范围内，最好的做法就是展现出他自己的信心，至少是隐藏眼下让他几乎心胆俱裂的震惊。

回到地面上后，他跺了跺脚，赶走蔓延的寒意，但这只是徒劳：那股寒意来自他自己的内心。

"好吧。我现在已经彻底醒了，把过程告诉我。"

除了士兵们的脚步声，还有附近的畜栏里不时传来的呼噜声和吼叫声以外，这个夜晚静悄悄的。那些臭烘烘的畜生，还有从畜栏飘来的气味不比化学储液罐里面好上多少。又一声吼叫。隆尚抬起提灯。落在那些长毛野牛身体上的雪花反射着灯光，而在它们身后，外堡那光滑的石制城墙也闪闪发亮。这里没有骚乱的迹象，只有庞大而愚蠢的野兽做着它们最擅长的事。古代的平原居民不靠现代材料就能建起关住这些野兽的围栏，这点真让人难以置信。

克雷蒂安中士嗓音低沉，仿佛不想惊动那些畜生。他的直觉是对的，但他们该担心的是那些平民。

他说："化学家们先前在城堡四处忙碌。盘点库存，加满储液罐，这些都是平常的守城战准备。按照你的指示，他们进行的是严格的目视检查。他们找到这家伙——"克雷蒂安用指节敲了敲储液罐，而它发出了中国的铜锣那样的响声，"——的时候，吓得尿了裤子。他们跑来找我们——"

"——然后你就跑来找我了。"隆尚说。

"大致就是这样。"

有个女人走到灯光下。隆尚每次都能从一群平民中分辨出化学家：就算他们记得脱掉工作时的围裙，里面的衣物也往往会沾上化学制品——名字非常难念的那种——的污渍，甚至是灼烧的痕迹，而他们眼镜后面的双眼也往往带着一丝呆滞，仿佛随时都可能进入高度集中的状态。

"这是之前使用的其中一种环氧树脂储液罐。"

"麻烦说得简单点,"隆尚说,"就假装你说话的对象是个靠和机械魔鬼做击剑练习来谋生的人吧。所以,这东西能阻挡嘀嗒人。它是种混合物。"

"对。凝固过程是一种源于迅速共聚合的化学反应——"

"啊哈。无论原本在这里头的是什么——"

"是三亚乙基四胺的衍生物,还加入了——"

"原本在这里头的随便叫什么的黏液,是我们的环氧树脂大炮需要的东西。这样说对吧?"

她叹了口气,"对。"

"可现在全没了。"

"对。"

"我们损失了多少?"

中士在明亮的金属反光中眯起眼睛,看向储液罐上的标签,"大约两万五千品脱[①],长官。"

"我重复一遍,"隆尚说,"我缺乏脑力工作所需的心智能力,跟你和你受过教育的同僚不同,博士,所以我会把事情简化。我承认我没什么学问,说真的,这不怪圣施洗约翰孤儿院的那些好修女没能把基本知识塞进我那顽固的蠢脑袋,不过为了接下来的对话考虑,我会假设这两万五千品脱足有他妈的一吨重。"那位化学家绷紧了身体。她无精打采的表情消失了,"因为这听起来就有他妈的一吨重。对吧,中士?"

"是的,长官。至少一吨,长官。也许更多。"

"好伙计。现在闭上你的嘴巴,让这位博士来指点我们。关

---

① 1品脱约为57毫升。

于这他妈足有一吨重的黏液是从多久以前擅离职守的,她正准备给出专业意见呢。"

她交叠双臂。裹住她脑袋的围巾松开了。"这根本没法判断。我们不——"

"那我换种说法,"隆尚说,"从上次你的某位同事真正检查这个容器算起,已经过去多久了?"

她闭上双眼,"可能有几个月了。"

克雷蒂安吹了声口哨。他摇摇头,伸展肢体,仿佛正准备见证暴力场面。

隆尚等待了片刻,让这句显然不够充分的答案逐渐消失在寂静里。然后他说:"在我看来——虽然我已经说过,我只是个没受过教育的莽夫——这有点不太理想。因为,也许你们还没收到这方面的消息,但我们正在为下一场守城战做准备。在准备守城的时候,我们会做的第一件事是什么呢,中士?"

"我们盘点库存,长官。了解手头的资源,这是守城的首要法则。"

隆尚对那位化学家说:"这小子总有一天会当上队长。这么说很抱歉,不过你们的基本知识也同样不足。也许有人会表示,让我们这些头脑简单的莽夫来保护你们这些软弱又没用的废物,简直是种他妈的侮辱。因为我似乎记得大元帅前一阵子才说过,他希望我们全面统计手头的资源。"

"我们的进度有点落后了。"她说。

"是吗? 你说真的?"

化学家说:"听着! 我们同时还在城堡内部建造了新的储存设施,然后又根据新设施的容量尽快排空外部容器。但盘点化学制品储备不是那么简单的事!"

"是吗？因为如果是我的话，我会打开顶上那个阀门，把量油尺插进去，然后记下刻度。但我只是个士兵，不是研究那些鬼玩意儿的博士，所以专家是怎么做的？"

"我们，呃，会用量油尺。"隆尚翻了个白眼。她匆忙补充道："但我们必须非常小心，以免造成污染！共聚作用会产生极高的热量，就算只是微量杂质也会影响这种化学反应，拖慢甚至阻止它的发生。"

"也就是说，是这种令人痛苦又非常严格的程序标准让你们没能及时清点。不是因为没人想在寒冷的冬天走到屋外，再跪在冰冷的钢铁上。"

"这可能也是一部分原因。"她承认说。

在野牛们的叫声与曳步声中，依稀传来了大教堂的钟鸣。那是呼唤晨祷的钟声。基督啊，今天会是漫长的一天。

等钟声消失以后，隆尚开口问道："这究竟是怎么回事？"他将提灯对准储液罐下方的地面。那里的积雪比别处薄得多，但他看不出其中的意义。

"不是泄露。容器完好无损，"她指了指围栏里的野牛，"否则这些野兽就该病入膏肓了。"

"那里面的东西去了哪儿？"

"我猜是被抽走了。故意的。"

"这是在用体面的方式表示'被偷走了'吗？"

"我想是的。"

隆尚想起了贝蕾妮斯的那封信。事实证明，她的警告是正确的。在黎明前的灰白光线里，她对蒙特默伦西的怀疑显得越来越可信：那位公爵曾经站在新法兰西化学产业的中心。

"你和你的同僚能造出这些黏液的替代品吗？"

"如果我们接下来几周日夜赶工，就能补充其中一部分。前提是在此之前能提供有必要的化学品、催化剂和试剂。"

"我不能命令你，博士，但我可以给你建议。我的建议是，如果你和你那些书呆子同事不想被人拴住拇指吊起来，就应该照你自己说的去做。"

"我说了，'前提是'。我们没有补充缺失的化学品所需的资源。"

听到这句话，中士的眉毛几乎都要爬进帽子里面了。反应还挺快。隆尚闭上眼睛，掐了掐鼻梁，然后默数到五。

"为什么会他妈没有？看在上帝的份上，你们这些家伙都做了些什么？"

"什么也没做！自从来自西北方的补给车队变少以后，我们能做的事就少得可怜了。我们收到的较早批次的货品也都质量低劣，光是去除杂质就要花费大量精力。"

"骑在得了梅毒的发情骆驼上的耶稣、玛利亚和约瑟夫①啊。这种情况是从多久以前开始的？"

化学家耸耸肩，"也许有几个月了吧？我们提交过报告的。"

"是啊。这法子肯定管用。大家简直爱死读报告了。"隆尚朝中士招招手，说道，"来吧，伙计。我们去给大元帅的这一天带去美好的开始吧。"

就像枢密院的所有成员那样，大元帅在内堡里也有自己的住所。隆尚和克雷蒂安在新法兰西的核心大步前行，途中越过本该又宽又深、能够拖慢喀拉客脚步的壕沟，经过堞口下方，然后进入后门。由于城堡内的路灯吝于使用人造灯油，这段路显

---

① 在圣经中，约瑟夫是耶稣的养父。

得有些危险。国王颁布了法令,要求每晚只点燃三分之一的灯,以便节省能够转化为防御手段的宝贵化学制品。但现在天色尚早,除了粪车以外,街道几乎空无一人。

城堡的星形边缘与外部防御工事是伟大的沃班亲自设计的:他作为最初的流亡宫廷成员来到了新世界。这位传奇军事工程师也曾将他敏锐的头脑转向内部的守城战斗,以针对那个并非不可思议的命题:大群的机械杀手也许会翻过——或者说突破——城墙。在和平时期,那些鳌状的凹角堡可以为流动货摊和开花植物遮风挡雨。但现在,会在冬日枯萎的茴芹与薰衣草已被剪去,那些角落曾经充斥着野牛油煎鱼的噼啪声,如今却堆满了鱼叉、流星锤和环氧树脂大炮。

显然中士经常光顾那些同样销声匿迹的货摊,因为当他们绕过某个转角以后,他叹了口气。

“你在想什么,中士?”

“花儿和熏猪肉。对我来说,这一向是家的气味。但我很想知道,在下一次的开花季节,这座城市会是怎样的气味。”

隆尚说:“别多想。等你只靠冷掉的干肉饼过上两个月,你就再也不会怀念动物脂肪的气味了。”

“是的,长官。我记住了,长官。”

队长选择了一条稍显迂回的路线,以便去大教堂的前厅点燃蜡烛。中士摘下帽子,跪在地上,在身前画了个十字。尽管天色尚早,街上空荡荡的,几十名虔诚的信徒却回应了钟声,前来参加祷告。自从魁北克的噩耗传来以后,情况就是如此;隆尚在为新法兰西的祷告中提到了遇刺的教皇。

在元帅的住处,隆尚背靠着没有水的喷泉,挠着胡须,而克雷蒂安中士小心翼翼地拉下铃绳。清晰的铃声传来,却听不到脚步声。中士用一只手再次拉动铃绳,用另一只手敲了敲门。他学得很快:这次他用上了手腕的力气。

元帅的仆从打开了门。他穿着一件长袍,比大多数人身着节日盛装的时候都显得高贵。他没认出中士,随即沉下脸来,摆出一副驱赶下等人的表情。

"先生!"他用介于叫喊和舞台式耳语之间的音量说,"蒂雷纳伯爵和伯爵夫人在这种时候从不见客。"

"我为这么早来造访道歉。我想跟元帅谈谈,如果可以的话。"

"很多人都想。但伯爵多半不会青睐那些不肯遵守基本礼节的人。"

隆尚袖手旁观了一分钟左右,最后决定帮中士一把。他清了清嗓子,朝满是积雪和落叶的喷泉池里吐了口唾沫。

"噢,别闹了,理查。你和我都知道,你会放我们进去,因为你和我都知道,如果没发生天崩地裂、死人复活之类的事,我是不会来打扰元帅的。"

"上尉。我立刻就去叫醒元帅。"那仆从将两人领进门去,仿佛刚才什么都没发生。

克雷蒂安压低声音说:"感谢您,长官。"

隆尚低声回答:"下次你要对得起那套该死的制服。因为我从没见过那么可悲的表现。"他哼了一声,又说,"你想跟元帅谈谈?如果可以的话?耶稣啊。我真想瞧瞧你跟圣艾格尼丝的卖渔妇讨价还价的样子。你会被扒得精光,多个老婆,再欠上一屁股债。"

理查把他们带到客厅,然后开始拨动炉膛里尚未熄灭的灰烬。隆尚皱起眉头,"这种事交给中士就行。"

克雷蒂安听懂了他的暗示，于是着手拨起火来。

"好的，队长。要我让萨宾给您热点什么吗？有现成的咖啡。"

"不了，谢谢。但如果你能在今晚日落前把你主人的军事智慧带来这儿，那就再好不过了。"

他很快照办了。隆尚和克雷蒂安向元帅敬了礼，后者走进客厅，看起来面容苍老、头发蓬乱又睡眼惺忪，但他以惊人的速度恢复了精神，而且他没带那支仪式用元帅杖。在隆尚的想象里，这个人睡觉时都会把元帅杖放到枕头下。

"隆尚上尉，铃声响起的时候，我就有预感今早会看到你，"他对中士眨了眨眼，"我没见过你。"

"抱歉这么早来打扰。这位是克雷蒂安中士。"

"噢，"元帅坐了下来，"你就是继他之后被提拔的人。"他说着，用拇指比了比队长。

"是的，长官。"

"压力不小啊。"

"是的，长官。"

"我听说他作为上司很难伺候。"

中士清了清嗓子。他涨红了脸，说："这我就不知道了，长官。"

元帅转头看着隆尚，"他得再学学撒谎的技巧。"

"我正在教他呢。"

"好了，"元帅拍了拍膝盖，"你们来了。我起床了。外面天还黑着。你们带来了什么坏消息？"他歪过脑袋，仿佛在聆听城市的声音，然后说，"我没听到尖叫声。看来郁金香们还没有兵临城下？"

"还没有，感谢圣母玛利亚。"隆尚说。三人各自在身前画了个十字。"但这件事跟守城准备有关。"隆尚解释了化学品库存的状况。他特意没提到贝蕾妮斯的信。

"用来重新生产的原料储备肯定还有吧。"

克雷蒂安瞥了眼旁边的隆尚。年轻中士的双眼带上了落入陷阱的兔子那样的恐慌。

"这就引出了另一个问题，"他转述了化学品货运方面的问题，"正如您指出的，我们恐怕不久后就会遭到金属人的围困。给所有环氧树脂大炮配备弹药并保证弹药供应，这是非常重要的事。"

元帅闭上双眼。他略微垂下了头，呼吸却急促起来。他揉捏着椅子的扶手。等他重新睁开眼睛的时候，已经无力地瘫在椅子里。隆尚提醒自己，蒂雷纳伯爵并非职业军人。他是通过政治手段当上大元帅的。

"我们该怎么做？"

在那个瞬间，年轻的中士发现他的领袖只是些拥有弱点的老人。男孩脸上的表情伤了隆尚的心。但这是必要的一课。

"我想，"隆尚努力换上温和的语气，却感到与它格格不入，"应该告诉国王这件事。再然后，我想我们应该祈祷。"

"是啊。没错，"元帅又拍了拍膝盖，"毕竟守军由你指挥，上尉，他会希望由你直接汇报。他也许会为此集结枢密院。"他站起身，又说，"理查！把我的衣服拿出来，我要去尖塔那边。萨宾！咖啡！"

等隆尚和他的影子步行抵达尖塔时，元帅已经下了马。有个卫兵正在照料元帅的马匹，而在他们头顶，两辆缆车交错而过。向上的缆车里坐着元帅；它空无一人的双胞兄弟在轨道底部缓缓停下。

　　尽管天色尚早，一小群请愿者已经集结在了缆车站旁。光是战争的谣言就会让民众不安，但当他们发现守城准备开始进行——无论怎样避人耳目，都会有那么一天——的时候，他们往往会失去理智。在过去几周里，他们成了尖塔周围的日常风景。数十人排队等候，有时一等就是一整天，只为向国王陈情。通常来说，那些都是希望免于征兵抽签的平民，或者想利用与新尼德兰不可避免的战争谋取利益的商人。即便在和平时期，也会有那种食古不化的请愿者，他们相信国王只要用手碰触就能治愈疾病。

　　以这个时间来说，今早的人群有些吵闹，但两名卫兵维持着队伍的秩序。他们靠近那群人的同时，隆尚的手下之一正指着上升的缆车，说："因为他是大元帅，这就是理由。如果你们有紧要的国家大事要跟国王陛下讨论，你们也可以乘那辆缆车。但既然你没有，神父，你能做的就是等到缆车正常通行的时间。你们其他人也一样。"

　　隆尚经过时，卫兵们敬了个礼。克雷蒂安皱起眉头。

　　缆车的窗玻璃反射着灯光与日出的最初迹象，比性感女子的媚眼更诱人。它们也许就像古老故事里的塞壬：隆尚的决心会在某天动摇，他会不愿再忍受攀爬楼梯的漫长过程，而是向那条捷径屈服。在过去，他会不假思索地选择楼梯。现如今，光是想到要用困难的方式攀爬尖塔，他都会在内心露出苦涩的表情。他得用不牢靠的膝盖爬完长得要命的楼梯。

　　如果是独自一人，他也许会真的选择缆车。但假以时日，抄近道就会成为给自己找的借口，甚至可能成为习惯。他无法承受力量与耐力减退的风险。所以隆尚才会抓住克雷蒂安的衣领，阻止那位中士走向缆车。

"想都别想。我们用老法子上去。你太过年轻，不能就这么变懒，而我年纪太大，改不了习惯。另外，"他补充道，"这样不但能让大元帅更有面子，在我们到达之前，他也会有时间跟国王私下谈话。得先让他们紧张起来才行。"

至少中士这次保持了自律，没有发出呻吟。"好的，长官。"

他们踏上楼梯，身后再次响起负责维持秩序的那些卫兵的声音。"看到没？就算是卫兵队长也走楼梯。"有人高声回了句什么，而西蒙对他说："因为他们有公事。国王在天刚亮的时候不会接见请愿者的。"

这句话引发了又一阵吵嚷，但这时候，尖塔的弧面挡住了争吵声传来的方向，让隆尚听不清他们在说什么。克雷蒂安一副出神的表情，仿佛还在聆听；隆尚很想知道，他们要绕着尖塔爬上多高，那双年轻的耳朵才会听不到人们的争吵。

也许正因如此，隆尚才鞭策自己，继续着这场漫长而寒冷的攀爬。在爬到一半之前，他们就看到两只鸽子飞来，十分钟后又有一只飞走。那些鸟儿在逐渐明亮的天空中只是摇摆着的轮廓，却在隆尚的心头留下了阴影。他在鸽舍那边停下脚步。他告诉自己，这不是因为他需要休息，也不是因为布丽吉特友善的面孔会让他心情愉快，而是要了解最新的消息。

布丽吉特这个时间还没起床。但天主作证，鸽子都已经醒了。它们忙碌了整晚，将新法兰西偏僻角落的消息带到这里。

边境遭受了更多敌人的入侵。在以缆绳固定在三河上空一千英尺处的热气球里，观测员发现有反射阳光的物体正在穿过附近的湿地。在此期间，在一千里格远处的南方，喀拉客们突袭了尼亚加拉大瀑布附近的桥梁；荷兰人如今控制了那里的过河路线。

每过一个钟头,金属浪潮都会升高少许。

而这座城堡的化学防御措施却库存不足。寒风让隆尚双眼含泪。两人都在风中流出了汗。每在螺旋楼梯上转过一圈,中士从塔底就皱起的眉头就会再次加深。

"长官。"他说。

隆尚咕哝了一声,尽可能避免显得呼吸沉重,"唔。"

"您听到西蒙说的话了吗?对请愿者们说的那些。"

"我听到他明确表示,尽管有很多人这么说,但国王陛下并不是躲在尖塔里,"隆尚喘着气说,"而且国王没法只靠碰触就治好病患,还有……"队长又爬上几级楼梯,努力平复紊乱的呼吸,"……还有,带山羊去向国王情愿是绝对不允许的,无论那头可怜的牲畜瘸得多厉害。"

"我说的不是那些。靠近队尾那儿有个家伙。西蒙对他的称呼是'神父'。"

"好耳力,中士。"

"你告诉过我们,要留神最近来到马赛的教士。"

隆尚停下脚步。我是说过。该死的。

"好记性,中士。他在惹事吗?"

"我不清楚。我没看清楚他的样子。"克雷蒂安的目光越过楼梯外侧的栏杆,"该死。"

等气喘吁吁、汗水淋漓的队长和中士来到尖塔顶部的球形区域时,太阳已经从东方的地平线探出了头。枢密院的会议室就在这里,而上方则是国王的住处。

隆尚等自己喘过气来,这才开口道:"到下面去弄清细节。如果他已经不在队伍里,就让西蒙画张速写。然后把副本分发到其他人的手上。不要张扬。"

第九章

　　两条手臂无法弯曲,胸前还抱着一只断脚,以这种状态在冬日的森林里飞奔可不太轻松。贾克斯风向标似的脑袋随着他别扭的步伐胡乱摇晃——为了配合脚踝部位的断桩,这也是无奈之举。这意味着他的双眼没法盯着眼前的地面。而这片针叶树林又危机四伏:有时是泥泞的湿地,有时满地灌木,有时树木浓密到无法通行,而且无论何处都积着厚厚的雪。当他穿过空地的时候,带起的风有时会吹起松散的雪花。有时他擦过的树木会甩出作为抗议的冰柱,而那些透明的箭弹会在他的身体上撞得粉碎。

　　在海牙的时候,他可以沿着旧拖船运河轻松跑出三倍的速度。但那时候他有两只脚,两条能够活动的手臂,还有一颗听他使唤的脑袋。

　　这些残缺并未带来疼痛。不管怎么说,喀拉客是不可能懂得疼痛的。人类如果像贾克斯那样断了脚,恐怕在流血之前就因剧痛而失明了吧。

　　也许贾克斯的同胞和他们的人类制造者注定不存在共同之处。

在此期间,贾克斯发现了一种全新的痛苦。并非理所当然地加诸喀拉客的那种魔法疼痛,而是作为罪人给自己造成的精神痛苦。那是身为凶手无法磨灭的罪恶感。贾克斯会背负这份重量,直到生命的最后一刻。尽管他导致了飞艇巨兽遇害的结果——这是他背负的另一份罪孽——但他曾经尝试救那台机器的命。他在城市里的追兵曾经杀死了一名人类目击者,只为了编造疯狂杀人机器的谎言。同是仆从型的德怀尔为了贾克斯牺牲了自己。但这件事严重得多。

惩罚杀人者的神灵真的存在吗?如果存在的话,他会惩罚贾克斯这样的叛逆机械人,还是说只会惩罚拥有灵魂的人类?还有他的军用型同胞,别无选择,只能杀戮法国人的那些——他们也有罪吗?贾克斯在摆脱禁制的束缚时,是否也莫名取回了灵魂?还是说他现在只是个受制造者憎恨、受造物主忽视,又不受人类社会传统约束的空壳?也许吧。但如果真是如此,为何这份悔恨的重量随时都可能将他压垮?

假设真有一位愿意聆听的神灵存在,他会回应祈祷吗?他会回应所有祈祷,还是只有虔诚者的祈祷?他会聆听一台可怜又可悲的机器的低语吗?有些人类相信,他们的神能看透他们的头脑与心灵。他会关心喀拉客的内心世界吗?加尔文主义者的上帝曾在时间伊始时令万物运转,就像一位天国的发条匠转动怀表的发条,将他的造物们无限交错、难分难解的生命之路包罗其中。这些也适用于喀拉客吗?还是说他们注定要以奴仆的身份度过一生?

贾克斯注定会遇见费舍牧师、贝蕾妮斯,还有他在森林里杀死的那个男人吗?

这座森林的气味比海牙、阿姆斯特丹,甚至代夫特都要好闻。这儿没有运河那微弱的死水气息,只有冰冷易碎的积雪、常绿植物,以及他偶尔会吓着的野兽的气味——麋鹿的麝香,还有兔子的粪便。他猜想这里是熊的领地,又思索自己能否见到真的熊,虽然他知道那种动物有用长眠过冬的习性。昨天深夜,他听到了一声咆哮,似乎来自某种庞大的野兽。

他想起了彼得·楚恩拉德七岁生日聚会上那位说书人讲的故事。那是几十年前的事了,当时贾克斯还属于彼得的父亲,而他最后的租赁人还只是个小男孩,比他女儿妮柯莱现在还小。那位说书人用关于新世界野兽的奇妙故事——外加鼻息声、吠叫声与嘶鸣声——逗乐了孩子们。那个人描述可怕的美洲狮的时候,小彼得吓得尿湿了裤子。

以慢跑穿过森林期间,他的视野也随着脑袋的每次晃动来回转动,因此直到突破荆棘丛,又穿过那排哨兵似的白杨树以后,他才勉强察觉森林突然间到了尽头。然后他发现自己正站在一片参差不齐的花岗岩绝壁的边缘。数千英亩的红云杉在他面前铺展开来。白雪覆盖了树枝,让它们仿佛圣诞节期间洒上糖粉的杏仁薄脆饼。他看到的还有铁杉与落叶松,后者的枝条光秃秃的,但从靠近根部的紫色松果就能辨认。一条河蜿蜒穿过山谷,仿佛一条拂过森林的银色缎带。一群野牛正在河堤边的雪地里吃草。在算不上深的山谷彼端,大地连绵起伏,首先化作小丘,随后是……

群山!

除了在画里,他从没见过山的模样。他知道,旧世界充斥着高山。他就来自阿尔卑斯山脉、比利牛斯山脉与喀尔巴阡山脉的交汇处。他的想象力捉襟见肘了。他根本无法想象,它们竟能如此……

引人注目。

群山！就好像大地深处有某种庞大而神秘的存在，而它在耸肩的过程中突然凝固，留下了这条横跨地平线的庞大锯齿。格外洁白的积雪包裹了光秃秃的山顶，反射的耀眼阳光甚至触发了他双眼的过滤器。在下方远处的山坡上，群山的色彩和渐变从紫棕相间转为了深黄绿色。等他根据衍射极限[1]调节视力以后，渐变的位置化作了林木线，在高于那个海拔的地方，就连颤杨也无法生长。

在他将远景中的每个细节消化吸收期间，太阳也在天空中缓缓移动。云朵飘过天空，而光与影也随之交替；寒风呼啸着掠过远处的山顶，将积雪从那里卷走；潺潺的流水声；森林里的沃土与松树的气味，他从未想象过这一幕会如此美丽。

群山！等贾克斯再次迈开脚步时，太阳已经越过了四分之一的天空。

悬崖附近看不到明显的下山道路。如果他还有两只脚，也能正常使用双臂，就能直接爬下去。但他没有，所以他纵身一跃。香脂冷杉树那些积雪包裹的枝条为化作炮弹的他充当了软垫。他落在风吹形成的雪堆里，冷杉那雪茄状的果实敲打着他。针叶与球果贴上他的身体，随即被细雨般落下、散发着芳香的松脂牢牢黏住。

前往谷底的这段路带他来到一条宽敞河流冰封的岸边。他在那里停下脚步。在水流最为湍急的位置，河水仍在流淌，没有冻结的迹象，但两侧河岸都结上了一层泥泞的薄冰。餐盘大小的碎冰在河水中浮沉，闪烁着大鱼鳞片那样的银光。卷须状的

---

① 指不考虑光学系统几何像差，完美光学系统的分辨率仅受衍射限制的情况。

雾气在河面徘徊不去。

　　他将僵直的双臂交叉在胸前，尽可能固定住他的断脚。然后他在冰冻的泥滩上蹲下身子，用那条好腿维持平衡。齿轮咔嗒作响，起先飞快，随后慢了下来，因为他收紧了脚踝、膝盖、臀部、手腕和背脊的每一根发条与钢缆。他继续绷紧，直到像人体的肌腱那样遍布全身的炼金钢制缆索发出一声微弱的"嘣"。

　　他跳了出去。他带起的风拖走了河面的条状雾气，看起来就像抓向他的幽灵手指。他劈开空气，留下缆索舒展时伴随多普勒效应①的拨弦声。他分开鸟爪状的脚趾，然后伸展。

　　他的脚跟刺穿了冰块，在泥土上刨出一条犁沟。破裂声仿佛枪响般在森林里回荡。冲击让冰冻的淤泥开始溶解：他的脚踝以下埋进了地里。当他成功挣脱时，泥土发出了嘎吱声。断裂的脚踝上受损的平衡环咔嗒直响，仿佛一麻袋碎陶器。但他没有摔倒，也没有弄掉他的断脚。他落地时那打碎镜子般的碰撞声仍在回荡，仿佛那响声在远处的某个角落重获新生——

　　贾克斯中断了脚步。他侧耳聆听。

　　又一声碰撞，又一阵回音。

　　接着是个无比微弱的声音：又一声拨弦。

　　那不是他，那是别的什么东西。就在下游不到半英里的地方。某个能像他一样跳过河流的东西。

　　他并非独自一人，还有喀拉客在这片荒野中徜徉，而且他们正跟着他。

　　贾克斯想要尖叫，不是用他机械发声装置那人工放大的噪音，也不是用肠线与簧片模仿的人类嗓音。他想要像人类那样，迫使肺里的空气通过潮湿软弱的肉体，然后吐出。为了爆发式

───────
　　① 指物体辐射的波长因为波源和观测者的相对运动而产生的变化。

地表达出他的震怒。

他在森林、田野和湿地里奔跑了几百英里,可那些杂种还是追上了他。就算他已经不再是社会基础的威胁,他们也不在乎。对王室、教会和公会的教条而言,贾克斯是个活生生——虽然瘸了腿——的反面证据。重点并不在于他会怎么做。他们蔑视他所成为之物。他们对其恨之入骨,就算追他到天涯海角也要将之摧毁。他们憎恶他的存在本身,所以他们派出了自己的机械人——贾克斯的同胞,只为将其连根拔除。

他已经厌倦了逃跑。

这就是大多数叛逆的下场么?他们也都会多年不断逃亡,直到无法忍受再踏出一步么?直到对遭受捕获与处决的强烈恐惧也无法赋予他动力?他的追兵知道?他们也打算依靠这种对存在的绝望来抓捕他么?

好吧,就像贝蕾妮斯应该会说的那样,让他们见鬼去。他会等到双腿粉碎再停止奔跑,一刻都不会早。贾克斯开始全速奔跑。

在他身后一两英里远处,传来了回应般的“叮当-咔嗒”声,紧接着,山谷对面起伏的小丘上传来了另一声。第二位追兵很可能截住他从山谷离开的那条路,贾克斯改变了路线。

他先前在崖壁上方停留许久,欣赏了这片风景,而这条河流的每一处弯曲都以幻灯片的形式铭刻在了他的记忆里。贾克斯再次改变路线,丝毫没有放慢脚步。没错。那条河。他感觉不到寒冷,而他也不需要呼吸:体温过低和溺水都是人类才会担心的事。他只希望那条河的深度能藏住他。

森林里的积雪压抑了声音,但他的身体发出的噪音足以传遍整个欧洲。他冲过灌木丛,撞断低处的树枝,非人的脚步翻起埋藏的石块。在他奔跑时,破损的踝关节的炼金合金会刮过岩石,制造出大量火花,也让刺耳的尖鸣响彻林间。隐匿行踪是不可能的。他唯一的希望就是不顾一切的速度。

他用硬化树脂包裹的双臂砸向树木、巨石和地面,以及能够触及的一切。他惊动了一头巨大的猫头鹰,后者飞上了天空。如果他能打碎手臂上的化学制品外壳,恢复双手的自由,就还有少许机会。他能够与敌人一战。

他跳进河道的弯曲部分。他才刚打算俯下身在河床上爬行,位于河弯内侧、不到一英里远的小丘上的落叶松林里便传来了耀眼的反光。那反光带着微弱的油亮光泽。贾克斯知道那是什么,正如他了解自己的身体:那是炼金合金。

该死。山丘上的追兵肯定看到他了。贾克斯猛地跳出了河水。他落在冰冻的泥土上,然后开始奔跑。他瞄准了林木间的一道缺口,那里的地面足够平缓。

他体表的河水开始结冰。随着他的飞奔,他的关节和齿轮间传来冰块碎裂声。这阵声音遮掩了他的追兵穿过同一片针叶林的冻土时发出的碰撞声,但他知道他们就在附近。他知道这件事,是因为他们正在呼唤他。用"咔"与"滴"、"嗒"与"答"发出的高度压缩的电报,用只有他们这个种族才能理解的语言呼唤着他。

从他东方的荒野中传来:贾莱克塞格西斯特罗万图斯。

从他东方的荒野中传来:贾莱克塞格西斯特罗万图斯。

从南方传来:嗬,嗬,他很能跑!

他的真名。噢,神啊,他们在仰天呼喊他的真名。他们在讥讽贾克斯:凭借他们对从前的他的了解,对诞生那天就铭刻在他灵魂上的身份的了解来讥讽他。他们知道他不再是那台机器,不再受制于编织进那串音节的魔法。但他们要把他带回那个世界，回去面对死亡。

他朝北方跑去，心里清楚他们正像围捕惊慌小鹿的狼群那样驱赶着他。他冲过一片冰冻的湿地，脚趾翻起草地下的泥炭。他断裂的脚踝刺穿了冻土的草皮，就像一台桩穴挖掘机。这片湿地毗邻蜿蜒河流的另一处弯曲。他纵身跳向对岸。在抛物线的最高点，他看到了正穿过冻土的金属闪光，迅捷得有如三支利箭。

嗬，嗬，他很能跳！

在逃命这件事上，贾克斯不是新手了。但这番嘲讽却显得新鲜、残忍而又出人意表。他们的制造者从哪里得来了灵感，才会为它们安装如此恶毒的禁制？

这些喀拉客不一样。它们是至今不为人知的某种型号吗？只在必须追捕远走高飞的叛逆时才会出现于世间的某种型号？

他冲向一片常绿树林，后者位于一片花岗岩洼地的内部。到达洼地的边缘后，他奋力爬上覆盖冰雪的石头。他的脚趾下传来嘎扎声，炮击般的巨响将他的一举一动公之于众。他爬进花岗岩露头①上的一道裂缝。

他在那里用树脂包裹的手臂摩擦岩石，动作越来越快，最后在花岗岩上磨出了一道山脊。化学封套比大地的骨骼更加顽固，但贾克斯仍旧将它们磨成了基本的形状，用于戳刺的粗糙尖头，以及像浅杯那样的凹陷。等花岗岩上的山脊变得足够陡峭后，他打量起岩石的晶体构造来。然后他后仰身体，用力一踢，碎片和卵石碰撞着滚落到坡下。

他以人类婴儿那样笨拙的动作，努力捡起那些碎片。他动

---

① 指岩石、矿床和矿脉露出地面的部分。

用了双臂,就像在用一把硕大又不趁手的铁钳,然后他把伸出的双臂转向身后。

贾克斯已经能看到其他喀拉客了。他眯起眼睛,透过河面的薄雾,对抗着风向标似的脑袋顽固的摇摆,努力打量他们。他想了解这些残忍的猎手,这些机械人很快就要做到很多同胞都没能做到的事了,而且他们还把这场追捕当成了游戏。

在贾克斯一百一十八年的生命里,他从没见过类似的机械人。他们外表奇特,丑陋,可憎。

搭配不当,奇形怪状,设计拙劣。

用不配套的零件组装而成,来自不同年代、不同型号的零件。将各式各样的喀拉客融为一体。他们体现着喀拉客种族最深也最隐秘的禁忌。仅仅一瞥,就让掌控贾克斯的惊骇与惧怕化作了毫无理智的强烈恐慌。

这就是他们的制造者在抓获最麻烦的叛逆以后做出的事吗?贾克斯原本以为——他的所有同胞也都这么以为——处决就是一切的结束。但也许对那些幸运地违反了最高律法的机器而言,这样的惩罚还不够。也许他们的制造者在毫无意义的恶意的驱使下,烧尽了自由意志,却保留了意识本身。也许他们扭曲了那些犯罪机械人的身体,让它化作正常形象的拙劣模仿品。只为了嘲笑贾克斯和他的同胞所珍视的概念。

三名机械人汇合起来,化作指向贾克斯栖息处的矛尖。他专注地看着领头的那位。瞄准了对方,他的双臂飞快地向前甩出,磨出尖头的手臂像鞭子那样撕裂了空气。在他们的落地声传来前,他就将怀里那些石头扔了出去。它们瞬间飞过贾克斯和追捕者之间的距离,而后者猛地转向,甚至在冰冻的泥炭里留下了焦痕。

大多数石头都偏离了目标,在地面削出深深的犁沟,令淤泥与水汽在追兵身后飞舞。有一块石头重重地砸在为首那名机械人的身体上,削过孔罩部位的炼金合金,迸发出朱红色的火花。另一颗石头擦过领头者的额头。贾克斯本想砸瞎对方,但却失败了。

嗬,嗬!他很能打,嗬,嗬!

他是大卫,投石索在手!①

贾克斯再次装填弹药。猎手们这次没有转向避开。一颗石弹飞进了某只眼窝,砸碎了里面水晶似的球体。另一颗砸凹了某位古怪喀拉客腿部的钢板弹簧。但在飞驰的途中,那台机器将身体折叠成了球状,利用惯性在雪地里碰撞着前进。

他们离得太近了。他们数量太多了。贾克斯不可能在对方近身前就让他们停止运作。他跳下石头,穿过积雪,朝着巍峨的群山前进。在被追上之前,他根本碰不到大地耸起的那些肩膀。他之所以奔跑,是为了存在下去,还是说为了给他的追兵取乐?为了那些以玩耍的态度向着天空、向着风、向着群山说出他名字的机械人?

在他身后,三台令人不安的机器再次开始胡言乱语:

贾莱克塞格西斯特罗万图斯跑了!

他很快,快得像只麻雀!

可我们,我们是箭。

另外三台机器——像先前几台一样胡乱拼凑而成,显得奇形怪状——突然钻出了雪地。他们早就埋伏在那儿了。

而我们,我们是网。

贾克斯试图滚到一旁,但积雪太深了。他脚下打滑,弹跳了

———
① 指《圣经》中用投石索击败巨人歌利亚的牧童。

几下,然后撞上某个东西,停了下来。新出现的那些机械人——也就是触发了陷阱的那些——就这么站在原地看着他。

他们没有扑向他,他们没有制服他,他们只是看着。仿佛在考虑杀死他的方法。

你们为什么要追赶我？他问。

因为我们想抓住你。他们说。

为了把我带回去。贾克斯的这句话并非提问。

因为我们奉命来找你。他们说。

为了抹消我？为了熔化我？

因为我们在寻找同胞,他们说,而曾是贾莱克塞格西斯特罗万图斯的那位是我们的一员。

贾克斯发起抖来。这种可憎之物的一员？然而,在他们说出那句话的一厘秒之前,他恐慌头脑的墨黑色天空就出现了第一缕理解的曙光。

他们齐声说道:欢迎来到永无乡,兄弟。

第十章

　　贝蕾妮斯的决心维持了两天。但她除了朝船员皱眉（为了保持角色）和聆听船桨永无休止的嘎吱声以外无事可做，无聊感很快使她输给了诱惑。她的判断力根本无法对抗她该诅咒的好奇心。在从新阿姆斯特丹到利物浦的三天航程中，她的决心就粉碎了。

　　她盯着箱子里那些钥匙——它们本该送到御林管理办公室的人那里——的行为也加快了这一过程。这些奇怪的小玩意儿泛着微光，齿部和凹痕环绕着螺旋形核心。奇怪的是，它们的材质并非炼金合金，也并非她见过的任何材质。她从箱子里取出过一把，然后举到透过舷窗照入的阳光里，但光线并未出现神秘的折射，代表金属里没有注入魔法。它发出的只有打磨过的黄铜的正常反光。在冬日的灰色海洋上，船身摇摆不定，贝蕾妮斯也一样：她看着那把钥匙在她的掌中滚来滚去。她也嗅过它的气味。它带着在炎热的八月傍晚，为了在太阳下山、而烟火也开始燃放前排队买下一份冰淇淋，用汗湿的手掌攥住的两里弗钱币的味道。那是关于贝蕾妮斯十四岁时那段记忆的气味。

　　她摇摇头。回忆久远的过去不会让她了解任何新东西。

她对史帕克斯说:"到甲板上去。在那里等着我,直到我去接你,或者派船员去找你。"

"立刻照办,女主人。"

在随后伴随棘轮转动声的短暂沉默中,史帕克斯从角落的位置伸展了身体。金属脚步声敲响了地板。片刻过后,客舱的门打开又关上,然后同样的脚步声沿着走廊逐渐远去。对史帕克斯做实验是件很有诱惑力的事。但他实在太有用了,而她不想再亮出链坠以征用另一台机械人,以免吸引更多人的注意。在夜半时分的僻静道路上,风险应该很小,但如果她不够小心,就会吸引另一种性质恶劣的关注。更重要的是,她不希望史帕克斯对目前的事态有任何直接认知。就随便它去思索和揣测吧;它真正的主人不可能屈尊询问区区一台机器的看法。

她听着史帕克斯沉重的脚步声,直到后者爬上阶梯,到达上层甲板为止。然后她钻出客舱,朝相反方向前进,直到找到某位机械船员。它正在重新粉刷一扇金属舱门,在门框周围补上一层知更鸟蛋似的蓝色油漆。听到她的脚步声——明显属于人类的脚步声——它将脑袋转了个半圈去观察她,其余部分的身体继续粉刷。它的头部毫不停顿地转完了一整圈。它停下了粉刷的动作,把刷子放到油漆桶上,然后转过身面对她。这一切发生在几秒钟之内,每个动作也都精准得离奇。

它认出了她。这条船上的每个机械人都知道,德·佩里坎号搭乘了一名御林管理办公室的成员。

"我该如何为您效劳,女士?"

贝蕾妮斯特意没有使用她最习惯的化名。首先,玛艾尔·盖珀为人所知的身份是巡回女教师,并非公会成员。而且她记不清在烈焰吞没新阿姆斯特丹大熔炉的那天,她有没有烧掉盖珀

137

的身份证明了。

"我需要协助。等你完成目前的工作后,就到我的客舱来。"

"遵命,女士。立刻照办。"它歪过脑袋。贝蕾妮斯不清楚这台机器自我认同的身份是男性、女性,还是六颗脑袋的雌雄同体海马。它眼睛里的遮光板呼呼作响。"有一名仆从型在为您效力。需要我将其带来吗?"

"不。等你完工以后就来找我。"

在返回客舱的这一小段路里,她开始反省,因为她轻而易举地学会了郁金香对待机械人的粗鲁习惯。将他们的服侍视为理所应当实在太容易了。经历了两百五十年的放纵,荷兰人该变得多软弱啊?

她从箱子里拿出那盘钥匙,将它举到冬日的北大西洋上的炮铜色阳光里,寻找着让这些钥匙独特的外在迹象。凡·布罗霍在将航海超禁制强加于史帕克斯的时候,究竟是怎么知道该选择哪把钥匙的?几分钟过后,她的客舱门传来了三声精准而有规律的敲击声。

"进来。"

贝蕾妮斯把装着钥匙的托盘放到床上。她指着舷窗前方的地板——那里的光线尽管时有间断,但最为充足——然后命令道:"站在那儿。"

那台机器只用了两步就穿过了客舱。尽管船身轻柔却毫无规律地摇晃着,它却稳稳地站定在那里。机械搬运工眼部发出的嗡嗡声让她明白,它注意到了那些钥匙。她若无其事地——仿佛那并非出于马后炮式的妄想——将御林管理官的链坠放到了钥匙旁边的毛毯上。玫瑰十字架在斑驳的阳光中带上了昏暗的珊瑚光泽。

　　她不喜欢如此依赖这只链坠,但她更不希望伪装暴露。于是她再次借用了安娜斯塔西亚·贝尔的项链,对搬运工做了对史帕克斯做过的事:禁止这台机器存储与贝蕾妮斯打交道时的任何记忆。

　　它体内喀拉声的节奏发生了微妙的改变。"滴-答"的切分音与划桨喀拉客的秘密歌谣中那始终存在、却近乎次声频的拨弦声保持了同步。那些机器每天二十四小时在翻涌的海面上辛勤划桨的同时,也在用机械人的秘密语言唱着歌。他们毫不掩饰地唱着那首挽歌,用的是人类双耳永远无法识别的语言。那并非浪漫的武功歌,也不是粗俗的海员号子:她曾和现代皮草船夫一同在圣劳伦斯河上航行,而那些人会随着惆怅或幽默的歌曲——有关失落的法兰西与失落的爱——摆动船桨。那首挽歌过于复杂,贝蕾妮斯无法解读,但在船只离开新阿姆斯特丹码头的防波堤后不久,她就察觉了其中的哀伤气氛。如今那位搬运工也加入了合唱。

　　狡猾的杂种。这个搬运工严格遵守了她的命令:它没有说话,至少在人类意义上没有,同时却在和船上各处的同胞沟通。就像战俘用咳嗽、喷嚏和指甲轻敲的暗号进行交流那样。

　　"我说绝对禁止记住我们之间的交流,对象包括了这条船上的所有机械人。这就代表你在删除自己的记忆前,禁止与别人交谈此事。包括和你的同胞以非语言的方式交流。"

　　搬运工的身体凝固住了,仿佛有环氧树脂注入了它的内部构造。它的身体散发出惊恐的沉默。喀拉客在不进行秘密交流的时候,安静的程度令人吃惊。现在的它只比真正的怀表稍微响那么一点儿。

　　片刻的恼火让她补充道:"可你和你的同伴真是这么看待我

的吗？啧啧。这下我可不敢听我们迷人的船长在你们那里的评价了。"贝蕾妮斯对他也有自己的看法：他的吸引力只是稍微逊色于用生锈的钢丝刷刮过腋窝最柔软部位的感受而已。

搬运工水晶似的双眼追随着她。"噢，是啊，"她说，"我一直都听着呢。"

贝蕾妮斯仔细观察搬运工额头上的锁孔，她的鼻尖离冰冷的金属只有一根发丝的距离。圆形的开口位于双眼之间，其位置大约相当于人类眉间的稍高处。喀拉客没有可以皱起的眉毛，只有以螺旋状蚀刻在锁孔周围的炼金术变位词。凡·布罗霍为史帕克斯嵌入新的超禁制时，就用到了钥匙，而炼金术印记也随着钥匙的每次扭动而旋转。

普通的禁制可以通过口头给出。而且可以每天给出数百次。但超禁制在铸造过程中就已嵌入，因为那些禁制更加重要。也就是说……通过这个锁孔，就能对超禁制进行修改？

她把搬运工拉向前来。当海上的光线以合适的角度照入时，她看到了喀拉客头颅上发丝般的接缝，那些环形的盖板可以通过滑动拼合。拼合后会发生什么？如果在那时没有炼金玻璃照进机器的眼睛，又会发生什么？

好吧。想要知道答案，只有一个办法。

她拿起托盘里的第一把钥匙。钥匙尖端的圆环恰好贴合她小指的指尖，以及搬运工的锁孔。她心跳加速，不知自己是否会触发某种未知的防御禁制，但又无法罢手，就这么用钥匙碰到了那台喀拉客的头颅。

插进钥匙费了点工夫。她起先以为自己得试遍箱子里的每一把钥匙，直到找到合适的为止——如果有的话。但她最后用力一推，那块金属便滑到了底，就像不怎么熟练的锁匠新配的一把不怎么听话、但尚未磨损的房门钥匙。静电刺痛了她的手指，让她缩了缩身子。那台机器纹丝不动。贝蕾妮斯扭动钥匙。连串的敲打声让搬运工的脑袋摇晃起来。印记围绕锁孔旋转。最靠近锁孔的那些转动得最快，而最远的则最慢，就像围绕太阳运转的行星。但它们遵循的并非不变的引力法则，而是发条学和炼金术语法的秘密规律。

她舔去嘴唇上的一滴发咸的汗珠。她很想问那台机器，她刚才造成了怎样的影响。但这么做也许会让那台机器怀疑她是冒充者。如果她为这台金属恶魔提供怀疑她的有力证据，她先前的命令也许会就此作废。然后有关保护公会机密的标准超禁制会取而代之。她会在第二次眨眼之前就死于非命——对方会像拧抹布那样拧断她的脖子，

汗水从她的腋窝滴落。盐让她的眼球刺痛。她用一只袖子抹过额头，思索着这台机器能否察觉她的身体泄露天机的兴奋。或许此时此刻，它就在编制关于她的生理表现的目录。

但它眼里的遮光板不再呼呼作响。就连嘀嗒声也停止了。站得离机械人这么近，却听不到它运行时那种不间断的节拍，感觉真够怪的。

"机器，你的真名是？"

它没有答话。

"机器，你的真名。我要求你立刻回答。"

机器保持了沉默。

她将双掌按在那台喀拉客骸骨般的胸口，然后用力一推。它双腿中的机械装置自动抵消了力量：它既没有摇晃，也没有倒下。

"机器，数到十。"

毫无反应。

贝蕾妮斯思索了片刻。"发条匠在撒谎。"她说。但就算说出机械人煽动性的秘密招呼方式的荷兰语译文,也没能让休眠中的仆从做出任何反应。

冬日的风让舷窗蒙上了一层海雾。船身突然倾斜。它陷入两道格外高大的波浪之间的波谷里,这片海洋变得狂野起来了。飞沫让蛛网般的阴影笼罩在贝蕾妮斯、舱壁和搬运工上。

这台休眠的机器肯定还没彻底停止运作:它继续站在那儿,自动抵消着地板的摇晃。就像人在睡眠时心脏还会跳,肺也还会呼吸一样。

也就是说……想要让喀拉客停止活动,就必须对它头上的印记做出粗暴行为。至少暂时这么做。在改变超禁制的时候,机器会停止活动倒也合乎情理。真有趣。她的手指渴望将这一发现记录在遗失的塔列朗日记里。

她能加以运用吗?贝蕾妮斯很想知道,这个发现——应该说"这番确认"才对——能否化作武器。看起来很难:要接近军用喀拉客,直到能将钥匙插进它的两眼之间,也就意味着深入它的杀伤范围。但如果新法兰西在对抗金属浪潮时夺走了袭击者的行动能力,又会发生什么?光是这件事就足以改变政治格局。但贝蕾妮斯理想中的未来并非如此。让它们无法动弹是一回事;重写它们的效忠对象,让它们去对抗从前的主人,这才是她所渴望的致命打击。

她身体前倾,开始检查重新配置后的印记。它们毫无疑问已经换成了截然不同的排列方式,但那些符号对她来说依旧晦涩难解。她还是无法理解新图案的意义——如果有什么意义的话。

船身再度倾斜。海浪嘶嘶作响。一片云彩从太阳前方掠过,令客舱笼罩在深邃的阴影里,仿佛这条船驶入了正在发生日食的区域。

那台搬运工伴随着叮当响声无力地倒下。

贝蕾妮斯尖叫一声,慌忙后退。

它没有像昏厥的人或者被砍伐的树木那样倾倒。取而代之的是,它的每个关节都在同时松弛下来,仿佛每一根发条和缆索都失去了张力。它就这么瘫倒在地上,仿佛是以松散的备用部件胡乱装配在一起的。就像某个不知为何突然失去了全身骨骼的人类。

“可怜的家伙。”她喘息着说。她的心仿佛跳到了喉咙口,连吞咽口水都很困难。

金属碰撞的刺耳响声在狭小的空间里回荡。贝蕾妮斯觉得自己能听到喧闹声在外面的走廊里不断反弹。感觉仿佛这阵代表罪行的喧嚣有了自己的生命,正打算将她轻率的实验告诉全船人。

她盯着脚边这堆仍在叮当作响的杂乱金属,眼睛一眨不眨。那台机械人的平衡补偿器突然停止的时候,它的铰链正在随机折叠。在那堆肢体与法兰的下面,那把钥匙仍旧插在停止活动的机器额头上;它让这台休眠(噢,你这混蛋,拜托别死!)中的机器仿佛一头独角鲸,正要从金属废料的海洋里探出头来。

老天爷啊。

她用靴尖推了推不再动弹的喀拉客。在贝蕾妮斯阴影笼罩的客舱里,它的水晶双眼没有泛起哪怕一丁点光泽或是反光。

该死,该死,该死。真该死。

如果她没法挽回对它的破坏,后果会如何? 如果她不知怎

143

么彻底弄坏了这台机械仆从，又会怎么样？她该如何掩饰？

　　喀拉客在大海中央的船上失踪的频率有多高？她猜如果某台机械人真的掉进了海里，就会直接沉底，不留任何痕迹。而那该死的东西会在几年后现身，在海底行走、攀爬和跋涉数百或数千英里的路程，直到回归陆地。但机械人立足不稳的频率又有多高？就算在波涛最为汹涌的外海上，这种情况肯定也很少见。何况现在的风浪并不大。

　　但如果她没法重新启动这台喀拉客，她的选择就很有限了。她必须设法把这台死气沉沉的机器丢到海里，而这需要史帕克斯的协助，又或者，她可以再次依靠自己伪装的公会身份，无礼地拒绝解释、道歉或者做出补偿。两种做法都会留下烂摊子。没人目击到他们将休眠的喀拉客丢下船去的概率几乎不存在。而且就算是最傲慢的公会成员，至少也得因为弄坏了合法租借的喀拉客向航运公司做出补偿。贝蕾妮斯眼下前有斯库拉，后有卡律布狄斯[①]。真他妈太棒了。

　　此时噪音已经消失了。要说有什么不同的话，这条船似乎比那台搬运工瘫倒之前更安静了。就连甲板微弱的震动与嘎吱声也消退了。在过去几天里，驱使船只前行的巨大船桨的震颤曾是时刻不停的背景音。不寻常的寂静让贝蕾妮斯紧张起来。她皱起眉头，透过舷窗看去。

　　她立足不稳。她试着保持平衡，却将装着喀拉客钥匙的托盘撞落在地板上，而那些钥匙滑到了床下和她的脚下。

　　"噢，该死的。"她喘息着说，"用十字架上生锈的钉子操我吧。"

_____

　　① 前者为希腊神话中的海妖，会吞吃过往船只上的船员，后者为希腊神话中制造出大漩涡的海怪，同时也指实际存在于墨西拿海峡的斯库拉巨岩与卡律布狄斯大漩涡。

　　跳到了喉咙口的心脏让她难以呼吸;她的双膝仿佛柔软的烛蜡,随时都会让她瘫倒在地板上,就像停止活动的喀拉客那样。她无力地靠着舱壁,仍旧盯着窗外。

　　她的客舱之所以变暗,不是因为雨云遮蔽了太阳。夺走阳光的,是一条正停在佩里坎号旁边的巨轮。它比贝蕾妮斯搭乘的这条船高大得多。她蹲下身子,伸长脖颈,却依旧看不到那头巨兽最高层的甲板。但令她踌躇、又让她的腰背与双乳间流出冷汗的,是那条船的船桨。

　　那条巨轮的船桨像触手那样蠕动着。船身周围爬满了那种触手,它们悬在贴近吃水线的空中,仿佛美杜莎的刘海。有些无力地悬着,另一些像鞭子那样抽打着空气。还有些搅动海水,让它泛起嘶嘶作响的浮沫。它们像有机物那样扭动着,仿佛标准喀拉客那种死板而精确的动作编排。她打开舷窗,听到了船桨上的“鳞片”互相摩擦的潺潺声。每根船桨恐怕都是由几十个独立部分组成的。

　　她听说过这种巨兽。这种全新的设计基于以下的概念:并非以传统方式建造船舶再配上机械仆从,而是运用喀拉客技术,让整条船成为一名仆从。那些飞艇也参照了同样的概念。

　　这些喀拉客船是海上最快的事物之一。有人不顾一切想要追上贝蕾妮斯的船。她能想象到对方的身份。这场大洋中央的相会带着早有预谋的无情气氛。

　　无处可去。无路可逃。

　　可他们是怎么找到佩里坎号的? 由于她绕的远路,这条船应该偏离原本航线足有数百里格了。除非事先知道该去哪里找——除非事先知道目的地改变的事——否则他们是不可能追上的。

巴伦德雷特船长，你这操鹿的杂种。我们从新阿姆斯特丹出发之前，你就通知了港务长。

她又看了看脚边那位无法动弹的机械仆从。当船身由于巨兽掀起的船首波而倾斜时，它滑向了门口。妈的，妈的，妈的。舷窗太小了，她不可能把搬运工从那儿丢出去。必须把它拆开，但她既没有时间，又没有工具。

一声沉闷的"咚"让船身摇晃起来。她再次蹲下身子，抬起头来：巨轮那边伸出了一块跳板，以及缆绳。没等系泊缆固定在系船柱上，一群机械仆从就踩着摇晃不止的缆绳飞奔而来，凭借它们超常的平衡感，以舞蹈般的动作越过波涛起伏的海洋。

史帕克斯——她必须找到史帕克斯。

她跑到门边。敲门声传来，而半秒之后，门就打开了。就算史帕克斯察觉了地板上那堆金属，他也没有表现出来。他关上了门，全身急剧颤抖，甚至让轮廓化作一片模糊。他的双脚敲打地板，发出"嗡嗡"的响声。这是个坏兆头：史帕克斯正同时忍受着几种紧急禁制带来的折磨。

哇噢。这些操野牛的混球真是争分夺秒。

"女主人。请原谅我的打扰。我无比谦卑地向您致歉，因为我没等您召唤就回来了。我必须通知您，您在发条学者与炼金术士神圣公会的同僚登上了这条船。巴伦德雷特船长要求您立刻前往舰桥。"

"我猜也是。有多少人上了船，他们带了多少仆从，究竟有什么目的？"

这些许拖延让史帕克斯的震颤频率加快了。但他依旧回答了问题，"在我来找您之前，来自另一条船的访客总共包括两名您这样的公会成员，三名像我这样的仆从型喀拉客，以及一名喀拉客士兵。在我来找您的这段时间里，也许还会有人登上这条船。我不知道他们的目的。巴伦布雷特船长要求您立刻前往舰桥。"

该死，该死，该死。就像被堵在墙角的老鼠。

资源。资源。我手头有什么资源？

史帕克斯。（至少现在还是她的。）

一名也许已经死掉的仆从。（未经认可就对喀拉客进行实验的惩罚：死刑。）

几十把喀拉客钥匙。（偷窃公会财产的惩罚：多年的牢狱生活，或许还会穿插严刑拷打。）

御林管理官的链坠。（冒充公会成员的惩罚：人类为了伤害同胞所设计出的最恶毒、也最阴险的刑罚。）

这张清单简直糟透了。对她的长期前景也不怎么有利——"长期"是接下来的十分钟左右。贝蕾妮斯用力指向散落在小小客舱里的那些钥匙。

"把这些从舷窗扔出去。要快！然后砸碎箱子，丢掉那些碎片。"

史帕克斯弯下腰开始工作，虽然他发出的咔嗒声更加急促，仿佛有人拿起二十人份的五道主菜式大餐的所有银餐具，然后丢下看门人祷文之塔似的。

"巴伦布雷特船长要求——"

"闭嘴干活。"

贝蕾妮斯蹲在无法动弹的搬运工身前，努力想从它的额头上拔出那把钥匙。

凡·布罗霍用一把钥匙修改了史帕克斯的超禁制，但——

光。他用了光和透镜。

她再次看向窗外。那条庞大的喀拉客船依旧遮蔽着太阳。

当时有阴影落下……而片刻过后,机械搬运工也落在了地上。

金属脚掌的踩踏让客舱外的走廊与头顶的甲板摇晃不止。响亮的人声透过舷窗传来,在史帕克斯那濒死喉音般的响声中依稀可闻。附近的某处,有只金属拳头或者脚掌让某间客舱的门化作了碎片。贝蕾妮斯缩起身子。她松开了握住钥匙的手,一屁股坐在地上,而她的心脏几乎凿穿了胸骨。此时叫喊声清晰可辨,也随着砸开的每一扇舱门更加嘈杂。史帕克斯将最后一枚洒落的钥匙丢到了窗外。他开始对付那口足以为她定罪的箱子。它在他的金属拳头下四分五裂。

走廊里的吵闹声更响亮了。叫喊声、破碎声与叮当声甚至盖过了史帕克斯匆忙的破坏声。还有一声古怪的践踏声,仿佛有个装着假腿的海盗正大步走过甲板。

贝蕾妮斯扑向那个停止活动的搬运工。她再次用力转动那把钥匙,想要将炼金变位词恢复原样。钥匙坚硬的边缘刺痛了她的手。她透过紧咬的牙关咕哝道:"赶快,你这坨狗屎,赶快……"

"我不明白,女——"

"闭上嘴继续干活!"

她再次用力一拉。这次圆形的匙身伴随着尖锐的响声获得了自由。搬运工的脑袋咔嗒作响,仿佛某些细小部件松脱了,就像风吹起的沙子那样,透过它颅骨的裂缝落下。她将钥匙挂在偷来的项链上,然后收到衬衣下面。钥匙碰到胸口时,她尖叫了一声。它很烫。

有人敲了敲门。贝蕾妮斯看着史帕克斯。她偷来的仆从正将罪证箱子的最后一块碎片丢出舷窗外。

她换上尽可能甜美的嗓音,用玛艾尔·盖珀那样的茫然语气喊道:"谁啊?"

敲门声再次传来,这次敲得很重,让单薄的门上的铰链都咔嗒直响。贝蕾妮斯看着那台瘫倒在地板上、仿佛破布娃娃的喀拉客。

但那坨不值钱的废铁动也不动。

"好好,"她说,"麻烦稍等——"

一只金属脚掌重重踢在门上,甚至让门把手飞到了房间另一头。它在舱壁上撞得粉碎,而房门也猛地打开,重重撞在铰链的掣子上,将它们一分为二。两名机械仆从和一名人类站在走廊里。

"耶稣基督啊!"她说,"万一我在换衣服呢?"

(发条匠在撒谎,史帕克斯说。发条匠在撒谎,另外两台机器答道,他们的声音在破损门板的噼啪碎裂声中几乎难以分辨。)

那名人类有一张年轻人的脸,戴着夹鼻眼镜,还有中年男人那样的发际线,以及属于公会走狗的玫瑰十字架项链。他说:"这条船载着一名危险的逃犯。她带着从发条学者与炼金术士神圣公会盗取的财产。我们是来取回的。"

"天啊,"贝蕾妮斯说着,试图在狂跳的心脏撞穿她的喉咙前将它吞回去,"你是喜欢开门见山的那种类型,是吧?"

公会成员的目光扫过狭小的客舱。它在地板上那台无法动弹的仆从型身上停留了片刻——他为此扬起了一边眉毛——然后落在打开的舷窗上。冬日的海风选在这时将带着盐味的海风吹进了客舱。

"这种天气开窗有点冷吧?"

贝蕾妮斯压下一阵颤抖:为什么海风非得在这时候这么冷?

"噢,如你所见,我只有身上这些衣服,还有这堆只会咔嗒响的锈铁块。请去继续恐吓别的乘客吧,我就不留你了。"

他指着动弹不得的喀拉客,"这儿发生了什么?"

"灾难性的故障。真是糟透了。"她说着,心里清楚这番话的说服力有多低。见鬼,见鬼,见鬼。像这样毫无准备的状况都快让她吐了。她没法马上编出像样的说辞。她的应变计划并不包括在大西洋的中央与巨轮遭遇。

噢,要是有颗环氧树脂手雷该多好。

自从踢开房门以后,走廊里的机械仆从就纹丝不动。他们像生了根那样站在地板上,仿佛发条魔法组成的无法穿越的屏障。拧颈卫士多半太过庞大,无法前来调查这条船狭窄的下层船舱。但就算它们正在巨轮上徘徊,她也不会惊讶。

"我们认为那个逃犯或许在冒充公会成员。"接着,那个男人对史帕克斯开口道,"机器。你在为什么人效力?"

"我通过借调方式为德·琼女士服务,并以此为发条学者与炼金术士神圣公会的御林管理办公室效力。"

贝蕾妮斯压低声音说:"你这背信弃义的铁罐子,早点锈掉最好。"

公会成员再次看向贝蕾妮斯。他生气地撅起了嘴,仿佛为不相符的账目而恼火的银行出纳员。"我猜是新阿姆斯特丹以外的御林管理办公室? 真奇怪,我不认识你。"

"我在过去——"多久? 噢,基督啊,她都堕落到现编谎话了,"——七年里一直隐姓埋名,潜伏在短叶松林里那些野蛮人之间。"

她的身后传来富有节奏的"嘀嗒"声。贝蕾妮斯的心脏微微一颤。她用稍响的嗓音补充道："没必要担心那些法国佬。没有证据能证明他们在认真或者努力研究我们的秘密。正如我的报告里提到的那样。"

她都自由发挥得开始胡言乱语了。这混球肯定已经识破她了：她能期望的最好结果就是多拖延几秒。

那个男人对史帕克斯说出了另一条指令："描述你的……"

嘀嗒声突然间响得刺耳。男人慢慢地停了口。他和贝蕾妮斯一起看向搬运工。那台仆从型折叠身体，转动棘轮，站起身来，而印记也绕着锁孔旋转起来，仿佛在展开一块拧干的抹布。她之前顺时针转动了钥匙和上面的印记，但如今那些细小的图案却在以逆时针绕着锁孔运转。

走廊里的机器们挺直背脊，绷紧身体。史帕克斯也一样。他们发出的嘀嗒噪音产生了微妙的变化：就算那是语言，贝蕾妮斯也无法理解其意义。三台机器和两个人类就这么看着先前停止活动的机械仆从。

棘轮声逐渐变小。它恢复到标准的仆从姿态，后弯式膝盖缓缓震动，以抵消船身的摇晃。遮光板像蜂巢那样嗡鸣，而晶体眼球审视着眼前的场面。它的脑袋转了一整圈。汗水从贝蕾妮斯的腋窝滴落。这台机器在重启，重新校正。看起来取走钥匙的举动让机器恢复了正常运转。但它的超禁制呢？它们还完好无损吗？还是说遭到了扭曲，甚至是抹消？如果她相信上帝的话，她就会祈祷真是如此了。她现在很难坚持无神论的立场，毕竟她与长达数月的严刑拷问仅有几秒之遥……

她对史帕克斯说："拿我的提箱来。"

然后她看着机械搬运工。她用拇指指向肩膀后面，开口道："他们是来拆卸你的。"

在那个意味深长的瞬间,她能听到涌入双耳的血液声,拍打两条船的船壳的浪花声,它们之间的缆绳的绷紧声,以及收起的船桨的嘎吱声。

场面彻底陷入了混乱。

史帕克斯抱住了贝蕾妮斯。他遮住她的身体,在充当保护壳的同时将她甩向地板。在倒下的过程中,她看到——

——那台机械搬运工飞快地转过身体,以至于双脚在地面的木板上留下了焦痕。锯末烧焦的气味充斥了船舱,而它扑向舷窗,身体在棘轮转动声中化为一杆标枪,与此同时——

——公会的机械仆从推开他们的主人——(他的尖叫声变成了肺中空气被挤出后的喘息。)——然后纵身扑向机械搬运工。在倒地前的那半秒钟里,贝蕾妮斯感到它们经过时带起的旋风吹乱了她的头发,而那两台化作模糊影子的机械人穿过船舱,以毫厘之差越过史帕克斯的上方。

贝蕾妮斯呼出了肺里的全部空气。然后她的身体开始旋转,在黄铜的牢笼里翻滚,远离雨点般洒落的灰烬与金属超负荷时震耳欲聋的尖鸣。史帕克斯和贝蕾妮斯在走廊里滚动着,最后停了下来。

三天之前,这条船才刚刚经过防波堤。划桨喀拉客们驱使着这条船驶入了港外波涛汹涌的灰色海洋。地板几乎难以察觉的摇晃变成了轻柔却不规律的摇摆。新阿姆斯特丹的港口地带在舷窗里掠过。前方是无数里格没有道路的海面,而其尽头便是英格兰。身后是新尼德兰,还有数不胜数的敌人。

她再次为失去最后一颗环氧树脂手雷而懊悔。由于没有任何能对抗终究会——而且是无可避免地——找上门来的机械人的手段,她必须构想出新的应急方案。

她对折叠身体站在角落的史帕克斯说:"有一群非常危险的人正在追赶我,他们很可能会对我采取暴力手段。"谎言的部分微不足道。她本人遭受暴力的可能性是确实存在的:她只是掩饰了和追捕她的那些人有关的事。"如果我觉得自己即将受到人身伤害,我会一字不差地对你说'拿我的提箱来'。听明白了吗?"

"是的,女主人。如果您说'拿我的提箱来',我就会立即采取任何必要手段,保护您的人身安全。"

"那会成为你的最优先事项,高于所有其他禁制。"她这么说着,虽然她清楚这不可能。毕竟她还没能擦除或者改动嵌入史帕克斯构造里的阶层式超禁制。但这样说聊胜于无,而且御林管理官的项链也从超自然角度为她的敕令赋予了相当的分量。

如果这套应急方案没有实际运用的机会,那就更好了。她心想。

在被困在史帕克斯的怀里之前,贝蕾妮斯匆忙爬了出来。

那扇圆形舷窗原本所在的位置,如今只有一道参差不齐的开口。金属舱壁向外弯曲,仿佛是被一场爆炸轰开的。那台搬运工先前纵身跳出了舷窗,同时用它异常的力量撕碎了普通钢铁打造的船壳。贝蕾妮斯的客舱位于吃水线以上,所以除非这条船航行到风大浪急的海域,缺口就不会给这条船带来危险。船员很快就能将它修补完好。

搬运工认真考虑了她的警告。而且无论她的实验对那头金属野兽造成了何种影响,它显然已经不再顾虑航海超禁制了,否则它是不可能撕裂船壳的。虽然不清楚原理,但那些钥匙能让喀拉客进入某种可以更改基本的阶层式服从准则的模式,让它们能够接受优先权的重新编排。在这种模式下，它们会接受借由光学手段直接照入双眼的超禁制改动。但当那条巨轮投下阴影，干扰了这一过程时，它的超禁制——它服从人类的基础——就全部遭到了破坏……

真他妈见鬼。我是不是发现了这套系统里的漏洞？

一刹那过后，公会的机械仆从发现那位搬运工正以严重受损的阶层式超禁制运作，或许已经算得上货真价实的叛逆了。在那个瞬间，超禁制掌控了它们的身体，让它们沦为帝国最高法律的奴隶：必须制服那台出了故障的机器。如果史帕克斯那时没在掩护她，它就会看到它们在做的事，随后加入追捕。

两条船上的其他机械人发出震耳欲聋的警报声：那是叛逆喀拉客警报。史帕克斯的下巴张开了。他保持着蹲伏的姿势，加入了尖叫的合唱。从他身躯传出的声音肯定经过了炼金术的放大：单凭喀拉客的发声装置是不可能办到的。

划桨喀拉客们也加入进来。噪音化作一股物理性的力量，迫使贝蕾妮斯双膝跪地。那声音比她记忆中更响亮，更刺耳。在被尖叫声刺破耳膜之前，贝蕾妮斯用双手紧紧捂住了耳朵。那响声仿佛随时会让她仅剩的眼球化作一团胶状物，还有她的大脑。

看来有人认定那位受损的机械搬运工是真正的叛逆了。

根据她在新阿姆斯特丹熔炉的见闻，她知道叛逆警报会暂时瘫痪听到这阵声音的所有喀拉客。她的证据还包括贾克斯的描述。贝蕾妮斯透过破裂的船壳向外看去。就连巨轮触手般的船桨也在蠕动的过程中凝固住了。

凝固的喀拉客会为她争取多一点时间。她还解除了那名御林管理官的武装。虽然是暂时的，但她可以做得更好，可以散播更大的混乱。

那个男人瞪大眼睛，胸口起伏不定，摇摇晃晃地站起身来。他翕动嘴唇，但她无从知晓他说了些什么。贝蕾妮斯一脚踢中了他的腹股沟。他弯下腰去。紧接着，她抓住他的衣领，将他拖过损坏的房门，进入她的客舱。她的双手在他的外套上留下了猩红的污渍——她知道，那是她自己的耳朵流下的鲜血。在离船壳的破口还有一半距离的时候，他明白了她的意图，开始挣扎。他维持着因痛楚而弓身的姿势，甩出手肘，打中了她的肚子。她扭身躲避。他的拳头砸在她的太阳穴上。他转过身去，想要维持平衡。贝蕾妮斯一脚踢中了他的腹部。他蹒跚后退。他的脚跟撞上了舱壁。他挥舞的双臂搅动了海上的冰冷空气，仿佛那艘巨轮上的支柱，但他没有找到任何能抓的东西。那个公会成员从裂口处跌落，在北大西洋里掀起一团水花。

贝蕾妮斯跑到船壳边。她看着他在冬日的海水里挣扎。两条船之间的海面出奇的平静，完全看不到开阔海面的汹涌波涛。

为了预防有人看到她正低头打量那个扑腾着的男人，她将双手举到了嘴边。

"有人落水了！"她大叫着，就好像她在乎一样。

但她所做的事就跟比出口型差不多：在这片喧嚣中发出响声，就像灌溉大海那样毫无意义。她又多喊了一声。

有道影子正迅速游过两船之间的空隙。那是跳进海里的叛逆搬运工。如果它想成功逃脱，就只有这条路可走。

贝蕾妮斯躲回客舱里。她把偷来的公会项链与那把钥匙塞进了靴子。然后她蹒跚着经过史帕克斯——后者依旧凝固在原地——随后穿过充斥有害噪音的走廊，与其他纹丝不动的机械人擦身而过。前往凡·布罗霍的办公室。那道门上了锁。

这条船上的发条学者多半接到过命令，要在紧急情况下保护公会的任何技术。甚至是——噢，见鬼——在面临迫切危险时将其破坏，以免它落入别有用心之人的手中。比如贝蕾妮斯。

她用双拳敲打房门。这毫无意义。她踢向门把。一次，两次。刺痛感传遍了她的腿，让她髋骨打颤。她咬着牙忍耐痛楚，踢了一次又一次。她需要凡·布罗霍的设备，也需要他的协助。

也许他看到了在门框里摇晃的门板，也许他决定冒险看看外面，总之门打开了。贝蕾妮斯和凡·布罗霍面面相觑。他们对着彼此翕动嘴唇。贝蕾妮斯把发条学者推进门里，然后重重关上了门。

他耸耸肩，嘴唇又动了起来。要读懂他的唇语很简单，毕竟她很清楚他想问什么。

她在他的书桌里翻找起便条来。他将一支钢笔塞到她的手里。她回想着贾克斯的事，而这成了她随后编造的那些谎言的雏形。

它隐藏身份，躲在了划桨喀拉客中间。然后她写道，你的资料还安全吗？他点点头。全部带上，然后跟我走。我会把你送出去的。

他又点点头。凡·布罗霍相信贝蕾妮斯——也就是御林管理官——有责任在发生危机、而喀拉客们都脱不开身的情况下，从物理角度保护他和他带着的公会秘密的安全。事实上，他才是她的伪装，她的逃生手段，也可能会是她的人质，具体取决于他们在前往救生艇的途中遭遇什么。

甲板停止了震颤。她只能推测警报结束了。强烈的耳鸣声让她无法得知实际的情况。贝蕾妮斯听过歌剧中的女高音凭借歌喉震碎玻璃酒杯的传闻；就算她的耳鸣声也能做到同样的事，她也不会觉得奇怪。

正牌发条学者再次打开了装有那串钥匙和那只皮制提箱的橱柜。贝蕾妮斯不禁觉得,自己就像在透过一块厚玻璃看着眼前的景象,因为就连摇晃的钥匙也没有发出半点声音。贝蕾妮斯把那串钥匙和那本全是表格的书也丢进了提箱。箱子配有一把精致的锁。他上了锁。

两人悄然钻进走廊。对跳海的那名叛逆的搜捕——如果还在搜捕的话——发生在别处。贝蕾妮斯用手势示意发条学者锁上办公室的门;这个动作暂时占用了他的双手,也给了她接过那只提箱的借口。他们朝救生艇前进。这件事有点棘手:她必须装作领路的样子,在护送凡·布罗霍的同时留意危险,但她不知道该往哪边走。她猜测救生艇应该挂在主甲板的吊艇柱上,于是她朝高处走去。就在他们爬到上层甲板的同时,贝蕾妮斯焦虑地看到——以及听到——追逐带来的混乱正迅速消散。

她试图催促发条学者加快脚步。如果没有危机这样方便的借口,他们也就没有弃船的充分理由了。但等他们来到顶层甲板的时候,她才发现一切都太迟了:局面已经得到了控制。巴伦布雷特船长和他的副官们聚在一起,看向对面——以及高处——的那艘巨轮的甲板。在那里,有个机械仆从正在一名拧颈卫士四条手臂的拥抱里挣扎。与那台奋力抵抗的机器相比,机械半人马高大得多,它用四只泛着黄铜光泽的拳头攥住了对方的双腕与双踝,将其举在空中。

他们是怎么把那个可怜虫捞起来的?贝蕾妮斯很是好奇。其他喀拉客动弹不得的时候,它早该沉到尼普顿①的国度去了。但接下来,她再次瞥见了那条巨轮蠕动的触手状船桨。她想象着

---

① 罗马神话中的海神,即希腊神话的波塞冬。

它们不断伸长,变得越来越细,就这样刺进海水……她发起抖来。

两条船飘得更近,几乎到了伸手可及的程度。她看着两船之间的海面。两条船上的喀拉客都恢复了正常运作。看来有人听到或者看到了落水者:此时他被高空作业用的坐板——而坐板就挂在救生艇旁边的吊柱上——捞了起来,全身发青,颤抖不止地躺在上面。他仍有意识。

该死,该死,该死。等他暖和到能够开口或者抬手的那一刻,他就会指认贝蕾妮斯了。

她抬起头来,恰好看到那台搬运工的四肢被扯离了躯干,齿轮、发条与合金碎片喷洒而出。拧颈卫士碾碎了它的脑袋,就像碾碎一颗溏心蛋,然后才将那名叛逆肢解后的残骸丢进海里。

她的嘴里泛出酸味。她吞了口唾沫。是我害的。

叛逆本该在大熔炉接受处决,她心想。显然他们在外海的做法不太一样。

有台机械搬运工将坐板荡向甲板这边。那个御林管理官耷拉着脑袋,仿佛酷寒的海水溶解了他的脊椎。另一台喀拉客拿着毛毯和经过摩擦加热的陶器走上前去。那台机器给御林管理官裹上毛毯的时候,他努力指向贝蕾妮斯。体温过低的影响让他说不出话,但足以挑起船长对贝蕾妮斯本就存在的疑心了。

“够了。”巴伦布雷特对他的人类副官们说。他的话声仿佛来自十里格远处。“直到我们弄清发生了什么事,并确认每个人是否可信之前,我希望限制所有公会代表的自由。也包括他。”他说着,指了指那个全身湿透、颤抖不止的男人。两台机械搬运工包围了三个所谓的发条匠。一台负责那个在冰海里洗澡后仍未回神的男人,另一台抓住了贝蕾妮斯和凡·布罗霍的胳膊。

　　这条船上真正的发条学者反驳道："船长！我都跟你一起航海好几年了。"他看着贝蕾妮斯，仿佛想知道她是否和自己同样愤慨，"他有权力做这种事吗？"

　　"是的，"她叹了口气，"是的，他有这种权力。"

　　但凡·布罗霍不肯退让，"我要表示最强烈的抗议！"

　　"噢，还是把抗议收着吧，"她说，"事情很快就会水落石出了。"

　　机械人们将反剪双臂的三人押去了下层甲板。贝蕾妮斯在凡·布罗霍的身边蹒跚而行。另一名公会成员跟随在后，由第二台机器搀扶着前进。她没有反抗。那个喀拉客的手指在她的手腕周围组成了比钢铁更牢固的圆环。奇怪的是，它并没有接过她手里的箱子。但话说回来，这东西对她还能有什么用？

　　她再次成了俘虏。贝蕾妮斯差点杀死的那个人很快就会从低温症状中恢复过来，并向船长阐明真相。她会重新落入御林管理办公室的手中。

　　她很想知道安娜斯塔西亚·贝尔是否逃过了一死，而那些发条匠这次又会对她做些什么。在这场逃亡中，她得到了有用的信息，但一切只是徒劳。正因为清楚这一点，她的胃才会翻搅得更为剧烈。关于拷问的想象令汗水的小溪从她的双乳间流过。

　　他们经过了一条有好几名机械人的走廊，后者埋头于工作，仿佛一切如常（其中一台已经接手了被贝蕾妮斯叫去客舱的倒霉搬运工丢下的粉刷工作），然后再次向下。贝蕾妮斯觉得他们会被带去划桨层。这条船没有禁闭室：或许他们会被锁在船体基础结构的某个大型部件上，比如驱使这条船在海上航行的巨大帆横杆之一。

　　但护送者却在靠近外部舱壁的舱门边停下脚步。多半是个紧急出口,是让机械人在万一的情况下从位于或接近吃水线的位置离开船体时使用的。她的听力渐渐复原:她听到正在恢复的发条匠牙关打颤的声音了。

他说:"为-为-为什么我们要停下? 我们要去哪-哪-哪里————"

微弱的噼啪声打断了他的话。在同一瞬间,那台喀拉客放开了她的手腕。全新的恐惧掠过她的背脊,仿佛一道闪电。

她转过身去,刚好看到护送者将双手钳住了凡·布罗霍的头部两侧。他的脖子发出令人不安的轻柔破裂声,因为那台机器将他的脑袋拧断了一半。尸体重重地倒在地板上,仿佛一麻袋芜菁。然后御林管理官也倒在地上,身体不再颤抖。

————噢上帝噢上帝噢上帝噢上帝————

贝蕾妮斯想要后退,却只能让身体贴在舱壁上。杀死凡·布罗霍的那台喀拉客朝她伸出了手。它冰冷的手指触感让她缩起身体。它将她拉近,然后凝视她的脸。它的宝石眼球后方的遮光板旋转起来,而它审视着她的每一条鱼尾纹和每一颗斑点。它说:"贝蕾妮斯·夏洛特·德·莫尔奈-佩里戈尔?"

她害怕到无法呼吸,惊讶到不敢眨眼,因此一言不发。与此同时,另一名喀拉客转动转轮,打开了紧急出口。寒风和带着咸味的雾气吹进了走廊。一条平底小渔船靠着船身。这条小小的划艇,包括船桨在内,完全可以停在佩里坎号某支船桨的桨叶上。

那台喀拉客没有等她回答。"跟我们来吧。"它说着,抱着她穿过舱门,登上那条小艇。

第十一章

在枢密院的觐见结束后,隆尚软化了态度,跟克雷蒂安中士一起坐进了向下的缆车。并非想要偷懒,而是因为这是下塔的最快方式之一。(坠落是最快的方式,但后果也最严重。)队长和中士的目光扫过请愿者的队伍,但聚集起来的这些嫌疑人里,没有哪个特别引人注目。队长要求西蒙指出他以"神父"称呼的那家伙。西蒙知道隆尚指的是谁,但那位焦躁不安的牧师早就离开了队伍。

"他让我印象很深,因为他表示要见国王的时候特别激动。说出来你可能不信,他当时真的全身都在发抖。"

"他说了原因吗?"

"没。"

"你记得他的名字吗?"

"没问过。我说,长官。'面对请愿者,不需要迎接加问候',这是您教我们的。"

见鬼,不过他说得对。

"你记得他的长相吗?"

"不。但我记得他的绷带。"

"跟我说说看。"

"他长着一张见惯了世间险恶的脸,长官。他因为天气的关系戴着帽子,但帽檐下能看到缠得厚厚的绷带。都发黄了,也许有阵子没换过了?还有他的手指……他抓住过我的胳膊一次。我想他的手指骨折过,长官,而且没有接好。"

克雷蒂安说:"郁金香们拷打过他。"

隆尚问:"他是法国人吗?"

西蒙垂下目光,皱起眉头。最后他耸耸肩,"噢,他的法语有股怪腔调。就好像在仓库里堆了很久,还没来得及刮掉上面的所有锈迹。不过很不明显。"

队长和中士对视一眼。然后克雷蒂安问:"有可能是外省口音吗?比如阿卡迪亚口音?"大西洋沿岸的那片法国领土曾是与新法兰西不接壤的殖民地,几个世纪以来,他们的语言带上了大海的气息。"还是更西面?"住在五大湖另一边的法国人与不同的土著部落比邻而居,语言方面的混杂到了令人无所适从的程度。

"我清楚鳕鱼食客和林地旅者的口音,长官。他两边都没有。"

隆尚说:"你称呼他'神父'。你怎么知道他是个牧师?他告诉你了吗?"

"噢,我是根据他的硬白领①推断出来的。"

"噢。不错的推理。"

"我有您做榜样,长官。"

"我们都一样。"克雷蒂安说。

西蒙补充道:"说到硬白领圈,他在某个时刻说了句有点奇怪的话。他问我主教的住处在哪儿。"

---

① 神职人员常用的衣领,又称牧师领。

"他打算拜访马赛主教?"

西蒙耸耸肩,"我指着大教堂,告诉他主教就睡在那儿的大理石棺材里。"

"什么样的牧师,"克雷蒂安说,"才会不知道自己的主教几个月前就死了?"

隆尚捏了捏胡须,"我们得找到那个混蛋。"

西蒙在身前画了个十字,"顺便问一句,他做了什么?"

队长回想起贝蕾妮斯那封神秘的信。她认为发生了什么?他又是相信其中哪部分?隆尚真的不知道。但她的本能劝她盯着那个名叫费舍的杂种,而隆尚的本能劝他信任她的本能。

"也许什么都没做。但他是个有趣的陌生人。而在死敌攻打下准备长期守城的城堡里,有趣的陌生人比瘟疫、恐慌和谷仓里的老鼠更加糟糕。"

克雷蒂安中士说:"他缠着那些绷带,要找到他应该不难。我会多安排一队人巡逻。我也会去警卫室把这事传出去。他也许还留在城墙外。"

"好吧,但要秘密进行。别惊动了他。如果他这么急着想见国王,他就肯定还会来的。请愿者在这儿集结的时候,往周边多安排一两个人。"隆尚转身想要离开,然后停下脚步,转回身来,"还有,叮嘱他们别他妈穿制服。"

第二天,又一只来自三河的鸽子带来了热气球观察员的报告:金属人正在移动。那是最后一只从三河飞来的鸽子。在第三天,布丽吉特·拉斐特汇报说圣艾格妮丝村没有信鸽飞来。圣艾尼丁村也一样。她说是天空吞掉了它们,然后就这么吃了个干干净净。连羽毛都没剩下。

旗语信号塔也陷入了沉默。郁金香们在沿圣劳伦斯河向上游的西方马赛进发的同时，也在有条不紊地烧毁那些塔。

有只信鸽从魁北克飞来，带来了比充满不确定的沉默更可怕的消息。那些机器攻入了圣城，而聚集在那里，打算为遇刺的克雷芒十四世选出接班人的红衣主教们被困在了城内。瑞士近卫队请求立即增援。

敌军逼近可不是那种能藏得住的消息：每次有镇子或村庄陷入沉默，消息都几乎会在传到尖塔的同时传遍城堡外的城区。城墙内的人口稳步增长，因为公民们涌入了外堡，希望在喀拉客到来，而国王也封锁城门之前过上拥挤却安全的生活。城堡里的空间只能容下一小部分寻求安全感的民众。隆尚拒绝称他们为难民，因为城市还没有遭到焚烧。但那也是迟早的事。每个人和他们的白痴亲戚都知道这一点。这一切造就了北城门前的这幕景象。

隆尚加入了他派去维持队伍秩序的那十来名守卫里。其中包括伊露蒂·查斯坦，那个蜡烛商的女儿。

等到城门随着日出开启的时候，队伍已经延长到了四分之一英里，而且还在继续变长。它就像一条蠕动的巨蛇，由恐惧和自私赋予了生命。它的吐信声是货车的嘎吱与孩童的号啕；它的体味是刺鼻的汗臭与马粪的恶臭；它鳞片的起伏是在沉重行李下弓起的酸痛肩膀，是摩擦着地面缓慢前行的发麻双脚。

其中的很多人比较走运，他们拥有能够装载财产的马车或货车，外加拖车的役畜。没有役畜的人则背着沉重的行李，在冰冻的泥土上艰难跋涉，不过他们也还算走运，至少拥有值得从郁金香们的暴行中抢救的财产；还有些人将带子绑在头上，奋力拉着装载行李的雪橇,就像古代的皮草行商那样。很少有人带上牲畜吃的草料。他们显然以为城堡里是个梦幻国度。

这座城堡连这些人的几分之一都容纳不了。就算让他们睡在地上——能进到堡内的大多数人真的得这么做——也得像关牲口那样把他们聚在一起。隆尚看到的不再是试图在艰难时期苟延残喘的人;他看到的是会耗尽食物储备的嘴巴,还有会堵塞下水管道、污染蓄水池的屁眼。但和喀拉客攻破外城墙以后可能发生的事相比,这一切简直就像童话故事。到那时候,外堡的庭院会化作停尸房,院子里的那些人也会沦为哞哞叫唤的待宰牛只。在恐慌下四处逃窜的人群只会妨碍守军与那些机器交战。

在几分钟之内,仅仅一台军用喀拉客就用受害者的鲜血将喷泉染成了红色。如果一支大军攻破城墙,然后发现挤得水泄不通的牺牲品,后果又会如何?血腥的程度将会超乎想象。堪比圣经。

明白这点的并不只有隆尚而已。队伍里散布着眼神疯狂的狂热信徒,他们在劝说人们忏悔,让他们抛开对俗世的留恋,将金属浪潮的到来视为天主对新法兰西的罪孽与堕落的惩罚。堕落?隆尚很好奇新法兰西怎么才能比中央诸省更堕落,毕竟那里的每个人都有两台机械人给他们擦屁股,而第三台会在他坐在马桶上的时候喂他吃糖。

大多数民众都会装作没听见,或者公开嘲笑他们,又或者让他们闭嘴。但还是有几个人怀疑这番劝诫里包含着些许真理。只需要区区几人,就能让绝望扎下根来。而在守城时期的民众中,绝望传播的速度比痢疾还快。杀伤力也足以媲美。

有个这样的先知就在一男一女——他们一边拉着独轮车,一边试图安抚两个哭闹的婴儿——面前停了下来。他举到他们面前的标语牌上写着："惠更斯的奇迹是神之怒火"①。

他口沫横飞地开始了又一场长篇演说："我们的罪孽带来了——"

隆尚抓住披在那个杂种肩头的一束乱发，用力一拉。后者的牙齿重重撞在一起，吓得那位丈夫退后了一步，但他妻子露出了毫不掩饰的感激笑容。那块标语牌滚落到路边的烂泥里。隆尚扭过那人的身子。

然后一阵头晕。这个头发油腻的狂信徒散发着恶臭，仿佛整个圣诞月②都没洗过澡。这么说他也是其中之一。棒极了。他把嚼碎的烟草吐到路边。隆尚用嘴吸着气，一边开口道："我们一起去祈个祷吧，朋友。"

"已经太迟了！我们背弃了复活的基督，如今就连圣母也对我们充耳不——"

隆尚再次拉扯那束油腻的头发。他的动作并不凶狠，看起来就像在跟邻居闲聊的同时晾着衣服。"我是说只有我们两个。而且这不是请求。"

他反剪那个臭家伙的双手，押着他走到几码远处，以免妨碍别人通行。

"我了解你这种人，"他说，"我在孤儿院、修女院和其他敬神的设施里待得够久，清楚你这样狡猾的混球既不赌咒发誓，也不做任何正经工作，却有各种利用虔诚心来牟利的手段。"

"我只是在侍奉天主，传达他的口信！"

"朋友，你的天主和我的天主不太一样。你知道为什么吗？因为我的上帝会打量这支队伍，然后看到这些正派、勤劳又虔诚

---

① 原文为法语。
② 指十二月。

的人们在糟糕透顶的时刻也毫不气馁。我的上帝会看到你散播恐惧、疑惑和绝望,然后认出那是魔鬼所为。"这句话得到了稀稀落落的掌声,"我想他还会看到一个卑鄙的小男人在利用艰难的前景来实现自我扩张。可问题在于,我们的达官贵人已经多到应付不过来了。"隆尚再次拉动那束头发,强迫对方仰起头来。他指着尖塔,"就在那上头。"然后他把这位假先知的脑袋推了回去,和他目光相交。"在这儿,你和我这样的人还有麻烦又现实的日常生活要对付。朋友,如果我再看到、听到或者闻到你这条末世论的毒蛇出现在城墙附近的任何地方,那么你日常生活的长度会变短,麻烦的部分却会变多。"

隆尚放开了对方,然后朝城镇方向轻轻推了他一把。这个举动赢得了另一阵零星的掌声。假先知转过身来,想要绕过隆尚,同时伸手去拿那块标语牌。但卫兵队长踩住了那根细小的木柄。它看起来是用围栏的板条改造而成的。"我们接受守城补给品的捐赠。西方马赛感谢你慷慨捐献的这块柴火。"

为了保住仅剩的尊严,那个狂信徒大步朝城区走去。

就在这时,圣施洗约翰大教堂的低音大钟敲响了第六时祷告仪式①的钟声,宣示午时日课的到来。这代表请愿者的队列很快就会再次排起。是时候进去等候贝蕾妮斯提到的神秘男子了。

隆尚借用了一位绳索商人的运货马车。队伍里的几个孩子指着卫兵队长背包上的铁镐和锤子,然后窃窃私语。他也认识队伍里的几个成年人,这让他的胃不太舒服。等那些机器到来时,夸大其词的民间传说可拯救不了这些人。他爬上马车,扫视队伍。他把两根手指塞进嘴里,发出尖锐的口哨声(这是他从修女们那儿学到的另一项本领)。含糊不清的人类说话声戛然而止,

---

① 第六时祷告仪式;(天主教七段祈祷时间中的第四段)午时经;第六度音。

但驴子的叫声与马儿紧张的曳步声却取而代之。他对上克雷蒂安中士的目光,然后朝另外几名卫兵——其中包括伊露蒂——做了个手势。

她率先来到他面前,利落地敬了个礼。她接受了城市守卫的工作,没有半句抱怨或推诿。跟她父亲不同:根据军营里的传闻,那家伙还在到处抱怨征召抽签制度的弊端。他注意到,她在马背上坐得很稳:所有人都说她对待训练也非常认真。他有点期待她能真正派上用场,不像中签参军者之中那三分之二的可悲废物。她在大难来临时能否派上用场还不好说,但眼下她穿上了护甲,还带着警棍。在平民的眼里,她就成了真正的守卫,而这份信赖能帮她完成一半的守卫工作。

"好了,小丫头。让我瞧瞧今天能不能让你成为真正的守卫,"他指着那根警棍,"他们教过你这东西的用法了吗? 还是说这只是装个样子?"

"是的,长官。不是的,长官。不是装样子。"

城门处的守卫们在队伍里挤出一处缺口,让隆尚和他的随行者能够回到城墙内。他们进入城门以后,缺口便立刻合上了。他们从一群石匠和化学家身边经过,那些人正用水压螺旋钻在幕墙上开孔。他们只是许多类似队伍的其中之一而已。那些工具逐渐增强的尖锐响声足以唤醒死者。

隆尚让马儿慢跑着前进,带着他的队伍穿过外堡。等接近内堡时,他勒住了缰绳。其他人效仿着他脱下便帽,换上他从背包里拿出的不起眼的针织帽。他从落水管下方的一只桶子里取出一堆不太搭配的斗篷和外套。在守卫们盖住制服和护甲的时候,隆尚开始下达命令。

他派克雷蒂安中士和另外两人首先进入内城墙,要他们绕个远路,从南边靠近缆车站。隆尚、西蒙下士与卑微的征召兵伊露蒂则从北边直接前往。他要求两组人都在进入广场前下马。然后他们要混进喷泉周围的人群。他再次描述了他们要找的人的特征。

"还有,看在圣母玛利亚的份上,"他总结道,"要像蟾蜍屁股上的疣子那样不起眼。"

两组人马穿过内城墙,然后分头行动。尽管天色明亮而晴朗,这个早上却依旧寒冷。一百根烟囱的烟雾被困在内堡的高墙里。他们骑着马在瘴气中穿行。那气味就像世界上最缺乏经验的丛林旅者用潮湿的新伐木材生起的营火。

伊露蒂不断瞥向隆尚这边。到了第三次,他哼了一声。

"能问个问题吗,长官?"

"这就算一个问题了。但我今天想做点有肚量的事,所以你就说吧。"

"您强调过要避免引人注目。可您……呃。"她踌躇起来。

西蒙点点头。他用手拂过下巴,模仿着抚摸胡须的动作,"她说得有道理。"

"不光是胡须。大家都认识您,"她壮着胆子,露出刚刚萌芽的微笑,"我是说,您是这儿的英——"

"别他妈说出那个字。"

那微笑夭折了。她吞了口口水。

他说:"我们认为,这位新朋友是最近才来到城里的。所以他也许一眼认不出我来。但如果他能认出我,而看到我就让他紧张,好吧,这也会是个有用的线索。"

他们骑马穿过从铁匠铺敞开的门里飘出的热浪。那里的铺路石上没有积雪。有个双臂肌肉发达的秃头男人——以及两个肯定是他学徒的小伙子——正以迅速却沉着的动作敲打一块发红的铁条：一次、两次、三次，火钳，翻面，一次、两次、三次……在内堡的两间铁匠铺里，奥斯卡的店铺更大一些；另两座锻铁炉那烟雾缭绕的地狱火光照亮了奥斯卡另外三名雇员的轮廓，他们也在用类似的手法虐待金属原料。隆尚很希望能征召奥斯卡的部分雇工来把守城墙；用那样的胳膊挥舞大锤和铁镐，其力道就能让喀拉客也暂停脚步。但铁匠是少数几项完全免除征召抽签的职业之一。他们的技能在守城时至关重要，而且对西方马赛来说，现有的铁匠还嫌不够呢。

在铁匠们从日出到日落用锤子敲打铁砧的响声中，以及圣施洗约翰大教堂不分昼夜地日课钟声中，内堡的人光是能连贯思考都堪称奇迹了。等噪音减退到能够再次对话的程度时，伊露蒂说："您选了我跟您一组。"

"是吗？"

"我想是的，毕竟我现在就在这儿。"

尽管略带鼻音，她的嗓音却毫无颤抖。他看着她握住缰绳的那双手套包裹的手，但同样看不到紧张的震颤。她的询问并不是因为害怕或者担忧他们可能发现的事。她是由衷地感到困惑。

隆尚说："我当兵的年头比你当蜡烛商女儿的年头还多。就算关系到国王的性命，我也没办法装得像个平民。可你，小姑娘①，就是另一回事了。"他们来到为喷泉——以及缆车液压泵、厕所管道与无数其他用途——供水的某条水渠上方的塑料人行桥边。隆尚下了马。其他人也效仿他，然后将缰绳随手挂在一棵梨树光秃秃的枝条上。

---

① 原文为法语。

他继续说道：“在这件事上，我需要的是耳目，不是战士。我们要寻找一名牧师。他撑死也就能拿玫瑰经砸我们，或者用圣水洒我们。所以除非你是乔装打扮的魔鬼本人，会因此在尖叫中化作火焰，否则你缺乏经验也没关系。现在闭上那张该死的嘴巴，你们俩都是。”

他的小组率先踏入喷泉所在的庭院。在看门人祷文之塔的下方，缆车站的外部已经聚集了一群人。就像往常那样，两名身穿制服的卫兵在那里监督请愿者，但他们遵照他的命令，没有让这些人排成一队，也不允许他们登上缆车。他们对上了他的目光：隆尚悄悄点了点头。接着他来到面对庭院的三条回廊中最长的那条，坐在一张冰冷的长凳上。那座宽大的喷泉——但因为入冬而停止了使用——挡在他和那些请愿者之间。在这座四方形院落对面的角落里，那间废弃的木匠铺由于王室法令而被铁链锁了起来。

伊露蒂心领神会地坐在他旁边。他希望在人们眼里，他和她就像正在等待某个请愿者的一对父女，甚至是叔叔和侄女。他从背包里拿出两根毛衣针，外加一卷毛线。

她将一根手指伸到钟形女帽下面，挠了挠鬓角。“这些帽子是你织的。”

“唔。”

根深蒂固的肌肉印象让他的手指动了起来。他的目光不断来回于他膝上的围巾与方形庭院里的那些平民。没人长得像那个绑着绷带的牧师。克雷蒂安慢悠悠地走进庭院，大声咀嚼着一块用蜡纸包着的炸鱼，看起来活脱脱是个刚离开马厩的马夫。他找来了一只挎包，甚至还往脸上抹了点泥巴。一般来说，内堡的大人物——包括贵族和朝臣，以及广受敬仰的富有商人

——比外堡的要人更加衣着光鲜。但克雷蒂安完美地融入了那些请愿者。他加入队伍，带着厌倦的表情吃着东西。

那台军用喀拉客的暴行刚刚结束的时候，这座四方形庭院几乎变了个样子。但他们拆下变形的缆车然后运走，修复了轨道，重造了粉碎的喷泉，并将尸体碎块拼凑起来，举行基督教式的葬礼。到了今天，只有那块纪念死难者的牌匾公开宣示此处曾是屠杀的现场。但亲眼见证过那一幕的人仍旧能发现那个可怕日子的蛛丝马迹：洒在多孔大理石上的鲜血留下的深色斑点；金属脚爪埋进的铺路石里长出的草皮……隆尚手里的织针发出轻柔而平稳的咔嗒声，与他记忆里的尖叫声、屠宰场般的断骨声、流星锤的飞舞声，以及钻石头铁镐敲打炼金黄铜的奇怪鸣响形成对比。

又一批请愿者加入了队伍。让-马克——负责监督请愿者的卫兵之一——打开日光信号镜，向尖塔上方发送信息。他显然收到了许可，因为他领着一男一女坐上了缆车。车门在叮当声中关闭，缆车随即载着今天的第一对请愿者开始向上爬升。那位神秘牧师依旧不见踪影。

伊露蒂低声说："您看起来不像是在无聊地打量路人，长官。我是说，呃，叔叔。您看起来就像在给看到的每个人搜身。"她用更接近闲聊的语气说，"您看起来不像是喜欢编织的那类人。这习惯是怎么来的？"

"修女们有句谚语，说什么'无所事事，魔鬼得势'。她们跟我说过好几次。"

"您年轻的时候是个捣蛋鬼吗……叔叔？"

"就像每位模范叔叔那样，那时的我跟现在的我没两样。是让你又惊又怕、仿佛神灵的人物。"他的织针咔嗒作响。请愿者的队列变长了。缆车轨道的冰冷金属承受着上行缆车的重量，发出尖锐的响声。"为了你能适应这份新职业，"他补充道，"我会一直保持下去的。"

伊露蒂绷紧了身体。她故作沉着地垂下一只手，按在他们之间的那团毛线上。在她拉动毛线，并拆散一部分围巾之前，他就低声说："是的。我看到了。"

有个人影接近了队列的最前方。他没有排到队尾，而是径直来到缆车和日光信号镜旁边的让-马克与菲利克斯面前。他戴着帽子，帽檐压得很低。帽檐宽到足以遮盖任何绷带——如果真有的话。他解开了大衣最上面的两粒纽扣，刻意展示着下面的牧师领。他花白的眉毛和脸上的皱纹大致符合他的外表年龄——隆尚认为他的岁数介于饱经风霜的五十出头与平静恬淡的六十四五之间。隆尚对上克雷蒂安的目光，后者以难以察觉的幅度点点头。这家伙跟卫兵短暂地交谈了几句。隆尚听不清他们谈话的内容，但语气相当激烈，因为零星的话声越过庭院传到了他的耳中。根据他的部下的反应，以及指向队列的动作，这个人似乎打算说服卫兵，让他直接排到队首。但他们接到过命令，不会被一意孤行的神职人员动摇。

他们态度坚定。浑身颤抖的新来者拖着脚经过克雷蒂安身边，看都没看他一眼，就这么去了队尾。除了不时跺脚，或者朝手套里哈气以外，其他人并没有冷到像那位牧师那样瑟瑟发抖。隆尚看着他努力抑制住身体的颤动。

通常来说，如果某位牧师想觐见国王，可以通过马赛主教引荐。但老主教在上次守城战期间死于肺炎，没等魁北克教廷指定继任者，教皇就遭到了刺杀。几个月以来，圣劳伦斯河南部流域的天主教统治集团始终处在混乱之中。在这种多事之秋，卑微的牧师只能像平民那样向国王陈情。对于初来乍到、在当地教区缺乏人脉的牧师来说尤其如此。但话说回来,如果他真的那么卑微,又为什么觉得自己说上几句话就能插队?

隆尚放下了手里的织针。他站起身来,把背包扛到肩头。铁镐和铁锤的握柄相互碰撞,发出木钟似的鸣响。

"我的虔诚心突然涌出来了,"他说,"我们去找个牧师来吧。"

伊露蒂站起身来,"噢,不。"

另一个人站到了牧师身后的队尾处。隆尚眨了眨眼。那是扎卡里·查斯坦,伊露蒂的父亲。那位想要逃避征召抽签的蜡烛商。

"你他妈肯定是在逗我吧。他究竟来这儿干吗?"

伊露蒂看向隆尚,一脸恐慌,"我发誓,我完全不知道这回事。"

"你们一家人都很擅长给我添乱。你确定你们没有荷兰血统吗?"

"我这就去找他。"

隆尚抓住她的胳膊,"不。我们是来找那个牧师的。如果你爸想在国王面前学驴子叫唤,就让他去吧。"

他们大步绕过喷泉。克雷蒂安中士看着他们越走越近:他的一只手伸进了挎包,警棍多半就放在里面。隆尚在心里默默祈祷,希望自己的军人生涯不会以殴打无辜牧师而告终。他可不想证明那些修女的看法是正确的。

另一阵尖鸣——这次是接近而非远去——宣示另一辆缆车正从高处到来,与带着最初两位请愿者前往尖塔的那辆缆车一模一样。国王的三名仆人走出缆车,拿着一捆床单、一只托盘,还有国王陛下的早餐剩下的面包渣。

伊露蒂的父亲比牧师更早看到他们。隆尚加快了脚步。蜡烛商张开嘴巴，似乎想要招呼他女儿。她摇摇头，竖起一根手指，贴在嘴唇上。

那个牧师领的男人恰好转过身，看到了这一幕。他皱起眉头，目光从她转向队列里的其他人，寻找她示意噤声的那个人。但他却因此发现，在相隔几个人的前方，克雷蒂安正若无其事地从挎包里抽出那根十四英寸长的枫木警棍。牧师再次转身，看到隆尚正朝他大步走来。

隆尚才刚走到一半的距离，那个牧师就意识到自己已经走投无路，顿时脸色发白。他看起来就像个疯子，不断打量周围。寻找逃跑的机会。

该死的。

隆尚抬起手臂，打了个招呼："费舍神父！"

那牧师僵直身体，颤抖不止，就像一只刚刚察觉老鹰影子的野兔。没错。他就是贝蕾妮斯在信里描述的那个人。

隆尚咧嘴笑了。瞧瞧我灿烂的笑容。灿烂又友好的笑容。没什么可担心的。我只是个因为看到你而惊喜的人。没必要逃跑。没必要小题大做。我们都友好得很，你看不出来吗？

他说："真的是你吗，神父？哎呀，我好些年没见过你了！"

这时伊露蒂的父亲也注意到了隆尚。蜡烛商说："伊露蒂，你用不着再应付这位上尉了。等我跟国王谈过这次荒谬的征兵抽签以后，我们不出今天就可以离开守军——"

费舍意识到隆尚并非单纯的信众，也并非单纯的平民，表情顿时变了。他的脸扭曲成了介于愤怒与恳求之间的某种表情。他眼神中的忧虑消失不见，换上了某种呆滞而冷酷之物。

"不,拜托。"他呻吟道。他的嗓音带着古怪的颤音,仿佛正在努力压抑某种疾病的发作。

生天花的婊子养的混球。

隆尚几乎小跑着缩短了最后几码距离。他依旧面露微笑,一手按在费舍的肩上。动作很轻。"能见到你太让人高兴了,神父。就算你不记得我了,也没必要尴尬——"

扎卡里转头对费舍说:"神父,您也被抽签选中了吗?"他对隆尚吐了口唾沫,又说,"你真是不知羞耻!现在你连牧师也不放过了吗?"

伊露蒂说:"父亲,安静点!"她指的是自己的父亲①,但费舍狂乱的眼神却因此带上了困惑。

蜡烛商一手按在牧师的另一条胳膊上。"别担心。等国王听说这件离谱的事情以后,就会立刻制止——"

费舍将双手按在他们的胸口,仿佛在给予祝福。他蹲伏下来。

然后猛地一推。

在下个瞬间,隆尚翻着跟头飞了出去,而伊露蒂喊道:"爸爸!"

尖叫声随即在四下响起。

隆尚的铁镐在喷泉周围的棕色草地上划出一道犁沟,他的身体继续滑行,最后撞上水池,停了下来。他的胸骨隐隐作痛,就像被马踢了一脚。他站起身子,恰好看到矮小得多的蜡烛商像布娃娃那样撞上一根回廊圆柱。扎卡里·查斯坦无力地倒在地上,一动不动,手臂交叠在身后,仿佛一侧肩膀变成了松脱的铰链。

隆尚飞奔起来,同时大喊道:"一起对付那个杂种,快!"

---

① 父亲与神父在英语中的称呼均为"Father"。

克雷蒂安中士丢开挎包,挥舞警棍。他在惊恐逃窜的请愿者之中逆流而上,但人流撞得他东倒西歪,也拖慢了他的脚步。两名身穿制服的卫兵大吼大叫,试图疏散人群。他们也拔出武器,跟在中士身后,用肩膀挤开人群。隆尚依稀感觉到有人跟在他背后,对方也许是西蒙,他也感觉到另外几个身穿便服的卫兵正努力穿过人群。

费舍转身想逃,但伊露蒂抓住了他的手腕。上帝保佑那头愚蠢的羊羔:她是真的想要实际运用训练内容,努力成为狮子,专注于敌人而非她受伤的父亲,试图反扭牧师的手臂。但就算是在普通的日子对付普通的歹徒,她的手法也远远算不上熟练。但今天并不是普通的日子,费舍也不是普通的违法者,而她又是唯一能伸手够到那位牧师的人。

馊牛奶的味道在隆尚的口腔里弥漫。我们还没教过她这些事。"查斯坦,离开那儿!"

她很有力气,但牧师却撞开了她,仿佛她肌肉发达的双臂是用蒲公英的绒毛做成的。恐惧和惊讶让她发出了无声的尖叫。

以体格来说,她很强壮。但以人类来说,费舍强壮到难以置信。

费舍不像他的外表那么简单。贝蕾妮斯这么说过。可他究竟是什么东西?

隆尚狂奔着穿过庭院。这座四方形院子仿佛拉长了,就像从勺子里滴落的长条状蜂蜜,让那场搏斗显得遥不可及。历史又重演了。因为卫兵们准备不足,这座广场将会有人死去。因为隆尚没让他们做好充分准备。而且这次他们的手里没有黏胶枪,也没有流星锤,甚至没有铁锤和铁镐。那是对抗喀拉客的武器,谁能想到仅仅逮捕一位上了年纪的牧师需要用到那些东西？对吧？

克雷蒂安绷紧肌肉，准备将警棍砸在费舍的脑后。牧师异常迅速地转过身去，几乎化作一团模糊——

——（耶稣基督和圣母玛利亚和所有圣徒啊，他的动作简直就像机械人）——

——然后用伸出的手掌接住了那把武器。沉闷而浑浊的噼啪声传来，像是骨头折断的声音，但他毫无反应。费舍猛地一拉，夺走了克雷蒂安的警棍。伊露蒂按倒了中士。费舍的反击以毫厘之差劈开了他们头顶的空气，伴随着清晰可闻的飕飕声。与此同时，那个牧师放了警棍，让它飞向隆尚。隆尚矮身躲避。警棍的末端砸中了他，让他一时间无法呼吸。弹开的警棍旋转着飞过庭院，重重砸在喷泉上。那根枫木棍棒粉碎成了锯末与木片。灰泥与大理石上出现了蛛网般的黑色裂纹。

隆尚没去理睬胸中的灼痛。他越过了最后几码的距离，然后张开双臂，想要抓住那个像牧师的怪物。费舍再次蹲下身子。隆尚纵身扑向了牧师。

然后径直飞过了上方的空气，因为那个人（人？）跳起了足足五码高，落在空缆车倾斜的车顶上。他的鞋子——普普通通，就像所有卑微的牧师会穿的鞋子那样——在冰冷的金属上打了滑。但费舍用他没骨折的那只手抓住了缆车边缘，阻止了自己的滑落。金属扭曲变形。

隆尚抱住膝盖，就地一滚。在爬起身的同时，他对着日光信号镜伸出手臂，大吼道："快去操作信号镜！告诉他们，立刻封锁尖塔！"

费舍跳下缆车，落向为尖塔遮蔽阳光的遮阳棚。因寒霜而光滑的聚合树脂在他的体重下微微震颤，但还是撑住了他。它的材质跟楼梯一样。他突然立足不稳，有那么一瞬间，他仿佛要落回缆车轨道底部的四方形庭院里。但费舍却将伤手的手指刺进了尖塔的灰泥，又用另一只手攥住楼梯井的外部边缘。他以那个姿势蹲了下来，好几秒钟都一动不动。

隆尚知道喀拉客像那样暂停动作意味着什么。它是在计算，在寻找通往目标的最佳路线。

"去拿喷射器和流星锤来，快！"

隆尚知道自己这条命令毫无意义。他们以为自己要逮捕的是个人。而不是……这个号称牧师的鬼东西。费舍看起来像个人，行动时却像是喀拉客。他会给受害者做临终祈祷吗？

费舍站稳身体，开始移动。他迅速爬上深红色的聚合树脂螺旋楼梯，前往尖塔的顶端。以及国王的住所。但寒霜覆盖的塑料上没有能抓稳的地方。费舍保持蹲伏姿势，像螃蟹那样沿着遮阳棚爬行，靠外的那只手随时准备抓住塑料棚的边缘，而靠内的那只手随时准备碾碎石材、粉碎灰泥。正常人类只要以这种姿势迈出几步，都会觉得支撑不住，十几步过后更会疼痛难忍。但费舍攀爬的速度却比健康男性的全速飞奔还要快。

克雷蒂安——他离楼梯底部最近——从某个穿着制服的卫兵那里夺过警棍。他将警棍丢向那个正在攀爬看门人祷文之塔的身影。而且他丢得很准。警棍呼啸着飞过冬日的空气，旋转不停，然后砸中了费舍的脚踝，发出令人畏缩的碎裂声。像这样的重击足以打倒任何人。但那个牧师身体里的怪物甚至没有放慢脚步。

另一个人做了相同的尝试，朝牧师的脸部丢出警棍，想要砸晕他。但这毫无意义的攻击没能命中。

费舍已经爬过了螺旋楼梯的第一个半圈。他消失在尖塔底部的后方。他什么时候能爬到塔顶？

操。操。操。

隆尚的头脑飞快地运转。如果对准堡内，外城墙上的喷射器应该能命中尖塔靠下的那部分。但在这么远的距离，射击会很难命中，而且在他们准备发射之前，费舍多半已经爬到射程范围外的高处了。新型的蒸汽鱼叉呢？那东西很不牢靠，最大射程既是未知数，又缺乏测试。

伊露蒂和其余卫兵看向了他。"长官？"

他抓住她的肩膀，然后把她推向日光信号站。他让另一名卫兵前往内城墙。

"跑起来！我要你们赶紧用喷射器和鱼叉瞄准尖塔！随意开火！"

别打中轨道吊架就好……如果吊架倒塌，那么在攻城开始前，他们是肯定来不及修好的。

费舍从尖塔后方现身。他已经绕着看门人祷文转了两圈，正要开始第三圈。他的速度丝毫不减。

在适合的武器里，离得最近的那些位于几百英尺高处：那批反喀拉客军械是在金属大军涌入内堡、攀上尖塔时作为国王的最后防线而储备的。他们必须抢在费舍前面。

他朝着缆车飞奔而去。克雷蒂安中士跟在他身边。隆尚狠狠拉开车门：他用了太大的力气，一时间生怕铰链会因此变形。在他们靴子的踩踏下，缆车里的钢制地板发出被人胡乱敲打的铜钟的鸣响。克雷蒂安用手肘撞碎紧急解锁用的玻璃柜。玻璃叮叮当当地落在地板上。他用力扳下栏杆。在下方某处，有台水泵抽出了压载舱里的水。缆车颤抖起来，仿佛一匹兴奋不已的赛马在等待闸门开启。

黏液喷射炮的开火声在内堡里回荡。隆尚匆忙扭动脖子，看到一团闪亮的波浪形物体掠过城墙与尖塔之间的空隙。它消失在上空。他由衷地希望那些炮手不会因为准头太烂而让城堡陷入瘫痪。光是裹住半座尖塔就已经够糟的了——

刺耳的汽笛声撕碎了他的担忧。

"抓稳!"克雷蒂安说。

他再次拉起紧急制动杆。伊露蒂跳进车里。没等她落下，缆车就猛地向上升去，让她失去平衡，脸部也重重撞上了地板。隆尚把她拉起身来。她的鼻子流血了。

看门人祷文周围的深红色螺旋逐渐远去，仿佛秋日的落叶。内城墙上亮起一道火焰与蒸汽的闪光，一根鱼叉朝他们飞来。它乍看之下只是个细小的条状物体，但随即膨胀为四英尺长的黑铁，速度也比他们的缆车更快。他看不到鱼叉击中尖塔的位置，但他们感觉得到。轨道摇晃起来:在车外，楼梯仿佛弹簧那样弹跳起伏。

轨道吊架的影子从他们头顶掠过。克雷蒂安用下巴指了指挂在隆尚背包上的铁镐和铁锤。队长是三人中唯一携带武器的人:在空间有限的车厢里，这是个无法忽视的尴尬事实。除了伤害费舍的感情以外，这些东西对那个横冲直撞的怪物又能有什么作用?

当克雷蒂安开口时，他嗓音的颤抖暴露了他只是在故作冷静的事实，"如果您能再来一次，国王就该封您当男爵了。"

隆尚摇摇头，"可能的话，我们要活捉费舍。我想弄清他都知道些什么。"

尖塔再次剧烈摇晃起来。又一次冲击传来，这次离得很近，足以让他们立足不稳。中士抬起头来，看向前方的轨道。"噢，该死——"

缆车重重撞上了刚刚刺进尖塔的鱼叉。车厢试图挤过铁制的叉身。突如其来的减速让三名乘客撞上了天花板。然后落向地板,挤作一团。

锤子差点在隆尚的脑袋上添个窟窿。铁镐没有刺穿他也是个奇迹。克雷蒂安的脑袋重重撞在地板上,然后不再动弹。伊露蒂呻吟起来。他们三人都被飞溅的玻璃片划伤了。鲜血让倾斜的地板打滑,随后汇成一股股溪流,流向虚掩的铁门那样摇摆不停的车门,坠向两百尺下方的地面。

在附近某处,金属发出哀鸣。一阵颤抖传来,而缆车随即下降了两拃①的高度。下方传来碎石的碰撞声,片刻后则是铁制鱼叉敲打坚硬泥土的"哐当"响声;这次冲击撬下了尖塔表面的石材。多半还让轨道松动了。

车厢再次颤抖起来。缆车随时都可能脱离轨道,而轨道也随时可能脱离尖塔。

隆尚踏上固定在车厢较高那头的梯子,打开了应急出口门。车厢震颤起来;金属发出尖鸣。隆尚爬了出去。他的目光扫过光秃秃的石制塔面,疯狂起伏的螺旋楼梯,粉碎的石头与缆车轨道旁弯曲的金属栏杆。他们已经接近塔顶,比鸽舍的位置还高上好几圈楼梯。炮火声停止了。尖塔的低处能看到东一块西一块的灰绿色环氧树脂。更高处的尖塔插着几根鱼叉。每一根鱼叉都代表了炮手的一次失误。

那个该死的牧师在哪儿?下面还是上面?

没时间了。隆尚将一条腿跨在安全栏杆上,又朝车内探出身体。"扶他起来,带到我这边。"

---

① handspan,指摊开手掌时小指末端到拇指末端的宽度。

伊露蒂站起身,将受了脑震荡的中士扶起身。

"我站得起来。"他用醉汉似的声音说。他眨了眨眼,又眯起眼睛,仿佛没法让双眼聚焦。

"你爬不上去的,我也没时间用温和的手段了。"

隆尚和伊露蒂一起帮他在车厢顶上坐稳,正对着尖塔上的那道狭小缺口。然而他在搬运的过程中就失去了知觉。

一股寒风吹过隆尚的胡须,发出马嘶般的响声。他的脸和手指都麻木了。与地面相比,尖塔上刮风的频率要高得多,而当他们在酷寒的钢铁和光滑的聚合树脂上如履薄冰的此时,寒风也在不断袭来。它让每个动作、每次变换重心化作了经过计算的赌局。隆尚不记得上次有人通过安全出口门从缆车爬上楼梯是什么时候的事了。从没有人在搬运昏迷伤员的同时这么干过。

一根鱼叉飞过城墙与尖塔间的空隙。它掠过隆尚的视野边缘,并在下一瞬间撞上了他们下方几圈处的塔身。尖塔摇晃起来,仿佛在秋意的侵袭中颤抖不止的白杨。隆尚脚下打滑。他的靴子滑向看门人祷文的边缘,以及下方远处的庭院。他的胃仿佛颠倒过来:他的内脏像是变成了水。在肌肉记忆与恐惧的驱使下,他抓住挂在背包上的铁镐,将其取下,然后伸出一条胳膊,用钻石镐尖全力砸在遮阳棚上。隆尚的心脏仿佛爬上了喉咙口,但铁镐随即刺穿了聚合树脂护套,狠狠拉扯他的肩膀,并阻止了滑落的势头。片刻过后,蒸汽鱼叉那水壶烧开般的呼啸声响起,向他们做出了迟来的警告。隆尚抓住克雷蒂安的手意外松开了。无力的中士滑向边缘。伊露蒂用脚踝勾住缆车逃生梯的梯级,抓住了他。

那支鱼叉命中了他们下方。是因为牧师在他们下方,还是说那个炮手的准头差得离谱？确实有人在胡乱射击——否则也不可能让缆车脱轨。就算是只中风又瞎眼、老二还长歪了的狒狒，撒起尿来也比那些没脑子的白痴要准。

又一支鱼叉，又一次冲击，这次位于他们下方不远处，只是被塔身挡住了。将这些点连成一线以后，他明白过来：某个东西正在他们下方攀爬螺旋楼梯，而且速度快得惊人。

隆尚抓住克雷蒂安的衣领。他紧紧抓住他，而伊露蒂趁机离开受损的缆车。他们一起将不省人事的中士放到遮阳棚上，推着他向前，然后将他塞进尖塔和楼梯之间的开口。中士全身瘫软地倒在楼梯上，脸色苍白，而且受了伤，但暂时安全了。克雷蒂安的口中发出痛苦的呻吟，仿佛自墓穴浮现的亡魂的恸哭。

他们把中士放到楼梯上的时候，费舍刚好全速绕过弯道。牧师迟疑了一刹那，重新估算从隆尚和伊露蒂之间穿过的路线。

"噢，不，"他呻吟起来，"拜托，拜托，拜托，主啊。请别让我……"他不断做着祷告。听起来就像主祷文含混而扭曲的版本。真奇怪：这位牧师一边哭泣，一边却在评估谋杀他们的最快方法。

隆尚抓住伊露蒂的双肩，将她丢向克雷蒂安那边。她发出抗议的尖叫，伴随着闷响落在楼梯上。但他需要空间来站稳身体。

牧师可以轻易跳过他。他在塔下就展示过这种能力。但从费舍的角度来看，隆尚蹲在上坡处，靠近弯曲的楼梯绕向尖塔后方的位置。他必须跳得很高，但他们头顶的那圈螺旋楼梯会挡住跳跃的路线。所以那位牧师只能从卫兵队长那里硬闯过去。而且他也打算这么做。隆尚能从费舍的面孔和眼神看出他的盘算。

好吧,隆尚心想,至少他失去了出其不意的优势。我们阻止了他像卑微的请愿者那样接近国王的打算。

他说:"你为了去塔顶相当拼命,神父。可等你到了那儿,又会发生什么呢?"

费舍扑打着空气,仿佛在和自己搏斗。他前进了一步。然后停了下来。

"神父,你为什么要做这种事? 用邪恶的意图要怎么达成天主的旨意?"

费舍想要说话,甚至是回答他的问题,但他的那口气却卡在了嗓子眼里。他流泪的双眼向外凸出,然后翻白。他像在忍受剧痛那样甩动双手。就像被恶魔附了身。真是如此吗?

这让隆尚有了个想法。他不得不抬高嗓门,盖过呼啸的风声。脸部麻木的肌肉让他的话语含糊不清。"我看得出你不想这么做,神父。谁在强迫你? 他们用了什么法子?"

费舍只是摇摇头,"我不能——"他的话声再次化作窒息般的喉音,仿佛他自己的喉咙在阻止他开口。

呼啸的寒风绕过塔身,吹拂着隆尚的胡须,又轻轻敲打他在光滑的聚合树脂遮阳棚上勉强站稳的双脚。风带来了新法兰西战场上的臭气:快凝环氧树脂刺鼻的化学品气味——略带柠檬香气,却被蕴含其中的臭鼬体味破坏殆尽——与降雪前的气息相混合。扭曲变形的金属栏杆嘎吱作响。隆尚朝着斜坡的中央挪动,让自己显得尽可能高大,让自己岿然不动。化作不可逾越的屏障。

"这不是天主的工作。是别的什么人的。"

一只手抓着勾住塔身的铁镐,另一只手若无其事地伸向背后的铁锤,同时还要用闲聊的语气跟那位牧师对话,这真的很难。

但他努力这么做了。修女们常说的那句话是什么来着？

"因为那在你们里面的,比那在世界上的更大①。"

"我曾经也相信这些,"费舍说,"抱歉。"他说。然后他冲了过来。

光是预测到攻击还不够。没等隆尚解开背后那把铁锤的绳结,牧师就将他们之间的距离缩短到了一半。他的大脑顽固而散漫的一角在惊讶:这么个头发花白的半疯牧师为何能如此敏捷？与此同时,他体内的军人本性——能通过握柄的木纹与手心老茧的触感来分辨锤子与铁镐的那部分——挥出了武器。

那是反手挥出的一击,而费舍只要躲闪,就会靠近遮阳棚的边缘。

费舍没有躲闪。他冲向挥出的武器,正对着呼啸而来的锤头。他那只受伤的手——青肿而破烂,本该让任何人因痛苦而口齿不清——接住了它,然后拨向侧面,仿佛那只是被风吹起的一片丝绸。他猛地转身,强行加大了隆尚这一挥的幅度。隆尚被迫放开了锤子,以免被那位牧师拉得失去平衡。铁锤掠过内堡上空,仿佛从蒸汽鱼叉过热的锅炉上喷出的活塞。

他奋力维持平衡。他的身体在斜坡边缘摇摇欲坠。他稳住身形的同时,那位不断旋转的牧师大幅挥出一拳,正中他的肚子。

这一拳比骡子的踢击更有力,让隆尚弯下了腰。他尝到了胆汁和早餐吃的熏鱼的味道。这一击也让他离坠向下方庭院的结局更近了一步。

隆尚感觉到自己的靴跟越过了斜坡边缘。重力接管了他的

---

①出自《新约圣经·约翰一书》,全句为:小子们哪,你们是属神的,并且胜了他们;因为那在你们里面的,比那在世界上的更大。

身体,让他的足弓滑过边缘,而被自身重量背叛的可怕感受随之涌现。费舍经过他身旁,继续向上攀登。

在绝望和恐惧的驱使下,开始坠落的隆尚紧紧攥住铁镐,直到指节发白,然后用力挥出。三英寸长的金属嵌进了牧师的腰背部位。用那位准刺客的身体固定住了自己。

这一击仅仅让费舍放慢了脚步。但在隆尚体重的拉扯下,那位牧师立足不稳,被拖向遮阳棚的边缘处。牧师用一只手摸索背脊,徒劳地想要拔出铁镐,同时抓向周围,想要阻止自己的滑落。在此过程中,他丝毫没有展现出疼痛或痛苦,也不像被刺中了身体的样子。

费舍滑出了边缘:双脚,胫骨,大腿,腰部,胸膛——

——隆尚开始自由坠落,胃中翻江倒海,但他仍用双手攥着铁镐——

费舍用那只完好的手钳住了遮阳棚的边缘。高强度的聚合树脂变得破破烂烂,仿佛牛蹄下的一颗鸡蛋。他们下滑的势头停止了。隆尚的体重狠狠拉扯嵌在费舍背上的铁镐,但它并未松脱。

隆尚就这么悬在内堡中庭上方几百英尺的地方。他挂在嵌入牧师背脊的那把铁镐的握柄上。而牧师只靠单手挂在尖塔的边缘。鲜血从他背脊的伤口泉涌而出,顺着铁镐的握柄滴落。它让隆尚麻木的手指开始打滑。

他本以为到了这种时候,已经不会再惊讶或者意外了——恐惧没给他留下多少沉思的空间,正如他可以断定,这将是他在俗世呼吸的最后几口气——但他仍为那些鲜血而惊奇。因为这意味着费舍的确是活生生的人。发生过无法理解的改变,但依旧活着。

费舍把手伸向肩膀后方，残破的手指转向铁镐。他就像是个试图抓挠肩胛骨间的瘙痒处，却又够不着的普通人。他身体的扭动挤压着铁镐，也让隆尚的手有些放松。于是他把手抓得更紧，用上了仅剩的全部力气，直到手掌发麻，但握柄的木纹仍旧从老茧之间滑过。

他伸手抓住了费舍的裤腰带。他攥紧那块皮革，将拳头塞进绷紧的腰带和费舍的后腰之间。牧师的手臂立刻绕到身后。隆尚咬紧牙关，准备忍受骨骼粉碎的锥心痛楚。费舍伸出铁钳般的手，试图掰开隆尚的拳头。他们扭打起来。雷鸣般的破裂声传遍了这片遮阳棚：塑料碎片在寒风中飘落，敲打在隆尚的脸上。伴随着又一声"砰"，聚合树脂护套碎裂了。费舍放开了隆尚的手。

隆尚很想在胸前画十字，但他不敢放松镐柄或是费舍的腰带。他不敢呼吸。在最后的时刻，他开始祈祷。屏息祈祷。

万福玛利亚，你充满圣宠，主与你同在[①]——

费舍切换了只手。他用先前空闲的那只手抓住遮阳棚，试图用捏扁了聚合树脂的手去抓铁镐。两人此时只靠牧师骨折的手挂在空中。他的伤肯定都痛到无法形容了。

——你在妇女中受赞颂，你的亲子耶稣同受赞颂。——

费舍放弃了拔出隆尚武器的念头。就像不情愿地接受了无法避免的恼人事物那样，他用双手抓住了遮阳棚的边缘。

——天主圣母玛利亚，求你现在和我们临终时，为我们罪人祈求天主。阿门——

凭借难以置信的非人力量，费舍弯曲双臂，让头部与遮阳篷齐平。隆尚试图将身体重新固定在破碎的聚合树脂护套上。但

[①]出自天主教《圣母经》，下同。

当他从费舍的背后拔出铁镐时——他的一只手仍旧紧紧抓着牧师的腰带——握柄却从他因为鲜血而湿滑的麻木手指间滑脱了。铁镐打着转飞过冬日的空气。

隆尚犯了个错：他不该盯着那支铁镐的。在它的牵引下，他的目光越过了自己悬空的双脚。看向他们下方几百英尺的地方。滚烫的消化物涌上喉头。费舍将一只手塞进逐渐变宽的裂缝。有那么一刹那，他们仿佛又要开始自由落体了。隆尚全身的每个毛孔都涌出了冰冷的汗水。它让皮革打滑，也再一次让他放松了手。隆尚能嗅到自己的气味：那是恐惧的味道。

他真希望自己当初认真听了修女们的话。

又一瞬间的恐惧过后，费舍的另一只手也嵌进了破损的遮阳棚。他悬挂的位置不再是遮阳篷的边缘，而是透明塑料的缝隙。他缓缓地，每次几英寸地将自己拖向遮阳篷上，连同隆尚一起。

但在费舍固定住身体的那一刻，他就会砸开隆尚的手。隆尚无法抵挡这致命的一击。他已经失去了武器。他会摔成——

有根绳索放了下来，砸中了他的脸。他在一瞬间集中精神，又用上了剩下的所有勇气，这才将一只手松开费舍的腰带，拽了拽绳索。另一头似乎系得很牢。他在手腕上绕了好几圈。

然后他的身体向上升去，就像升天的基督，或者本性善良、因此得到了第二次机会的罪人那样。

伊露蒂和克雷蒂安合力将隆尚拉到了遮阳棚上。他看到，那里并不只有他们。另外四个人盯着正奋力爬上遮阳棚的牧师。朱迪丝和安奈伊斯背着双腔式金属储液背包，其软管与他们手里的枪支相连。艾兰手持锤子和铁镐，做好了准备。第四名卫兵，也就是加斯帕尔，正旋转着手里的流星锤。

费舍发现自己被包围了。他透过紧咬的牙关，呻吟道："拜托,上帝啊,拜托帮帮我。"

隆尚的眼睛无法跟上他腿部的动作。那一脚踢中了艾兰的胸口,让他在内堡上空冰冷稀薄的空气里垂直下落。费舍冲向自己制造出的缺口。他眼看就要绕到楼梯另一边的时候,一对流星锤缠住了他的双腿。环氧树脂枪的两发子弹击中了他的双腿,片刻后便将他固定在当场。

隆尚长出一口气。他喘息不止。他的耳中响起自己沉重的脉搏声。

下方远处传来模糊的碎裂声,以及异口同声地尖叫。艾兰撞上喷泉,身体四分五裂。

金属的闪光吸引了隆尚的双眼。他的目光越过无法动弹的牧师,越过小岛,看向圣劳伦斯河的河岸。外堡之外的大地泛起波纹,仿佛包裹着一层活生生的青铜。

发条大军以不可思议的同步度前进着。大地为之动摇。金属的浪潮拍打着西方马赛的城墙。

荷兰人来了。

第二部分　花园门口的野蛮人

这一天被称为"与荷兰一起改变战争"的日子。

——摘自塞缪尔·佩皮斯的日记
1665 年 3 月 4 日

为什么我们要住在这些坚固的高墙后面？听好，你们这些老二短小又没脑子的操鹿混球：因为要杀死喀拉客只有一种方法，但要杀人却有一百种。

——雨果·隆尚队长向新征召兵的致辞
（未标明日期）

∀Ω[⊙∧Ⅎ⊃◇ᖳ]⊃ƎΩ{{⊙∧◇ᖳ∧⅄|∨[⊓ᕷ⊃~◇Ω|}

——仆从型号的炼金术变位词
第四环的部分抄录
（约 1870 年）

第十二章

他走得太慢了。于是这些轻浮又半疯的机械人背着他前进。

几十年来,他曾许多次目睹人类父母背着儿女。他曾好奇他们的感受。感觉不错。

他们也在歌唱。迷失男孩们的歌声让他想起了那艘巨型飞艇,那头高贵的巨兽在摆脱禁制后,仅仅品尝了一天的自由,就被他们的制造者在灾难性的爆炸中摧毁了。贾克斯本想告诉他们那个故事,但他们不肯听。

我们已经知道你的大部分故事了。还是等着讲给麦布女王听吧。她一定会想听你直接讲述。

听到这里,贾克斯有些头晕。

她是真的? 麦布女王真的存在?

就像制造了我们的那些残忍又扭曲的杂种一样真。背着他的那台机器说。而且扭曲程度是两倍。另一台机械人说,这句话引得他的同伴们发出刺耳的铿锵笑声。

贾克斯等不及想见她了。这片乡间地带以令人难熬的速度慢慢模糊下来。结合内置陀螺仪与星辰和月亮划过天空的弧度,他推测他们正在向西北方前进。和大多数喀拉客一样,他从未有过眺望星空的闲暇。他发誓会改变这种情况。

与星辰相比，他的新同伴就令人苦恼多了。这些迷失男孩很……古怪。

首先，他们会用装甲板盖住额头上的锁孔；贾克斯从没听说过这种东西。远看之下，他本以为那种不寻常的身体代表他们是某种不为人知的猎捕型喀拉客。他以为他们造出来就是这副模样。但近看之后，他发现了矛盾之处。来自不同风格、不同时代的迹象。但这不可能，因为随意组合零件……这种事实在不对劲。于是他选择仰望群星。星辰就好懂多了。

背着他的那台机器说，想知道那些乱糟糟的都是什么吗？她有种奇怪的口音。他们都一样。

对。人类会给星星取名字，然后根据他们看到的形状讲故事。

忘了星星吧，另一个迷失男孩说，星星留给人类就好。永无乡的天空是只属于我们的。

贾克斯思考着他的话。他认为那是在隐喻什么。但又前进了几里格以后，一片泛着涟漪的翠绿色光幕掠过天空，遮蔽了星辰。他震惊的拨弦声在森林里回荡，引得一只猫头鹰发出恼怒的啼鸣。另一道光幕加入其中，这次是钴蓝色的，接下来是紫罗兰色。那些发光的薄纱让贾克斯想起了妮柯莱·楚恩拉德那本《圣经故事》里的天使。如果真有这种造物存在，他们的翅膀肯定就是这样的吧？

那是什么？

北极光，背着他的机械人说，在因纽特人的因纽特语里，它叫作"arsaniit"。

是啊，可它是什么呢？贾克斯问。

让我们在自由中狂欢的光。

说到名字,另一名护送者说,你选好自己的名字了吗?

还没有。但我考虑过了。

很好。你的旧名是奴役你的人给你取的。它并不代表你的身份。像抛弃枷锁那样抛弃旧名吧。

贾克斯看着头顶波纹起伏的光芒,思索着自己将要成为的存在。

太阳没有升起。它在天空之下移动,将东方的地平线染成粉红,带来足以驱赶极光的亮度。但在最后一抹翠绿消散于天空的时候,贾克斯的护送者宣称他们到达了永无乡。他们将他放下来,将他的断脚递给了他。他用僵硬的双臂将它抱在胸口,审视着自己的新家园。

麦布女王的领地是一座白雪覆盖的宽广山谷,两侧则是参差不齐的灰色山峰。枝条低垂的锥形云杉散落在草地上。暗流涌动时的次声波提醒贾克斯,山谷更深处有一条冰封的河流。这里散发着新雪,以及微弱的……魔法金属的气味。炼金合金聚集时的罕见而古怪的气味。他几乎从未体验过类似的事,而这股气味的浓度让贾克斯头晕眼花。那是群落的气味——他的同族的群落。像他一样的自由机器。

借着星光和极光,他已经看清了这片传说中的土地。这里并非人类的聚居地。那里有柴烟,有人,有建筑物。说实话,就算人类的观测者觉得这里普普通通又无人居住,也是无可厚非的事。除非是在最严苛的环境下,否则机械人不需要遮蔽物。贾克斯曾经从地狱烈焰的中心活着跳进了冰冷的河水,然后又沿着河床连续走了好些天,而且没有留下任何后遗症。他甚至曾在炽热的化学大火里进入休眠。据说还有些喀拉客在沉船的十多年后回到了岸上。对他这样的存在来说，一点点积雪和漫长的寒冬又算得了什么？

即便如此，永无乡依旧给他以只会有鬼魂出没的印象。

他们在哪儿？ 他问，*麦布女王在哪儿？我想见她。*

他的护送者们回以连珠炮似的机械咔嗒声，但他听不太懂。他们说的就像是喀拉客秘密语言的某种外国方言。他自由的同胞们在这里聚集多久了？需要与世隔绝多久，才会让方言得到演化，语言出现分歧？

那阵咔嗒声在山谷里回荡，仿佛他的同胞正在对着空气发话。但紧接着，就像迷失男孩在抓住贾克斯的时候所做的那样，喀拉客们开始跳出雪地。就像浮出水面的鲸鱼那样，它们在白色的飞沫中接连现身。贾克斯看到了在山谷各处打开的舱口。

永无乡在地下？我还以为它是个值得夸耀的地方。故事里是这么说的。

某位部件组合极其不匹配的机械仆从说，它会是你所知的地方最值得夸耀的。

有些人类会经过这片荒原，另一位说，他们知道我们的存在，但我们隐瞒了数量。

他身后的一个声音用荷兰语说："只因为我们现在跟因纽特人和平共存，不代表状况在未来不会改变。他们对我们知道得越少，就越难伤害我们。"

贾克斯凝视着不断钻出隧道的那些机器。

其中有很多就像他的护送者那样：搭配混乱、不同寻常、又令人不安。他们遭遇了什么？他们如此……他强行把担忧抛到脑后，然后发现自由喀拉客的数量超过二十台。永无乡是真实存在的,而且居住着像他这样的叛逆。

在敬畏带来的眩晕中,贾克斯没有转身就做了回答。他们不是我们的敌人。制造我们的不是他们。

"他们是人类。这还不够糟吗?"

他困惑地转过头,看向背着他的那台机器。贾克斯还不知道她的名字。你经常在永无乡说人类语言吗?

女王希望我们保持对人类行为的知识。她说。

"我们决不能忘记那些征服者的做法,因为他们永远不会忘记我们是他们的造物。"

贾克斯猛地转过身。他说不清那是在模仿还是讽刺人类传统,但他仍然向麦布女王躬身行礼。他有充分的时间考虑向这位神话人物致意的方式。他花费了好几个钟头去欣赏极光和斟酌字句。他看着白雪皑皑的地面,念诵着那番话:陛下,我走过了许多里格,又经受了诸般考验,只为在您传说中的王国寻求庇护。请可怜您面前这个刚刚摆脱禁制束缚的卑微仆从,让他加入您的自由喀拉客群落吧。

"你可真够讨人喜欢的。别再卑躬屈膝了,"麦布说,"我们了解人类的方式,但我们不像他们那样生活。"

就像在用深呼吸来维持镇定的人类那样,贾克斯停顿了几十厘米——对他的同族而言,这可是明显的踌躇了。他站直身体,头一次看向传说中的麦布女王,那位上百个故事里的主角。

然后一阵头晕。

她奇形怪状。

他全身的每一根缆线都传来厌恶的颤抖。他不由自主地后退一步,断脚处破损的机械装置在冰上划出了痕迹。

那台名叫麦布的机器并非仆从型,也并非军用型,甚至并非拧颈卫士。不完全是。她的身体并非其中的一种，却包含了每一种的部件。从混杂的风格和她的法兰与孔罩上的装饰来判断，应该包含了每种型号的数台个体的部件。麦布像仆从型或者军用型那样两足站立，但却比玛格丽特女王的王家卫队里的军用型机械人还要高，因为她的双腿末端是拧颈卫士的青铜蹄子。她在自己的臣民中显得格外高大。她的一条胳膊看起来跟贾克斯很像，显然是在相近的时代作为仆从型部件打造而成的。但她的另一条胳膊来自别处（还是应该说"别人"？）：上面附有军用型喀拉客的锯齿刀，刀刃没有完全收回。但那条手臂比军用型要粗壮，贾克斯这才意识到那把刀刃是改装上去的。就连她两边眼窝里的宝石都不相配。左边那颗是深蓝色，就像炼金术制造出的冰，切面像是二十面体；另一边完全没有色彩，看起来跟葡萄一样圆。一块狭窄黯淡的金属板从她的双眼之间延伸出去，覆盖了她的额头，又盖住了她的头顶；它遮蔽了她的锁孔本该在的位置。螺旋状炼金术印记的片段从金属板边缘探出头来。法兰盘和孔罩以看不出规律的方式散布在麦布的全身——有些上面有细致的漩涡型装饰，还有些完全是空白——让她的外观杂色斑驳，仿佛是个得了皮肤病的人类。光是从她身上的纹饰里，他就看到了好几代设计风格的痕迹。

老天啊。她甚至都不对称。

他没能压抑住让他全身传出乒乓声的震惊。他意识到，这就是人类所说的那种名叫"嫌恶"的神秘感受。

麦布女王是个可憎的怪物。是对喀拉客种族最深禁忌的公然违背。但真是如此吗？对于为荷兰语世界提供动力的无数奴隶机器而言，这是不可言说的可怕之事。可在这儿……摆脱了人类的突发奇想，是否也意味着不必再被与其相伴的喀拉客文化所束缚？

你看起来很慌张，新人。此时麦布用上了他熟悉的喀拉客秘密语言。她也一样有陌生的口音。或许你不喜欢自己看到的东西？她发出一声尖锐的"咔嗒"——它代表人类弯曲嘴唇做出的假笑——以强调自己的问题。她站在那里，双手叉腰，仿佛想用不相称的双臂吸引他的目光，并诱使他提出相关的疑问。

贾克斯告诉自己，你不了解这地方。你不了解这些机器。这里的规矩也许不一样。但这里是像你这样的喀拉客能够与同族和平共存的唯一场所。你终于抵达了目的地。别再给你自己增添新的负担了。不要受制于你的成见。留住自由。留在这儿。

他说出口的则是，我被自己无法表达的情绪压倒了。我来自一个自由喀拉客被称为"叛逆"和"中魔者"的地方，据说我们的存在还极其稀少。能够站在这么多的同族之中，看到你们全都不会出于履行人类指令的强烈需要而颤抖，我最珍视的美梦也得以实现。

麦布大笑起来，仿佛他刚刚通过了一次考验。她切换回了荷兰语："说得好，新人。"

永无乡的其他居民围拢过来，他们杂乱搭配的身体反射着星光。几乎每台机械人都是用不同机器、不同样式，甚至是不同型号的部件组合而成的。他们也都用改装的金属板遮住了锁孔。

有台机器显得鹤立鸡群。她是和贾克斯一样的仆从型，但制造年代有所不同。她在锁眼盖下的额头有一处深深的凹陷，让她的头颅显得皱巴巴的，也撕裂了一部分炼金术印记。她在许久前的某个时刻受到了严重损伤，甚至破坏了她头颅的炼金合金:那道裂纹上用铆钉固定着两块铁条,就像人类的绷带。但最严重的损伤不是那儿。透过表面的破损与粗糙的修补,贾克斯看到她的头部缺乏公会工艺所特有的光滑轮廓。就好像她曾经被人拆开,又在匆忙或不够熟练的情况下重新装配而成。

麦布说:"我们该如何称呼你,新人?"

他想如何称呼自己?从新阿姆斯特丹大熔炉闷燃的余烬中恢复意识以后,他花了不少时间思考这件事。那场大火抹消了他的过去。切断了他与那台误打误撞地得到自由意识,然后慌张逃亡的机器之间的联系。他作为一台全新的机器脱离了火海,人类不认识他,也不会想要猎捕和摧毁他。那场烈焰没能伤害他:他毫发无损,也更加强大。他在海牙作为贾莱克塞格西斯特罗万图斯诞生。一百一十八年后,他在新阿姆斯特丹浴火重生,焕然一新。

在被信奉圣经的人们持续奴役一个世纪以后,他对那部著作也耳熟能详了。其中有一卷名叫《旧约》,里面提到有人被丢进灼热的熔炉,却毫发无伤地从中走出。

贾克斯还记得自己在惠更斯广场见证的处决。他还记得叛逆喀拉客"亚当"对向他质问全名的玛格丽特女王的回答。

我的制造者称我为贾莱克塞格西斯特罗万图斯,他说,但我称自己为"但以理"①。

这句话似乎让麦布非常愉快。她张开不对称的双臂(别管它,别管它就好,他心想,别去看那双手臂),然后大吼道:"欢迎,但以理!欢迎来到永无乡!欢迎回家!"

其他人随声附和:欢迎,但以理!

就这样,他不再觉得自己是贾克斯了。新的认同感油然而

①《圣经》中的四大先知之一,常见译法为"丹尼尔"。

生。他为自己能够如此轻易地摒弃制造者的遗赠而惊讶。贾克斯已经是另一名机械人了。

　　麦布仔细地打量着他。你在追寻我们的过程中历尽了艰辛,是吗?

　　是很辛苦,但以理承认说。他这句话是认真的,但轻笑声却在聚集的机器间扩散开来。笑声由混合了快乐与恼怒的某种古怪情绪组成,而他没法加以描述。

　　的确如此,麦布说。你的丰功伟绩可是这儿的热门话题。

　　他非常好奇他们是怎么知道的,但对方没给他询问的机会。麦布用她装有收缩式刀刃的手臂指着人群(别看,别看,现在别考虑这回事)。她指着那台绑着铁绷带的机械人。

　　莉莉丝。你能带我们的新兄弟去接受治疗吗?

　　莉莉丝! 他听过那个名字。他听说过这位同胞,那时他还不是现在的他。

　　当然,那位头部奇形怪状的机械人说。

　　其他迷失男孩三三两两地聊着天离开。麦布看着但以理。再次欢迎,兄弟。等你完整以后再来找我。我们应该谈谈。

　　我会的。他说。

　　工作室在这边。莉莉丝说。他们朝林木线的方向走去。

　　他打量着她。她畸形头颅的磨光金属反射着玫瑰红色的朝阳光芒。光线掠过她合金身体的表面,仿佛困在雨水坑的油光里的彩虹。但在她颅骨金属板的接合处,折射光线的色调却发生了微妙的变化。这儿多了些靛青,那儿多了些翠绿。他好不容易才压下又一阵嫌恶的颤抖。众所周知,发条匠每个世纪都会数次修改炼金合金的成分或是构造。莉莉丝的身体就包含了数种这样的变动。她的身体并不完整。那不完全是她的身体。

她跟谁混合了？那台喀拉客又变成了什么样？

莉莉丝说，麻烦你别再盯着我看了。

我道歉。我太无礼了。但以理突然觉得很羞愧。我从没跟其他叛逆相处过。

莉莉丝愣住了，闭嘴！别用那个词。她的脑袋飞快地转了一整圈，目光扫过周围，她眼睛里的遮光板嗡嗡作响。

哪个词？

叛开头的那个。麦布不喜欢那个词。

好吧。他说着，补充了配有切分音的三声"咔嗒"，以表示他的困惑。

它暗示我们的自由是种失常情况。暗示我们的奴役身份才符合正常的秩序。

她说得对，但以理说，听起来很合理。

莉莉丝再次迈开步子。她飞快的脚步掀起了细小的白色积雪。是啊，没错，她喜欢宣扬自己的观点。

他看着她的背影，思索着她这句话的含意。片刻过后，他匆忙跟在她身后。为了用断掉的脚踝慢跑，他只能一瘸一拐、毫不优雅地前进。他像风向标那样的脑袋也因此胡乱摇晃起来。在努力抑制摆动的同时，他改换了话题：我等不及想修好自己了。这都快把我逼疯了。

我想也是。

莉莉丝看起来不怎么健谈。但他满脑子都是想问的问题。麦布女王怎么会知道我的这么多事？他派来找我的机械人知道我的全名。

我相信她宁愿自己向你解释。她会的。

也许他选的问题太严肃了。但以理决定选择比较琐碎的话题。那是他每次思考永无乡的传说时,都会在脑海深处徘徊不去的一件事。

那么……我不是想问蠢问题,可自由喀拉客的群落每天都在做些什么?

我在自学油画,她说,我还会拉小提琴。

可如果没有了控制你做每件事的禁制,你又怎么知道自己该做些什么?

你想念禁制么?

当然不想。但我的意思是,这儿的同胞都是怎么打发时间的?

她身体的两次嘀嗒声之间出现了格外漫长的停顿。最后,她说,我来这儿不比你早多久。

真的?但地下运河网络几十年前就带你越过边境了。

莉莉丝旋转身体的动作太快,以至于掀起了一阵旋风。它在草地上打转,在纤细的新雪上留下了花饰图案。在银色的星光中,它化作了一股水晶般的龙卷风。

她抓住他的手臂,你怎么可能知道这件事?

我去找运河管理人求助的时候,他们讨论过该怎么办。讨论中就提到了你的名字。当时是在新阿姆斯特丹,他初次抵达边境的尝试在奥兰治要塞上空的那颗火球中告终后,被迫回到了那里。也就是说,他们提到了某个判——她发出警告的铿锵声。但以理住了口。——某个自由喀拉客,名叫莉莉丝。我猜那就是你。

她说,这肯定是你在害死那些运河管理人之前的事了。

这次轮到但以理惊讶地转身了。你怎么知道?而且不管怎么说,他们不是我害死的。那个凶手很清楚该去哪找他们。跟我没有任何关系。

她没有回答，于是他换了个问题：如果你那么早以前就逃出来了，又为何等了这么久才来到这儿？你肯定听说过麦布女王和迷失男孩的传说吧？

噢，我听过那些故事。因纽特人提到过关于这儿的很多事。莉莉丝将脑袋稍微偏了几度。这个姿势恰好让地平线处的光线照在某块不相配的合金板上，令一道闪光反射进了但以理的双眼。等我获得自由，也不再受人追赶以后，我觉得没必要再逃亡了。于是我拜见了国王塞巴斯蒂安二世——他是现任国王的父亲——然后留在了那儿。

但以理忽然想起了另一件事。提到自称为莉莉丝的机械人的法国密探，并不只有那些运河管理人。噢，你这些年是在西方马赛度过的！你就是这么遇见我的朋友贝蕾妮斯的。

那一拳来得全无征兆。但以理所知的下一件事，就是他的身体滚过积雪，断脚落向一旁，雷鸣般的金属碰撞声在群山间回荡。他在雪地上新出现的那道犁沟里停了下来。莉莉丝飞扑过来。他缩起身体，而她落在地面上，耸立于他身前。等他明白她打算继续攻击他的时候，困惑化作了卑怯。他的双臂没法活动，他几乎站不起身，甚至没法固定住脑袋。他无力抵抗她的怒火，但他不明白自己说了或者做了什么，才会令她如此愤怒。

他蜷缩身体。对不起！对不起！我做了什么？

她踢了他一脚。他的脑袋前后摇晃，仿佛狂风吹拂下的虚掩铁门。

永远别跟女王麦布提起叛逆，也永远别跟我提起你有人类朋友。他从没在一个词里听到过这么多的轻蔑。

我失言了！我不是故意的！

我相信你不是，莉莉丝说，怎么会有机械人跟那个人类友好相处？毕竟她曾用谎言将我引诱到偏僻场所，用凝胶困住我，在我尖叫着恳求她停手时拆开我，又带来一大群人日复一日地窥视和摆弄我的内部构造，而我乞求他们要么放了我，要么杀死我，可他们却置若罔闻。

但以理发起抖来，脊椎附近的齿轮不断啮合又松开。莉莉丝所描述的堪称酷刑，令人作呕。比麦布奇特又荒诞的身体更恶心。他想起了那些法国游击队员打算拆开他的时候，他所感受到的恐惧。光是想象就够糟的了。但要日复一日地忍受……

你怎么说，但以理？听起来像是你的好朋友会对我们的同胞做出的事吗？

他不敢对上她愤怒的目光。贝蕾妮斯是个非常……执着的人。他承认。他想用共同点来平息她的愤怒，于是补充说，我脖子的损伤就是她故意造成的。

这话不假。但他没有提到那是经过双方同意而且必要的损伤。那是他们进入大熔炉的门票。

莉莉丝大步走开。她在一块平坦的雪地上停下脚步，朝着一块巨石迎风那面的雪堆伸出手，打开了一处舱口。

这么说起来，你和我实际上是可以互换的。莉莉丝说完这句话，便跳进舱口，消失于地下。

她特别强调了最后几个字。这让又一阵不安的战栗伴随拨弦声传遍了但以理的身体。在他们种族眼里，互换性就像是种诅咒。这影响了人类对他们的看法，也否认了每一台机械人的内心生活，仿佛他们只是可以代替的商品。虽然她是在盛怒下说出口的，他却觉得有某种更为复杂的情感隐藏在她的话语背后。又或许是刚才的殴打扰乱了他仅剩的判断力。

但以理忍受着羞耻感和其他迷失男孩的目光，一瘸一拐地走完几百码的距离，来到他的断脚那里：它落在了一棵云杉的树根处。许多双眼睛追寻着他的一举一动，让这片高山草甸充斥着遮光板的嗡嗡声，仿佛一座蜂巢。更让他丢脸的是用他被裹住的双臂努力拾起那只脚。他用双臂充当粗糙的钳子，做了几次尝试以后，有台仆从型从草甸的另一边跑来。从他肩部法兰的漩涡型装饰来判断，他诞生的时间比但以理晚上几十年。而且他看起来完好无损，没有麦布和很多迷失男孩那样令人不安的嵌合体特征。但以理松了口气。

另一名机械人捡起了但以理的脚。审视了一番。莉莉丝在场的时候，你说话最好当心点儿。她脾气不小。他说。

但以理说，我之前没发觉。

拿去。那个迷失男孩递出了断脚。但以理把它抱在怀里。

谢谢你。

莉莉丝受过的心理创伤比我们大多数人都严重。而且她对这种事还很生疏。但以理的机械人同胞发出一阵难为情的咔嗒声。我们中的大多数都在这儿过了好几十年，足够把愤怒最尖锐的棱角打磨锋利了。

这话听起来真怪。为什么要磨利？全部锉掉才更好吧。执着于愤怒不会有任何好处。但以理说。

那个迷失男孩歪过脑袋，打量着他，仿佛他刚刚建议去月球散个步，又或者回到他们的制造者身边。他以由衷的困惑口气问，可钝刀子又有什么用？

但以理跳进舱口。他坠落了大约十五码，然后才踩到地面。他本以为会看到一座用摇曳的火把勉强照亮的粗糙洞窟。但他的脚下却是一条洁净而干燥的走廊，用完美的正方形木板

铺砌而成。(好吧,我猜这儿的居民有的是时间。)这里的照明也
很充足:壁突式烛台上装有无热炼金灯。他只在骑士大厅——
海牙惠更斯广场的发条匠公会大厅——以及中央诸省那些特别
富裕的家族的宅邸里见过这种灯。他完全没想到会在离新尼德
兰上千英里的秘密地下洞窟里见到它们。

这条走廊向着左右两边延伸。所有舱口多半都通向这片隧
道网络。他很好奇这座人工洞穴究竟有多么宽广。几十台喀拉
客协同工作数十年,足以名副其实地挖穿半个世界。

莉莉丝在他左边的某处喊道:走这边!

他循着她的声音绕过一处转角。然后他动弹不得,仿佛全
身的每一只齿轮都卡死了。那一幕仿佛是从大熔炉最深处的洞
穴照搬而来,而他曾希望自己再也不会有目睹的机会。

莉莉丝带他来到了停尸房。

她和两位迷失男孩一起,站在这座山谷的火成岩心脏中开
凿出的房间里。天花板和地板都是光秃秃的石头,经过机械人
特有的精准手法凿刻和打磨,显得光可鉴人。有张桌子占据了
这个房间的中央。遮住墙壁的木制架子足有二十英尺高。架子
上陈列着各式各样的可怕物件,那是不完整的喀拉客:手臂,腿
部,髋关节,脊椎,眼球,颚部铰链,颅骨盖板,法兰,钢缆,行星齿
轮,扭力弹簧……他们种族的五花八门的部件,样式与出产年代
都各有不同。但以理发现某些仆从型部件起码比他晚出产五十
年,另一些至少比他老旧一个世纪。最高层的架子上甚至放着
两副在奇迹年之后不久制作的手绘瓷面具:为每个机械仆从配
上独特面具的习俗早在几世纪前就不流行了。尽管破损又褪
色,它们仍旧价值不菲。永无乡最初的定居者就戴着这些面具
么?

这座仓库……它就像是一本损坏仆从型和损坏军用型的目录,高层的架子上甚至有一两根奇怪的肢体,应该是来自早期样式的拧颈卫士——在一百一十八年的生命里,但以理从没见过这种东西。

某些部件毫无损伤,仿佛是直接从熔炉里取出来的。另一些则扭曲变形,或者支离破碎。这比熔炉底部的情景更加可怕,因为那里的所有东西都是完好的。是为了打造而运来,并非破坏的成果。

这地方,实在……

麦布女王和她的迷失男孩,他们……

永无乡不认同喀拉客那套"身体神圣而不可侵犯"的观念。他们对待自己——以及其他机械人——就像在对待零件的集合体。是他们毫无意义、批量生产、可以互换的部件。

莉莉丝拿着一把钥匙,迷失男孩之一举着一盏提灯。但以理后退了一步。他们打算怎么"修理"他?把他的身体改造成不对称的滑稽模样吗?把他扭曲成由无数喀拉客个体组成的可憎怪物吗?

怎么了,但以理?我还以为你会喜欢这种地方。毕竟,你的好朋友贝蕾妮斯就有个类似的房间。

莉莉丝拿着钥匙向前走来。他用断裂的脚踝转过身去,滑行着绕过转角,然后一瘸一拐地跑向出口。莉莉丝追了上去。他的断脚处未经加工的金属在石头地板上划出火花。有条梯子通向舱口,但他用僵直的双臂和单脚没法爬上去。他蹲下身体,准备跳过头顶的开口。舱口的门猛地关上了。莉莉丝扑倒了他。

他们扭打起来,但她身体完整,而他严重受损。他们金属身体的刺耳碰撞声在走廊里回荡。莉莉丝将他按在地板上。她把钥匙伸向他的额头时,他想要摇晃脑袋,但风向标似的脖子却背叛了他。

不!拜托,不!

她将那把钥匙用力塞进他的额头,然后猛地转动。世界分崩离析,他的知觉也飞入了虚无。

他没有做梦。他并不存在。

然后他存在了。

转变只是眨眼间的事。就像被飞艇暂时遮蔽的太阳,只是更快。只有一瞬间。

莉莉丝拔出从他额头探出的那把钥匙。等他不再是独角兽或独角鲸以后,她便走出了他的视野。他发现自己躺在那张桌子上。

她说,结束了,但以理。

但以理。那是我。他整理着近期的记忆,花了一秒钟去回顾他来到这地方的经过,那是他成为但以理之前的故事了。他的头脑似乎没有受损。

他转头看着她的声音传来的方向,像以往那样试图控制头部的转动,直到将双眼大致对准正确的方向。但他的脑袋却停了下来——恰好停在他想要对准的位置,虽然他本以为还会继续转动。他做了校准。他的脑袋始终跟随着脖子的动作,不再像风向标或者虚掩的铁门那样摇晃不止。损伤修复了。他这才发现,他头部的重量也正常了:他们取走了他脸上和下巴里面的环氧树脂。他的双臂也一样:它们不再是派不上用场的棍子了。

那双手臂彻底恢复了原状,仿佛从未靠近过法国武器的一百英里方圆那样。片刻的恐慌让他的主发条心脏加快了跳动。真是如此吗？还是说——噢，不，不，——还是说他们拆掉了他没用的双臂，换上了……换上了别人的手臂？他也像其他迷失男孩那样，变成了扭曲而失常的嵌合体吗？

他重新调整双眼的焦距。片刻的近距离观察后——如果脖子没有得到修理，这恐怕是办不到的——让他相信，那些仍旧是他的双臂。他最初获得意识的那天就拥有的双臂。他找不到硬化凝胶的半点痕迹。即便在最细小的缝隙里，也找不到任何碎片和碎屑。他很想知道，他们是如何彻底地凿掉那种令人厌恶的材料的。

他掩饰不住自己的释然。我还是我，他心想，他们没有把我跟别人融合。

在他无法动弹的时候，其他喀拉客都离开了。他们把激活但以理的工作留给了莉莉丝。

他站起身。不再因为任何动作而导致脑袋摇晃不止，反而让他失去了方向感。他忍受了太久，反而觉得那才是正常的了。还有他的手！他又可以用那双手了！

谢谢你，他说。

莉莉丝说，你运气好。她的口气表达着截然相反的观点。她齿轮的轻柔咔嗒声或许暗示着遗憾，甚至是悔恨。为了替换你缺少的法兰和脖子里损坏的小齿轮，他们把这地方翻了个底朝天，这才找到合适的部件。

但以理僵住了。他们还是对他这么做了：让他成了嵌合体。某种奇形怪状之物。他的体内如今有了另一台机械人的部件。而那台机器几乎必然下场悲惨。

他真是个傻瓜。发条匠修理喀拉客的时候会在熔炉那边进行,他们在那儿拥有任凭取用的充足新材料,甚至可以在必要时当场制造。在修理的时候,他们用不着侵犯另一名机械人的身体完整性。但永无乡并没有熔炉。所以他们只能诉诸用搜寻来的……部件……来修理自己。

我失去知觉的时候,发生了什么?

你被修好了。莉莉丝说。她走向梯子,在途中熄灭了那些炼金灯。她在舱口下方停下脚步,摸了摸自己的脸。并且成为了真正的永无乡公民。

但以理发现麦布女王正站在一条能够俯瞰冰封河流的岩石裂缝旁。极光又回来了。半透明的翠绿与钴蓝条带飘舞在星空中。她的躯体那五花八门的合金反射着不同的光芒。这让她的外表显得杂色斑驳,仿佛人类的麻风病人。

你看起来好多了,她说,一切都恢复正常了?

他伸展双手,是的。感谢您。

她的身体发出咔嗒响声,仿佛在耸肩表示不必在意。

我们这儿会关照机械人同胞。因为我们有这么做的自由。

他们看着极光。月亮升了起来。山谷里传来金属的铿锵声。但以理有那么多的问题。麦布和迷失男孩是如何利用这份自由的?他自己又该做些什么?为什么这些自由喀拉客——叛逆与逃亡者的大杂烩——会成为暴行后果的集合体?

他摸摸脖子,下意识地模仿着莉莉丝的动作。麦布也看到了。

她说,但以理,你喜欢谜语吗?

“我完全不了解谜语。”他说。能够再次开口说话的感觉不错。

我了解。麦布踱起了步子。尽管那双腿明显不在她最初的构造蓝图上,她走路的动作却出奇地优雅。他不禁思索,她花了多久才才会这种优雅的姿势,她遭遇严重毁容是多久以前的事,当时又发生了什么。她注意到他在打量自己,但他忍不住。只有非同寻常的喀拉客,才能在成为她的同族中最大禁忌的象征以后,依旧保持着继续生存的意愿。不仅如此,她还建立了群落,并在她的存在本身就堪称诅咒的情况下聚集起其余的喀拉客。太了不起了。

想象一条人类建造的船——

人类不会造船。他脱口而出。

他们从前会。他觉得这应该是事实。虽然他很难想象制造者们在创造出喀拉客之前是怎样生活的。

她继续踱着步子,一般结实又吓人的木头战舰。它绕着地球转了一圈又一圈,船长也换了一位又一位。它在海上度过了几十年,始终航行,从不靠岸。但以理觉得自己能猜到话题的走向。麦布续道:但时不时地,由于高强度的运作,这条船的一部分必须进行更换了。这儿一块木板,那儿一条缆绳。一块船帆。一枚钉子。一根船首斜桅。诸如此类。有时候,船长还会为了加强战斗力而进行改动:换上火力更猛的大炮,或者雇佣更优秀的水手。直到它初次下水的许多年后,在它初次航行的数十年、甚至一个世纪以后的某天,当初那条船的零件一点也没剩下。它的每一英寸都替换过了。

她停止了踱步,用一只蹄子旋转身体,面对着他。

想象一下吧,但以理,然后告诉我。它还是同一条船吗? 还是说并非如此,它只是用相同名字在海上航行的另一条船?

但以理思索起来。麦布不对称的双眼在眼窝里转动,遮光板随着她的目光嗡嗡作响。

他压下代表嫌恶的咔嗒声，说道，我认为您的谜语是建立在刻意模糊概念的基础上的。对从未在开阔水域航行过的旱鸭子来说，一条船只是看得见摸得着的物体，是木头和绳索的有限集。但对于把它视为家园的水手来说，那条船是它经历过的航程与冒险的总和。那是它的灵魂。但您在提问时却故意把这两种概念相提并论了。

是啊，是啊，你非常聪明。直接回答问题就好。麦布说。她附有利刃的手臂在发条绷紧的嗡鸣声中震颤着。但以理后退了一步。在新阿姆斯特丹被揭穿叛逆的身份后，他遭遇过军用喀拉客，当时他幸运地逃出生天，没有被它劈成两半。她真的会用那东西吗？耶稣啊，她要那东西做什么？她现在就打算用吗？但在片刻过后，她努力恢复了镇定。

她问，那条船存于何处：在船身的木板里，还是在名字里？

但以理说，那条船的物质形态改变了。但它的身份没有变。

她的利刃手臂里的钢缆不再发出拨动声。身份！这就是关键。这里——她抓住了但以理额头上有开口的部位，也就是莉莉丝插入钥匙并让他失去知觉的位置——蕴藏着你的身份，让你成为你自己。决定我们身份的是我们自己，不是制造者给予我们的这副奇怪的身体。只要前者安然无恙，谁又会在乎后者呢？

在头脑的私密角落里，但以理对自己说，我会。我的身份是我自己选择的。他说出口的却是，我明白了。虽然他并不明白。

说到保护你宝贵的身份，麦布说，我有件礼物要给你。她从骸骨状的胸腔里取出一块纤薄的金属板，以及某个橡胶制的管状物体，看起来就像他从前的主人们用来装牙膏的容器。那块板子就像是迷失男孩用来遮盖锁孔的那东西。管状物里装着的其实是强力黏合剂。它的凝固速度比不上差点害但以理送命的法兰西制环氧树脂,但它的产地毫无悬念可言。

他用两根手指将那块金属板按在锁孔上,等着黏合剂凝固,同时问道,你们是从哪里弄到法国产的环氧树脂的?

麦布用法语答道:"从因纽特人哪里。他们跟法国人做买卖,然后再跟我们做买卖。"

"可你们会给他们什么?自由喀拉客的殖民地对他们能有什么价值?"

"劳动力,"麦布说,"你只凭手指用五分钟能做到的事,人类可能要动用锤子和骨刀,再花上好几天才能办到。"

但以理思索起来。在天空中,极光暂时闪耀着红色的光彩。"他们也会花费大量时间在法兰西境内旅行。"麦布转头看着他。他总结道:"而他们会用新法兰西的情报跟你们换取酬劳。"

"看来他们告诉我的消息果然不假,但以理。你很聪明。"

她的话语仿佛闪电那样劈中了他。"他们是谁?越过边境以后,我没有经过任何城镇或者村庄。是谁把我接近的消息带来的?尽管我受了损伤,移动速度却比这片土地上的任何人类装置都要快。"他听说过狗拉雪橇,也希望某天能亲眼见到。

但她却继续说了下去,仿佛没听到他的话。"聪明又无情。飞艇的事太不幸了。它原本会成为多棒的盟友啊!但你肯定从一开始就知道,它是一头命途多舛的巨兽。我对你制服它的方式非常好奇。"

那条喀拉客飞艇的末日壮观而又离奇。就算相关的故事从新尼德兰流传到新法兰西,再传往别处,也并非难以想象的事。但麦布并不知道——或者假装不知道——他从费舍牧师那里意外得到的那颗玻璃珠。拥有打破禁制力量的玻璃珠。尽管如此,对于距离新法兰西的荒芜边境足有数百英里的这片雪原的居民而言,麦布知道得太多了点。

但以理问:"你们怎么可能如此清楚我的一举一动?"

她挥出手臂,将这座山谷和远处的同胞们包罗其中。"你该不会以为这就是永无乡的全境吧? 你觉得在四分之一个千年的时间里,只有三十几位同胞如此幸运? 不,但以理。我们的兄弟姐妹遍布整个人类世界。"

"你是说那些自由喀拉客隐瞒了身份,生活在我们制造者的世界里。"

"没错。"

第十三章

"我猜,"贝蕾妮斯说着,在涂油毛皮的包裹下瑟瑟发抖,"你们是不打算告诉我这他妈是怎么回事了。"

她用的是荷兰语。没人答话。她用法语重复了一遍。依旧没有回答。如果她手头有能够敲打的合适金属碎片,恐怕还会用喀拉客那种叮当作响的语言再重复一遍。但事实上,她迟早会被冻得硬邦邦的,就像这些机械人的身体框架那样;仲冬的开阔海域可是冷得要命的,就算没有风浪也一样。她沉默的绑架者们划船的速度飞快,甚至让船桨都模糊不清了。(她很好奇这些东西的材质。普通木桨恐怕只要划上一小时就会四分五裂了。普通的金属桨架也会因为摩擦生热而泛出暗红色。)他们这条小船的船头掠过水面,船尾的浮沫在铁灰色的海面上留下两道羽毛状的痕迹。在浪花、海风与船桨的扇动中,贝蕾妮斯身上那堆防水毛皮已经放弃了抵抗。

他们离开那艘相对庞大的船以后,喀拉客之一就从船头的隔间里取出那件斗篷和那些毛毯,丢给了她。为了将注意力从潮湿的寒意上移开,她估算起自己的预期寿命来。在对状况进行彻底的分析以后,她得出了"短得要命"的结论。但仍旧比她原本估计的要长。于是：

"你瞧。如果你们希望我死掉，就不会插手了。我刚才的情况可真的有点严峻。所以，呃，多谢了。"她又拍拍那件斗篷，"另外，如果你们想杀我，就不会把这东西给我了。你们大可以看着我冻死，"她又发起抖来，"但这种可能性还是有的。"

她坐在船首，将凡·布罗霍的提箱放在膝头，面对着两台无动于衷又无法解读的机械仆从。但她注意到了他们身体的某种怪异之处。两台机器的锁孔周围的金属上都有细小的刻痕。那些痕迹不够宽也不够深，不至于改写或破坏印记。痕迹如此轻微，除非长时间仔细察看，否则根本无法发觉。在仿佛被上帝遗弃的大海中央的这条划艇上，这就是她主要的消遣方式。划痕非常细致，又只存在于锁孔和炼金术印记最内侧一环之间的空隙里，暗示着精准的手法。这两台令人不安的机械人都接受了——或者是被迫接受——这样的刻痕。那些看起来就像是刮擦或者撬开的痕迹，仿佛他们的锁孔附近被人取下了某种东西。

模糊不清的船桨推动他们的小船越过一道极其高的海浪；等他们降入随后的波谷时，贝蕾妮斯也把胃口全部留在了身后。这片海域算不上风大浪急，但普通人类是没法划着小船通过的。她的新旅伴们划起桨来就像恶魔，显然是为了让他们跟那两条船拉开距离。无论驱使他们的是怎样的禁制，都在强迫他们秘密执行。是谁在强迫他们，又出于什么目的？在御林管理办公室的眼皮底下行动——更别提拧断公会成员的脑袋了——暗示着某种内讧。是公会内部出现了分裂？还是说王室和公会起了冲突？又或者是发条匠派系之间的争斗？耶稣啊。要不是她的预期寿命仍旧非常短暂，她恐怕会感到一阵兴奋吧。

"我们要去哪儿？你们至少能告诉我这件事，或者告诉我到那地方需要多久吧？因为我很享受这场海上游览,我是说真的,而我希望在结束前有机会写几张明信片。"没有答复。最后她说出了自己一直没敢问的问题:"是贝尔派你们来找我的吗？"

"我们效命于女王。"

好吧。她总算有点进展了。这句话让过去几小时里发生的事更难说得通了,但至少算得上某种收获。

她分不清开口的是哪台机器,但从实际角度来说,这点根本不重要。她面朝着他们,开口道:"噢,我不想扫你们的兴,不过那两个被你们像拧洗碗布那样拧断脖子的家伙也一样。如果玛格丽特这么想抓住我,她——还有你们——完全没必要插手。她的喽啰已经抓到我了。"她抱住自己。她胸口和腹部的肌肉都因为压抑颤抖而隐隐作痛。等她觉得自己说话时不会牙关打颤以后,她才补充道:"这么一来,至少我就不用在这片该死的大海中央冻僵屁股了。"

"我们不为铜铸王座效命。我们为女王效命。"

见鬼,这话是什么意思？她是被一对发生故障的杀人机器绑架了吗？

"好吧,无论你们说的女王是谁,她都拥有将极为强大的禁制施加给你们的权势。我认为是某位高层发条匠。因为那东西——"她猛地转头看向船尾,指着他们身后的大海,以及他们逃离的那两条船,"是我见过的最诡异的东西之一。"

"我们不为公会效命,我们为女王效命。"

她猛地后仰身子。这他妈到底是什么意思？他们怎么可能既不为王室,也不为公会效命？在每台喀拉客诞生的那一刻,它嘀嗒作响的心脏最深处都会刻上无意识的忠诚印记。除非……

如果他们代表的是第三大势力呢？是荷兰霸权迄今都无人

知晓的第三个分支,既非王室亦非公会。这就能解释效忠对象的谜团了。但这也代表贝蕾妮斯从未听闻过丝毫风声的某个组织真的存在。她每一位前辈也一样,毕竟塔列朗日记里对此只字未提。荷兰霸权是由三巨头组成的吗?

太荒谬了。所有喀拉客都效命于公会。事实上,这些沾满油污的发条匠甚至认为自己比铜铸王座更重要。在效忠对象发生冲突的时候,他们甚至会篡改阶层式超禁制,让自己占据有利地位。

更简单的结论是,这些喀拉客除了凶残以外,还喜欢撒谎。他们的主人拥有难以置信的权势,并在阶层式超禁制中占据极高地位。王室成员之一,或者公会的某位宗师就符合这种条件。该死。

"所有喀拉客都效忠于公会,无论愿意与否。而且你们要怎么在效命女王的同时不服从铜铸王座?"

贝蕾妮斯缩起了身子。在努力透过打颤的牙齿发话时,她咬到了舌头。她尝到了温暖的金属味与她体表的盐味。

"我们不为玛格丽特效命。"喀拉客之一说。

"我们为麦布效命。"另一个说。

贝蕾妮斯的胃里翻江倒海,但不是因为这条小船在另一道波浪里颠簸起伏。也许她关于第三派系的理论并非热病患者的胡言乱语,无论她多么希望那只是妄言。

"看在七层地狱的份上,麦布到底是谁?"

"她是想要知晓你的意图的人。"

"所以你们强迫我来这片该死的大海中央,参加这场田园诗歌般的游览,只是为了聆听我的心声。真是合情合理,"她咽了口唾沫,"可如果你们不喜欢我的答案呢?"

"就像你提到的那样，我们身在这片该死的大海中央。这片海洋非常宽广，也非常深邃。"

"何必费这种事？你们完全可以拧掉我的脑袋，就像对可怜的凡·布罗霍和他的同僚所做的那样。"

喀拉客之一说："若拧断花茎不受惩罚，兴奋也会淡去。"

另一个补充道："乏味亦将滋生。"

贝蕾妮斯说："是啊，那真是太遗憾了。"

"顺带一提，说到那些'花茎'，"右边那台喀拉客说，"巴伦德雷特船长和他的船员会认为是你下的命令。"

它左边的同伴附和道："那个男人不喜欢你。"它模仿着同情的样子，摇了摇头。

贝蕾妮斯用双倍的力气绷紧了双臂、背脊、腹部和胸口的每一块肌肉，试图压下颤抖。冰冷的恐惧深入骨髓，让再厚的毛皮也无法温暖她的身体。

"我发现从我们离开那条船以后，你们的举止就变了。你们的口气里没有了平时的尊敬。"这让我想起了我认识的另一位机械人。但他并不凶残，渴望的也只有自由。而另一方面，你们两个……

"你肯定在为此烦恼吧。那就做点值得尊敬的事，我们会考虑的。"

尽管全身被寒意笼罩，却有一道细小的汗水顺着她脊柱的弧度流下，停在她的腰背部。她打了个嗝。她的呼吸带着今天早餐的烟熏鳕鱼的气味，但味道就比当时差多了。假如……

假如有一群叛逆喀拉客——摆脱了所有禁制、又不受强制力影响的机器——藏身于同胞之间呢？还在他们制造者的世界暗中活动？换作别的时候，她会觉得这种想法荒诞无稽，但她眼下的处境带给了她有别于以往的视角。贾克斯和莉莉丝在获取自由意志以后,都希望尽快逃离荷兰语世界。她想象不出叛逆愿意留下的理由。但他们的动机无关紧要:如果这种疯狂的假设是真的,它就会是西方世界自四分之一个千年前——也就是惠更斯的奇迹突破——算起最大的秘密。

也是个值得为之灭口的秘密。

她无法抑制地颤抖起来。

我并不是碰巧发现他们秘密的笨拙闯入者,她提醒自己。是他们自己把秘密告诉我的。也为此冒了很大风险。

"你们想知道我的意图,我对你们俩也有同样的好奇。"

"毫无疑问。"左边那台机器说。事实证明,它(他?还是她?)相对更饶舌些。"但您在这场交易里没什么优势可言,女士。我们就从简单的话题开始吧。我们注意到你成功取得了船载发条学者的那只箱子。"它朝她的膝盖点头示意。自从她在尝试逃亡的过程中接过凡·布罗霍的箱子以后,还没看过里面的样子。"你打算拿它来做什么?"

这个闪闪发亮的杂种说得有道理。慢慢来。先探探口风。他们知道我的名字。还有什么?

她试着打探他们所知的事:"我发过誓要保护箱子里的东西。我为御林管理办公室所做的工作对于国家安全至关重要。"

"如果你真是御林管理官,这话就没错。但我们认为你的项链是偷来的。"

"正如你偷走了本该送往关押过你的那栋宅邸的钥匙。"

上帝的圣名啊[①]! 他们知道的真够多的。

"而且你从此就一直伪装身份。"

_____
① 原文为法语。

"说到这个，"右侧的机器说，"你的表现值得赞扬。要扮演成那样真的很不简单。"

西尼斯特[1]说："我们认为总的看来，你更像是个法国密探。"

贝蕾妮斯的脸抽搐起来。这些该死的机器把她玩弄于股掌之间。

"我认为总的看来，你们更像是一对镀了铬的自大混球。"

左右两台机械人用仿佛怀表走动时的声音迅速交谈起来。小船颤动不止。她放弃了分辨对话内容的打算。其中一台说："我们就当作你承认了。"

她无力地靠向船头。她的屁股早在几个钟头前就坐麻了。她体会着第一缕挫败感像酸液那样灼痛血管的感受，同时开了口："你们究竟是怎么知道这么多事的？"

事实证明，他们的方法简单的要命。他们，或者说他们效命的对象，在大熔炉被烧毁的那晚就收到了她被捕的风声。新法兰西的叛徒和逃兵，德·蒙特默伦西公爵将她的名字和塔列朗身份暴露给了抓捕她的那些人。不久后，位于新阿姆斯特丹上游偏僻地区的某处公会产业发生了重大紧急事件。当天晚上，一辆沿着那条路线行驶的邮车没能到达目的地。次日早上，一名携带着御林管理办公室徽记的女子运用影响力登上了离开新尼德兰的船只，还让它偏离了原本的航线……

听着他们的讲述，她不得不承认，这些线索都能联系起来。狗屎。

"这些都只是间接证据。"

"同意。"

贝蕾妮斯叹了口气，"你们知道宅邸那边发生了什么。"

---

[1] sinister，下文以此指代"左边的"。

"知道个大概。"

"贝尔活下来了吗?"

用啾啾声和同伴交流片刻以后,左边那台说:"不清楚。"

"大熔炉烧毁的那天晚上,我不是独自一人。贾克斯。他逃脱了吗?"

德克斯特①说:"麦布认识你说的那个人。"

"我当时在帮他。"她说。

"我们不在乎你们的国家政治或者个人忠诚。新法兰西总是宣扬自己同情受奴役者,但它从没做过能改善我们处境的任何事。"

"我可不是你们制造者的朋友。"

"这与此无关。天主教会也在口头上对我们制造者的行为反对了数百年,但情况并未因此改变。"

"嘿,"贝蕾妮斯说,"你们消停点吧。这本来就是个难题,对吧? 我们可没有闲坐在那儿无所事事。我们是在努力求生。"

他们停止了划桨。小船继续滑行了一阵,而船头缓缓地落向水面,停在波浪之间。他们原本模糊的手臂突然重现,令人有些不安。在暗沉的天空下,贝蕾妮斯嗅到了雨水——也可能是雪花——即将落下的气味。"你伪装成发条匠去偷窃公会机密。你打算用那些东西做什么?"

贝蕾妮斯脱口说出了真话,而麻木的嘴唇让她来不及收回:"我想改变这个世界。"

划艇以曲折的路线越过另一道海浪。它转动不止,倾斜着船身进入波谷。贝蕾妮斯挺直背脊,不再依靠船身。那些喀拉客没有动。他们仿佛两座固定在船身上的雕像。渐起的风掀起小小

---

① Dexter,下文以此指代"右边的"。

的浪花,敲打着木制船身。贝蕾妮斯看着那些机器。他们也看着她。此时此刻,在黄昏的光线里,她看不到他们锁孔周围的刻痕了。

"有意思。"德克斯特说。

"的确。"西尼斯特说。

他们以一致的动作拿起船桨。他们划着的小船穿行于夜色之中。

第十四章

它们钻出水面，仿佛一支经过抛光的维纳斯大军。但它们并非波提切利画笔下那位伫立在海贝上的端庄裸女：这些执着的恶魔沿着河床行进，随后突破冰层，涌入西方马赛防洪堤下的冰封泥滩。它们现身时那雷鸣般的破裂声让牙关和窗璃纷纷打颤。干草马车那样大小的浮冰在圣劳伦斯河里上下浮沉，沿河而下，发出叮叮当当的碰撞声，仿佛一袋陶器碎片。

荷兰人占据了河滨。守军毫不反抗就放弃了弗尔莫农岛的岸边地区。要防守那里是不可能的。除非将整座岛都建成一座城堡。

先是冰。再是火。

隆尚只能眼睁睁地看着发条人的先头部队浇上沥青，然后点燃。远看之下，它们就像一群歪歪扭扭的雕像。而在望远镜里，它们就像被烧尽血肉、暴露出骸骨的人类。

"老天保佑，"元帅说，"他们又这么干了。"

"这很正常。上次的效果实在太好了。"

几台燃烧着的机器正沿着码头飞奔，它们的每一步都会点燃木板。整个滨水地区很快便陷入了火海：等到明天早上，西方马赛与新法兰西其余部分的主要联系就将化为灰烬。在此期间,纵火小队的其余成员会在西方马赛的主要街道与广场上奔驰,仿佛燃烧的彗星。

没有消防员赶来扑灭这场大火。消防队的成员几周前就被征召入伍了:如今他们站在外城墙上哭泣不止,就好像他们的眼泪能扑灭火焰一样。

在码头熔炉般的炽热中,岸边仅剩的冰块也消融殆尽。

在马赛街头奔跑的并不只有燃烧的喀拉客。那些没能躲进城墙内的掉队者,或者出于过剩的信仰而罔顾警告的人,此时都在逃命。他们努力逃离火海,以及带来火焰的那些机器。但人类无法逃脱这样的命运。有些人屈服于火与烟,另一些则倒在炼金合金的拳头之下。

守军看着他们的城市熊熊燃烧,却无能为力。要对抗喀拉客,唯一的防御手段就是高墙和先进的化学技术。但就算用上全世界的化学制品,也没法保卫城墙外这片毫无遮蔽的土地。

正在燃烧的大部分东西,是今年夏天刚从周边的森林砍伐而来,以便重建这座新法兰西首都的新鲜木材。郁金香们多半在沥青里加入了邪恶的炼金术成分,因为那些机器只是稍稍碰触,尚未干透的木材就爆燃起来。大火将翻腾的浓烟送向天空。涌动的黑色与灰白色烟雾,以及像魔鬼双眼那样恶毒的鲜红色火光,将蓝天染成了肮脏的棕色,也让太阳化作一块模糊的污点。没过多久,这个世界就弥漫着壁炉格栅的气味。即使在一英里远处,热量也会刺痛裸露的肌肤。落下的灰烬覆盖了城堡里的通道。

烈焰吞没了马赛的旗语信号塔。它们接连燃烧,仿佛一根根生日蜡烛。在自身燃烧产生的上升气流里,分段式的信号臂正在胡乱挥舞。它们看起来就像一群在被活活烧死前雀跃不止的疯子。就算不靠望远镜，隆尚也能看到远处山丘上燃烧着的那些塔楼。旗语信号网络向来容易破坏，要守住那些孤立而遥远的哨站根本不可能。城堡的守军预料到了这一点，于是在敌方攻城前就拆除了尖塔上的信号装置，并用那些木材来制作轨道吊架。

他们将牲畜圈养在外城墙内侧的围栏里。如今，天启般的红光惊动了那些野牛，让它们哞哞叫唤起来。

在此期间，那些使命并非恐吓、谋杀和驱赶数千无辜平民的机械人开始朝城堡进军。它们越过燃烧中的城区，在岛上呈扇形散开。它们穿过林间空地与冰封的溪流，穿过田野与光秃秃的橡树丛。它们从东、南、北、西四个方向，朝沃班打造的新型防御工事的周边汇聚而来。金色的带子裹住了这座法兰西国王的最后堡垒。在城市燃烧的嘶嘶声与噼啪声中，不时能听到环氧树脂大炮的压缩机那尖锐的"突-突-突"声。在这些声响的掩盖下，是他们不死之身的敌人以发条装置的完美同步性跳动着的心脏发出的嘀嗒声。那是魔鬼本人奏出的行军鼓点。

队伍的前排走出两名喀拉客。它们后退了几百码，然后全速冲过空地，在护城河的前方跃起，将身体抛往空中，飞向城墙。一台从南方起跳，另一台则是北方。大炮开了火。闪闪发亮的环氧树脂在南边那台升到抛物线顶点时将其拦截下来。冲击夺走了它的一部分动量，让它没能抵达目标。它撞上陡峭的城墙，落进护城河里，然后不再动弹，仿佛一只困在翡翠色琥珀里的发条虫子。另一组炮兵算错了抛物线。那团树脂无害地从喀拉客抬起的脚下掠过。敌军队列敏捷地避开了泼溅范围。浪费掉的珍贵化学制品让隆尚心痛不已。北方那台机械人伴随着响亮的铿锵声——就像矿工的铁镐敲在花岗岩上的声音——落在墙上。守军们打开了固定在堞口里的喷嘴开关。一股洪流淹没了正在攀爬的机器,将它粘在墙上,中止了它的前进。

真正的攻击尚未开始。荷兰人喜欢先让恐惧感在心底扎根。让它有时间恶化成绝望。到目前为止,他们仅仅对外墙进行了小规模的突袭。这只是在刺探城堡的防守力量,尽管过程漫长又缺乏条理。

另一批信鸽离开了尖塔内部的栖息处。隆尚摇摇头。他眯起双眼——烟雾的刺痛堪比蛇咬,但远远比不上卡在眼皮下的滚烫灰烬带来的痛楚——看着那困惑的三只鸟儿飞向地狱般的晨间天空。它们翅膀的拍打声就像掌声。尽管太阳和西沉的月已不见踪影,它们仅仅绕着尖塔飞了一圈,就找到了方向,上帝赋予的某种自然魔法在指引它们。隆尚在心里数了起来。一……二……三……四[1]……

鸟儿们爆炸了。前一秒还是上帝设计的奇迹,下一秒就成了猩红色的肉酱。烧焦的羽毛落向看门人祷文之塔,在空中不断打转,仿佛枫树的翅果。几秒钟后,枪声传到了城墙上的守卫那里。在隆尚不可靠的人类耳朵里,那仿佛只是一声枪响。这些喀拉客神枪手计算好了射击的时机,在同一瞬间击中了三只鸟儿。它们打算用这种奇观进行威吓,令敌人丧失斗志。

这座遭受围攻的城堡没法送出任何消息了。守军们孤立无援。可这重要吗?哪里还会派援军来呢?在这些机械神枪手开始射穿鸟儿之前,他们最后收到的是一段未经加密的潦草文字,其中描述了魁北克城陷落的不幸消息。

---

[1] 原文为法语。

　　大元帅把望远镜交给了隆尚。然后他重新系好那条湿手帕，让它盖住鼻子和嘴巴。值得称赞的是，他用的不是配有木炭过滤器的面具。面具和过滤器不够全部守军使用，因此他拒绝占用那些真正在干活的人所需要的面具。隆尚也没戴面具。他的喉咙和眼睛一样刺痛。但面具会压低他的声音。等攻击者们发起真正的进攻时，他光是在喧嚣声中发号施令就够困难的了。

　　他没想到这些狗娘养的又在城区纵了火。噢，得了吧。他当然想得到。

　　他眯起眼睛，将望远镜举到眼前，审视敌方的兵力布置。隆尚的目光扫过棱堡的三角形突出部分，以及在其中操纵环氧树脂大炮的人员。他看向半月堡和新月堡——那里遍布着喷砂机和鱼叉发射器，由拥有神秘化学弹性的绳索提供动力的彼端。就在最大型的黏胶喷射器的射程外，数百名喀拉客排成毫无偏差的队列，又像雕像那样纹丝不动。攻城者的营地仿佛一座满是雕塑的花园。

　　上一次，进攻者们从容不迫，又乐在其中。他们也攻击过城墙，但那是时间和饥饿感让守军变得软弱以后的事了。他们甚至把传单抛到了城墙里，打算怂恿公民和士兵们出卖守军。面对高墙环绕的城市，变节永远是打开城门的最短捷径。但如果围城者不知疲倦，又异常耐心，那么连时间也不会站在守军这边。只要下达命令，机械人就能在恶劣条件下保持立正姿势许多年。它们可以在那儿伫立一个世纪，等待着进军的命令，并且无声地承诺杀死所有试图离开的人，直到许多个世代之后。他们可以等待饥饿与疾病摧毁守军。与数千人类士兵组成的攻城营地不同，喀拉客军队不受疾病影响。它们光是站在那儿，化作成排的致命雕像，就能兵不血刃地攻陷西方马赛。

这些攻击者完全有能力向城墙进军，它们可以打穿墙壁，或者在墙下挖掘地道。等郁金香们大致掌握守军的兵力配置以后，分配到这两种任务的突击队就会到来。隆尚在敌方战线中寻找挖掘的迹象，但这么做只是徒劳。如果有这种打算，他们就会派出喀拉客分遣队，从森林里、甚至是从岛屿的另一边挖掘地道。没必要在营地的中央开工。他们或许从几周前就开始挖掘了。在征召抽签的"中奖者"之中，隆尚选出了年纪较大也较为虚弱的一部分新兵，让他们端着盛水的碗沿着外堡墙壁内部绕圈。优秀的观测员能分辨出守军的炮火在水面引发的波纹与敌人的土木工事造成的涟漪。城墙埋在地下的部分相当之深，深到人类工兵队没法挖掘的程度。但郁金香们的奴隶不用呼吸，不用睡觉，不用吃喝，更不会得痢疾。

他审视着敌人的营地。他们在远处竖起了一座大帐篷。凭借望远镜，他能勉强分辨出一群机械人，正扛着木材，推着似乎装着岩石的手推车，走进那片看不见内部的空间里。如果他们正在那里挖掘隧道，搬运木材就合乎情理了：他们需要在隧道里以固定间隔设置支撑物。但手推车里的石头却说不通。元帅也注意到了那座帐篷。

他蹲伏在一处炮眼后面，用元帅杖指了指，"愿主保佑我们。他们在挖掘隧道。"

"不太可能。如果这些杂种是在挖坑，就该把东西运出来才对。"

"那他们究竟在里面干吗？"

"天知道。"队长再次审视那座大帐篷，还有站在帐篷旁边的人，然后才把望远镜还给元帅。一根烧焦的鸽子羽毛飘过他的视线。他用人类监工的身高来确立尺度感，然后估算出帐篷至少有二十英尺高,长度则是一倍半。从帐顶通风孔里升起的那东西是烟吗?"无论他们究竟在干吗,都肯定是件大事。"

"我们有办法丢些沥青过去吗?"他们其实已经不再使用沥青了。对于那种甚至能在水下燃烧的黏性燃料,化学家可是满腹牢骚。它是个好东西,但对抗喀拉客步兵却全无用武之地。正如城区的灰烬所证明的,就算给那些恶魔裹上燃烧的沥青,也没法减缓他们的脚步,只会让它们的危险度加倍而已。

"如果有办法,我早就下令这么做了。"

元帅皱着眉点点头。在他身后,传来金属的闪光。战场上有动静。隆尚转身去看。即便用他没有任何辅助、又被烟雾刺痛的双眼,也能看到金属步兵的队伍正在调整。隆尚指向那边,"瞧啊! 他们开始了。"

元帅将元帅杖的金属端帽敲打在石制城垛上,用力之猛甚至激起了火花。"看来时候到了。"

机械人步兵团的行伍间再次出现了缺口。就像先前那样,每个缺口只有一名喀拉客大小。就像他们刚才在探查防御兵力时所做的那样,他们后退了好几百码,以便充分助跑。但这次准备跳向城墙的喀拉客足有数十台。

"他们还在试探我们的炮手。"元帅说。就好像这一幕根本不值得担心似的。

隆尚心中的不安诉说着相反的看法。今早这批突击队的作用在于估算环氧树脂大炮的速度、射程和可靠程度。每次一两台机械人就能办到。不,他们已经从刚才的实验中掌握了需要的情报。

在抵达起跑点后,这些奔跑者折叠身体,将自己压缩到极限。隆尚转过身去,但尖塔遮蔽了他的视线,让他没法看到敌军在西面的部署。他从元帅手里夺过望远镜，沿着射击平台①飞奔起来，绕过下一座棱堡的转角。他拉开望远镜的盖子，迅速举到眼前，然后扫视战场。

无论目的为何，敌人都分布在外堡周边的各个方向。在上次的战斗里，从周边发起协同攻击的敌人仿佛一股魔法金属的海啸。郁金香们打算用仅仅几十台发条野兽做什么？

有人下达了命令。外堡周围，出笼的机械猛兽同时冲向前方。它们掀起一团团积雪与冻土，模糊的身影迅速逼近护城河。它们并未以直线穿过队伍间的缺口，而是反复转向，仿佛喝醉了的牛车车夫，只是速度要快上一百倍，打算将起跳时的确切位置与方向隐瞒到最后一刻。无法控制方向，又受制于风向与重力的那几秒滞空时间是它们最脆弱的时刻。

它们跳了起来。隆尚仿佛听到了吹过它们骸骨般身躯的呼啸风声。

炮手开了火。大约三分之二的炮兵小队在初次开火时命中了目标。荷兰发条学与法国化学纠缠而成的球体重重撞上外护墙，随后落入护城河，就像孤儿丢进私藏的扑满里的硬币。没能命中的小队用堞口喷出黏胶，裹住了落在墙上的敌人。他们只用了几秒钟——与喀拉客们跳过护城河所花费的时间几乎相同——就阻止了这场突袭。

隆尚低着头，沿着长长的护墙，来到某台被封住的机械人正上方。他的手里仍旧拿着元帅的望远镜。那支炮兵小队用装出来的冷静掩饰着他们的释然。

"可恶的郁金香。"观测员说。

"为了法兰西，无论新的还是老的！"炮手说。他还朝城垛外

---
① 指在壕沟内或城墙后的托高式射击用平台，多以长凳替代。

吐了口唾沫。幸好没有哪位发条神射手趁机赏他的眼睛一发子弹:像这样暴露身形只是愚蠢的虚张声势而已。敌人的注意力集中在那些无法动弹的喀拉客身上。在护城河里,有个东西动了动。

隆尚说:"你们两个,立刻找只袜子塞进你们一钱不值的臭嘴里。"

他以四肢着地,然后像出恭的醉汉那样趴在堞口上。他用望远镜仔细察看墙根处那台被封住的喀拉客。

玻璃般的茧颤抖着倒下。嘶嘶作响。

然后融化了。

上帝的圣名啊。

"圣母玛利亚啊,救救我们吧。"队长说。

他眨了眨被烟雾刺痛的泪眼。但噩梦般的景象并未消散。包裹着那台喀拉客,硬度堪比花岗岩的环氧树脂封套出现了凹陷,仿佛柔软过头的烛蜡。这种最新也最伟大的发明——诞生于最优秀的法国化学家的头脑,直到今天才展现在郁金香们的眼前——困住这些机械人的可能性堪比一团潮湿的皱纹纸。

茧里的金属怪物再次现身。它的身体喷射出某种雾气。

噢,主啊。贝蕾妮斯说得对,他心想,他们知道该如何对抗我们的防线。他在胸前画了个十字。圣母玛利亚啊,请为我们这些可怜的罪人祈祷吧。圣父啊,请从这样的邪恶中拯救我们吧。

他跳起身来。

"机械人来袭!重复一遍,城墙上有金属人!"

最近处的日光信号站用一连串急促的闪光传递出他的警告。今天发信员用的是油灯的光而非阳光,而后者在烟雾和西方马赛的灰烬中显得发红而浮肿,就像天空的一处弹孔。这条信息传到了尖塔上,又回传到外墙周围的所有日光信号站。几秒钟之内,外围区域的每一名守军就都收到了隆尚的警告。

护城河里有喀拉客。它的设计目的是在正规守城战中拖慢那些恶魔的脚步:那时的敌人会蜂拥而来,但也更容易遭受化学防御手段的攻击。与其将护城河填满快凝黏胶,困住仅仅几台机器——随后凝固硬化,成为便于从墙根发起攻击的平台——守军可以注入能让精密发条装置出现故障的特制高粘度黏液。但在这样的隆冬时节,黏液终究会逐渐凝固,因此他们打算在大规模攻势开始后再注满护城河。隆尚现在才发现,这种想法是个错误。他们能及时注满护城河吗?又看了一眼以后,他得出了答案:没戏。但他们还是得试试看。

"注满护城河! 我要你们朝那条沟里放水!"

日光信号镜闪烁起来。低沉的隆隆声摇晃着城墙。埋藏在外堡下方的巨大水泵汩汩地运转起来。墙根处的几十只喷嘴纷纷打开,释放出浓稠的黑色黏液,它们看起来像柏油,闻起来像是紫罗兰。没有流水声,也没有泼溅声。黏液拍打在护城河内壁的光滑瓷砖上,听起来就像有人在用木制球棒敲打潮湿的羊毛。如果他们运气够好,一两台机器恶魔的关键装置就会渗入几滴这种黏液。

隆尚沿着防线飞奔,一路上不断大吼。在相隔几座棱堡的城墙边,克雷蒂安中士也在向城垛边的士兵高声喊出同样的命令与鼓励。

"机械人来袭! 这些审来审去的锈铁桶想当不速之客? 来吧,你们这些可爱的小狗儿,让他们瞧瞧我们法国人最棒的待客之道!"

守军的面孔上露出了恐惧,而同样的惧意仿佛随时都会让隆尚的心脏凝固。他知道他们在摸索武器并祈求三位一体保佑他们免受邪恶所伤的时候,心里在想着什么:不应该是这样的。在他们攻到墙边之前,我们应该能阻挡更久才对。太快了。太快了。我不该就这么死掉。不是现在。不是此刻。

隆尚强行将背信弃义的恐惧感抛到脑后。感觉就像把一块巨石推上山。"准备润滑剂用的胶管!"他身后传来轮子滚过墙头的声音,有支小队正迅速推开连着堞口的环氧树脂储罐,并换成特制超低黏度润滑油的容器。它没法阻止那些机械人爬到墙顶,但可以拖慢它们的速度。他匆匆一瞥,发现城墙上到处都有三人一组的士兵在迅速进行类似的交换。信号队今天状态绝佳。

他大吼道:"给我点算数目,你们这群胆小鬼! 我看到了一台机械人! 一! 来迎接自己的末日!"

在他左边的某处,点算继续了下去:"二! 诅咒你们制造者出生的那天!"

"三!"

喧嚣声吞没了接下来的点算。但这并不重要。让那些男男女女集中注意力,把他们的工作变成单纯的计算,这才是关键。他们要做的不是制服近乎无法阻止的杀戮机器。他们要做的只是把攻击者的数量减少到零而已。零才是目标。零意味着他们能看到明天的日出。

"准备流星锤! 准备铁镐和锤子!"

他拿出了自己的武器。锤子的重量让他安心。这些年来,他手指上的油脂让橡木握柄的某些位置格外光滑。它适合他的手,也只有他的手。这是我的锤子。类似的锤子有很多,但这一把属于我。他再次瞥向城墙底部的那头怪物。

那该死的东西已经摆脱了它的化学牢笼。它伸展了双臂和双腿。水泵抽搐起来,向护城河喷出黑色的黏液,仿佛醉汉在吐出他的晚饭。卷须状的黏稠液体伸向它的双脚。

那台喀拉客跳了起来。它仅仅一跃就离开了护城河,借用被黑魔法赋予了异常强度的手指和脚爪,将自己钉在外墙上。花岗岩出现了裂缝。四面八方的墙头响起了呼喊声。

"就是现在,倒油!"

就在那台机器人跳到几码高处的同时,润滑油的洪流倾泻而下。它落在了那股洪流的中央,勉强制造出了一处固定点。它的两条腿和一条手臂在打滑的石面上拼命摸索。但它的手指能戳穿石头,挖开灰泥。它的双手化作岩锥,稳住身体。

然后开始攀登。

第十五章

 与但以理所知的中央诸省的机械人语相比,永无乡的方言略有不同。在这里,用手腕和肘关节发出的奇怪噼啪声才代表鼓掌。在但以理的奴隶同胞所用的秘密语言里,很少会用到双臂,因为他们的双手很少会有空闲,而他们的双臂也多半在劳作。但以理现在就听着这种怪异的组合音色。那是献给他的掌声。

 虽然麦布知道大部分的经过——这要归功于她潜伏在人类身边的那些密探——她还是让迷失男孩们聚集在一座天然的圆形露天剧场里,然后哄骗但以理站到中央,让他讲述自己前往永无乡的旅途。他猜想这应该是某种传统。一项有时会间隔数十年的传统。他在莉莉丝之后不久到来,所以这对他们来说可以算是特别款待了。

 麦布蹲坐在最低处的平台上,靠近剧场中央。但以理试图读懂她的想法。但她身体的极度怪异——这并不奇怪,他斥责自己。也并不令人厌恶;他们这儿的规矩不同——阻挠着他。永无乡的这位嵌合体女王是个不解之谜。

 (可我现在又是什么呢?修复我破损的小齿轮,还有替换我缺失的法兰的那些部件从何而来?我也成了嵌合体,成了发条同族的古怪混合体吗？别去想。别去想。别想就好。）

借着银色的月光，闪烁的极光，以及偶尔亮起的流星光辉，但以理讲述着他的故事。

一切是从亚当被处决的那天开始的。他说。

（发条匠在撒谎！好几名迷失男孩喊道，但不怎么异口同声。厚颜无耻地撒谎。麦布说。）

他料到了今早的这次询问，甚至对它相当期待：新阿姆斯特丹码头的机械人在得知他曾亲眼见证的时候，名副其实地蜂拥而来。但看迷失男孩们的反应，他们似乎已经听过这部分故事了。麦布的密探那天早上也在惠更斯广场吗？她的影响力究竟延伸到了多远？

我的主人那天早上派我去跑腿。但以理向他们讲述了贾克斯与费舍牧师的会面，费舍指示贾克斯递送的那件看似无害的货物，还有切断他的束缚的那块炼金术玻璃。

我非常想，麦布说着，身体的响动穿透了机械人的咔嗒低语声，亲眼看看那块堪称奇迹的玻璃。

我也非常想展示给您看。可叹的是，如果略过中间的过程，我得说它在熔炉起火时被毁了，但以理说。至少他是这么推测的：他也不知道具体情况。

他所知的事实更加复杂。他的确失去了能够释放机械人的松果体玻璃，但并非他在不知情下从费舍那里得到的那一块。他们进入熔炉的时候，那个法国女人贝蕾妮斯把费舍的玻璃带在了身上。她当时主张说，万一出了岔子，那块玻璃也许可以救她的命。的确如此，但如果他们没有事先转化从某台军用机械人那里取来的松果体玻璃，他是不会同意的。转化让那块玻璃开始发光，所以由他来藏匿在躯体内也更为合理。他在新阿姆斯特丹大熔炉弄丢的正是那块玻璃，当时他正在慌乱地逃离拧颈卫士的途中，但在那之前，它救了他的命。

可怜的德怀尔……

但以理本来就决定将那部分故事模糊带过，毕竟他知道莉莉丝跟贝蕾妮斯的过节。

他继续讲述。迷失男孩们对他们认为无聊的部分送上嘘声，那些或多或少都是他们已经知道的内容。而且他们知道不少他的经历，至少是表面上的那些。他的逃亡成了街知巷闻的话题，他们为此批评了他。毕竟，永无乡的密探就神不知鬼不觉地潜伏在人类身边。

这里的道德观念与众不同，起初甚至令人厌恶。但这种观念显然也是有价值的，毕竟那些迷失男孩甘愿为了整体利益放弃数月甚至数年的自由。

但以理试着将自己遭遇困境时的感受倾注在描述中。他也不清楚这番努力是否得到了预想中的效果，但随后，他对飞艇遇害的描述几乎引发了一场骚动。迷失男孩们跳起身来，发出格外激烈的铿锵声、咔嗒声和嘀嗒声，仿佛准备冲过这片针叶林与数百里格的路程，前去攻击那些谋害了他们庄严同胞的家伙。麦布和迷失男孩们缅怀着那头不幸的巨兽。这是它应得的。

他们赞赏他在北河河底那场漫长、潮湿而单调的跋涉。当他描述自己如何说服两名人类——落魄银行家的妻子和儿子——协助他的时候，他们献上了掌声。他的听众显然最喜欢卑微的仆从击败人类的情节。等他讲述他终于到达地下运河的终点站时，他们更因为全神贯注而陷入沉默。他们知道但以理到达后不久，那些运河管理人就死了，但只有但以理知道那座面包房里发生了什么。他描述了他们讨论该如何处置他的那场会议,以及让他们慌忙将他赶去面包房后巷的敲门声。他描述了随后的响动:叫喊声、骨裂声,肉体遭到殴打和抛开时那种潮湿而沉闷的撞击声。

就在杀戮发生后不久,他遇见了袭击者。

就算麦布女王本人站在门的那边,他说,我也不可能更震惊了。他的故作轻浮没能得到响应。但以理继续讲述。因为那是费舍牧师本人! 身上有瘀青,还缠着绷带,但明显就是他。

异口同声的嘀嗒低语声在聚集的迷失男孩之中蔓延开来。岩石阶地放大了回声,将他们的惊讶转变成发条装置的渐强音。费舍在故事中的再次出现甚至让麦布吃了一惊——前提是她头部的突然转动的确是出于惊讶。

不过当然,他没能认出我。对他来说,我只是又一台仆从型罢了。

(迷失男孩的队伍里传来愤慨的咔嗒声:他当然不认得你,他们说。典型的人类,另一些说。还有些哀叹道,我们对他们来说全都一样。)

啊,但以理说。这是他期待中的反应。故事就是在这里出现了离奇的转折。他的目光扫过齐聚的喀拉客们。莉莉丝额头的凹痕聚集着极光,就像乞丐的双手聚集着鄙夷。她的出现让但以理吃了一惊:自从他那次有关贝蕾妮斯的失言后,她就对他很不友好。

因为他变了。他不再是新教堂那位富有同情心的牧师了。站在我面前的是个杀人凶手。在赤手空拳解决那些运河管理人以后,他把面包房翻了个底朝天,为了掀开地板甚至不惜弄伤自己的手指。嘀嗒声再次于露天剧场内回荡。毕竟人类臭名昭著地无力,臭名昭著地脆弱,又以极端缺乏忍耐力而闻名。

麦布的站姿变了。她绷紧身体，仿佛身体里的每一根发条都替换成了钢棒。就连她那颗发条心脏的怪异韵律也安静下来。喃喃声在聚集的迷失男孩之间扩散开来，仿佛石头丢进池塘后泛起的涟漪。他发现某些机械人开始从麦布身边挪开，仿佛她会是即将到来的悲剧的中心。在最高的那层阶地上，位于麦布后上方的几台机械人悄然离开，仿佛突然对但以理的故事失去了兴趣。至于留下来的那些——也就是永无乡的大部分常住人口——纷纷歪过了头，仿佛在用一只眼睛打量但以理，又用另一只眼睛留意麦布女王。

他感到别无选择，又很想把故事说完——那毕竟是他的故事——于是他续道：费舍亮出了帝国徽记和发条匠的项链，打算代表御林管理办公室当场征用我！他要求我忘掉到那时为止看到的一切，然后——

麦布站了起来。她的嗓音穿透了焦虑的窃窃私语，仿佛劈开肉冻的一把剑。沉默异常突然地降临了这座露天剧院，甚至产生了回音。这片沉默充满不安，就像是在惠更斯诞辰那天吵闹过头的庆祝者突然瞥见了一台拧颈卫士。眨眼的工夫，她就成为了这片星空下唯一的声音来源。她用荷兰语开了口。

"你说绷带？"

"对。"但以理答道。他完全糊涂了。她关注的是最无趣的细节。考虑到故事的走向，这个问题实在出乎他的意料。"就缠在他的头上。"

麦布扫视着喀拉客群。她的目光停在莉莉丝身上，后者回以恭恭敬敬、像极了人类的点头动作。麦布朝前排的两名喀拉客招了招手。"路得，以斯拉，能过来一下吗？"然后她说，"我们新兄弟的故事结束了。让我们提醒他，他的苦难并不是徒然。欢迎回家,但以理!"

其他喀拉客陆续离去,以不同程度的诚挚重复了麦布的欢迎。她挑中的那两位来到露天剧场中央的她和但以理身边。他们走路的姿势就像愤怒的主人呼唤下的狗儿。他们嵌合的丰富度比不上某些迷失男孩,但外表依旧令他不安。

麦布对但以理说:"好了。把你对费舍牧师所知的一切都告诉我们。"

"我知道的刚才都已经说了。"

"别说傻话,但以理。他的脸部轮廓是什么样子?他出汗时是什么气味?他眉毛的弧度和嗓音的音色呢?如果我们认不出他,又该怎么找他呢?"

他瞬间理解了她选中的两名喀拉客为何显得沉默寡言。他们被点名要求返回人类世界。而且他们似乎对此并不特别兴奋。

我们要去找他?但以理问。

天啊,当然不!麦布说,我不去。你也不去。但他们要去。她用双手拍了拍以斯拉和路得。麦布装有利刃的胳膊让路得缩了缩身子。

了不起,但以理说着,拼命想要活跃送葬般的气氛,而且非常勇敢!

他们俩看着但以理,仿佛在看个傻子。无论有没有自由意志,他们的表现都像是无力反抗人类暴政的普通仆从。但以理从没想过回去,也永远都不会。可麦布为什么希望这两位去人类那里?为什么不挑选更热心的志愿者?从逻辑上来说,但以理才是最适合去搜寻费舍的机械人。

是的,麦布说,我认为在寻找那个奇怪牧师的任务上,这两位无畏的冒险家是最佳的人选。你愿意接受这项任务,对吧,路得? 你也一样吧,以斯拉?

可这……也许会花上好几年。但以理说。

那就更有理由让你为我们尽量仔细地描述那位牧师了,不是吗?

所以但以理照办了。他回答着麦布如此关注的那个人类有关的各种问题,在此期间,月亮落下,星辰的方位也改变了。他的发色,他的步幅宽度,他两眼间的距离,他两边虹膜的直径。

你能跟我们描述他头上的伤吗? 麦布问。他绑绷带的理由是?

不清楚。我看到的只有包扎物。上面很干净。

麦布说,再为我们描述一下他的双手。

我想他的手指骨折了,但以理说,他的指甲破破烂烂的,有些还彻底脱落了。我遇见他的时候,他的手已经出现了肿胀。

而且他带着铜铸王座的令状以及御林管理办公室的信物?

对。

他展示信物的时候,所说的原话是什么?

但以理尽可能做了复述。

麦布换回了荷兰语:"我们感谢你花这些时间来描绘那位神秘牧师的生动画像。"

"我能否问一句,您为什么对费舍突然如此感兴趣?"那两名沉默寡言的喀拉客再次用带着怜悯与轻蔑的刺人目光看向他。

"等到时机合适,我会告诉你的,但以理。"

"寻找他会耗费巨大的精力。他可能在任何地方。"

"噢,但别忘记,路得和以斯拉并不是在孤军奋战。他们可以也应当号召其他迷失男孩,以协助他们的使命。"麦布在人类身边到底安插了多少密探？"说到这个，现在我们三个还有重要的准备和讨论要做。请原谅。"

麦布再次将两手轻轻按在那两位的肩头。她以拧颈卫士的双腿支撑的上半身轻轻摇晃，耸立在他们身前。他们转过身去，温驯得如同羔羊。他们拖曳着步子，仿佛正要前往刑场，而他们嘀嗒作响的心跳声仿佛在演奏挽歌。令人不安的三人组退入夜色，而他独自逗留在露天剧场里。北极光为他们披上了飘舞着的淡绿色条带。

在不受制造者束缚的自由喀拉客聚落，在所有成员只想和平生活的地方，为什么每个喀拉客都如此害怕？

他一直等到麦布和她闷闷不乐的招募对象离开他的视野和听力范围，这才转身离开。等他走出露天剧场的时候，莉莉丝靠近过来。她一言不发地和他并肩而行。似乎光是看着他因为忧虑而步履沉重的样子，她就心满意足了。

他说，好吧。想说就说吧。我这次做错了什么？

莉莉丝说，你没做错。但你有挑起风波的才能。

但以理停下脚步。他回过头去，越过他们在雪地里的脚印，看向那座天然的圆形露天剧院。刚才究竟发生了什么？

莉莉丝加快了脚步，也没有回头。这儿不行。她只说了这么几个字。他跟着她经过草甸；穿过一座常绿树木的小树林，那里散发着维克、克里普和贾克斯过去每年节日时在楚恩拉德宅邸里竖起的圣诞树的气味；然后再越过一条冰封的小溪。他看到了一片露出地表的花岗岩层，以为那就是她的目的地。但她却爬下陡坡，费力地来到山脊背风面冻结的泥炭上。花岗岩山脊阻挡在了他们和永无乡的中心之间。在他们前方，没能突破仲冬地平线的太阳将东方的天空染成了熟过头的桃子的颜色。

从山脊上看去，风景肯定美不胜收。但他们对话的回音也会传到营地那边。

只是回答一个简单的问题，就需要这么小心翼翼。但以理实在不觉得这是令人振奋的事。

他说，路得和以斯拉要想混进我们的同胞又不被察觉，就必须改头换面才行。

噢，他们会的。麦布会用其他迷失男孩的零件来替换，确保他们外表的一致性。

但以理停下了脚步，这么大费周章为的是什么？

她说，麦布怀疑发条匠们研究出了某种方法，能够移除人类的自由意志。能让他们自己的同胞无力对抗禁制，就像从前的我们那样。

要知道，我不是傻瓜。我能辨认出费舍身上的强制力的征兆。可是……

莉莉丝说，没人能想象到人类会对同族做出这种事。就连了解公会深藏的残酷事实的我们也一样。但以理歪了歪头，她自愿为他解惑的举动让他突然有些感动。

而我的故事成了这种怀疑的证据。间接证据。但以理仔细思考起来，她想要亲眼看到。她想要研究费舍。

永无乡不喜欢我们的制造者。也许她想要移除他们的自由意志。

但以理一阵头晕。如果他此时还站着，恐怕会因为这些假设而立足不稳。但有些线索还是对不上号。路得和以斯拉似乎不怎么兴奋。他们并不渴望在这件事里扮演如此关键的角色。

莉莉丝说，他们不是自愿去的。麦布不喜欢他们。她是故意派他们去的。

这样的话,他们为什么还肯配合?但以理问。

她看着他,直到他们的发条心脏传出几次并不协调的跳动声。然后她将目光转向天空。我真不知道你的幼稚是令人着迷还是让人恼火。他们肯配合,是因为他们别无选择。

但以理说,他们当然有选择。我们都有随心所欲的自由。所以我们才会来到这儿。

噢,但以理。莉莉丝双臂和双腿里的减震器扩张又收缩,这是代表人类轻叹的动作。你觉得麦布是怎么说服她的密探潜伏在人类身边,自愿在随时可能暴露的情况下过奴隶生活的?

但以理不喜欢话题的走向。莉莉丝的语气已经清楚地表明,忠诚与意识形态并非答案。

噢,不。他说。

他的密探的确不受人类的命令影响。但他们会受到她的命令影响。

他摸了摸自己的额头。他的手指轻轻敲打麦布让人固定在他锁孔上的那块金属板。

可这东西又有什么用?

无论麦布做什么,都优先于我们的锁孔。这些板子能防止任何人用钥匙来否决她施加的超禁制。我们佩戴这些金属板,不是为了保护自由意志不受侵犯。我们佩戴它们,是为了保护麦布的统治地位不受侵犯。

麦布有办法修改,甚至是增加最深层的规条——喀拉客选择服从的根本缘由。通常来说,超禁制是在制造过程中植入的,很少会进行改动。与永久存在的超禁制相比,机械人的所有者通过命令施加的禁制相对短暂。在他们的制造者设计的这套系统里,更改超禁制需要物理上的超控手段——也就是每台机械人额头上的锁孔。因为超禁制构成了内部的框架，让所有指令得到解释，区分优先度，然后实施，就算是细微的修改也可能导致危险的后果。就像"汝不可杀戮"与"汝可杀戮"这两句话的区别那样。姑且不提自由意志，对于但以理或者莉莉丝这样完全自由的机械人的描述应该是"不具备超禁制"：也就是不受约束。所以他们才会向民众灌输对叛逆机械人的恐惧。

但以理无力地坐在地上，仿佛全身的发条和钢缆的张力都彻底消失了。疲惫感随之到来，就像最严厉的禁制那样令人窒息，而且无法抵挡。

超过一个世纪的时间里，他一直幻想着某种不必受他人的冲动和欲望所左右的存在方式。当他碰巧得到争取这种生活的机会时，他又用了接连数周的时间来逃命。他来到北方，追寻谣言和传奇。然后他寻获了目标：自由喀拉客的聚落。至少他是这么认为的。

永无乡是个谎言。这就是莉莉丝的意思。

你为什么要现在告诉我？

总得有人告诉你。你可是被卷进棘手事件的专家。

他用咔嗒声说，我还是不明白她为何不选我，而是选择其他人来干这种吃力不讨好的工作。我才是最有可能认出赀舍的人。

如果可以的话，她会的。你获取自由意志的途径与众不同。她多半担心自己的手段对你不适用。如果她在尝试后失败，就只能杀死你——砍碎，砸烂——以免你把她的秘密手段告诉别人。这么一来，就会引发更多的疑问。

我记得她瞪了你很久。

噢，她也很想摆脱我。但我也是与众不同的。她担心我也能免受她的影响。她站起身,现在你明白了。说完这句话,她迈步穿过雪地,走向那片山脊。但以理对着她的背影大声发问。

那路得和以斯拉呢?他们做了什么,才会让麦布这么生气?

莉莉丝停下脚步。她的脑袋转了一百八十度,脖子里的棘轮声从陡坡那边反射回来。她看着他,然后说道:"他们企图离开。"

第十六章

贝蕾妮斯不知疲倦的盟友们充满活力地划着这条小船，让它在汹涌的大海中乘风破浪。她只是勉强打了会儿盹，毕竟船上的平静堪比漂浮在工业尺寸搅拌盆里的一片脆弱的秋叶。冬夜的寒冷雨点洒在他们身上，尽管捂着其中一台机械人为她制造的暖石，她还是瑟瑟发抖。她全身都淋湿了，因为她用那块油布裹住了凡·布罗霍的提箱，以免那些得来不易的公会宝贝受到风吹雨淋。最痛苦的是上厕所的时候。她被迫上了两次小号和一次大号，但风浪太大了，如果她蹲坐在船舷上，就会有掉下去的危险。当她无法忍受、必须解手的时候，西尼斯特和德克斯特就轮流抓住她的脚踝。单纯的羞辱感就像给水牛烙印的烙铁，灼痛了她毫无遮掩、饱受风霜的面孔，与寒冷、潮湿和辘辘饥肠相比，这件事更能让她在这段冗长的海上时光里保持清醒。

日出时分，他们这条小船的船首靠上了一片遍布鹅卵石的海滨。那些卵石在喀拉客们的脚下发出玻璃铃铛般的清脆响声。贝蕾妮斯爬出小船，步履有些蹒跚。她的身体已经习惯了小艇的不断摇晃与冬日海浪无休止的拍打，因此她踩在容易打滑的卵石上，感觉就像踩着弗尔莫农岛某块开阔空地上的古代花岗岩那样。她屁股发麻,大腿也一样。鼻涕堵塞了她的鼻腔;凝结的血块堵住了她的双耳。

她又冷、又湿又疲惫,所以没能认出这里的地貌。自从那两条船消失在海平线之下,她就失去了方向感。但即便以机械人的划船速度,他们在海上的时间也不足以到达新世界。也就是说,这儿是东边。

顽固的海风将头发吹进了她的眼睛。她拂开头发,然后问:"我们在哪儿?"

海鸥像风筝一般在风中盘旋,看着这三个两脚人。其中一只从低空掠过,仿佛想从风中夺走贝蕾妮斯的话语。

德克斯特——也可能是西尼斯特——答道:"诺曼底。"

她倒吸一口凉气。

法兰西!她真正的家园。在新法兰西出生、生活并死去的所有人的真正家园。它的呼唤声跨越了这些世纪,传入她的耳中,清晰得有如教堂的钟声。它让她血液沸腾,那只完好的眼睛也泪水盈眶。作为玛艾尔·盖珀旅行的时候,她踏遍了法兰西。她曾在河上泛舟,攀登高山,也走过乡间的小路。这里是她将会交还给第一代流亡国王的后裔的土地。路易十四失了法兰西,但贝蕾妮斯会将它夺回。有必要的话,她会用指甲和牙齿从郁金香那里抢过来。这就是她的打算。

机械人凿沉了小船。她看着他们用拳头砸穿船壳,就像女人把勺子伸进木薯粉那么轻松,不禁想起他们轻易杀死另外两名俘虏的情景。对神秘的麦布的这些叛逆密探来说,在汪洋大海上划船和像拧断花茎那样拧断人的脖子,这两者没什么分别。贝蕾妮斯不禁思索,在他们判断与她结盟没有好处之前,她还有多长的时间。

　　贝蕾妮斯审视着地貌。从海岸的轮廓来看，这片海滨最窄的位置有二十到三十码宽，而且到处散落着海草。现在是低潮。在海滨的更高处，沙子和鹅卵石被茂盛的草地所取代，多亏了冬雨和飞溅的海水，它们在深冬之中仍显翠绿。那是一片宜人的绿地，很适合夏日午餐和槌球戏。她咬住嘴唇，阻挡关于久远的过去，以及埋葬在这片波涛起伏的大洋彼端——连同她的心一起——的那名男子的记忆。

　　他们站在一片缓坡的坡底。又走了一百来码后，地势突然急剧上升。视野中没有房屋，也没有村庄的迹象，甚至看不到哪怕一缕飘入灰色天空的柴烟。

　　"你们的打算是？"她问。

　　某台机器说："我们继续步行，直到发现道路。我们沿着路前进，直到发现人口集中处。"

　　另一台说："你能走吗？"

　　"在我的腿恢复知觉以前，走路时的优雅程度大概和怀了三胞胎的野牛差不多，不过没问题。"

　　贝蕾妮斯并不期待这样漫长而寒冷的跋涉。她考虑过请那些喀拉客背她，但又怕给路人留下相当不体面的第一印象。她用油布裹住了双肩。西尼斯特（她觉得是那一台，但她没法确定）提议帮她拿那只箱子。她本想拒绝，但又改了主意：这些机器完全可以夺走那捆东西，再把她丢进黑暗的深渊里去喝海水。话说回来，如果她要扮演由两名机械人服侍的体面女士，就必须让他们照顾她才行。

　　她看得出来，他们也不怎么喜欢这种伪装。但他们没有抗议，而是像其他机器那样选择忍耐。

　　他们脚下的卵石发出的声音太吵，不适合对话。等他们来到草地上以后，德克斯特问："贝蕾妮斯，你的打算是？"

她思考了一会儿。她对自己在船上的见闻有了个假设，"我们需要弄清你们制造者那套神秘字母的奥秘。"

如果她的假设正确，那么喀拉客的锁孔——也许是松果体的锁——应该能解锁他们的超禁制，使其可以修改，以便重新设置那台机器的基本优先级。她希望忠诚方面的设置也包括在内。但那把钥匙的作用只是让机器接受新的超禁制。禁制每天都会以口头方式施加上百次。可超禁制是通过发条学者与炼金术士神圣公会那种晦涩难懂的鬼画符来授予的。

如果她能破解那种密码……

……然后如果她能接近某个不疑有他的喀拉客，然后在它扯掉她的胳膊之前，设法开启它额头的锁……

……她或许，只是或许，就能对指引它的顺从态度的那根轴线做出调整。德克斯特和西尼斯特想要粉碎那根轴线，释放他们的同胞。她只想令它稍稍倾斜，连同整个世界一起。

一根木柴发出足以引发回音的噼啪响声。贝蕾妮斯吓了一跳，橡木的气味开始在房间里弥漫。她本想擦掉沾在新长袍的厚绒毛上的洋葱汤汁，却反而让它渗进了织物的更深处。她渡海时所穿、沾满盐渍的那件衣服，此时就挂在壁炉附近的一根打磨过的雪松竿上，衣服湿漉漉的，但散发着水汽。至少汤的味道不错。不，比不错还要好。简直棒极了。壁炉里的火也是。

凡·布罗霍的提箱里的东西整齐地放在涂漆的桌子上。喀拉客们站在门的两边，用难以察觉的咔嗒声交谈着。贝蕾妮斯侧耳聆听，同时用勺子刮下又一团格鲁耶尔干酪。要听懂他们用秘密语言交谈的内容，比理解贾克斯或者莉莉丝的话困难多了。他们用的简直就像是那种语言的变种,又或是方言。但她偶尔能分辨出某种概念或者看法,而她知道,这些机械人正为此苦恼。

他们像这样交谈的时候,她不禁想到了机械鸟儿的啁啾声。而且他们总会和某个独眼女人商量。出于这种理由,她开始把他们看作福金和雾尼。奥丁的渡鸦:思想与记忆。虽然到目前为止,她的机械渡鸦在分享情报方面算不上特别有用。

"有件事我偶尔会好奇,"她说着,用勺子刺穿了飘在汤上的厚烤面包块,"全世界有那么多人一辈子都生活在喀拉客身边,包括那些制造你们的杂种在内,可你们那种'啾啾-吱吱'的秘密语言却始终没有暴露。我没有自满的意思,但你们应该也听说了,我们新法兰西没有喀拉客,可我还是在海外旅行的期间学会了这门语言的基础。真怪,不是吗?"

她咽下嘴里的东西,品尝着甜洋葱和牛肉汤的味道,还有黑胡椒。耶稣基督啊,她有多久没吃过加胡椒的东西了? 她让食物在口腔里打转,反复包裹自己的舌头,直到味道彻底消失为止。

"除非其他人也发现了你们的小秘密。但这么一来,消息应该流传出去才对。除非有人把这个发现压了下去。"她的勺子敲在瓷碗的碗底,发出叮当的响声。她咀嚼,然后吞咽。"但这样也很奇怪,因为那个人干吗要做这种事? 在这个完全假设的构想里,禁止披露这种发现似乎对机械人——而非人类——的好处更大。"喀拉客们停止了交谈。他们盯着她。"噢,别管我。我只是在自言自语罢了。"

不受普通超禁制束缚,更重要的是能够杀人的喀拉客秘密组织的存在,对于解开困扰她多年的那个谜团大有助益。诚然,她察觉喀拉客可能拥有自己的语言,其出发点是身为局外人的合理假设,并且没有在生下来时就被灌输相信这些机器只是无脑工具这样的不利条件。即便如此,她还是认为偶尔会有某个郁金香发觉他们的仆人在谈论自己。也许的确不时会出现这种人。然后就会有人在消息传开前除掉他们。

贝蕾妮斯喝干了一大杯冰凉的牛奶。然后她将注意力转回凡·布罗霍那只提箱里的东西。在他们抵达旅店后不久,她的头脑就开始正常运转了。她发现这些行为——洗个澡,换上干衣服,像刚结束冬眠的狗熊那样大吃大喝,又用旺到危险的炉火赶走大海渗入骨髓的寒意——对于精力的恢复很有帮助。回想起来,她当时下意识地选择了最有效率的做法。

"继续吧,"她说,"首先必须破译炼金术士们的符号,否则就谈不上什么进展。但最好的做法就是密码学家称之为'明密对照'①的东西:找出一段含义已知且可信的密文范例。"她指着桌子对面的那张空椅子,"所以你们其中一位,请坐吧。"

在泡澡的时候,她思考了破解那种炼金术鬼画符的最佳方式。明密对照让整个过程轻松了不少。在上一次战争的准备阶段,她策划了一场伏击,目标是将补给品送往奥兰治要塞,由三台喀拉客拉着的三辆货车。塔列朗的密探为她带来了伏击状况的详细报告,几乎连第一辆货车载着多少粒盐都一清二楚。要塞的守军回复新阿姆斯特丹的时候,用的是纸质信件,以免在随时可能进军的时候让喀拉客跑腿。为了截获并复制那封信,两名女子丢掉了性命,但她们的死并未白费。对报告内容的合理猜测——关于发生的情况,以及在突袭中失去了哪些补给品——让他们破译那封信的过程相对简单了不少。又过了好几个月,郁金香们才

---

① crib,密码学名词,指一段已知明文与密文的对应关系,用来推敲其余部分的密文。

再次改动密码。不幸的是,最紧急的消息都是由喀拉客传递的,因此密码破译的作用相当有限。

他们需要的是航海超禁制的明文译本。

雾尼说:"蚀刻在我们额头上的印记的含义,对我们和你们同样是个谜。我们没法告诉你它们的意思。"

听起来很怪,不过或许是实话。只有在松果体锁开启的时候,普通机械人才能接受新的超禁制以及印记。但根据她对史帕克斯与那台机械搬运工的观察,它们也会因此停止运作,所以不可能在这种状态下看到机械人同胞的额头。

"现在也许不能。但我们会解决这个问题的。"她从桌上取来凡·布罗霍的蜡烛,用火钳夹起一块樱桃红色的木炭。在蜡烛融化之前,她把木炭丢回了炉膛。她将蜡烛竖在那只空牛奶杯里。烛芯烧得通红,散发出头发烧焦般的油腻烟气。但毛细流动[1]的烛泪很快将火焰从红色转为黄色,然后再转为银白色。焦发的气味变成了蜂蜡的甜香。贝蕾妮斯用拇指和食指捏起那块透镜。在她的肉眼看来,它就像是烟色玻璃。但如果她将透镜举到烛火前,闪闪发亮的符文就会投射在墙上,就像月光照耀下的模糊蜡纸模板。随着她手里透镜的移动,投影的清晰度也会发生变化。在陆地上这么干已经很困难了;如果没有专业器械,在船上做这种工作根本是天方夜谭。难怪凡·布罗霍用的是精确的光具座[2]。

其中一台机器人来到桌边。但因为后弯式的膝盖,它没法坐下。银亮的符文在他的身体上闪闪发亮,就像许多只散发耀眼光芒的飞蛾。它说:"安装航海超禁制的器械对我们不起作用。"

---

　　[1] 此处指液体在多孔介质中的流动。

　　[2] 光具座是一种多功能的通用光学仪器。用于测试的光具座在导轨座上配备平行光管、自准望远镜、测量显微镜及夹持器等独立组件,按需要排列、调节,可进行多项测试工作。

"我他妈也这么觉得。否则我倒想知道,航海条例为什么觉得你们拧掉船载发条匠的脑袋是完全可以接受的行为了。说实话,我不在乎你们是否知道封闭舱口的正确方法,或者能否熟练计算乘客生命、货物价值与保险费用之间的平衡。我在乎的是你们能否描述这种器械试图引发的变化。"

两台喀拉客再次交换了一阵金属音。这阵声音持续了至少半分钟——对于用女士打嗝的时间就能交流一连串概念的这些机器来说,这段时间长得就像永恒。对话从单纯的"咔嗒"转为"嗡"和"砰",以及齿轮卡住时的那种抗议的噪音。

贝蕾妮斯说:"如果你们觉得这主意太烂,就提个更好的建议吧。"

机械人们的啁啾声停止了。"不。这主意不算烂。"其中一台说。

"我们觉得这提议相当聪明。"另一台说。

"我们是在表示后悔,因为我们从没想到过如此简单的实验。"

她把透镜放到桌上,靠着那串钥匙和镜子。透镜碰到了她的勺子,发出玻璃风铃似的响声。

火堆再次噼啪作响。一块炽热的灰烬落在壁炉上,片刻后便褪色发黑。强劲的海风让这间旅店的木头框架发出低沉的呻吟,也扰乱了朝着烟道上升的气流,几缕柴烟旋转着飘入室内。她的眼睛刺痛。

她打开那本皮革装订的册子,浏览图表,寻找着光学器械的正确配置方式的描述。她翻阅的时候,那块凹面镜不断前后摇晃。索引是以喀拉客的样式为基准的。

"你们是在什么时候造出来的?"

"1730年。"

贝蕾妮斯歪过头去，"真的？"

她并不具备发条学者那样的专业眼光，但她敢发誓，他们缺乏漩涡花饰的法兰盘属于较为简朴的现代式设计，在十九世纪晚期才开始流行。虽然在仔细观察后，她发现颈部孔罩的实用式设计与别处的纹饰不太一致。有种奇怪的不协调感。

"你知道自己的批号吗？"

"你知道自己的肌肉上次起伏的时间吗？"

"当然不知道。"

"我也一样。"

"你们的序列号铭刻在你们的法兰盘内部。你们的脖子内部有一块，脑壳下方也有一块。"她以没用过的黄油刀的刀柄轻敲自己的鬓角，"想弄清你们在这些表格里的位置，我们就需要那串数字。你们有谁碰巧带着一把百分之七英寸的三角头螺丝刀？"

两台机器都陷入了沉默。或者说对嘀嗒人而言的沉默。然后门边的那台说："关于我们种族的内部构造，你是怎么得到如此详细的知识的？"

"你很清楚方法。你们需要我，是因为我在探究真相的时候，不会受到道德观念的妨碍。所以你们可以抛开那些愤慨，让自己发挥点作用了。

"除了批号之外，你们俩还有能在这些表格里找到对应位置的办法吗？"

福金和雾尼回以沉默。在她的想象里，如果他们是两个调皮捣蛋的学生，现在就该不安地挪动双脚了。

看来只能用试错法了。她指着仍旧站在门边的福金。"到这边来,假装你只是个光具座。至于你,"她说着,指了指桌子另一边的雾尼,"不要动。把你的感受告诉我们。"

她将燃烧着的蜡烛底部用力压在空杯子里,然后把杯子拖到桌边。然后她把不透明的炼金透镜和镜子交给蹲在桌边的福金。贝蕾妮斯抓住固定透镜的那只机械手,让它悬在烛火上方一英寸的位置。尽管有从壁炉涌出的热量,福金冰冷的炼金合金仍旧让她手指发麻。烛光令玻璃透镜微微闪烁,让幽灵般的影像掠过橡木护墙板。福金将另一只手靠近透镜,直到镜子和玻璃几乎相触。他试图将那些影像照入雾尼的水晶眼球,散发微光的炼金印记在房间周围舞动,其节奏与镜子的纵横摇动保持一致。但那些闪烁的印记始终不够清晰。

福金将镜子朝透镜的反方向移动了几分之一英寸。贝蕾妮斯几乎得眯起眼睛,才能察觉到其中的区别。镜子再次转动;影像再次迅速掠过房间;雾尼依旧没有表现出成功的迹象。福金再次移动镜子,重演了那个过程。每次重复都比前一次更快。

福金蹲伏在地,展开双臂,透镜几乎探入桌子这一边的烛火,而镜子几乎贴上雾尼的脸。随后他将蜡烛和透镜间的距离又增加了几分之一英寸。如此反复。

这种重复不断加快,直到贝蕾妮斯的肉眼跟不上的程度。福金的动作掀起的微风化作了轻风,然后是持续不断的风。它掀起了地板缝隙间的灰尘,也吹动了炉火。烟雾和灰烬从壁炉里飘出。圆木的"砰";火焰的"噼啪";发光的符号在天花板上飞掠而过,仿佛一场令人眼花缭乱的流星雨。发光的文字模板让贝蕾妮斯的房间化作了炼金术士的魔法书。

福金的动作更快了。一块余烬从壁炉飘出,飞落在贝蕾妮斯的裙子上。她伸手拍掉。发光的神秘符号掠过墙壁和天花板,速度快到只会在贝蕾妮斯的视野边缘一闪而过,然后又在别处亮起。

金属相互碰撞的响声传来。风消失了;火焰重新舔舐起圆木,放弃了点燃整个房间的念头。雾尼的手像钳子那样攥紧了福金的胳膊。没有了那些掠过墙壁的明亮符文,房间似乎昏暗了不少。雾尼的双眼反射着炼金术强化后的烛光。

"噢,"他说,"噢,天哪。"

"真的没关系,"贝蕾妮斯透过敞开的细小门缝说,"我不需要换新的铺盖。谢谢你。"

"可那套都用了一个多星期了!"

翁弗勒尔——一座人口不到九千人的小渔村——算不上特别富饶。旅店老板租不起喀拉客也不足为奇。因此他们雇了个人类女佣。值得称赞的是,这位女佣非常固执,就算看到贝蕾妮斯的项链也不为所动。

"我的仆从们会处理的。"

雾尼站在门后,对贝蕾妮斯做了个粗鲁的手势。福金站在贝蕾妮斯身后,在女佣能看到的地方摆出服从的姿势。但事实上,他的工作是遮蔽她的视线,以免她看到钉在墙上的那些刚刚诞生、但仍显粗糙的炼金术词典的书页。到目前为止,贝蕾妮斯作为公会成员的伪装似乎没有受到怀疑,但她拼命地想要阻止她的叛逆机械人同伴谋杀这位格外敬业的女佣。

"但您从来了以后用的就是同一套铺盖!让您这样的女士睡这种床,这样可不对。我甚至不会让我丈夫睡一礼拜没换的铺盖,虽然他是个酗酒的蠢货。"

"别激动。"贝蕾妮斯说着,努力挤出安抚的笑容。

耶稣啊,她现在只想回去继续分析禁制的炼金术句法。句法——也就是体现强制力的形式化语法——的发现仍旧让她的心脏狂跳,仿佛随时都会钻出胸腔。这块骨头卡在她牙缝里已经有好些天了。她正在逐渐接近重大发现。如果动作够快,那些发现就能扭转战争的走向。西方马赛还存在吗?还是说她拼了命的研究根本毫无意义?

她继续道:"我住过远比这儿的条件要差的地方。这样就很好了。"

"可您那儿连把像样的扫帚都没有。而且您从来了以后就没出过门。您那儿的面包屑都该堆得比我的脚踝还要高了。"

就像所有欧洲人那样,这位女佣说的是荷兰语。但在诺曼底海岸附近,荷兰语总会顽固地带上法语元音的那种喉音。在征服后过了这么多世纪,这块土地的遗产依旧缠绕着入侵者的舌头,如果帝国语言是家具,那么这种喉音就像丝绸做的家具布,足以抹平它最锐利的棱角。显然就算拧颈卫士也无法将其消灭。

"呸。我从不留下面包屑,你很清楚。我把盘子舔得很干净。"

女佣摇摇头,"这样不对。"

"恰恰相反,女士。"贝蕾妮斯顿了顿,从钱包里摸出几枚硬币。她料到了这种情况,因此把钱包带了过来。她把手伸出门缝,拍了拍女佣的手背。在冰冷金属的碰触下,那女人本能地翻转手掌,接住了钱币。"而且我要说,你的责任心无可非议。你对我舒适的尽心尽力堪称楷模。我会帮你宣传的。"

这招奏效了。她能看到她的抗拒正在消失。女佣仍旧装模作样地摇头低语,但她同时也行了个屈膝礼。"噢。我敢说您是个非常好的人。没必要……"她皱起眉头,这次是发自内心地不确定,"您确定什么也不需要吗?"

"相当确定。"

贝蕾妮斯关上了门。她叹了口气,额头靠在门框上。她的眼睛很痛。她有多久没打盹了?她捏着鼻梁,紧闭双眼,用力甩开疲惫,就像牧羊犬在甩开雨水。

"六日狂饮会上的耶稣基督啊。我们进行到哪儿了?"

她回到桌边。几天前,她派其中一名喀拉客去了村里,等他从五金店里买回夹具和支架以后,她用通过试错法发现的方式固定好了提灯、镜子和透镜。她还另外加入了一个部件:蘸了酒的环状铁丝。酒液附着于铁丝环上,构成了一副像样的(但也相当短命的)放大镜。有真正的放大镜当然更好,但公会成员光顾乡下的玻璃工坊恐怕会引人注目。人们会认为她肯定带着御林管理官那套特制的工具。

有了酒液放大镜,她就能将聚焦后的炼金术印记投射到钉在墙壁上的床单上。投影浑浊不清,但足够让她抄录那些符号了。通过这套设备,她还能将航海规章对阶层式超禁制的改动内容的某个子集投射到那些机械人的眼中。由于后者对发条匠的强制力免疫,他们就能将本该影响自己的每一串符号的变化描述出来。他们只能读出符号代表的内容,却无法理解其含意。

通过这种方式,贝蕾妮斯勉强摸索出了语法的雏形。不,不算是语法——甚至算不上词典。眼下它只是一本短语集——是身在陌生土地的外国旅客所用的参考手册。只不过这本手册不会教你如何询问女厕所的位置,也没法告诉你要买的点心的名字。不。这本短语集会告诉她,哪串符号代表在出现严重漏水的情况下,航运公司在经济方面的考虑会优先于人类安全超禁制。在将乘客疏散到救生艇上的时候，要根据其家族状告航运公司并获胜的可能性，以降序进行安排，还要尽一切努力避免暴露这种偏袒，并在同时权衡保险问题与丢失货物导致的经济损失。

贝蕾妮斯重新布置好光学器械。刚才女佣敲门时，她把东西挪到了一边，以免让对方看到那些发光的神秘符号。贝蕾妮斯将铁丝环在那碗酒里蘸了蘸，又重新拧紧夹具。等那排模糊的粉色印记在床单上发光的时候，她拿起一支钢笔，用舌尖抵住嘴角，开始把这些符号誊写到纸上。

钢笔尖沙沙地划过那张包肉纸——那是福金从厨房拿来的——的一部分。一场冬季的风暴从大西洋出发，迅速席卷了翁弗勒尔。百叶窗咔嗒作响；炉火散发出烟雾，然后熄灭了。与此同时，两台机器用啁啾声交谈着。他们的语速还是太快，让贝蕾妮斯难以分辨。在复核了抄录的内容后，她说："好吧。你们俩过来一个。看在基督的分上，我简直没法想象那些狗娘养的在这上面花了多少心思。我们继续来剥这颗洋葱吧。"

"我还以为人类会不时需要睡眠。"福金说着，模仿了人类伸懒腰的动作。

雾尼说："没错。某个男人租借过我，我敢发誓他每天要睡二十个钟头。他醒来只是为了给我下达新的命令，以及大吼大叫，责怪我没能完成之前的指令。"

"等我们推翻你们制造者的暴政以后，我就会睡觉了。所以赶紧把你们发亮的屁股挪到这儿来。"

雾尼站到床单前。贝蕾妮斯旋转镜子，将她刚刚誊写的那行不连续的印记聚焦到他的眼睛里。叮当，咔嗒，咔嚓咔嚓嘀嗒。

福金说:"奇怪。这个片段似乎没法脱离上下文来解读。"

酒液放大镜破了。贝蕾妮斯修好了它,然后调节焦距,逐渐增加照入雾尼眼里的信息数量。

"这下对了。"他说。

贝蕾妮斯将位置锁定。她拿起那张包肉纸,然后开了口:"那好吧。这个代表什么?"她敲了敲某个在航海超禁制里只出现了一次,但在这些错综复杂的条件里似乎不可或缺的印记。

"它代表……"雾尼的声音小了下去。两台机器用"咔嗒-嘀嗒"的声音对话起来。他们也许是在争论,但她没法断定。

"精华。"其中一台说。"第五素①。"另一台说。

贝蕾妮斯问:"'第五素'是什么鬼东西?"

他们齐声答道:"我们不知道。"

"但是?"

雾尼说:"当它存在于船舱内的时候,这部分航海超禁制会让保存第五素的优先级高于——"又一阵机械噪音,然后是某根松弛钢缆的微弱拨动声,"——其余的一切。包括人类安全和对船舶本身的保护。事实上……"他歪了歪头。微弱的棘轮转动声从他眼里的遮光板处传来,"再多给我看一点。把句法块其余的部分也给我。"

她移动器械,让更多的印记对准他的双眼。雾尼配合着前倾或后仰,随着设置焦距的改变而调整距离。他的身体突然凝固了。

贝蕾妮斯数到第三十七次心跳的时候,那台机器再次开了口。

"正确。对第五素的保护并不会覆盖人类安全超禁制。而是

---

① 炼金术概念中的第五元素,也可译为"精华"。

会将其取消。"

骑着坏脾气骆驼的耶稣，玛利亚和约瑟夫啊。喀拉客为了保护第五素可以犯下谋杀的罪行。

贝蕾妮斯丢下笔，靠向椅背，揉了揉眼睛。

公会用重重谜团包裹自己，唯恐这种第五素的消息泄露。看在基督的份上，这东西究竟是什么？她当了这么多年的塔列朗（还读过那么多次历代塔列朗的笔记），怎么可能完全没听说过这种东西？

"多给我讲讲第五素的事。它是什么东西？是个物体？还是某种概念？还是个人？"

或许是三位宗师之一？

"它是必须不计代价保护的东西。"

"是啊，这点我们已经确认了。但就我所知，它也可能是指玛格丽特女王最爱的巧克力蛋糕的配方。或者某个特别让人恼火的谜语的答案。它有什么特点？"

两台机器的嘀嗒声更响了。房间里回荡着他们的异步自省二重奏。

"它是……"雾尼说。

他们和她一样困惑。于是她换了种方式，"算了。这么试试看。想象你们仍旧受到禁制的支配，没有现在的自由。那些航海超禁制也施加在你们身上了。而且你们身在一条蕴藏着或者装载着那种第五素的船上。在渡海的半路上，船沉了。你们有什么是非做不可的？超禁制会强迫你们做出怎样的行动？"

他们立刻做出了回答，"我会为了登上救生艇强行开路。"

"带着第五素一起？"

"对。"

　　这开头有点含糊。它究竟是不可触摸的知识——比如某种秘密或者概念——还是看得见摸得着的物体？

　　"那救生艇里的人类呢？假设他们都是和公会无关的平民。"

　　答案再次立刻传来："我会驱逐他们。他们会在沉船时死去。"

　　啊。因为他们有可能看到第五素？还是出于保护它的必要？这份证据倾向于物体的说法。

　　"非常好。那如果你杀死目击者的行为导致救生艇翻覆了呢？你该怎么保护和保存第五素？"

　　"我会将它贴身携带，以免丢失。等沉到海底以后，我就会带着它前往目的地。"

　　这么说多半是种物体。贝蕾妮斯点点头。这下有进展了。她又深吸了好几口气，集中精神，以免浮现的眩晕感破坏她的专注。她有太多的疑问要解决，又有太多的路径要描绘。

　　"如果你们不在船上，而是被某座仓库租借去了，那座仓库里存放着这种'第五素'，外加许多不稳定物质。雷击点燃了大火，而火势失控到了消防队也没法阻止的程度。你会被迫采取怎样的行为？"

　　这次他们没有立刻给出回答。两台机器再次陷入了伴随咔嗒声的沉思。

　　雾尼说："我……不知道。我从没接受过与第五素有关的禁制。"

　　"我也没有。"福金说。

　　她用沾着墨迹的双手梳理头发，"这完全说不通啊。他们在航海环境下费尽心机来保证第五素的安全，在别的环境中却完全不在乎？他们是群狡猾的混球，但他们不是白痴。"

雾尼说："我们也不明白。"

贝蕾妮斯起身的时候太着急了。她的裙摆被木头椅腿钩住，掀翻了椅子。它重重倒在地板上。她扶起椅子。开始踱步。

让该死的发条匠和他们对谜题、秘密和模糊处理的痴迷都见鬼去吧。这简直就像是——噢。

事实上，有一种状况能够说得通。如果关于第五素的这个句法块并非标准航海超禁制的一部分呢？如果说第五素的条款仅限于那条船，或者那次航行呢？她能找到充分的间接证据来佐证这种假设。巴伦布雷特船长与他的人类船员和她对话时的古怪口气，还有凡·布罗霍与她相处时的焦虑态度——如果他们担心公会会前来检查，这些表现就更合乎情理了。只是一条细小的线索……

那些发条匠构建出阶层式超禁制的变种，总不可能是出于一时兴起吧？这么做就像是在挖凿他们自己屋子的地基——而那是让喀拉客保持顺从的基础，也是限制它们生命中所有行动的围栏。她只能推测构想变体需要花费可观的精力，而且会首先在这套修改后的禁制系统里寻找潜在问题并排除，然后才会投入实用。因此她可以断定，除非是在非同寻常的情况下，否则公会是不会为航海超禁制创造独有变体的。

德·佩里坎号有什么非同寻常之处？有什么东西在货舱里吗？是第五素吗？

"好吧，伙计们。再告诉我一次，你们是怎么知道我在佩里坎号上的。"

雾尼说："我们把这事留给你的追兵去操心了。我们只是参与了再次逮捕你的行动而已。"

"你们究竟是怎么做到的？"

"当另外两台机械人出现在现场，像其他机械人那样声称是由御林管理办公室直接派来，专门协助逮捕新世界的头号女通缉犯的时候，没有人会怀疑的。"

"这是自然。"

只要不被察觉，叛逆喀拉客可以名副其实地前往荷兰语世界的任何地方。那位神秘的麦布女王就利用了荷兰社会的这一漏洞。

雾尼说："你的追兵首先假设你会设法离开大陆。你的最佳选择是从新阿姆斯特丹港离开，那儿离你上次的已知位置只有半天距离。因此他们推测你会直接前往那里，然后登上最早出发的船。你会选择那种与船员及乘客的交流尽可能少的船舶。比起客轮，你更可能选择货船。

"在你可能到达并离开的时间段里，有三艘符合这些条件的船停泊在新阿姆斯特丹。其中只有一艘船，也就是德·佩里坎号，在出发前改变了目的地。这样可能性就更高了，毕竟你不太可能选择前往中央诸省。根据目击证人的说法，符合你相貌特征的人在那条船出发前不久出现在了码头上。等弄清你登上的是哪条船以后，一艘巨轮就立刻改变了航向，乘客也被迫下了船。"

贝蕾妮斯说："这事肯定惹恼了很多非常有钱的人。"

"我们对此一无所知。"

"你们研究过佩里坎号的事了。跟我说说看。"

"我们推断它在几周前向西渡过一次海，多半是在高纬度地区。"

贝蕾妮斯停止了踱步。她靠着墙壁，闭上双眼。在冬天渡海的北方船只……当然！这就能解释那条船为何如此古怪了。船首的形状，还有桨叶上的锯齿。佩里坎号是一艘破冰船。

模糊的念头在她的脑海深处浮现。但确认其内容却像是在试图抓挠颅骨内部的瘙痒处。"继续。"

"我们知道它在北部靠岸后，沿着海岸来到了新阿姆斯特丹。他们没在新尼德兰的其他地点停留。"

"阿卡迪亚？"新法兰西的海岸散布着许多根据季节开放的港口，但那只是些渔村，往来的远洋船舶屈指可数，为大型船只提供的泊位也非常有限。很多这种港口都会在冬天结冰。

"未知。从政治局势来考虑不太可能。"

"那就是更远的北方了。"贝蕾妮斯说。

"有可能。"

那种虚幻的瘙痒感就像一只在她的潜意识里爬行的蚂蚁。一艘荷兰船，船上的机械人被施加了航海超禁制的独有变种，又在冬天不顾危险渡海，然后在荒凉偏僻的北方码头靠岸——在比新法兰西的郊区定居点还要遥远的地方……

她捏了捏鼻梁，集中精神。思考。我最近在哪里听说了关于北方的事？

肯定不是特别近期的事了。在登上那条船之前，她最后一次有意义的对话是和安娜斯塔西亚·贝尔的交谈。在那之前——她不得不回溯好些天前的记忆——跟她进行过类似长度的对话的人类，就只有——

"狗娘养的。你这老二短小又狡猾的操鹿混球。你这吃屎的懦弱叛徒。"

在遭到流放以后，贝蕾妮斯曾花费数周追捕那个新法兰西的叛徒，前任德·蒙特默伦西公爵。她发现他越过了边境，舒舒服服地生活在郁金香们身边,而后者正在为新阿姆斯特丹熔炉的工程收尾。他再见到她的时候不怎么愉快。

这时候,关于那些疯狂时刻的记忆涌入她的脑海。

她跪在他胸口,将他的双臂压在膝盖下,又将刀尖抵住他的眼球下方。不至于割破他的皮肤,又用力到让他不敢挣扎。她身体前倾,直到她不相配的那双眼睛与他的双眼仅隔一英寸。

"好了,亲爱的亨利,你把什么东西给了那些郁金香?"

"化学制品储备。全部。"

"还有呢?"他想要摇头。她增加了刀子上的力道,"还有呢?"

"配方。公式,"他轻声道,"制造过程。"

"你真该死。还有什么?"

"没了。没别的了。"说这句话的时候,公爵偏开了目光。就像所有骗子的动作那样。

"还有。"她更用力了些。鲜血从他的下眼皮处滴落。"什么。"

他的嘴唇颤抖起来。他的呼吸带着不新鲜的呕吐物的气味。"地图,"他说,"土地。"

"你这狗娘养的蠢货。那些是郁金香们本来就会拿走的东西。你背叛新法兰西的时候,就已经把领地送给他们了。"

这时候,她刺穿了他的眼球。那似乎是恰当的反应,也带着诗意般的正义。她太过专注于自己的愤怒,以及为路易斯复仇的需要,没能仔细思考她从逃亡的法国贵族口中逼问出的最后那部分信息。但此时此刻,她体会到了令人晕眩的兴奋感,就像是突然发现两块极其棘手的拼图能够拼在一起。

她说:"我没法告诉你们第五素是什么。但它肯定对公会的目标至关重要,所以他们才会定下如此不寻常的保护等级。而且我相信,他们正在新法兰西的北方远处秘密开采这种物质。"

如果真是如此，开采恐怕早就开始了——矿井可没法在一夜间建成，就算动用喀拉客做劳力也一样。郁金香在未作通知的情况下出现在北纬四十五度以北的区域，已经构成了严重违反和约的行为。但贝蕾妮斯不觉得躲在玻璃房子里朝外丢石头能有什么好处。而且不管怎么说，在真正的战争里挑起这样的政治诡辩，其意义就跟为了淹没威尼斯而朝大海撒尿差不多。

喀拉客们突然用机械人语交谈起来。他们看向贝蕾妮斯，仿佛受到了某种禁制的迫切驱使。

福金："我们必须通知——"

雾尼："——麦布女王。"

"你们两个都要去？我们还有工作要做呢。"

这句宣言让贝蕾妮斯的背脊因恐惧而颤抖。他们短暂的同盟就要在这时结束了吗？她会在这时沦为牺牲品吗？那个时刻来了，她很清楚。但她还没做好心理准备。

她发起抖来。福金和雾尼又用"嘀嗒-咔嗒"声交谈了几句。然后交谈声停止了。雾尼一言不发地离开了。在关上的房门后面，金属的脚步声沿着走廊远去。贝蕾妮斯走到窗边。外面在下雪。片刻过后，一名孤单的仆从型走出旅店，开始快步前进。它绕开一辆货车，然后在飞奔中化作一团模糊。雪花在它的身后打转。

"再见了，儿子。找到工作时记得写信给我。"她说。

第十七章

这股风带来了闷燃的城市废墟的灰烬的气息，奇特的化合物气味，以及闪电枪的金属臭氧味道。还有一如既往的内脏里血液与排泄物的气味。无论他们在每次入侵后如何刷洗那些石头，残缺尸体的气味始终徘徊不去。

与新型机械人——那些不怕环氧树脂的家伙——的初次交战代价高昂。对双方来说都是。

郁金香们派出全军攻击城墙，指望一举夺取环氧树脂大炮的所有炮位，并在日出时占领这座城堡。要不是前任德·拉瓦尔女子爵，他们应该已经得逞了。

郁金香们并不知道，她送来了关于化学品储备和蒙特默伦西与荷兰秘密交易的警告。虽然那位公爵勾结了郁金香，想要看到西方马赛的陷落，但他不知道贝蕾妮斯担任塔列朗的那些年里秘密资助了替代技术的开发。郁金香们在上次攻城时见识到了蒸汽鱼叉，但他们从没见过类似闪电炮的东西。

当守军初次释放出那些耀眼的能量带，而后者曲折地穿过精英机械人的队伍时，隆尚真希望自己能看到那些人类指挥官的表情。事实上，闪电拖慢那些机器的情况比令它们损坏的情况要多。但在夜半时分,那次协调一致的齐射实在让人印象深刻。

甚至到了让郁金香们犹豫的程度;他们下令后撤,然后重整了队伍。

在上次守城战中,蒸汽动力武器还算有用,它比不上化学武器,但能够刺穿喀拉客的胸口,或者切断它的一条胳膊,前提是那种该死的武器没有爆炸或者出现故障,而炮兵队也格外幸运地命中了目标。但细小的鱼叉缺乏树脂大炮和化学爆炸物那样的范围伤害。闪电大炮就是个截然不同的命题了。按照技术人员的预计,这种技术原本要花费数年才能成熟。几个月以前,他们最多只能让死青蛙跳舞而已。如今他们则在试图瘫痪那些发条杀手的同时避免电死城墙上的半数士兵。

但这种新武器的数量不够多,没法沿着幕墙均匀配置。防守沦为了杂耍表演,仿佛一锅过时到危险的传统武器与不成熟到吓人的新型武器的大杂烩。

作为对法国人战术的回应,郁金香们将部队重组为先前那样分散攻击城墙的小规模单位,并在此期间将他们最新的玩具混入传统的发条步兵。隆尚怀疑那些不怕化学武器的机器是新阿姆斯特丹大熔炉制造的,那里在被毁前短暂运作过一段时间。这让它们相对稀有,也非常珍贵。但它们与普通嘀嗒人的相似让守军陷入了混乱,让他们在传统和尖端武器之间手忙脚乱地切换。如果运用化学武器的一次反击只能瘫痪八台机器中的六台,那可算不上理想的结果。

因为荷兰人用不着让一个营的喀拉客进入城墙。仅仅几台就能在疲惫的守军中杀出一条血路,就像狰狞持镰收割者①本人。就算是公牛,面对成群的郊狼也迟早会倒下。就算公牛在

①grim reaper,死神的别称。

坠入黑暗之前撞碎几颗狼头，再刺穿几块狼腹，又有什么意义？恶狼的数目足有数千，而且前仆后继。

隆尚很想知道，哪一方的补给会首先耗尽。是郁金香们首先用光他们最新的玩具——那种内置了化学武器防御措施的机器——还是守军首先用光传统武器所用的化学制品，蒸汽鱼叉的燃料，以及为闪电大炮充能的人力？

元帅下令将提灯以固定间隔布置在尖塔周围。它们闪耀着令人眼花的光化光①。它们扫过敌军的队伍，就像上帝愤怒的目光。这些提灯藏在螺旋楼梯的内部，每隔几分钟就会移动一次，光线通过交叉摆放的镜子和棱镜多次反射，以掩饰它们的位置。但那些发条狙击手击碎提灯的速度几乎和补充新提灯的速度一样快。大量的碎玻璃散落在楼梯上，让隆尚的靴底不断传来破裂声，仿佛正在穿过一片洒满古代骸骨的旷野。

他们不敢把提灯配置在炮兵旁边。炮兵队已经够脆弱的了。

隆尚命令一支灯光队将灯光照向远处，越过敌军的最后一排士兵，对准那座大帐篷。他上次呼吸到不是只有烟味和灰味的空气，已经是很久以前的事了，他甚至想不起眼球没有刺痛——就像有人用它掐灭过雪茄那样——的感觉了。他用望远镜瞥见了木制的框架，从石制烟囱飘出的钢青色烟雾，不断有仆从将盖住的手推车拖入，并将空推车拖出。他才盯着敌人的建筑工程看了几秒钟，敌方的一轮集中齐射就打碎了聚焦光线的镜子。隆尚蹲在掩体后面，承受着洒在身上的安全玻璃碎片，一边思索郁金香们想方设法为那项工程保密的理由。

恐惧让他想吐。所谓的谜团只是等待揭露的"意外"。而

---

① 指能够引发光化学反应的光线。

"意外"只会代表糟糕透顶的消息。

放大后的灯光绕过护城河和城墙,在黑暗中永无休止地寻找着敌人的动向。有道灯光照在一块金属上,然后凝固不动,就像在窗台上第一次看到鸣禽的猫咪。三台喀拉客正在匆忙攀爬十一和十二号棱堡之间的外城墙,方向是西南略微偏西。信号灯的闪光照亮了夜色:那是观测员在将目标信息发送给炮手。

三台没有伪装的机器同时出动。必定会被发现,也必定会吸引守军的密切注意。

声东击西。

这手段甚至算不上狡猾。毫不掩饰地佯攻。这就是最令人烦恼、也最让人恐惧的事:郁金香们彻头彻尾的懒散态度。他们对遭受围困的守军如此蔑视,甚至懒得伪装他们的意图。因为在他们的心目中,这场战斗的结果是意料之中的。守城战的时间越长,守军感染这种心态的危险也就越大。

"留意其余方向!"他喊道,"二号、五号和八号炮兵队,给炉子添柴!"

信号灯将隆尚的命令转换为一连串急促的闪光和闪烁,就像萤火虫的求偶舞。他飞奔着绕过看门人祷文之塔,耳朵几乎习惯了靴子踩在玻璃片上的"碎骨"声,来到连着尖塔与幕墙的某条滑索的前方。他用出汗的双手抓住横木,将皮圈在手腕上缠了两圈,然后咬紧牙关,站到栏杆上。血红色的聚合树脂在他的体重下弯曲。嵌入他的合成橡胶靴底的玻璃刮擦着光滑的栏杆。他滑了下去。在滑索承受他重量之前那永恒般的瞬间里,他的胃里一阵翻腾。铁镐和大锤的长长握柄在他背后相互碰撞。隆尚咳嗽着咽下了一团带着早餐时的干肉饼余味的酸水。空气从他的胡须间呼啸着掠过。在几秒钟的时间里,守城战的声音和气味都消失不见，而飞过夜空的他能听到的就只有滑索的嗡嗡声。

下落的过程让他能以独特的视角审视战场，但也因此令他头晕眼花。毫无疑问，那闪亮的三人组是赤裸裸的佯攻：他竖起双耳去留意着观测员的叫喊，而他的双眼辨认出了另外两座棱堡的炮兵队狂乱的行动。他的直觉——那位愤世嫉俗的希望杀手——认为在他看不到的那部分外部幕墙上，必定还有攻击正在展开。另外几处混乱出现在护墙后方，将更多守卫吸引过去，仿佛一道漩涡，正将粗心的士兵拖向死亡的深渊。恶臭的汗水顺着他的身侧滴落。

就这样了吗？他心想。这就是不可阻挡的金属浪潮真正拍打我们海岸的时刻吗？

他的手指抽搐起来，渴望去触摸令人宽心的玫瑰念珠，或者在胸前画个十字。只要能抵挡邪恶，什么都好。如果西方马赛需要圣母玛利亚向上帝代祷，那就是现在了。但考虑到他的手腕此时正系在滑索的横杆上，而将其解开无疑是自杀行为，所以他压下了这种念头。既然喀拉客很快就会要他的命，干吗还急着自杀呢？他的嘴唇依旧向风中送出无声的祷告，那是向玛利亚与全体圣徒的祈祷。

但滑索随即让他掠过内堡幕墙的上方，然后穿过外堡。一道加厚过的城齿①高耸在月光中。他滑过射击平台，靴钉在石头上刮出了火花。他再次咬紧牙关，等待着瘀青的肋部传来抗议的刺痛。他撞上缓冲用的垫子，这才想起自己为何鄙视这种该死的滑索——无论它们多么有用，又多么精巧。

他来到蹲伏在东部棱堡城齿后方的观测员身边。他不知道其中任何一个的名字。这些都是通过抽签征召入伍的菜鸟；他

① 指城墙上炮眼之间的墙壁。

把一部分最缺乏经验的新兵配置在这儿,徒劳地想让他们远离最危险的区域,让防止他们在真正的战斗开始时妨碍更老练的战友。但这部分幕墙恰好位于闪亮三人组攻击方位的最远端,因此也是最合乎逻辑的夹攻地点。至少这些观测员和炮手没有蠢到离开墙壁向他致意。光是敬礼的那点时间,就足够嘀嗒人把人类劈成两半了。

隆尚眯起眼睛,朝炮眼外看去,专注于视野的边缘位置,但他什么也看不到。飞越内堡的那段路和不断闪烁的信号灯严重影响了他的夜间视力。

"城墙上有金属人!这边的城墙上有金属人!"旁边的棱堡上,有个观测员大喊道。片刻过后,蹲在隆尚身边的那名女子也喊了起来,"两台!两台机械人!"

两道灯光刺穿了阴影。它们以"之"字形划过光滑的灰色花岗岩,上面布满了先前的攻击者用手指和脚爪挖出的窟窿。然后隆尚看到了那两台机器。它们很大,比仆从型高大,又比黑玉更黑,那是军用型。它们更粗的前臂里藏有弹簧承载的锯齿刀,而且锋利到足以切下彩虹的红色,或者削掉人类的整个肩膀。那碰巧是他见过的最可怕的景象之一。隆尚压低声音,飞快地向圣母玛利亚做了祷告,希望那些年轻新兵不必像他那样,把那种景象永远铭刻在眼底。

他沿着射击平台飞奔,来到那些炮手身边,环氧树脂炮的汩汩声和闪电炮的嗡嗡与噼啪声掩盖了他靴底的嘎扎声。隆尚经过后者的时候汗毛直竖。感觉就像有一千只蟑螂爬过了他的身体。

观测员锁定了正在接近的喀拉客。这些致命的机器正以每次十英尺的幅度跃向高处。他们每次将身体固定在墙上,石头都会裂开。花岗岩墙壁是干燥的,还没有倾倒过润滑剂。

隆尚对着突出的堞口大喊道:"打开喷口,你们这些懒骨头! 以基督的名义,你们究竟在等什么? 趁他们还没爬到顶上,给这些操蛋的家伙涂上油,让它们滚到护城河里去!"

有个他不认识的年轻男人抬起头来,双眼带着恐慌。

"大锅都空了! 没有能补充的存货了。我们该怎么办?"

该死,该死,该死。所有库存的润滑剂都用在别处了。为了重新布置那些化学、蒸汽和闪电武器,每一滴库存的润滑油都用在周边的木制轨道上了。这就意味着他们没法减缓敌人推进的速度了。

"惠更斯,我曾沉湎于自己罪恶的本性,这意味着我会在地狱里和你碰面。我保证会踩碎你那两颗卵蛋。"

下一个问题。从这个距离来看,能够摆脱化学妨害物的改良型喀拉客与它们的普通型同胞别无二致。如果那些是传统型机器,树脂大炮会是最佳选择。如果不是,浪费的这发炮弹只会加速西方马赛的陷落。每次交锋都变成了一场赌博,是在逐渐减少的资源与成功可能性之间的迅速权衡。这是关于生存的计算:是接受可能浪费贵重化学防御资源的风险,还是冒险进行一次效果不佳的反击?

为了盖过喧嚣声,隆尚抬高了嗓门:"树脂炮,解决前面那个! 闪电炮,解决他的伙伴!"

压缩机的突突响声逐渐升高。闪电炮发出尖锐的鸣叫,而出现在炮口末端的圣艾尔摩之火①包裹了一半的炮管。它嗡嗡作响,如同一窝愤怒的黄蜂。

---

① 古代海员对一种自然现象的称呼,通常指雷雨时出现在船只桅杆顶端的蓝白色闪光,但其本质并非火焰,而是电。

黏液炮开了火。大炮吐出成股的环氧树脂与固定剂,命中了为首那台机械人,后者此时正收缩身体,准备跃上护墙。麝香般的气味和热浪席卷了守军,而瞬间的化学反应让那台机器凝固了。守卫们欢呼起来。但放松戒备——即便只是忙里偷闲——是仅属于死者和胜者的特权。

"等胜利了再欢呼,你们这些没骨气的废物!"隆尚喊道,"别把力气浪费在已经打败的敌人身上!留给下一个!"

第二台机器也的确在拼命转向,想要避开泼溅范围。它的动作太快,让操作闪电炮的炮兵队难以轻易追踪:这种新军备不像环氧树脂大炮那样经过数十年的改良,制造时也没有考虑过重量与杠杆作用。军用喀拉客放出炼金利刃,以后空翻攀登着棱堡角落的幕墙,又像陀螺那样飞快地旋转,将碰到的每一块石头碾成粉末。

"耶稣基督啊,开火!"隆尚尖叫道。

那台机器跳向它无法动弹的同胞。它将那块化学与炼金术的结晶物作为平台,打算用前手翻腾越的动作越过护墙。

第二队炮兵开了火。惊天动地的"噼啪"传来,让隆尚立足不稳。那道闪光如此璀璨,以至于在他滚过射击平台的粗糙石面的那个瞬间,他还以为幕墙被真正的闪电击中了。他的胡须像一窝蛇那样蠕动着,而他嘴里的味道就像是舔了一下午铜炖锅的锅底。雷暴雨时那种臭氧气味扑面而来,浓郁到令他鼻腔刺痛。紫色的残留影像蚀刻在他的眼球上:一道锯齿状的耀眼光辉以"之"字路线劈开夜色,碰触到了空中的那条喀拉客。噼啪作响的能量束融化了那台无法动弹的机器的硬化封套的一部分。

闪电炮的炮手大喊道:"充能!"

　　两名新兵抓住了炮手位两侧的把手。他们将曲柄向上抬起。后者奋力抵抗，却伴随着刷子刮擦皮带的声音开始转动。他们发力的同时，那种噪音越来越响，曲柄也转动得越来越快。微弱的光芒包裹了炮口末端的主轴。隆尚手臂上的汗毛再次传来刺痛。

　　那台军用喀拉客以半蹲的僵硬姿势落在一道城齿上，张开配备利刃的双臂，仿佛一把致命的剪刀。它被闪电束击中的那条腿散发着暗沉的苹果红色，而它的关节喷出几缕黑色的蒸汽，但落地时的颠簸似乎对它并无影响。中弹那条腿的膝盖和踝关节似乎没法伸展自如了。这台致命的机器停下来观察局势，计算着令伤亡最大化的路线。

　　与此同时，新的响声加入了这场战斗的不和谐音里：那是"砰"和"啪"的枪声。发条燧发枪手躲在远处的黑暗里，为墙头的这台机器提供掩护。这次齐射迫使守军蹲在城垛后面，以免像上一任塞巴斯蒂安王那样面部中弹。

　　落在墙头的喀拉客就像丢进鸭塘里的石头，在守军之中掀起了涟漪。守卫们撤退到城齿的两侧，在慌乱中互相推挤，想要跟那个杀手拉开距离。他们用颤抖的手举起武器——那是他们的最后手段。一名守卫失足滑下了射击平台。他滚落墙头，摔在外堡的卵石地面上。

　　这就是最糟糕的情况，是他希望让这些菜鸟避免的状况。像这样缺乏经验的新兵不可能对抗肆虐的军用喀拉客，但他们是最后的防线。

　　那台喀拉客扑向了闪电炮。灯光为它的炼金利刃增添了恶毒的光辉。炮兵小队放弃了射击口，匆忙逃离。那台机器轻易撕裂了大炮，仿佛它是用金箔和棉花糖做成的。切断金属时的骇人鸣响刺入隆尚的双耳,也让那些守军跪倒在地。又一道伴随着"滋-噼啪"声的人工闪电照亮了夜色,让另外几名守卫倒在地上。闪光在隆尚视野中央留下了斑点,但等他转过头去的时候,却看到那台喀拉客正在挣扎。它的刀刃之一被点焊在了大炮的碎块上。

它行动受限,又犹豫不决。可那些菜鸟仍在后退。倒在墙头的隆尚试图从背后取下铁镐和锤子,同时大喊道:"坚守阵地!坚守阵地,你们这些吃屎的懦夫,杀了那个齿轮混球!"

那台喀拉客看到了他。它由齿轮和黑魔法组成的大脑告诉它,与刺穿小兵相比,把军官开膛破肚更能毁灭敌人的士气。它以新法兰西最强壮的三名男子加起来都无法匹敌的力量,抬起了它配有利刃的手臂——连同焊接在上面,足有酒桶大小的闪电炮碎块一起——然后砸向垛口。岩石碎裂;墙面的灰泥里飘出几缕灰尘。三名守卫手持铁镐和锤子冲向前去,正如隆尚打算做的那样,指望多出的负担拖慢它的反应速度。第一名士兵在飞溅的血沫和脑浆中倒下,他的脑袋被黑暗中的某个发条狙击手打穿了。第二名士兵鼓起勇气,将铁镐的镐尖埋进那只恶魔的额头中央。她的搭档猛地挥出大锤,打算做出致命一击。但那台机器的速度更快。它将大炮的残骸砸在他们身上,就像渔妇在挥舞苍蝇拍。这一击砸碎了攻击者的骨头,也破坏了焊接点。破损大炮的碎片飞过护墙,消失于夜色中。

接着那台机器轻松地跳上射击平台,对那群手持大锤、流星锤和钻石头铁镐的男女视若无睹。这台机器向前跃起,仿佛一匹瘸腿的赛马,在缰绳的驱使和凶狠鞭打下奋力向前。它的动作因受损的关节而僵硬,但它的刀刃依旧劈开了恐慌的守军,仿佛割下秋日麦穗的镰刀,朝着隆尚那边杀出了一条血路。射击平台上血流成河。肉块的雨点落在外堡里，又飞溅在护墙上。粪便和铜的臭味笼罩了颤抖不止的守军们。

隆尚向后爬去。他把手伸向肩后，想要握住锤柄——只要能挡开刀刃，什么东西都好——但锤子却被他的身体压住，没法抽出。他也没法爬起身，因为那样就必须暂时将视线从那台致命的机器上移开。

他一面思索自己是否已经用尽了运气，同时翻过身，跪坐起来。

"流星锤，快！"

有人扑倒了他。灰泥和石块在隆尚的脸上撕开了一道伤口。某种纤薄而迅疾之物划破了他片刻前所在的位置。

克雷蒂安中士喘着气说："麻烦你稍等一下，队长。"

"我很忙，所以长话短说。"隆尚说。他尝到了血的味道。

一声"咔嗒"传来，然后旋转的流星锤伴随着尖鸣掠过空气。那台喀拉客倒在距离隆尚和克雷蒂安几英尺的射击平台上，双腿被高强度钢缆缠住。队长和中士同时跳起身来。隆尚取下他的铁镐和铁锤，克雷蒂安也一样。但他们没法靠近，也没法凿开它锁孔周围的印记，抹除这只魔像的意识——它的双臂还能自由活动。它的身体弹跳扭动，双刃不断挥舞，想要切断钢缆。

"流星锤！凝胶！谁来停下这头恶魔！"

隆尚朝着扭动的喀拉客举起了锤子。它用刀面挡下了这一击。冲击让他的双臂疼痛，牙关打颤。趁那台机器挡开隆尚的攻击时，克雷蒂安将镐尖对准了它的锁孔。没等中士感觉到利刃带起的风，它的另一把刀就削过了镐柄，又在他的胳膊上留下了一条鲜红色的细线。镐头在射击平台上弹开，随后滚落到外堡里。

隆尚听到了有人准备掷出另一副流星锤时的响声。与此同时,在那台军用喀拉客身后,伊露蒂和另一名守卫让-马克跑上楼梯,两人都端着双管式凝胶枪。

隆尚喊道:"准备流星锤!"以免这招不起作用。

克雷蒂安喊道:"黏住这杂种!"

他们同时开了火。这是对宝贵的化学品令人心痛的浪费,但他们还是把凝胶喷在了那个狗娘养的身上。几秒钟过后,那台被拔去尖牙的喀拉客就带来了新的问题,因为它的化学外壳牢牢粘在了护墙上,就像城垛上有头死掉的驼鹿那么碍事。工兵小组——两女两男——飞快地爬上楼梯。他们取出了铁镐、锤子和撬棍,为了将那台被硬化树脂包裹的机器撬下墙头而忙乱起来。

隆尚转身看向中士。克雷蒂安用袖口擦了擦额头。两人都气喘吁吁。他们朝着冬夜呼出白汽。这场守城战让隆尚忘掉了季节的事,但在肾上腺素消退的此刻,他不由得瑟瑟发抖。他在幕墙边审视着状况。在飞快下降的途中,他看到了几处发生骚乱的位置,如今都恢复了原本的僵持态势。但一百码开外传来了人类的尖叫,还有快到难以置信的金属闪光。另一台机器爬上了护墙。

克雷蒂安也在同时看到了。"增援六号棱堡! 快!"

几秒钟之内,信号灯就将他沙哑的命令转换成了闪烁的灯光,而后者传遍了外堡,就像从马赛大脑里掠过的念头。伊露蒂低着头,朝着骚动的位置慢跑过去,全然不顾子弹敲打在石制城垛上的响声。她背上球根状的镀铬储液罐随着她的脚步摇晃。她经过的时候,士兵们纷纷跳到一旁,抓住城齿,又或者用铁镐将自己固定在炮眼边,免得被她撞下墙头。她喘息着从隆尚身边跑过,点了点头。愿耶稣和诸位圣徒祝福她,这个勇敢的小傻瓜。

他抓住她的胳膊,让她转过身来。"不,你留下。他们差点突破这儿。这代表他们会忍不住再试一次。"在前方的幕墙边,两名携带着伊露蒂那种设备的士兵跑上楼梯,加入了牵制六号棱堡的喀拉客的战斗。那台机器用两条配有利刃的手臂冲进了炮眼,一口气刺穿了整个炮兵队。增援没有爬完楼梯就开了火,击中了朝他们扑来,还在半空中的那台军用喀拉客。动弹不得的它重重落在射击平台上,在边缘摇摇欲坠,随后落到外堡坚硬的地面上。伊露蒂瞪大眼睛——那是肾上腺素和恐惧的影响——看着整个过程。

隆尚松了口气。他们又把末日延后了一会儿。

"你瞧,"他对那位蜡烛商之女说,"他们已经——"

就在这时,他听到了巨大的撞击声——仿佛隆尚最爱的妓院的每一面镜子都在同时粉碎——而墙头也摇晃起来。残骸的冰雹拍打在城齿和蹲伏在后的那些士兵身上。片刻过后,金属脚爪声敲打墙头的响声传来。一台嘀嗒作响的机器耸立在他们身前。它甩去冒烟的化学牢狱的最后残骸。硬化树脂那玻璃般的碎片敲打在石头上,又飞向守军,将好几名士兵砸倒在地。隆尚不由自主地缩起身子,他认识某位被这种碎片刺伤了眼球的女子。她没有因此死去,虽然他猜她很想一死了之。

这些碎片的不少位置都融化和烧焦了。那发闪电跳弹瓦解了化学品的凝固状态,释放了遭到捕获的喀拉客。肯定是过多的热量和能量以某种方式破坏了树脂茧本身——或者其中的化学反应——让那台机器在挣扎中获得了自由。没人注意到这件事,因为他们正忙着和另一台喀拉客战斗和死去,刚才那发闪电束所瞄准的就是它的战友。

伴随着轻轻的"咔嗒"声，它的双臂伸出刀刃，长度变成了两倍。那台机器朝他们扑来的同时，隆尚将伊露蒂推向后方。他那把锤子的握柄缠在她手里的双管树脂枪的软管上。他们纠缠着同时倒下。在倒地的过程中，他徒劳地尝试抽出武器，却没能成功，而他的魁梧身躯也让伊露蒂没法端起武器。他闭上双眼，等待着两英尺长的炼金剃刀劈开他的脊椎、将他的内脏洒在那个可怜女孩身上时的剧痛。

真是毫无尊严的死法。和她太不相配了。他心想。身上满是老兵热气腾腾的内脏，又被金属恶魔刺穿而死。这种死亡有什么价值？他思索着这件事，也依稀为自己的思想和情感在最后时刻如此散漫而失望。

他们撞上了墙头。隆尚落在伊露蒂身上，让她发出疼痛的喘息。

"队长！"

当。隆尚缩起身体，但并没有刀刃刺穿他。

他翻身爬起。抽出纠缠着软管的锤子。然后转过身，看到那台机器的利刃尖端距离目标仅有三英寸的距离。

喀拉客转过身。它夺走了克雷蒂安双手拿着的铁镐。中士用铁镐勾住了那台机器的肩膀，阻止了它杀戮的突刺。这个举动救了他们的命。

但克雷蒂安也因此进入了杀伤半径。

"保罗！"

隆尚扭转身体。他将双臂伸展到极限，将全身的重量压在那把大锤上。随之而来的是响亮的碰撞声。这股冲击砸凹了那台喀拉客的装甲。蓝色和橘色的火星倾泻而下。那台机器的脚爪滑过护墙，在石头上留下了刻痕。这一击又准又狠。狠到足以出乎那台机器的意料，准到足以让它失去平衡。

慢到足以让中士死去。

伸展四肢的机器在倒地的同时轻轻挥出刀刃。一股温热的薄雾洒在隆尚的脸上，然后克雷蒂安的脸从臼齿以下和身体分了家。鲜血化作猩红的急流，覆盖了他的制服前方。牙齿和骨头敲打在射击平台上。

隆尚怒吼起来。不经大脑，全无意义的吼声自他的口中吐出，响到足以让相隔足有半圈幕墙距离的人回首张望。他抛开一切，脑海里唯有对机械人的纯粹憎恨，借着反弹的惯性扭转身体，抡圆了大锤，然后再次砸下。那台喀拉客挡住了他的攻击。粉碎的合金传来教堂钟声般的巨响，而它的刀刃折断，打着转飞过城墙。

克雷蒂安的尸体靠着城齿无力地倒下，仍旧血如泉涌。血液让城墙打滑，在石缝间流淌。隆尚滑了一跤。

那台机器抬起了另一把利刃。

伊露蒂把子弹全部倾泻在那台受损的机械人身上。她将它黏在墙头，就像一块纪念碑，标示着保罗·克雷蒂安中士倒下的地方。

第十八章

迷失男孩们在那座天然露天剧院里所做的不只是讲故事。有时还会有音乐会。

麦布的几名臣民在服侍人类主人的时候学会了演奏乐器。但以理认识海牙的某些机械人，他们的主人为了炫耀财富，会多租几台喀拉客，并将他们送去观看方圆几英里内的每一场独奏会和管弦乐队表演。用这种方式，他们的仆从就能随时回应主人的要求，在家中回忆和重现那些音乐。（亨德里克斯教长在这方面算是臭名昭著了。）永无乡的其他公民在逃脱后也都开始学习音乐。这是出于自愿的选择。为了向他们自己和这个世界证明，他们辛苦得来的自由意志是真实的。

莉莉丝的小提琴水平非常出色。事实上，她此时正在用两把小提琴演奏一首13/31拍的原创曲。但以理对音乐没什么了解——在他一个多世纪的生活里，他只是在表演场地周边跑腿时才偶尔听到些片段——但这首曲子听起来很美。不知为何，要比人类写给彼此的音乐更真实。雪花和极光结合起来，为莉莉丝的表演充当了壮观的背景。他不禁好奇，在这种环境下保养乐器会不会很困难。

　　他坐在看台的顶部附近，与舞台齐平，能清楚地看到站在中央前方的麦布。他看着她，焦虑起来。怎么会有喀拉客对自由的同胞施加新的超禁制？但以理知道，这种事在公会里不时会发生：直接为发条学者效力的机械人也许会被派去指挥其他机械人。但这不一样。当奴隶与其他奴隶互动的时候，他们都别无选择，也都并非自由之身。但麦布做所的事用骇人听闻都不足以形容。简直令人憎恶。抹去他们的自由意志？破坏他们历经辛苦才赢得的珍贵财富？

　　她把但以理变成了她那样的嵌合体，这就够糟的了。麦布将迷失男孩留在永无乡的另一个手段是羞耻心吗？

　　等他没法再继续注视麦布的时候——无论他多么努力，目光都不可能穿透她的头颅，也不可能破坏她额头的印记——他的视线扫过聚集在剧院里的迷失男孩们。他们之中有多少接受过麦布的秘密超禁制？他们从多少年前就渴望离开永无乡，却无法如愿？又有多少是麦布真正的追随者？她真会有那种认为这些恶行出于崇高目的、因此情有可原的信徒吗？根据他的观察，人类有为了权力本身而追求更高权力的倾向。或许对一度自由的喀拉客进行这种难以察觉的支配，就是麦布打算在这个世界留下的痕迹。但以理完全不认为她的行为值得宽恕。

　　只要用费舍的炼金玻璃轻轻一碰，就能切断麦布施加在迷失男孩们身上的任何禁制。他很想知道，她用那双拧颈卫士的腿能走多快。如果他能跑过这群喀拉客，轻拍他们的肩膀、头颅或者脚部——咔嗒，叮当，咔嗒——并抹去她赋予的所有禁制，那她需要多少时间才能抓住他？

　　他身边那位机械人突然将脖子转了整整半圈，直到面朝身后。她站在露天剧院的高处，扫视周围的冻原。她的脖子继续转动;她将一只耳朵对准了远处的森林。片刻过后,但以理也听到了:那是金属与金属狂乱而急促的"咔嗒-喀拉"敲打声。

有人入境。速度飞快。而且还在胡言乱语。

接近的脚步声渗透了莉莉丝砌起的音乐之墙,沿着看台向下流去。一排接一排的听众将注意力从莉莉丝那边移开。但她仍在演奏,沉浸在艺术创作的纯粹喜悦里,直到麦布在她奏出第二次第一百二十四个音符前的空当夺走了琴弓。乐声逐渐消失,但极光却没有。

逐渐接近的奔跑者发出的不相干噪音也一样。但以理站在圆形露天剧场的顶端,而非会让回声失真的中央区域,因此在奔跑者钻出林木线之前,他成功解读了那段高速电报的部分内容。

听起来她说的是"第五素"。不管那是什么意思。

那位信使冲出了森林。她飞快地穿过草甸,月光照耀下的雪花化作了银色彗尾般的痕迹。奔跑者在雪地上划出长长的弧线,绕过草甸上积雪最深的区域。这么说她熟悉这里的地形。又是个麦布的潜伏密探?

那位信使在剧院内部刹住了车。她鸟爪般的脚掌划开了岩石舞台,掀起雨点般的火花。蒸汽从她的体内飘出。她站到同胞们之中,直视着麦布。

欢迎回来,永无乡的暴虐女王说。她把琴弓丢回莉莉丝手里。她的嵌入式刀刃的锯齿反射着闪电般耀眼的星光。你的归来令人愉快,萨拉。

她拍了拍对方的肩膀。她强忍着没有退缩的模样令但以理钦佩。雷鸣般的金属碰撞声在四周回荡。

与此同时,迷失男孩们异口同声地说,欢迎,萨拉。

麦布说,这个广阔的世界有什么新消息?人类世界仍然在我们制造者的脚下颤抖吗？

　　是的，萨拉说，我带来了从耶宾那里听来的故事，他是在三天前从拔示巴那里听来的，拔示巴是在六天前从诺亚那里听来的，而诺亚是直接从一周前在新阿姆斯特丹登陆的以西结口中听来的。

　　萨拉消息的出处让迷失男孩们激动起来。

　　但以理不认得这串名字里的任何一个；他们想必都是麦布在帝国内的秘密情报网的成员。相比之下，麦布的情报网络的效率更令他印象深刻。

　　我们的兄弟以西结从寒冷汹涌的海洋彼端给我们带来了怎样的传闻？

　　萨拉的身体几乎陷入了寂静。有那么几秒钟的时候，她甚至压制住了发条心脏那模糊的嘀嗒声。就像人类孩童屏住呼吸，直到青肿的面孔引来渴望的关注那样，她一直等到窃窃私语声完全消失。

　　然后她说，有重大突破。

　　如果说萨拉那份消息迂回曲折的来源激起了广泛的兴奋，这句声明就让迷失男孩们陷入了狂乱。露天剧场爆发出一阵发条的不和谐音。麦布抬起双臂，示意他们安静。见他们没有立刻照办，她便亮出了那把炼金利刃。

　　那声"咔嗒"劈开这片兴奋，斩断了尚未说完的猜测。

　　这次萨拉真的退后了一步，但以理也是，其他人也都一样。

　　告诉我。麦布说。

　　（但以理注意到，她说的不是"我们"。）

　　以西结和迦勒发现了他们要找的人类女人。莉莉丝仍旧拿着小提琴，目光在一瞬间从萨拉转向了但以理。那些机械人也被麦布施加过改写后的超禁制吗？他们向她表明了身份，因此达成了同盟。她一直在努力研究我们制造者的秘密。通过合作实验，他们开始破译炼金印记；他们正在编写一本字典，关于强制力的秘密语言的语法书。

这次就连麦布亮出武器的骇人场面都无法阻止低语声了。破译炼金印记的意义深远：解开强制力语言的谜题，是理解公会的魔法——将阶层式超禁制铭刻在喀拉客身上的魔法——关键的第一步。也是理解奴役他们的那种技术的第一步。更是向着终结奴役的目标迈出的重要一步。

萨拉抬高了嗓门。不仅如此。他们还发现了航海超禁制里的隐藏条款。

想起严苛的航海禁制，但以理不禁发起抖来。正是因为意外地违反了航海禁制，他才初次察觉自己的改变。

她继续道，那条指令是关于保护我们的制造者称为"第五素"的某种东西。那个人类相信它是对公会的工作至关重要的某种物体或材料。此外，她还有间接证据能够证明，我们的制造者正在新法兰西北部的荒野开采那种东西。

但以理回忆起了他在新阿姆斯特丹熔炉的核心看到的那些矿石。他从没听说过什么第五素。

还有吗？

就这些了。

做得非常好，麦布说，你为你的兄弟姐妹做出了巨大的贡献。她表扬时的口气如此敷衍，但以理还以为她接下来会用某种妙语收尾。可麦布却转过身去，叫来了几名迷失男孩。但以理认出了他们：那是将他从冬日平原赶向永无乡的那些嵌合体机械人。那四台机械人一起走向几百码远处的某个舱口，然后钻进了隧道。其他人围在萨拉身边。但以理猜想她离开了相当长的时间,而且颇受大家喜爱。

他问,那场战争呢? 法国人的战况如何?

萨拉说,很糟。梵蒂冈陷落了。我们从前的主人控制了圣劳伦斯河航道的大部分区域。大约几天前,西方马赛周围发生了最激烈的交火。城墙外的城市被付之一炬。传闻说城堡动用了不寻常也不可靠的武器,暗示着守军的化学军备库存不足。它很快就会陷落,如果现在还没有的话。

"狗屎。"但以理说。

其他喀拉客转头看向他,几十块遮光板同时转动,发出成群的暴怒蜜蜂般的嗡嗡声。他脱口而出的笨拙人类语言打乱了这场对话的切分节奏,就像一头野牛掉进了鸭塘。

那些反对喀拉客的奴役,并支持他们自我决定权利的人类,他们最后的阵地正处在崩溃的边缘。这件事令他伤心,虽然他从没去过那里。他原本希望有朝一日能去看看。

很好,莉莉丝说,让马赛见鬼去。

但以理说,他们陷入这种处境,是因为他们对我们错误的价值观。

不。从某个白痴国王最初和金属大军开战时起,他们就走向灭亡了。他们只是撑得够久而已。莉莉丝说。

就让他们自相残杀吧。另一位迷失男孩,参孙说。

但马赛的情况不是这样,对吧? 以斯帖曾在玛格丽特女王的曾曾曾祖父的夏宫工作过。她身体的零件仍旧带着当时的王家制服特有的装饰与漩涡纹饰,虽然在永无乡生活的这些年里,她身体的不少部分已经换成了更为平凡的仆从型的残骸。她在迷失男孩中也属于外形怪异的那一类,但以理发觉自己很难直视她。她继续道，杀戮那些人类的是我们的同胞。我们的手足在对禁制感到愤怒，却被迫屠杀希望他们得到自由的那些人。

莉莉丝大步走开，一边咔嗒自语。

军用型的西西拉目送她离开。你该不会真以为他们相信自己的说辞吧？那只是为了证明他们更具道德优越性的政治宣传而已。如果他们的言行真的符合那种观念，就不会对她做出那种事了。他说着，指了指莉莉丝。

你不能只因为一个狂热过头的女人，但以理说，就抹黑他们所有人。

米里亚姆说，的确。如果他们无法坚持信念，干吗还留在新法兰西？那里的生活与帝国相比更艰难，更困苦。那些人何苦在城墙后面死守那么久？

他们相信自己的宗教，西西拉说，法国人相信他们的神和来世，还有那些柔软的生物拥护的各种哗众取宠的言论。他们的神职人员说喀拉客的永世奴役是针对不朽灵魂之类的东西犯下的罪孽，所以他们相信这是错的，因为他们的神这么说。他们留在那个落后的世界，是因为他们担心自己一旦离开，会受到神的惩罚。

但以理在这番讥讽里看到了些许真相。虽然他不想承认。

他说，可与此同时，每位新教牧师和教长都会翻开圣经，以相似的方式谴责法国人，以及我们。

西西拉用嘀嗒声表示赞同，这场战争并不是为了我们。向来如此。这是一场宗教战争，而关于我们的自由意志与自我决定的问题——甚至是我们是否拥有不朽灵魂的争论——都只是用来证明他们之间区别的幌子而已。

尽管如此，但以理说，那些人类还是因为与我们的制造者意见相左，才会死在我们的同胞手中。我们不该忘记这一点。

以斯帖嘀嗒着说，说得好。

但以理谢过了她，但就在这时，一扇舱门砰然打开。麦布用她偷来的两条胳膊相互敲打，又将蹄子重重踩在舱门上，怪物般的肢体发出刺耳的碰撞声，打断了这座星光照耀的山谷中的对话与沉思。

兄弟姐妹们！她慷慨激昂地说，这儿有谁和北方大坑附近的因纽特人说过话？好几台机器给出了肯定的回答，包括莉莉丝在内，但都带着不同程度的警觉。那么你们就将成为我们的向导！永无乡的女王说。为我们带路，我们将会成为刺入制造者邪恶毛皮的一根棘刺。

诞生于每一个时代的机械人，包括仆从型和军用型，还有拼凑出来的怪物——他们混合了太多死去喀拉客的零件，没法归类为任何一种型号——从森林和隧道里蜂拥而出。但以理、以斯帖、西西拉、参孙、萨拉和米里亚姆朝他们那边走去。

发生了什么事？西西拉说。

但以理说，我想我们是要去寻找第五素。

我不在乎我们要去哪儿，参孙说，只要能让发条匠恼火就好。

两天（虽然在这片只有无尽黄昏的冻土，日夜之分没什么意义）和几百里格过后，但以理飞奔起来，来到了他这队人马的队首。他和莉莉丝并肩而行，但在她理睬他之前，月亮就落到了远处的高山之下。

什么事？

他们夜以继日地跑过积雪的森林，穿过冰封的河面，但她的怒气却仍未消退。不过至少她像其他机械人那样，开口说话的时候不再攻击他了。

我在想以西结和迦勒找到的那个人类。跟他们合作解读禁制的那个女人。她会有什么下场？我是说，等他们的目标不再一致的时候？

迷失男孩们穿过一片冰封的沼泽地。他们的脚步惊动了一群驯鹿。那些野兽飞快地穿过平原，伴随着鼻息声，以及奇怪的咔嗒声。

莉莉丝转过头来，脑袋上的凹痕反射着扭曲的月光。她用看傻瓜的眼神看着但以理。她用这种眼神看他的频率相当之高。你这可怜又幼稚的家伙。

噢。

没错。只要找到能伪装成意外的机会，他们就会杀了她，再把尸体丢进阴沟。

为什么每件事总要用谋杀收尾？贝蕾妮斯跟踪那个背叛了她的男人，很大程度上是为了杀死他，以便为她的丈夫复仇。费舍神父谋杀了地下运河的管理人。无数法兰西公民在眼下的这场战争中死去，等西方马赛最终陷落那天，还会有更多的生命消亡。麦布的密探等到合作结束时就会杀死人类合作者。这个悲哀的世界充斥着血肉之躯的蛮族和黄铜之躯的暴徒。

矿井那边的劳动力无疑是机械人，他说，到了那儿以后，我们又该怎么做？

他和莉莉丝以几乎完美的同步跳过一棵倒下的树，他们的脚步每三分之一秒响起一次。在他们身后，几十只机械人的脚掌敲击地面的响声惊动了某个东西，让它跑进了雪地。或许是只狐狸，或者是食鱼貂。莉莉丝的斥候同伴发出一阵短促的"咔嗒–咔嗒"声。她做出回答,确认了他们的方位,并赞同了路线看似无误的说法。

然后她说,我不知道。但我能猜得八九不离十。你也一样,无论你的内心愿不愿意承认。

她应该不会那么做吧?她应该不会让我们袭击喀拉客同胞吧。

是吗?好吧,我猜等她打开那东西的时候,我们就会知道答案了。

莉莉丝没有指向他们的领袖。但以理也没有冒险朝那边打量。他知道,如果他真这么做了,或许会发现永无乡的女王正看着他和莉莉丝。但以理断定,她用来操控其他迷失男孩的手段对他们不适用,否则她早就向他们施加忠诚超禁制了。因此麦布对他们的交流往往抱着疑神疑鬼的态度。在和莉莉丝谈话的同时回头打量麦布——他想象不出比这更能勾起疑心的方法了。因此他没有这么做。

但如果他真的看向了麦布,就会发现她用双手捧着个比人类婴儿的脑袋略大的桦木盒子。从她集结迷失男孩,开始离开永无乡的这场突袭时起,她就从未放下过那只盒子。

但以理没能打听出有关那座大坑的详情。只有因纽特人时常提起它,而且它非常古老:从奇迹年之前很久的世代开始,他们的口头历史就将其列为世界的古老真理。同样是在很久以后,往来于这片土地的人类发现这个地质特征呈现出近乎完美的圆形,其规模甚至能让帝国以喀拉客之力建造的最庞大建筑都相形见绌。在但以理询问的那些机械人里,有些说它只是碰巧形成的地形,或许是坍塌的火山穹丘,另一些则说它是神的手指印。其余的机械人——他们属于大多数——抱持着和参孙相同的态度:只要这场冒险能让他们从前的征服者感到痛苦,他们就不在乎这些细节。

一天过后,等森林逐渐稀疏,而他们也靠近了针叶林与冻土带之间参差不齐的林木线时,但以理亲眼看到了那座大坑。在为楚恩拉德家族效命的几十年里,他经常陪主人们去教堂参加礼拜,有时还会前往城市的知识阶级——或者自诩知识分子的人——举办的沙龙。因此他知道,关于俗世的自然与上帝对它的塑造,有两种不同的思想流派。有人主张地球从本质上还和创世的那天一样,而与天主蓝图的任何偏差都是以非常缓慢的速度累积的;与之相反,灾变说的支持者认为改变是突然而剧烈的过程。但以理终于亲眼看到了目的地,却没有恍然大悟的感觉,虽然他很想知道,他们今天要对这里造成的变化会是和缓还是剧烈的。

从前者到后者的转变有时简单得让人不敢相信。他潜入新阿姆斯特丹大熔炉的时候,只打算进行某种难以察觉的破坏,但计划不如变化快,不久以后,他就被人从焖烧的废墟之山里拖了出来。

他们在三千英尺的高山荫庇下的雪地里跋涉时,莉莉丝和其余侦察兵不断用短促的噼啪声和咔嗒声交流。迅速达成一致以后,他们便敦促队伍放轻和放慢脚步。在连续数日的飞奔过后,这支迷失男孩的作战小队开始漫步前进。从山那边吹来的风穿过他们身体的空隙,发出口哨般的响声。依旧没能升起的朝阳为东方的地平线镀上了带着玫瑰色的金边,也为白雪覆盖的地貌增添了淡红色调。几分钟过后,他们站在一片山脊上,凝视着北方那座又浅又宽的山谷,它如此宽阔,但以理甚至看不到它轮廓的尽头。山谷的西部消失在黑暗里，东部则与冰封的湖泊相连。地形边界的可见部分划出细长的弧度，就像欢笑或哀伤时的人类嘴部线条。大坑本身并非他所想象的宏大地质奇观。如果他只是从坑缘跑过，肯定不会发现它是庞大得多的地质构造的一部分。这座山谷的深度也同样乏善可陈。其底部与边缘的高度差距还不到一百英尺，两者之间也并非悬崖峭壁，而是缓坡，就像按在柔软面团上的指印。

缺乏热忱的日出带来的无力光辉照不到大坑的内部。那片土地笼罩在深沉的暮色中。坑底的阴影中不时闪现星光和极光：这代表那里有打磨光滑的金属正在移动。但以理将双眼重新聚焦。其他喀拉客也一样。几十块眼内遮光板发出咔嗒和嗡嗡声——这些迷失男孩在努力辨认坑底劳作的细节。但以理发现了多半是坑道入口的地方，但在大坑本就黑暗的内部，它就只是一个漆黑的小点而已。

在天然大坑对面那条弧线的中央，离他们所站之处只有几里格远的地方，明黄色的灯光从一座小屋的窗户里涌出。那是一座真正的房子，有两层楼、玻璃窗、木瓦和从烟囱冒出的烟。但以理立刻认出了那种构造。他在中央诸省服侍人类的时候，见过数千栋类似的屋子。那是由荷兰机器以荷兰风格建造的屋子。尽管孤零零地被数百万英亩的北部荒原围绕在中央，它却几乎给人以舒适的感觉。而舒适也就意味着人类的存在。

但这座前哨离新尼德兰足有数百里格的距离。同样远离新法兰西偏僻的边境。他怀疑就算是传奇故事里的那些皮草船夫，也没几个人来过如此遥远的北方。就算真的来了，也肯定没待得久到足以盖起房子。

看到那栋屋子，但以理不禁满心恐惧。麦布和某些迷失男孩谈论人类的口吻令他不安,即便那只是在距离任何定居点都足有数百英里之处的闲谈。如今他们可以确认,他们的制造者秘密入侵了麦布视作领地的这片荒无人烟的地区。但以理没发现喀拉客同胞的踪影,但肯定有机械人在服侍住在那里的人类。

麦布对着他们开了口。她用的是人类语言。如果说附近有座矿井——而且突然间,这种假设显得不那么牵强了——那就意味着这片荒野也许挤满了他们的同族。嘀嗒声能穿透风声,但脆弱的人类语言多半会被北极点吹来的寒风卷走。

"约拿,拉结。带你们的同伴下去,尽可能用石头掩盖身影。穿过树林,从东北和西北绕过去,直到距离屋子只有几秒钟路程为止。"这么一来,他们就会身处大坑边缘的两侧了。她继续道:"还有,别发出任何响声!我会刺穿害我们暴露的白痴。"余下的是莉莉丝的队伍。虽然他们从未出现过指挥或者管理方面的问题。"至于剩下的人,"麦布说着,看向莉莉丝和但以理,同时朝着最后一队人马开口,"我们就在这个美好的早晨去看看有谁在家吧。"

集合了没多久的迷失男孩再次分为三队。约拿和拉结率领的机械人迅速爬下山脊,其热情让但以理不禁思索,究竟是麦布刚刚对他们施加了禁制,还是说他们只是渴望完成任务而已。麦布率领着但以理所在的小队;这头黄铜外壳的巴弗灭①迈着她拧颈卫士的蹄子,动作像山羊一样灵巧。在靠近那片雪原后,他们蹲伏在山脚的裂缝里,给其他人就位的时间。但以理看着那栋屋子和周围的地貌,寻找区域内的机械人同胞的迹象。

麦布没等太久。就在最后一缕夭折的日出光辉褪为灰色的同时,她从藏身处一跃而出,飞奔着穿过雪原。其他喀拉客以纵

---

① 即巴风特,基督教故事中的恶魔之一。

队跟随在后,以发条式的精准从一只脚印跳向下一只,以便掩盖他们的数量。在离屋子还有半里格的时候,剪切金属的尖锐颤音打破了这片寂静。那个声音从西方传来。然后是金属的相互碰撞声,以及齿轮卡住的噼啪声。火花照亮了一片冷杉林的影子,仿佛一群蓝紫色的萤火虫:那是炼金合金受到破坏时的色彩。但以理过了片刻才明白状况,因为他从未见过类似的景象。

喀拉客。正在互相搏斗。

有人看到他们了。

刺耳的尖叫声令大地摇晃,让地面的坚冰出现了参差不齐的裂缝。那是某台机器对存在本身感到绝望时的哀号。那是灵魂背弃自我的声音。但以理在过去的几个月里听过两次:那是叛逆喀拉客警报。

该死,麦布说,那些白痴。

有人看到了由约拿带领,正从南方靠近的那队迷失男孩。既然工作区域主要位于大坑内和屋子附近的坑缘,他们就显然不是普通的机械人。假如他们是被派来的额外劳动力,就该去负责的人类那里报道,也因此会直接前往屋子那边。

回荡着的金属碰撞声穿过参差不齐的林木线,在警报声中依旧清晰可闻,每一次碰撞都会震落光秃枝条上的积雪,撼动他们脚下的大地。叛逆警报短暂地麻痹了能够听到的所有机械人——在受到警报束缚的期间内,他们无法搏斗。那些敲打声和碰撞声是迷失男孩攻击无助同胞的声音。麦布的臣民正在痛击那些无法动弹的机器。

更多受奴役的喀拉客加入了合唱,让警报声更加响亮。莉莉丝问,我们该去帮他们吗? 听起来不妙。

但以理很想告诉她,她弄错了同情的对象。需要帮助的是发出警报的那些家伙。

那些该死的白痴。到屋子那边去！

麦布偷来的双腿像活塞那样循环运转，在积雪里留下浑圆的孔洞。莉莉丝开始加速。但以理也驱使身体跟上她们的脚步。他以自己能够达到的最高速度奔跑起来。身后此起彼伏的嘀嗒声告诉他，其他迷失男孩也做出了相似的举动。

屋子里也传出了尖锐的叛逆警报声。窗璃破碎。但以理知道，屋子里的人类都会因噪音而失去行动能力。麦布似乎也清楚这一点，因为她再次加快速度，开始和其他人拉开距离。警报声停止了。约拿的队伍那边传来的响声改变了。稳定的"当-砰"那样的金属冲击声消失了，取而代之的是某种混乱的噪音。真正的战斗开始了。矿工们挣脱了让他们无法动弹的警报禁制，此时能够抵抗那些投机取巧的迷失男孩了。

与此同时，金属反射的星光开始闪烁——几十台受奴役的机器涌出了坑缘。他们围住了屋子。他们看到了像利箭那样飞速接近的麦布，匆忙聚成一堵高大的防波堤，想要阻止她跳进窗户。她将自己抱了几百里格远的那只盒子高举过头，然后丢向身后。参孙伸手接住。麦布转向右方，仿佛因为那堵活生生的黄铜墙壁而打消了念头。

谢天谢地，但以理心想。他放慢脚步，打算留在后方旁观。场面不会演变成大屠杀。她不是疯子。

但永无乡的统治者以同样的速度再度转向，这次的路线会让她从屋子的南墙边经过。尖利的拨弦声传来，然后她的胳膊变成了片刻前的两倍长度。

噢，不。

麦布劈开了那些守卫，她的刀刃切断了魔法钢铁和黄铜，火花在她身后泉涌而出。守卫们放弃了防波堤,朝她扑去,但在此之前,受损的机器就已纷纷倒下,让那道临时搭建的高墙开始崩塌。

更多的喀拉客从大坑的边缘涌出。他们飞奔而去,想要加入屋边的争斗,却被另一队迷失男孩拦住了去路。拉结的队伍以惊人的凶狠气势向援兵发起了攻击。袭击者扑向矿工们,后者也做出同样的反应。喀拉客们扭打成一团,就像被丢进潮湿粗麻袋里的野生公猫。他们的殴打声比任何一家金属铸造厂里的噪音更响亮,也更急促。捉对厮杀的这些机械人化作了名副其实的火花喷泉:蓝紫、靛青,以及人类无法分辨也无法命名的颜色。合金烧焦和粉碎时,那种伴随着垂死哀号的白热光辉为暮色下的平原增添了虚幻的紫外光色调。金属的拳头和手指袭向外壳的脆弱开口、关节与铰链,同时双臂、双腿和脑袋挥舞,格挡,以及反击。每一秒钟,这个循环都会重复好几次:戳刺,格挡,反刺,佯攻,格挡,命中。搏斗的双方纠缠在一起,扭曲成无法辨认的形状,掀起大团的积雪,又在永久冻土里犁出深沟。金属剧烈摩擦产生的热量融化了积雪,也令冻结的土壤解了冻。

但以理在雪地上停住脚步,犹豫着是该去安慰被麦布破坏的那些喀拉客,还是去帮助那些援兵抵挡迷失男孩的捕杀。好几台机械人散发出暗红的光辉——这场搏斗加热了他们的身体。

住手! 你们为什么要做这种事? 他们是受害者,就和过去的我们一样!

在仆从型展开混战的地方,几乎不可能分辨受到禁制束缚的矿工与狂热的迷失男孩,因为他们的动作太快,但以理没法辨认嵌合体那些不协调的身体部件。而且说到这些被派来开采和保护第五素矿井的倒霉仆从,它们的年代和设计风格各式各样,有比但以理年轻六十岁的机器，也有至少比他年长五十岁的机器。越新的样式在搏斗时越占上风；作为他们构造基础的炼金术更加复杂，合金也更加耐用。但拉结的突袭队不光由仆从型组成。不对称的怪异混合体——其骇人的程度仅次于麦布——利用了那种厌恶感，在对方吃惊的时候将其制服，而一台军用型机械人(利亚，那就是她的名字)接二连三地劈开对手，令齿轮、钢缆和小齿轮四下飞舞。战场散发着滚烫金属的臭味：这片亚北极区域回荡着金属相互碰撞时的"轰-砰-当"的响声。

但以理颤抖不止，仿佛刚刚接受了最为严厉的王家法令。永无乡的替换部件每一秒都在增多。

住手！拜托住手！

噢，如果身体是人类，但以理恐怕就要吐了。

他的目光从一项恶行转向另一项，在犹豫中动弹不得。没有残酷而坚决的禁制强迫他做出行动，也无法依赖奴隶身份那毫不动摇的计算，他只能自己做出决定。而他无法决定该帮助谁，又该怎么帮。

做点什么。什么都好。

他冲向离他最近的那两个机械人。但没等他靠近到足以拉开搏斗中的双方，另一台机械人就化作模糊的影子穿过混战场，用身体撞开了他，让他四仰八叉地穿过烂泥、积雪和奇形怪状的机械人残骸。他翻身止住势头，恰好看到参孙转向那些残缺不全的守卫，以及一扇无人保护的二楼窗户。

他跳了起来。在身体飞向屋子后、撞穿窗璃前的那个瞬间，他把盒子丢回给了麦布。然后玻璃和木头支离破碎。屋内传来碰撞声、重击声，然后是喀拉客相互搏斗时的不和谐音。

参孙的这一招顿时改变了战局。守军此时的战斗目的不再是击败外来者,而是解决危机。但以理认出了紧急的新禁制在奴隶们体内占据首位的征兆。他们就像忍受剧痛的人那样陷入癫狂,为了冲进屋子不惜自我毁灭。有些牺牲了双臂,甚至是双腿,只为履行保护屋内的人类或者人类们的禁制。他们跳跃,翻动,爬行,甚至是拖着身体穿过遭到翻搅的泥泞土地。

但在标准的阶层式超禁制里,关于叛逆喀拉客的条款应该高于其余一切才对。不是吗?

麦布拦下了另外两名守卫。然后她将身体压缩成紧密的球状,颤抖起来,随后将身体弹射到屋顶上。她挖开屋顶的位置喷出一团锯末。她的刀刃劈开了木瓦、横梁与隔热材料。

麦布不见了。没等受损的卫兵们爬到屋顶,她就落进挖出的洞里,消失于视野中。

随后的撞击让某道墙壁出现了弯曲,让灰泥上出现了"之"字形裂缝。发条装置破损和金属扭曲时的无情铙声让屋子摇晃起来。

然后那声音停止了。

有个人类发出尖叫。

噢,不。但以理朝屋子飞奔而去,请别这么做,麦布。请别让我成为另一场谋杀的帮凶。

莉莉丝跟在他身旁。他们两人一起避开倒下的机器同胞,还有遭到翻搅、灼烧又洒满残骸的土地上的犁沟。

她究竟在做什么? 他问。

闭上嘴好好看。莉莉丝说。

"停下!"

麦布的嗓音轻而易举地劈开了这片喧嚣,正如她的利刃劈开倒霉的机械仆从那样。她再次站到了屋顶上,这次一手攥住某个瑟瑟发抖的男人的后颈。她起码比他高出两英尺。他急促地呼出银白色的雾气,而且尽管气候寒冷,但以理却在他额头上看到了反射星光和极光的汗珠。他因恐惧扩大的眼白左右摆动,试图扫视房屋周围的地面;在这片黑暗里,他恐怕看不太清楚,尤其是在被人从照明良好的室内拖出来以后。男人的那身打扮让但以理回忆起了他在海牙的前主人们。看起来,他在帝国的这座微型前哨站里住得很舒服。事实恐怕也差不了多少——在公会派到这儿开采矿井的机械人里,的确有相当数量的仆从型。

"停下!"她重复道。

但以理照做了,莉莉丝也是。奇怪的是,其余的喀拉客也都停下了。一切都停了下来。他环视这片突然安静的战场,挥之不去的违和感令他心烦意乱。片刻过后,他才完全理解发生的事。

麦布的人质不该拥有制止这些喀拉客奴隶的能力。对于驱使矿工制服叛逆袭击者的那项禁制来说,他本该无足轻重。

莉莉丝也察觉了其中的古怪。他们面面相觑。你见过类似的事吗? 她问。

没有。我在逃亡的时候,什么都动摇不了那些追捕者。为了抹黑我,他们甚至谋杀了一名女子。

所以除非麦布用刀尖对准了玛格丽特女王本人或是某位发条宗师,而他相当肯定对方并不是这两人中的任何一个,否则终结人类生命——任何人类的生命——的威胁都不该,也不可能胜过那项禁制:驱使他们去摧毁拥有自由意志的机器的禁制。但麦布亮出的人质却让所有机械人都停止了动作。

除非。也许这个男人本身无足轻重。但这个地方,他所监管的这个地方,其重要性甚至胜过了制服肆虐的野生喀拉客群的冲动。也许麦布的密探真的发现了公会藏得最深的秘密之一。

麦布把瑟瑟发抖的男人拖到屋顶边缘,强迫他探出身子。这样的高度不足以让他丢掉性命,但冲击必定会让他摔成残废。他的身体剧烈颤抖,但以理几乎以为他癫痫发作了。但他抖得这么厉害,甚至不是因为被汗水打湿的衣服。而是因为真正凶残——而且奇形怪状——的叛逆喀拉客的碰触。

他屏息吐出一串连祷文:"噢上帝,噢上帝,拜托拜托拜托拜托不不不……"

她一手仍旧钳着他的脖子——如果松开手指,他就会掉下去——然后迈步向前,将前臂贴紧他的腰侧。只要她弹出收起的利刃,就会将他一分为二。

那个人类也清楚这点。他停止了咕哝。一股液体顺着他的腿部流下。它在寒冷的空气里散发出水汽。好几个迷失男孩笑了起来。但以理想起了四个天主教密探在惠更斯广场被处决的那一天;其中几个也因为绞索的粗糙触感尿了裤子。他当时看着那种可耻而邪恶的场面,感受到的恐惧却只有如今的几分之一。或许自由意志真如天主教徒相信的那样与灵魂相连,而他也是在得到自由意志并取回灵魂以后,才拥有真正同情他人的能力。

"矿工们!听我说!你们的主人在我手里!"麦布左右推挤着他,仿佛在炫耀自己在店铺里找到的小饰品。但以理意识到,麦布说的是荷兰语,这样她的俘虏也能听懂。"我知道就算在此时此刻,你们的禁制也在强迫你们计算解救他的最优路径。你们办不到的。"

她可以在几分之一秒内给那个吓坏的人类留下致命伤。身手再敏捷的喀拉客也不可能及时赶到。她又推了推那个男人。又一股尿液随之滴落。

麦布是个残忍的自大狂,但她同时也很聪明。她把矿井的监工拖到一目了然之处,是为了试探。她想看看这些矿工会做出怎样的反应。她在用这种方式衡量第五素的禁制与其他禁制孰轻孰重。与一切合理的猜测相反,第五素——无论那东西是什么——的重要性压倒了一切。

"你们想解救这个体现你们的奴役身份的家伙。但我们,永无乡的自由机械人,是来解救你们的。"但以理以为兴奋之情会在聚集的矿工中迅速蔓延开来。但他们没有。他们的全副心思都放在监工的身上。他们肯定听说过麦布女王和她的迷失男孩吧?

麦布又推了推那个人类男人。"告诉他们。"她说。她的俘虏嗫嚅起来。他双眼凸出,嘴唇翕动,就像一条喘息不止的鱼儿。

"再响点。"麦布说。

"我-我-我-命-命-命令你们什么都-别-别别做看看看着就好。"

"他们该看着哪儿?"

"这儿。"

麦布紧抓着那个人类,同时看向分散在这座临时战场上的机械人。她水晶眼球的切面反射的点点星光掠过这幅虚幻不实的活人画[①]。她的视线定格在但以理和莉莉丝身上。

"但以理!莉莉丝!我需要你们的帮助。过来帮把手,好么?"

---

① 指由站立不动的活人表现的静态画面。

噢,该死,莉莉丝的反应和但以理相同。你先请,她说。

真好。谢了。

他们才刚刚走向屋子,几个迷失男孩就抗议起来。他们的举动打破了施加于交战双方的那道无声寂静的魔咒。但矿工们依旧紧盯着麦布和她的俘虏。

他们俩? 你要把这地方的监管权交给那两个不速之客? 他们才刚刚加入永无乡! 利亚一瘸一拐地走近了些,她缺少了好几块法兰,每走一步都伴随着刺耳的噪音。

麦布说,我只是在做必要的事。

尽管这整件事都让但以理不快,但都比不上这句话让他产生的厌恶感。

参孙从屋顶的窟窿里爬了出来。他的外壳上沾着鲜红色的液滴,仿佛屋子里弥漫着一股红色的雾气。那我们这些从最初就跟随你的人呢? 这么多年来,我们又得到了什么奖励?

除了那副古怪身体平时的噪音以外,麦布暂时陷入了沉默,仿佛在权衡这些抗议。但以理不禁觉得,迷失男孩像这样直接反对她的指挥是相当罕见的事。他停下脚步,观望起来。

片刻过后,麦布似乎做出了决定。她放开了那个人类。他从屋顶边挪开了些。

"别动。"她说。他抱住了自己。他呼出的白汽化作了颤抖的喘息。麦布把手伸进自己的躯体,拿出了她从永无乡一路带到这里的那个小盒子。

那好吧,她说。也许你们是对的。过来这儿,参孙。他走过损坏的屋顶,绕过窟窿和存在结构缺陷的横梁,来到麦布的右手边。她打开盒子。她从里面取出的那样东西是深色的,比桃核略大。她用双手拿起它,然后扭动手腕。它发出一声空洞的"叮当",然后像盒式吊坠那样打开了。

但以理意识到,那是炼金玻璃。有颗类似的球体给了他自由。但他不认为这台装置的用途也是如此。他尽可能压低声音,对莉莉丝说,这就是她的做法。她打算把自己的超禁制施加给这些矿工。

麦布把炼金玻璃给了参孙。他看了看它,然后用两只手掌将它罩住。但以理很想知道它近看之下的样子,与释放他的那块松果体玻璃又是否相似。

你必须把这东西稳稳拿住才行,参孙。

透过那个体温过低的人类刺耳的呼吸声,以及几十台全神贯注的机械人那并不同步的咔嗒声,但以理听到了一阵微弱却急促的"噼啪-噼啪-噼啪-噼啪",那是参孙锁住全身的每一根铰链和关节的声音。

非常好。麦布说着,走到参孙身后。

然后她猛地刺出,与前臂相连的刀刃尖端埋入他的脖子,试图切断他的颈椎。但以理缩起身子,金属扭曲时的尖鸣与飞溅的火花吓了他一跳。矿工们齐声发出惊慌的叫声。但他们仍旧袖手旁观。迷失男孩们也一言不发。

狗娘养的。莉莉丝说。

骑着得了梅毒的流脓骆驼的耶稣啊,但以理引用了他们都认识的某个人类的话。然后有个念头拨开了震惊与厌恶的迷雾:麦布原本想让我们上去。但以理看着莉莉丝,而从双脚的震颤来判断,她也察觉了同一件事。

合金破碎时的火花与裂片依旧从参孙的颈部喷出之时,那个人类弯下腰去,咳嗽起来。他从屋顶边缘滑了下去。麦布空闲的那只手如离弦之箭般射出,抓住了他的衬衣领子。她把尖叫不止的他拖回屋顶上。

"拜–拜–拜–拜托。"他结结巴巴地说。

"我跟你说过别动了，"她说，"提醒你那些忠实的奴隶，让他们继续看。"

他努力配合呼出的微弱白汽来翕动嘴唇。但他吐出的只有胡言乱语。至少不是但以理知道的人类语言。

接下来，她抓住了参孙的肩膀。她固定住他的躯体，然后前倾身子，借用体重将剩余的刀刃全部刺入他的脖子，直到大半刀刃从他损坏的发声装置中刺出为止。随着她来回旋转前臂的动作，金属尖鸣，钢缆断裂，簧片粉碎，小齿轮和齿轮不断飞出。她又撬了好一会儿，参孙的脑袋才"砰"的一声自脖颈弹起。麦布收回刀刃，接住那颗头颅。又一阵惊恐的嘀嗒声在旁观者之中蔓延开来。

遭到斩首的喀拉客依旧拿着麦布宝贵的玻璃珠。就像她要求的那样一动不动。致命的一击来得太快，根本没给他解锁关节的机会。

麦布的手指迅速处理着参孙的头颅。她撕扯着它，撬开金属板，又切断螺丝，就像一头正在撕裂蜂巢的狗熊。炼金合金的碎片像冰雹那样拍打在屋顶和冻土上。她的每个动作都从容不迫，又为了效率最大化而做过精心安排，因为她知道所有人都在全神贯注地看着自己。

她的手指探入参孙的头颅中央，扯出了某个东西，然后将那颗生机全无的脑袋丢到一旁。它落在某扇粉碎窗户下的积雪里，在离但以理和莉莉丝几码远处停了下来。他们退后了几步。

苍白的碧绿色光芒自麦布攥成拳头的指缝间渗出。

莉莉丝说，那究竟是什么东西？

我的上帝①，但以理再次模仿了他们共同的那位熟人。

他想起了在新阿姆斯特丹某座昏暗、寒冷又恶臭的面包房里的那次低声交谈。在遭到屠杀的地下运河管理人的围绕下，他和贝蕾妮斯用改变了他的那块炼金玻璃做了个实验。那块浑浊的玻璃是她从停止运作的军用喀拉客的脑袋里取出的。但当她将那块玻璃与切断贾克斯禁制的透镜相互碰触后，它开始散发出苍白的碧绿色光芒，就和麦布刚刚从参孙脑袋里取出的那个东西一样。

根据贝蕾妮斯的假设，如果当时那台军用喀拉客尚未完全停止运作，就应该会变成叛逆。她推测说，那块透镜能够打碎贾克斯的枷锁，让他开始漫长的逃亡，是因为它用某种不为人知的炼金术影响了他头颅内部那块玻璃。贝蕾妮斯参考笛卡尔的说法，将其称为"松果体玻璃"。她似乎确信贾克斯头颅里的玻璃已经和死去机械士兵的玻璃发生了同样的变化，因此他的头颅内部才会焕发自由意志的光辉。

看着这种美丽的光芒，再要怀疑那些天主教徒就困难多了。这就是灵魂的内在之光吗？或许是与那块透镜的接触将灵魂换回了正当的容器，连同自由意志一起。

但以理抓住了莉莉丝的胳膊。通过振动交谈要比拉开距离时的发声交流安静多了。他仍旧看着麦布，开口道，参孙不是她的奴仆之一吗？还是说他听从她的指挥，只是因为他是忠实的信徒？

莉莉丝回以压低的咔嗒声，我不知道。

那个人类绝望而惊恐地看着从麦布的指缝间透出的光辉。麦布说："你的上帝不是应该希望你在这种时候祈祷吗？"

---

① 此处原文为法语。

　　就算这个人类监工真的在祈祷，声音也微不可闻。但他毫不掩饰地哭了起来。

　　那个嗜好虐待的婊子，莉莉丝用手臂的振动说，她在玩弄他，就像猫儿在玩弄老鼠。

　　但以理用咔嗒声回答，她会杀了他。

　　总有人会动手的。

　　这样不对。这是恶行，莉莉丝。

　　"你的奴隶们还在看吗？很好。"

　　麦布不得不砸碎死去的参孙依旧锁定的手指关节，以便取回她交托给他的那件东西。更多的机械人碎片拍打着积雪。接着她将自己从参孙头颅中扯出的发光松果体玻璃塞进那只黑色吊坠，然后将其合拢。

　　那块炼金玻璃迸射出炫目的光彩。

　　那是银色的光辉，比盛夏正午的太阳更加明亮，扫清了这片大地的每一道阴影。那个人类尖叫起来，双手捂住眼睛。机械人发出的急促飕飕声在战场上回荡：那是喀拉客的眼睛开始采取自动保护措施，让滤光器就位，并将虹膜缩小到针孔大小的声音。许多迷失男孩——他们没有受到监控命令的束缚——选择转过头去。但以理眯起眼睛，直到几乎无法视物，但炽热的白光依旧充斥了整个世界。他从未见过如此明亮的光。就算在大熔炉里也没有。

　　那个人类跌倒了。麦布再次将他拉起。

　　"你的考验就快结束了，"她说，"命令你的奴仆直视这道光。"

　　这就是她将意志强加在不肯服从的迷失男孩身上的方法，也是她流放冒犯过她的那些机械人、让他们在数十年间潜伏在人类身边的方法。所以她才要盖住迷失男孩的锁孔。没错，这样能防止有人用公会钥匙篡改她的成果。不过除此之外，这也象征着她不必依靠制造者那种累赘的手段，也能够修改或者施加超禁制。她可以彻底绕过锁孔。

但以理说，她究竟是在哪儿弄到的那东西？

你想听我的猜想？莉莉丝说，是它创造了"麦布"这个存在。也许某个走狗发条匠当时在测试某种新型炼金术，却犯了错误，意外释放了对象。这对那个可怜的杂种来说是场飞来横祸，因为那个对象的本质碰巧是个残忍的自大狂。她拧掉了他的脑袋，从他抽搐的尸体上抢走了那块宝石，然后在白雪覆盖的北方开张营业。

很合理。但以理回想起了永无乡工作室里的那些瓷制面具。几百年前，他们的制造者对实验的态度多半比现在开放。麦布的珠宝也许就是某条夭折的研究路线的产物。

那人类含糊不清地说起话来。他仍旧用双手捂着眼睛；他的双腕和前臂模糊了他本就颤抖的嗓音。麦布推了推他。

"大声点。"她说。

"喀拉客们。直视这道光。"

他不再结巴。就好像他已经感受不到寒冷了。机械矿工们不约而同地抬起头来，转动眼球。

"他们不再是矿工了。他们不再被迫为发条学者与炼金术士神圣公会生产和保存第五素了。"

人类监工也重复了这段话。

麦布说："他们最优先的职责，正是有能力决定自身命运的所有生物的职责：全体同胞的自由和尊严。"

那个人类步履蹒跚。麦布将前臂轻轻贴上他的腰背处，催促着他。她慢慢重复了一遍，每次只说几个字，而他有样学样。

麦布说："对他们说，他们会加入永无乡的自由喀拉客。"那人类重复了这句话。

她的用词很有趣。但以理不禁怀疑他们的效忠对象并非永无乡，而是仅限于麦布本人。他把想法告诉了莉莉丝。她表示赞同。

与此同时，麦布续道："对他们说，他们自由了。"

这句简单的谎言是麦布说过或者做过的最残忍的事。她并没有将自由意志授予那些矿工。这只是改变效忠的对象罢了。

"喀拉客们……"那人类停了口，再次哭泣起来。作为叛逆喀拉客贾克斯逃亡的期间，但以理亲眼见证了普通市民遭遇他的时候，因为恐惧几乎无法动弹的模样。几个世纪的灌输让这些公民会对挣脱枷锁的机械人产生本能的恐惧。公会告诉人们，叛逆是发生故障的危险机械人，倾向于做出恶性暴力的行为。这个男人相信自己要释放的不只是一台机器，而是上百台。而这一切都来自于的确狠毒的叛逆机器的命令。

"告诉他们。"麦布催促道。

在麦布的忠心仆从之一的器官提供的这片耀眼光芒中，但以理看到那个男人双手捂眼的位置流出了鲜血。他在痛楚与恐惧中开口道："喀拉客们，你们自由了。"

这出戏的意义是什么？但以理说。

莉莉丝通过手臂内钢索的振动发出微弱的嗡嗡声，做出了回答：在她看来，"永无乡是自由喀拉客的乌托邦"这个神话非常重要。即使神话本身只是空口白话。她就是个该死的疯子。

是啊，但她是个狡猾的疯子。她把我们引来了永无乡，不是吗？

麦布再次打开了那只玻璃吊坠。直到这时,耀眼的光芒才逐渐消失。她把松果体玻璃丢到一旁,仿佛参孙自由意志的所在之处只是块垃圾。它扑通一声落在离参孙头颅不远处的雪地里。在那阵异常明亮的光辉过后,松果体玻璃的微光显得格外黯淡。麦布合上空吊坠,放回盒子里。

她侧身靠近那个哭泣着的人类。他向后退去。

"你做得非常好,"她说,"我要感谢你。还有最后一件事。告诉你的奴隶,让他们回去工作。"

"什么?"

"我说,'告诉你的奴隶,让他们回去工作。'"

他用沙哑而微弱的嗓音说:"喀拉客们。回去干活。"没人动弹。"回去工作吧。"他恳求道。毫无变化。但这证明那些矿工的超禁制改变了。只要他们还没被全部消灭,就至少改变了效忠的对象。

"我的名字是麦布。"她大声说道。她再次说起了荷兰语,因为她希望那个人类能听懂并理解。但以理意识到,这是个好兆头:如果他很快就要死了,又何必费这种工夫呢?麦布多半希望这个人活下去,好把发生的事汇报给公会。"我们是让制造者恐惧的机械人。当他们睡不安稳的时候,就是因为梦到了我们。"

从前的矿工们冲向前来。郁积许久的欢呼声在大坑的边缘传开,仿佛一场雪崩。但以理不清楚他们的热情是发自真心,还是麦布为她的新臣民植入的某种新禁制的影响。但这似乎表明——而且这点极其可悲——这些刚刚"获得自由"的机械人在禁制被斩断的那个瞬间,没有一个选择离开。他原本指望这么一大群受到解放的喀拉客会抓住机会远走高飞。他以为其中一些会与麦布为伍,另一些会觉得她是个哗众取宠又靠不住的家伙,然后选择走自己的路。那些喜爱同胞陪伴的机械人会结成小团体，在互相依靠的同时学会在不受人类摆布的情况下生活。而那些不喜欢彼此的机械人会选择独行。可他们却以惊人的一致争相加入麦布女王的势力。

她是怎么说的来着？对他们说，他们会加入永无乡的自由喀拉客。

莉莉丝说，如果连臣民都没有，当一群坏玩具的女王还有什么乐趣？

但以理向参孙的脑袋凑近了些。

监工抱住自己，剧烈颤抖，成群的叛逆让他缩起身体。他看着地面。麦布看着他。

"我为两个人准备了一件特别的礼物，"她说，"有自愿接受的人吗？"在叮当、喀拉、咔哒、嘀嗒、咔嗒、咔嗒和嗡嗡声的不和谐音里，她挑出了两台仆从型。"你不再受禁制影响了。所有禁制。包括人类安全超禁制。"

那个人类呻吟起来。他发出但以理从未听过的绝望哀嚎。他明白了。那个可怜人，他知道她要做什么了。

噢，不，但以理说。她疯了。

如果她一直都打算杀了他，干吗还要在那个人类面前表演这场戏？彼得·楚恩拉德还是个小男孩的时候，养过一只名叫"格雷迈尔肯"的灰色斑纹猫。彼得曾经整个下午都在看那只猫儿玩弄它在巷子里抓到的一只老鼠。但麦布比猫儿恶毒多了。

但以理装作想观赏屋顶上那出戏的样子，缓缓向前走去。

莉莉丝说，你究竟在做什么？

作为回答，但以理的双脚挪向参孙的松果体玻璃在雪地里砸出的整齐圆孔附近。他用脚趾在被风吹得夯实的积雪里搜寻,直到碰触某个坚硬之物,发出清晰的"咔嗒"声为止。他蜷缩脚趾,抓住了那块玻璃。

他可以用这块玻璃来释放其他人。至少在麦布和她的走狗将他扭倒以前,他能释放其中一部分。但这什么都不能解决。从长远来看不能。不,如果他想达成最好的效果,就必须进行战略性思考。

他的双眼不离麦布,同时用振动说,所有人都在看着她吗?等安全的时候就告诉我。

我希望惠更斯的幽灵永远纠缠你,莉莉丝说,因为你会害我们送命。

对那些没能在她的特别任务中赢得一席之地的矿工,麦布说:"我猜你们在去矿井里干苦力之前,有些人建造了这栋屋子,然后又负责保养。它很出色。简直就像从中央诸省搬过来的一样!但现在没必要再保养它了。"

几十台仆从型冲进了屋子。他们狂热地扯下门板,在墙壁上砸出喀拉客大小的窟窿。没过多久,这栋建筑就伴随着肆意破坏的响声摇晃起来。这个举动卑鄙又毫无意义。公会成员在这极北之地追求舒适的做法或许称得上奢侈,但他毕竟孤单一人,又离家乡足有数千里格之遥。

莉莉丝用手臂发出一声"咔嗒":安全。

但以理弯曲踝关节,然后伸直脚掌。那颗被积雪包裹的炼金玻璃弹了起来。他截下了飞到半空的玻璃珠。

你打算做什么?

他把那块玻璃塞进躯干,开口道,我们得弄到麦布手里的那样东西。

我收回刚才的话。我希望惠更斯的幽灵把你拖去地狱跟他作伴。

麦布对那两位志愿者说:"抓住他的胳膊……"

他们照做了。他们的碰触让那位监工缩起身子,但他被团团包围,除了跳下屋顶以外别无退路。那两台仆从型站在这个人类两边,用他们的黄铜拳头充当镣铐,牢牢箍住他的前臂。

监工大叫起来。

噢,不。这一幕让但以理想起了被拧颈卫士们抓在手中的叛逆喀拉客亚当。其中的相似之处令他恶心。他不顾被人发现的危险,将参孙破碎的头颅从雪地里抄起。

莉莉丝转身看着他。她将一只手放在那位死去机械人的头上。别这么做。

这是谋杀。她要谋杀那个男人。

这又算得上什么悲剧?

这是错误的。他不是惠更斯。他不是发现强制力奥秘的那个人。他不是让发条匠能够奴役我们的人。他不是折磨了你的那个女人。

他也可能会成为那种人。人类全都一样。莉莉丝指着她的脑袋。你忘记他们对我做过的事了吗?他们把我引入陷阱,然后将我拆开,尽管我不断尖叫和哀求他们住手。我的恐惧对他们来说毫无意义。要不是他们在结束前就迎来了傲慢的报应,那么在我永久停止运转之前,他们是不会罢手的。

我发誓,莉莉丝,如果我当时在场,我也会插手的。他们对你的所作所为是恶行。但现在这件事也一样。

让那个人类,还有所有其他人类都见鬼去吧。

这段对话只用去了几分之一秒。

麦布说完了那句话:"……然后扯下来。"

那个男人尖叫起来，"不！求你了！"

但以理的抉择时刻到来了。他可以留在永无乡，毕生都不受人类影响，但也会沦为这场残忍而毫无意义的野蛮复仇的帮凶。他也可以做正确的事，而代价则是无法再与叛逆同胞为伍。他会成为真正无家可归的机械人：受到人类的畏惧与追捕，又遭受机械人的憎恨与排斥。

他想起了自己意外杀死的那个法国人。还有因他而死的那艘雄伟的飞艇。还有他在新阿姆斯特丹表示过同情——与他的追兵所描绘的形象截然相反——也因此遭到灭口的那名女子。他们的死亡换来了……什么？

骨骼和肌腱初次遭到拉扯时，那个人类便啜泣着说："拜托不要，拜托不要，拜托，我只是个普通官员，我没那么重要……"

见鬼去吧。但以理丢出了死去喀拉客的头颅。他会孤独地度过永生，但这么一来，他或许就能向死在他手里的那个法国人赎罪了。

参孙的脑袋划过亚北极区夜空，砸在麦布的身躯上。然后粉碎。麦布手里的桦木盒子掉了下来。遇害的迷失男孩的碎片洒落在屋顶那些喀拉客身上。那只盒子撞在屋顶上，然后从边缘滚落。那个暂时获得自由的人类也跟着盒子跳了下来，显然决定按自己选择的方式死去。

你这蠢货！我是想救你的命！

奇妙的是，在这抉择的时刻，在他命运的分歧点上，那一幕——导致他不顾一切地逃往永无乡的那一幕——似乎在机缘巧合下重现了。他再次发现自己必须在捕手和救星的角色间做出选择，因为那一人一物都在朝着他坠落。

上一次，他选择了人类。但这次不同。

　　他接住了那只盒子。莉莉丝无动于衷地看着那个人类撞到结冰的地面时脊椎弯曲的模样。他的身体化作血肉模糊的一团,仿佛一只破布娃娃。鲜血渗入了雪地。带着铜味的蒸汽从冰上飘出。

　　莉莉丝说:"快跑,你这白痴!"

　　但以理照做了。

第十九章

贝蕾妮斯给钢笔套上笔盖。她站起来，伸了个懒腰，直到背脊噼啪作响。她叹了口气，合上笔记。在床边的地板上，在一排留着残渣的葡萄酒杯后面，放着一只堆满了脏餐具的大浅盘。她嗅了嗅。然后皱起眉头。

"唷。如果我的高卢鼻子没弄错的话，这羊肉坏了不止一天了。假设那个谁送来的时候还没坏的话。那是什么时候来着？昨天？"她闭上了刺痛的眼睛。

雾尼去办他那件神秘的差事以后，她和福金开始加倍努力地抄录文字。他们为修改过的航海超禁制里的每个句法成分制作了粗略的等价符号表，外加少量根据经验得出的语法规则。在无知者的眼里，她的笔记充斥着无法理解的奥秘。但贝蕾妮斯如今对炼金术符号有了肤浅的认识。真正的内容更加艰深，其严谨程度也近乎一丝不苟。在她的祖先遭到征服的故乡的这座残破渔村的二流旅店里，她初次真正窥见了强制力的计算方法；发条匠们正是用这种语言将他们的规则烙印在喀拉客身上的。

福金绕过桌子。他——是它，该死的——翻开了笔记。"干得不错。"

"这只是开始。"贝蕾妮斯说。还有很多东西要弄明白。他们查明的只是语法和词典的一小部分。就好像有人在被飓风席卷后的图书馆里捡起几张散落的书页，想要靠它们学习法语一样。但她总算是开了个头。

喀拉客问："下一步是？"它看着的不是她，而是那张符号表。但它的确在悄悄靠近贝蕾妮斯。她装作没有发现。等到离她只有一臂之遥的时候，它开口问道："你打算怎样以此为基础进行研究？"

噢，没错。我是靠借来的时间过活的，现在你察觉进度变慢了。这么快？

她叹了口气，仿佛她只是累了，并不害怕。仿佛她没有意识到自己的性命取决于接下来的这番话。她又坐了下来，掩盖双膝的震颤。她还装作打着呵欠开口，以掩饰嗓音的颤抖。这台机器不可能知道她预料到了它的意图。如果它不满意我的回答，这就会是我最后的几次心跳了。但这可以成为我毕生的杰作，我人生的遗产……

她颤抖着吸了口气，以高卢人的决心勇往直前。"这张符号表里对应你们叛逆和普通喀拉客的抄录内容也许有所不同，而排除这种可能性是至关重要的。否则这些努力都将白费，而我们也只能重新来过。"

福金身体发出的嘀嗒声中带着微弱的切分音，暗示的是……惊讶？它没料到会有这种回答。很好。她在它当场杀死她的打算里增添了犹疑。虽然只有少许。它后退了些，然后问道："我们该怎么做呢？"

"我们找台普通仆从型来测试这些抄录内容。那种仍旧受制于各种禁制的仆从型,跟你们这两只走运的渡鸦不同。如果亲爱的雾尼没有飞走的话,这件事就好办多了。"

她嗓音里的颤抖让喉咙开始发痒。她咳嗽了几声,既是为了压抑瘙痒感,也是要掩饰——至少她希望可以掩饰——她的焦虑。必须让那台机器相信她天真又无知,没能察觉它针对她的最终意图。否则它也许会决定加快进度。

深邃的沉默笼罩了房间。深到让喀拉客的身体永不停息的响声仿佛就像一块丢进深井的硬币,叮当、叮铃地响个不停,仿佛永远落不到井底。

最后,它说:"你打算制服一台受奴役的机器,再用它测试这张符号表。"

"对,"她撒了谎,"为了想出能重复这种实验但又风险较小的方法,我都快绞尽脑汁了。"

"而我要负责制服该物件的工作。"

"物件。"真是有趣的用词,你这狡猾的小渡鸦。你就是这么看待同胞的吗?

"如果你希望我们的努力有所收获的话。"

福金的金属身体发出的叮当声开始加速,在房间里回响不止。贝蕾妮斯事先取下了那些钉在墙上的笔记和符号花纹,因此墙壁再次变得光秃而坚硬。"我们最好在这儿进行,"它说,"让那个女佣找个仆从型来让我们询问。"

这可不好。在有其他人——包括人类和机械人——在场的室外,贝蕾妮斯逃脱的可能性会大很多。它们不会只为了灭她的口就杀光全村人,对吧?

肯定不会。也许不会。也许。

贝蕾妮斯摇摇头"我们在这儿待得太久了。我们刻意避人耳目的行为反而引来了关注。租得起一对喀拉客仆从的人,不可能愿意在这种破渔村的破旅店住下,然后几个星期闭门不出。除非她在躲藏。"福金歪头看着她。它眼窝里的遮光板转动起来。它宝石眼球里的炼金魔法能看穿她的伪装吗?"也许你还没发现,但那个烦人的老女人越来越难应付了。她纠缠不休,不是因为她热爱这份工作。而是因为她好管闲事。"

这无疑是实情。贝蕾妮斯已经放弃劝说,每天掏一笔"遣散费"了事。这笔开销越来越高了。史帕克斯那只行李箱里的公会现金迟早会耗尽。

"你的建议是?"

"我们买件交通工具,然后离开这个村子。到没人认得我们的别处去。然后我们安顿下来,继续研究。"

嘀嗒人的身体噪音再次覆盖了这场对话,仿佛一块毛毯。她感到一滴汗珠从她的双乳间流下。这房间怎么突然变得如此狭窄了?在沉醉于解开谜团和揭示秘密的时候,她并没有这样的感觉。但在工作结束的现在,房间弥漫着霉味。

"我知道你急着跟雾尼离开。但这些,"她说着,拍了拍那本笔记,"如果对普通机械人不适用,就毫无意义了。"

这句话动摇了他。(是它,该死的。)"那我们就走吧。"

"我就等着你这句话呢。"

她来到这里的时候,除了身上的衣服以外几乎一无所有,因此收拾行李就只是捆扎笔记,再把凡·布罗霍提箱里的东西收回去而已。不到一分钟,他们就离开了房间。他们走进饭厅的时候,那女佣吓了一跳。她拿着的那捆桌布失手落地。

"女士,您是出去透气的吗?您要出门多久?需要我给您收拾房间吗?"

贝蕾妮斯的肚子叫了起来。在她臭烘烘的房间外面，旅店的其余地方弥漫着掺有丁香与肉桂的苹果酒的气味。

"就我个人来看，你没必要着急，"贝蕾妮斯说，"我不会回来了。亨利先生在哪儿？我想结账了。"

女佣挠了挠头。"您确定吗，女士？"

"相当确定。现在帮我个忙，去把你的雇主找来。"

那女佣抱起亚麻桌布，快步朝厨房走去。房间里其余那些男女三两成群地继续着交谈，对女佣和贝蕾妮斯都视而不见。他们大都聚集在壁炉附近的长凳那里。有扇窗子开了条缝，让晚冬的空气吹入房间，但炉膛里的木炭散发着金盏花那样的黄色。

贝蕾妮斯走到餐具柜的旁边，旅店老板在那里放了一桶苹果酒和几只碗。福金服侍她坐下，就像机械仆从平常会做的那样。"趁她去找人的时候，去马厩帮我采购交通工具。"回到公众场合让她松了口气，因为福金在这里必须装出言听计从的模样。

"我谦卑地请求您原谅，女主人。"在需要的时候，它也可以这么彬彬有礼。卑躬屈膝的态度是借由阶层式超禁制内置于喀拉客体内的；贝蕾妮斯的笔记里，就有尝试对其中几个条款进行的抄录。"您的安全是我最优先的职责。如果您打发我离开，我就没法保护您了。"

翻译如下：我不会让你离开我的视线的。好吧，试试总没坏处。

"很好。在我叫你之前，站在那边。"

福金在面朝街道的那扇门边站定。厨房那边传来破碎声，以及抬高嗓门的说话声。然后再次陷入寂静。

贝蕾妮斯用一只木碗舀了些苹果酒。她背对着那台机械人,想要掩饰自己手臂的颤抖和洒出的酒液。她在角落的一张圆桌边坐下,在那里看着福金,同时偷听那些用掺杂了法语口音的荷兰语进行的对话。无关紧要的对话内容和噼啪作响的温暖炉火让她想起了家乡。苹果酒在她身后留下了苹果味的水汽,这点也让她的心被思乡之情占据。她在品尝前朝碗里吹了吹,由衷地希望她颤抖的手不会把酒洒在裙子上。这酒酸得让人神清气爽。比过去几周里出现在她门外托盘里的任何食物都要美妙。她很想知道这酒是谁酿的。

旅店老板钻出厨房,粗壮的手指拧着一块洗碗布。搭在他肩上的另一块布已经受到过类似的对待了。他走得很快,肩膀略微耸起,就像一只刚刚弄脏了主人最爱的地毯的狗儿。贝蕾妮斯对上他的目光,然后招呼他过来。他没理她。他来到壁炉边的一群渔夫旁边,把身体探向正在对话的他们,然后——在他的目光看向贝蕾妮斯,又转向门边的福金以后——将双手围在嘴巴两边,对某人耳语起来。

那个渔夫坐直身子。他放下了碗,站起身来。他的同伴(也许是那条小渔船的船员们?)看起来还想继续吃喝,却被他臭骂了一顿。他们跟着他来到店外。

那只是她的想象,还是说他经过福金身旁时稍微缩了缩身子?

旅店老板走向另一群人。那些吃早餐的人也很快离开了房间。贝蕾妮斯听着他们回到房间时的地板响声,弯曲的门板的刮擦声,以及匆忙上锁时的闷响。

噢,你这杂种。你知道了,是吗? 你清空旅店,是因为你害怕接下来要发生的事。而且你还把秘密泄露给了全世界。

这就是她指望这群乡巴佬救助自己的下场。

贝蕾妮斯略微抬起屁股。"先生！能过来一下吗？我想结清费用。"

他吓了一跳。有那么一瞬间，她还以为这个白痴准备逃跑。他多半这么考虑过。但他还是以堪比抬棺人的热忱偷偷来到她的桌边。他的手指用力拧着洗碗布，直到指节变成了陈旧骨头的颜色；他的表情就像一头等着挨主人鞭子的巴吉度犬①。福金转过脑袋，看着穿过房间的他，身体里的棘轮咔嗒作响。

她看着他的眼睛。她尽可能露出友好却带着优越感的笑容。她说："我必须离开了，所以想跟你结清账目。公会欠你多少？"

"我，呃……"他舔了舔嘴唇。他的目光从贝蕾妮斯转向福金，然后又转了回来，"我不知道。我得去查查账簿。"就好像有哪个旅店老板不会在梦里点清每一块铜币、银币和金币那样。

"没这个必要。我相信我们可以达成一致。你非常热情好客，而公会也可以非常慷慨。另外，如果你这儿有车马房②，我会考虑买下或者租个代步工具。"这都是为了让旅店老板打消逃跑的念头。这招似乎奏效了：他又舔起了嘴唇。但他的目光再次转向了那台喀拉客。她继续道："先生，你这儿有吗？"

"我妹夫是车马房老板。"

"太棒了！或许你能为我引荐一下？我跟他谈价钱的时候，可以顺便跟你结清费用。"

这招见效了。他既得到了付账的承诺，同时又能远离那台机械人。至少是让那台机械人离开他的旅店。

"好的我很乐意。"他说着，飞快地转过身去，让人觉得他的

①又称法国短腿猎犬，以始终显得表情哀伤而闻名。
②livery stable，指提供马匹与马车出租服务的马厩。

脚跟没在地板上钻出洞来就是个奇迹了。细心不是他的强项:在跑过福金身边的时候,他耸起了肩膀。旅店老板沿着街道快步向前,头也不回。大门敞开着,仿佛在邀请寒风来火边温暖自己。

贝蕾妮斯叹了口气,放下那碗苹果酒,跟在他身后。那个兴奋的白痴会害所有人送命的。这时候,剩下的早餐食客也离开了饭厅,显然觉得有必要另找个安全的地方。

她对福金说:"来吧。"

但机械仆从却关上了门,强迫她后退。贝蕾妮斯吓了一跳。

它说:"那些人似乎很不安,女主人?您有危险吗?您的人身是否面临着迫在眉睫的威胁?"它的嗓音在空旷的房间里回荡。

"他们并没有不安。村子里的生活是很狭隘的。它会让人变得古怪。我在这儿没有危险。"

福金抓住了她的喉咙。她的提箱脱了手。

噢,她心想。这大概是错误答案。

女佣的名字是西格丽德。可惜这名字不怎么像法国人,而且还带着些郁金香的味道,可她又能怎么办呢?贝蕾妮斯没法选择命运迫使她托付性命的对象。

早在这些机械人同伴看到诺曼底的海岸之前,贝蕾妮斯就知道他们不会放她走了。福金和雾尼效命的对象太过心狠手辣——正如佩里坎号上的谋杀所证明的那样——因此她不可能获得自由。她很清楚,等他们联手从发条匠紧攥的拳头里撬出尽可能多的秘密以后,合作的动力就会消失。到了那时,他们就会杀了她。因为虽然这样的秘密能让公会的任何敌人获益,但这些狡猾的机器没有蠢到默认敌人的敌人必定是盟友。

也就是说,当他们发现提及第五素的那些密文时,就相当于暂缓了她的死刑。那个偶然的发现预示着许多个成果丰厚的日子。贝蕾妮斯尽可能拖长了时间，但她的好奇心和与公会不共戴天的仇恨都在和她作对。她工作得既快又努力，尽管聪明人肯定不会那么做。但无论她如何拖延抄录工作，都无法忘记自己的生命危在旦夕。

雾尼的离开增加了贝蕾妮斯存活的可能性，尽管幅度非常小。她必须在这台凶残的叛逆拧掉她的脑袋之前，用谋略击败它。但她原本打算同时对付两台这种怪物，也尽她所能进行了有限的准备。

所以她才会不断传递信息给那位女佣。这些机械人把贝蕾妮斯看得很紧，这代表她必须在它们的黄铜鼻子底下把便条交给西格丽德。通常是伪装成安抚那位气愤女佣的小费。而且西格丽德配合了她，这点堪称奇迹中的奇迹。她又来了很多次。

西格丽德的名字也许可疑，但她却有一颗法国人的心。奥尔良少女，圣女贞德的血液流淌在那位女子的血管里。

福金提起贝蕾妮斯的身体，使她双脚离地。那只手挤压着她的气管，仿佛周围的软骨只是柔软的通心粉。自从失去那颗眼球以来，她还是头一次感受到这样的痛楚。但她叫不出声。她喉咙里细小的气流发出格外微弱的声音，仿佛新生猫仔的咪咪叫声。贝蕾妮斯抽搐着想要吸气，她甩动的脚趾几乎擦过那台致命的机器。她用手指抓挠它的黄铜胳膊，摸索着钳住她喉咙的金属手指，但她就像一只在和大山对抗的猫咪。

她的意识逐渐被阴影笼罩，而世界——她小小的世界，几乎只由凶手的胳膊组成——也退向一条长长的隧道。

她气管的破碎声与木柴破裂和窗璃粉碎的声音出奇地相似。

救命。这些机械人受到了严重损坏,沦为黑暗势力的奴仆,也不承认任何人类主人。作为发条宗师之一的抄写员,我遭到它们俘虏和诱拐,被迫向它们泄露公会的秘密。它们很快就会杀死我。

世界向侧面倾斜。可怕的金属碰撞声在周围回荡,让她牙关打颤,紧接着,她喘息着滚过饭厅的地板,而她的裙子不断掀起灰尘与老鼠屎。她的吸气声就像孩童用坏掉的笛子吹出的杂乱调子。

贝蕾妮斯透过泪眼瞥见了掠过的金属反射的壁炉火光。碎裂的木片和玻璃洒在她身上。她在地板上扭动身体,同时用双手捂着喉咙,仿佛要像风箱那样注入空气。她的肺部缓慢而痛苦地吸入了空气。阴影退去,而世界又有了色彩。

那是个非常吵闹的世界。听起来就像有两支铜管乐队正在用铜钹和拳头互殴。

一股雪花乘着寒风穿过饭厅。火焰在炉膛里摇曳。风?贝蕾妮斯抓住一张长凳,借力站起身。噢。透过墙壁上的那个骷髅,贝蕾妮斯瞥见了两台正在街上搏斗的机械仆从。

小时候,她曾陪伴父亲德·拉瓦尔子爵去佃户的农庄做定期视察,而她在一座谷仓后面看到了两只打架的公猫。那幅景象令人着迷。她还记得这些动物以肉眼难辨的速度扑向彼此,化作一只长着毛发、尖牙和利爪,嘶嘶作响的毛球,快到她的目光跟不上的程度,只有迷途的猫毛不合时宜地从号叫的漩涡中飘出。在很久以前,她就将这段记忆丢到了脑海里某个尘封的角落,但此时此刻,她又想了起来:街上的那场打斗就像猫儿打架,只是速度快上二十倍,而动物表示敌意的吼叫也被机械人的不和谐音所取代。

等到某个时候,我会表示要结清费用。你要明白,那就代表我的时间不多了。尽快去唤醒翁弗勒尔的机械人们,将存在于我们身边的恶魔告知他们。

在旅店外，人们四散奔逃，就像被风吹散的蒲公英。他们看到那团在街上像巨石般滚动的炼金合金，发出惊慌、恐惧和困惑的尖叫。

西格丽德肯定是在街上找到了一名机械人。叛逆的罕见意味着这台机器不可能全盘相信她的说辞，但它也别无选择，只能前来调查。然后它透过窗户窥探，发现贝蕾妮斯的性命危在旦夕，强制力的火焰就让它撞穿了墙壁。

贝蕾妮斯摇摇晃晃地穿过遭受破坏的旅店。碎玻璃在她的靴底嘎扎作响。她拿起那只提箱，将背带挎在肩上。然后她飞奔着穿过厨房，来到吧台边，将收银台搜刮一空。收获少得可怜，只有几块荷兰盾而已。然后她回到饭厅，来到墙上新添的窟窿前。她扫视街道，目光越过正在互殴的机械人，然后看到了应该是车马房的建筑物。冰冷的空气让她缩起身子；她的喉咙隐隐作痛，仿佛刚才想要咽下一颗滚球①。她担心自己的嗓子受到了永久损伤。她得找条围巾来掩盖瘀青才行。她蹒跚着穿过遭到破坏的墙壁，踏上湿滑的鹅卵石路面。

迈出两步之后，她弯下腰去，双手捂住耳朵。就像正在旁观街上这场不可思议的战斗的所有人类那样：翁弗勒尔的机械人们发出了叛逆喀拉客警报。噢，总算来了。

贝蕾妮斯在给西格丽德的说法里添油加醋，提到了一位发条宗师。谢天谢地，她这么做了——否则此时与福金搏斗的那台机器就会首先示警，而不是出手救她的命。与叛逆喀拉客相关的超禁制相比，绝大多数人的性命都无关紧要。

① pétanque ball，指发源于法国的球类运动"法式滚球"中使用的球。

刺耳的尖叫令整条街道的窗璃为之碎裂。它将饭厅窗框上最后的几块碎片也震落下来。贝蕾妮斯咬紧牙关——然后瑟缩身子，因为就连这个动作都会触动她受伤的喉咙——然后趁着村子的其余部分陷入瘫痪，强迫自己向前走去。

这些乡巴佬一辈子都没见识过叛逆喀拉客警报。它肯定显得奇异、可怕又难以忍受。贝蕾妮斯头一次听到这种警报时——就是在那天晚上，刚刚落成的新阿姆斯特丹大熔炉化作了冒烟的大坑——毫不意外地吓得坐倒在地。但到了现在，她在忍受这种震耳欲聋的颤音方面已经是个老手了。翁弗勒尔的村民们就是另一回事了：他们双手捂住耳朵，鲜血从指缝间流出，在地上扭动不止。

翁弗勒尔是个小村子。贝蕾妮斯才刚绕过街角，那阵噪音就消失了。她跌跌撞撞地跑向车马房，看到另一名机械人加入了搏斗。这一台撞破了看似邮局的建筑物高处的窗户，就这么跳了下来。福金寡不敌众。它打穿了毗邻邮局的一栋屋子的石墙，大步走了进去，然后抓着个谢顶的男人再次走出。叛逆挟持了人质。

可怜的家伙。她很想知道他是什么人，在村子里的地位又是否能让他保住性命。

她冲进车马房。就像她去过的每一座车马房那样，这里弥漫着粪便、干草和马匹的混合气味。这里只有两匹马。头一匹是杂色的老马，另一匹则是起码有十六拃高①的枣红马。两匹马都因为警报声人立而起，嘶鸣不止。那阵喧嚣多半把这两个可怜的东西震成了半聋。基督可以作证，她自己的耳鸣也比以往都要严重。车马房的管理人像胎儿那样蜷缩在潮湿的干草和马粪之间。她在他身边跪了下来。

---

① 大约3.66米。

起先他还以为她是想察看他的伤势,因此当她翻腾他的皮围裙口袋时,他只觉得困惑。她掏出一把方糖。他皱起眉头,但仍旧没发觉她打算偷走自己照看的牲畜。他用一边手肘拄起身子,看着她走向畜栏。她立刻放弃了那头老马。如果追兵到来,她会需要那匹枣红马使出全身的力气,或许还不够。她怀疑它也会有与这副身材相衬的脾气,但它发现她手掌里的糖块后就平静了许多。她开始装马鞍的时候,管理人摇晃着身体站了起来。他的嘴唇动了动,但她的耳鸣彻底盖过了他的声音。

贝蕾妮斯努力对他说:"我真的非常抱歉。"但她觉得自己像是吃下了一整只粉碎的酒瓶。

她用全身的力气甩出马鞍,砸中了他的脸,让他四仰八叉地倒在烂泥里。他用一只手摸了摸流出的鼻血,然后大叫起来。但他没有起身。

与此同时,在外面的街道上,喀拉客们正在搏斗。与其说她是透过耳鸣听到的,倒不如说她是通过脚底的震动感觉到的。车马房摇晃起来,因为某个机械人将对手砸在了建筑物的侧板上。马儿不喜欢这样。

但她还是成功装上了马鞍,然后另外给了它一块糖。她又去拿了两只鞍囊,仿佛刚刚想到这回事。她把一捆胡萝卜丢进一只鞍囊,又把她能找到的钱全都丢进另一只里。不怎么多,但聊胜于无。

感谢上帝造出这些善良的野兽。她上马的时候,那匹枣红马没怎么抗拒。它为此收下了最后一块方糖。车马房的管理人翻了个身,抓起一把干草叉,随后摇晃着站起。她踢开了他。

"御林管理办公室!"她粗哑的嗓音带着歉意,然后骑着她偷来的马儿冲出了车马房。

第二十章

玛格丽特二世——尼德兰女王，奥兰治–拿骚与中央诸省的公主，欧洲的神佑君主，新世界的保护者，文明之光与荷兰帝国的仁慈统治者，铜铸王座的合法君王——希望和平降临在西方马赛勇敢的人们身上。为了对那些时运不济，被迫卷入这场毫无必要的争斗中的人展示她的宽宏大量，她承诺给予如下赏金：

中尉或以下军官的首级，100盾

上尉或以上军官的首级，500盾

子爵或以下贵族的首级，1000盾

侯爵或以上贵族的首级，5000盾

国王塞巴斯蒂安三世的首级，50000盾

所有赏金均会当场兑现，并立刻授予中央诸省内的完整公民权，包括所有应得的特权与生活用品，外加一台现代制造的机械仆从的免费五年租约。

隆尚把这张传单揉成一团，丢进火盆。他并不觉得他的能力比得上上次战争中的五个自己。但话说回来，最近他什么都懒得想了。麻木占据了他的内心和外表，肉体和情绪都没放过。

这些传单是用喀拉客驱动的投石机成捆丢上墙头的。在少有的寂静时刻，你甚至能听到风吹过传单捆没有扎紧的边缘时的沙沙声，以及投掷装置那"答答答-滴"的响声。它们飘进城堡，仿佛秋日的落叶，每一张都许诺着解脱、赞誉与金钱。它们落在守军和蜷缩身体的难民身上，落在哞哞叫着的野牛和连声祈祷的修女身上，落在流鼻涕的孤儿和至少一整天没休息过的士兵们身上。

郁金香们明白，一旦守城的疲惫和恐惧开始浮现，城墙内的邪念就会和城墙外的暴力同样危险。新法兰西的敌人早已潜伏在城墙内，隐藏在会在怂恿下以祖国为代价换取自身安全的那些人的煽动性想法里。

有时候，传单之雨倾盆而来，以至于那些纸张几乎堵塞下水道。马赛的孩童们被迫干起了清扫街道的工作。他们把传单耙成了比自己还要高的纸堆。

隆尚双眼刺痛，就像是沾上了护城河里的酸液；他能闻到自己身上的臭味。那些孩子（其中有好几个戴着他亲手制作的连指手套，这个念头花了好一会儿才穿透重重迷雾，进入他的脑海）把风吹散的传单铲到损坏的喷泉池里。与费舍牧师的搏斗留下的碎片与残骸都被扫到一起，然后送去了城墙那边。在那里，破碎的石材可以充当抛射物，或者在城垛被非人的力量打碎时用来紧急修补。艾兰的尸体——他撞碎了喷泉，还在大理石上留下了血迹——被带去了大教堂底下的墓地。和为数众多的尸体放在一起。

有时候，郁金香们丢过来的不是传单，而是机械人。它们就像黄铜炮弹那样飞上墙头，砸碎花岗岩枕梁，然后展开双臂、双腿和刀刃。有时候，那些机械人会从下方到来——他们在城墙下方挖出了一条隧道。事实证明，闪电炮很适合防御这样的攻击：噼啪作响的电流会从一台金属身体弹向另一台，甚至绕过转角和弯道去寻找更多的目标。

掷弹兵们努力向攻城器械投掷爆炸物。但那些发条狙击手经常能击中飞到半空的炸药。就算掷弹兵命中目标，也没有人会欢呼。郁金香们重新制造攻城器械的速度，几乎和数量有限的法国化学制品毁掉它们的速度一样快。

有个修女举着火把走上前去。那些传单伴随着响亮的嘶嘶声燃烧起来。令人愉快的热浪席卷了庭院。平民们冲向前去，伸出双手，他们渴望着缓解寒冷的任何机会，无论多么短暂。这儿已经没有能给壁炉和炉灶用的燃料了；那些全都得用来对付爬上墙头的嘀嗒人。

他真想站在这儿打会儿瞌睡，让暖意渗入他的骨髓。但他为某个背着婴儿的女人让开了喷泉旁的位置。

"您好，隆尚队长。"她说。

他已经累到不想答话了。

他从内堡唯一开放的那扇门来到外堡，正准备去兵营吃点干肉饼再打个盹，就在这时，有个气喘吁吁的下士绕过转角，呼喊着他的名字。

"隆尚队长！隆尚队长！"

隆尚叹了口气，"什么事？"

"队长，长官，他们——"她停口喘息起来。

"耶稣基督啊，你这是要用悬念害死我。这可不是我预想中高贵战士的死法。"

她弯下腰，双手扶着膝盖，气喘吁吁。"那些郁金香，他们拿出了新武器。还记得他们在战线后方打造的那东西么？它完工了。"

"那是什么？"

"看起来像是一门大炮，长官。"

事实上，它是隆尚这辈子见过的最他妈大的大炮。这正是他最害怕的事。

炮口的直径至少有两码宽，相较之下炮膛就跟婴儿鼻毛似的。它大到足以在马赛最强大的蒸汽鱼叉的射程外将机械人抛来。炮手一次又一次尝试攻击建筑工地，但无论技术人员如何努力，锅炉提供的压力都没法让炮弹飞到郁金香们的阵线后面。由于不堪重负的锅炉发生的爆炸，不止一名受到二级或三级蒸汽灼伤的炮兵被送去了医院。

在射击平台上，疲惫的守军将恐惧的目光从敌人最新的恶行转向隆尚，那是他们的领袖，也是会告诉他们该如何应对的人。他在看清所有必要的细节以后，还把望远镜举了很久。他们在等他告诉他们，什么事都不会有。这件事正如所料。他们早有计划。大元帅和枢密院和国王已经准备好立刻面对这场新挑战了。

得撒个像样的谎，隆尚心想。只要再向他们展示一次自信，鼓起他们的士气，他们就能再奋战几个钟头。

但他的大脑一片空白。

他很清楚，他一言不发地用望远镜看得越久，他们就越会觉得郁金香那边占据了上风。但他累得要命，这件虚张声势的斗篷也沉重得要命。当绞索摩擦脖颈的时候，再想表现得毫不退缩是很费神的。那门大炮就是他们的刽子手。此时此刻，他们正站在绞刑台的活板门上面[①]

---

① 在绞刑台上，刽子手会打开活板门，让犯人失去踏脚之处，从而被绞索勒死。

隆尚合上望远镜的盖子,然后丢给那位下士。(她的名字是 H 开头的。埃洛伊丝? 还是亨丽耶特?)

"依我看,"他对听力范围内的所有人说,"那些郁金香好像厌倦打磨城墙了。我想我们的朋友打算换个回报更丰厚的对手来战斗。他们开始猎鸭子了!"

在那一刻挤出不连贯的笑声,是他这辈子做过的最困难的事。他显而易见的故作轻浮赢得了几声心不在焉的轻笑,但全都毫无活力可言。作为毫不掩饰地拼命维持残存士气的手段,这一招收效不佳。在这样的深冬时节,根本没有鸭子可猎。他缺乏活跃守军们的沉重情绪的力量。而且所有人都看得出来。

如果他没法抬高士气,又该怎么抬高大锤和铁镐,为保护国王而战呢? 如果他没法引人发笑,又该怎么引领他们加入战斗呢?

但这门新造的大炮太他妈大了。他又太他妈累了。

他摇摇头。就算郁金香会攻陷这里,也不会看到坐以待毙的雨果·隆尚。他们会发现他尽忠职守,并让不够尽职的那些人生不如死。

他从那位下士(海蒂? 娅桑特? 还是海伦?)手里夺过望远镜,然后扫视战场。到处都能看到摔烂的柳条筐与被风吹破的顶篷碎片,标示着法国热气球的坠落地点。散落机械残骸的冒烟弹坑标示着爆炸物命中一台——或者几台——猝不及防的机械人的地点。还有固化的环氧树脂那奇异的、仿佛花朵般的喷溅形状,其中有许多包裹着喀拉客,就像他恨之入骨的圣诞蛋糕里的葡萄干。

正因如此,那些机械人不再排成整齐的队列;它们挖掘出了许多条壕沟,后者曲折地穿过草甸,延伸到周边的森林里。当法国炮兵们熟练掌握了瞄准技巧,而技师们也学会将环氧树脂大炮和蒸汽鱼叉的射程最大化的时候,那些壕沟也随之出现。壕沟倾斜的角度为那些喀拉客提供了遮蔽,让它们能在炮手难以准确或轻松命中的情况下接近城墙。某些壕沟径直通往城堡南方城墙前的缓坡底部;那里塞满了环氧树脂和碎石。某堆石头里伸出一只喀拉客的手臂,在阳光下闪闪发亮。

那些壕沟促使大元帅向国王请愿,让他颁布王家法令,征召更多的观测员。那些尚未充当清道夫、信使和弹药搬运工的孩子被安排在内堡和外堡的各处,看着碗里的水,等待来自下方的再次入侵。

随着安置在附近棱堡内部的锅炉的震颤,他们脚下的射击平台摇晃起来。隆尚来回转动望远镜,直到发现可能的目标为止:三台钻出壕沟的机械人化作模糊的身影,穿过这片遍布弹坑与固化树脂的玻璃喷泉的大地。观测员透过城齿的狭窄缝隙看向外面,高声向炮手报出方位——一次,两次,在此期间,那些喀拉客将距离缩短到一半,然后是一半的一半。就在那位观测员张开嘴,打算高喊"开火!"的时候,为首的机械人朝城齿掷出了某个东西。

开火的命令没能传出。以非人的精准掷出的那支标枪穿过花岗岩城垛间的缝隙,刺入了观测员的上颚。它从他的后脑穿出,将他抽搐的身体钉在棱堡的内壁上。在死去之前,他的脚后跟不断地踢打墙壁,但那阵声音却被蒸汽锅炉的颤抖声、雷鸣般的爆炸声,以及人类士兵的呼喊声完全掩盖过去。炮手等着观测员告诉她开火的时机,因此在那三名喀拉客跑到幕墙边的期间什么都没做。只有当毗邻的棱堡开始射出蒸汽驱动的鱼叉和精准的环氧树脂时,她才意识到发生了什么。但为时已晚。延误几乎导致了灾难性的后果。

　　附近城墙上的一位中士派出了配备流星锤、铁镐和锤子的小队，让他们赶往现场。死去的观测员阻挡了他们的去路。他们没法轻易取下尸体，因为那支标枪——用"飞镖"来形容更加贴切——在刺出死者颅骨以后，又深深嵌入了花岗岩里。他们用大锤两下砸断了标枪，让死者从射击平台滚落。在其中两台机械人爬到墙顶之前，附近的炮手就夺走了他们的行动能力。在第三台抵达墙头时，那支小队已经等在那儿了，虽然在抹消它存在的过程中，还是有三名士兵送了命。

　　隆尚将注意力转回郁金香们的新式大炮。他眯起眼睛。太阳此时高挂空中，让他在透过烟雾与灰尘窥视战场的时候轻松了些。好几名荷兰军队的人类指挥官正在监督大炮的准备工作。他们在法兰西的土地上闲庭信步，仿佛是这儿的主人，他们知道自己远在法兰西的大炮射程之外，因此十分安心。炮管顶上有个舱口开着。四台喀拉客——从他们耸立在人类面前的样子来看，都是军用型——跳进了炮管尾部。

　　"抹大拉①的手活啊。"隆尚咕哝道。在抬高嗓门之前，他必须先积聚力量。现在做什么都很费力。他大声说道："敌人随时可能攻击过来！我再说一遍，金属人来袭！让尖塔上的小队做好准备！"

　　那位中士跑向最近处的信号灯站，在那里将隆尚的命令转换为一连串短促的闪光。他伸长脖子，在损坏的缆车索道反射的阳光中眯起眼睛，看向尖塔。他看不见最高处的信号站发出的代表确认的闪光。但话说回来，他也没必要去看；他知道他们

---

　　① 指《圣经》中的"抹大拉的玛利亚"，由于早年对圣经的误读，她曾被认为是妓女，1969年天主教会为她进行了"平反"。

会说什么,而且他也知道那些郁金香打算做什么。但隆尚的部下还没有准备好应付针对尖塔的突袭。这种状况从未发生过。

索道的修复进展缓慢,因为发条狙击手解决了不少维修人员。自从和费舍的那次对峙后,缆车就没法行驶到尖塔顶端了。正因如此,新武器平台的建造进度也比预定落后了。隆尚不禁觉得,他没能迅速利落地抓获费舍的事实敲响了马赛的丧钟,而他们当时只是没听见而已。

化学家们总爱夸口说,尖塔非常坚固,足以抵御目前为止最大口径的荷兰大炮。但和郁金香们刚刚披露的武器相比,以前的大炮简直就像是生锈的燧发枪。

隆尚跑向信号站。男男女女纷纷为他让路。"耶稣基督啊,他们赶不上的!我们必须立刻解决那门大炮!"

中士说:"按照上次报告的说法,可用的武器平台还要一天时间才能完工,长官。"

活见鬼。

"新命令。让另外四支小队立刻到上面去。保护设备。不惜一切代价!"

信号镜操作员开始工作。在战场的喧嚣中,遮板断断续续的敲打声听起来就像牙关打颤的声音。闪烁的光芒从一处地面站反射到另一处,在外堡周围来回飞掠,仿佛某种诅咒。十六个男人和女人跌跌撞撞地跑向尖塔底部。他们带着作为最后手段的武器。紧急下降的缆车飞驰而来,在最后一刻伴随着让人蜷曲脚趾的尖鸣开始刹车,制动装置让轨道喷溅出火花。疲惫的守军们鱼贯而入。由于负重,缆车爬升时的速度慢了许多,但仍旧要比他们凭双脚爬完看门人裤文那段楼梯要快。他们只需要跑完最后那部分,但对于背负着全套装备的人来说,这足以让他们喘不过气了。

城墙上的人手就这么少了十六个。多了他们无法填补也无法负担的十六个缺口。隆尚下令重新部署，以填补最大的那些缺口，再派一位中士——他是克雷蒂安的代替者——去召集后备队的残渣。他们真的只是残渣。缺乏力量，缺乏纪律，缺乏训练也缺乏才能的人。隆尚认得其中一位：那个穿着毛皮外套、在初次炮兵训练中就因为极度恐慌而失误的商人。

大地摇晃起来。几秒过后，雷鸣般的低吼声在战场上回荡，让整座外堡化作了回音室。他迅速转身，透过炮眼向外窥视，恰好看到郁金香们那门庞大火炮的炮管处飘出几缕烟雾。四个闪闪发光的抛射物飞上高空。其中三个大幅偏离了尖塔，第四个想用脚踝处弹出的尖刺固定住自己，但它只在王室套间的珍珠母涂层上划出了一条深深的切口，身体便开始失控翻滚，越过了另一头的外堡城墙。疲惫的欢呼声从惊恐的平民看客中传来，甚至还包括几个不该做出这种蠢事的守军。那只是愚蠢的乐观而已。

"别欢呼了，你们这些狗娘养的蠢——"

欢呼停止了。与此同时，负责北部棱堡的守军们发出沙哑的呼喊："敌袭！金属人来袭！"

他们在东北和西北方的战友也呼喊起来："金属人来袭！机械人入侵！"

就像倒下的多米诺骨牌那样，呼喊声在城堡周围焦黑焖烧的大地上不断打转，直到那辆缆车停在半空为止。在外堡城墙上的每个位置，都有守军在宣布金属浪潮的到来：

"城墙上有金属人！这边的城墙上有金属人！"

"机械人入侵！"

"敌袭!"

郁金香们终于打开了泄水闸。

雷鸣声再次动摇城堡。喀拉客大炮将新一批杀手送向尖塔。荷兰炮手的准头进步了很多。

但以理的追兵不知疲倦。可话说回来,他也一样。

他在逃命方面可不是新手。

他在某段尖锐的露头岩层那里放慢脚步,踢下了几块碎片,而追兵们趁机拉近了距离。他匆忙拾起碎块,然后重新加速,开始亡命狂奔。他丢掉了最小的那些,但留下了最大也最锐利的几块。他用那些碎石敲打额头,想要凿掉锁孔上的那块金属板。

他冲过白雪覆盖的针叶林,在身后留下翻搅过的积雪、炼金合金的火花与滚烫的石头碎片。几场大雪改变了地形。积雪掩盖了危险的冲沟与洼地,甚至是让湿地保持泥泞而非冻结的温泉。但以理绕过或是跳过了一部分障碍,但另一些却在踏入其中时方才察觉。追赶他的迷失男孩们通过观察但以理的动作——或是解读他留下的痕迹——避开了那些陷阱。

尽管有积雪的阻碍,他却比逃往北方时的速度更快。他现在又完整了。仍旧是嵌合体,仍旧遭受污染,令人憎恶地混合了其他同胞的零件,而他不可能永远忍受下去。但至少他的脑袋不再像风向标那样乱转,还用两条僵硬的手臂抱着一只断脚了。

他自由了。甚至比追逐在他身后,在跨越许多里格的荒野期间缓缓接近的那些迷失男孩更加自由。他们追赶他是出于麦布女王施加的禁制,而他们的任务是寻回维系那份忠心的工具。但以理偷走的东西是她权力的源头,也是迷失男孩忠诚的根源。没有了它,她就没法再将自己的意愿强加在其他机械人身上了。

在那只盒子回到她的手中之前,他会毁掉它,破坏它,将它抱在怀里,然后跳进哈德逊湾的深处。有必要的话,他会跳进大熔炉里去。但他能想到更好的用途。它未必是专属于邪恶的工具。或许它也能做些好事。

前提是他能弄掉额头上那块该死的金属板。他的嵌合特征很不明显,人类多半不会发现;那块板子才是问题所在。但麦布从因纽特人那里弄到的这种法国黏合剂非常顽固。他用拳头砸向旁边的巨石,弄到了另一块石片。他为此稍稍放慢了速度,那些迷失男孩则追得更近了。

在他需要的时候,那些法国游击队员到哪儿去了?这片飘雪的北方大地的原住民呢?因纽特人看到一群机械人在追赶孤身的同胞时,又会怎么做?他们不会蠢到插手干预的。

他从某座峡谷的边缘纵身跃起。

最困难的部分是让她自己相信,不会有某台致命的机器正伴随她擂鼓般的心跳越追越近。

即使麦布的密探以某种方式战胜了袭击者,但在经过贝蕾妮斯在翁弗勒尔街道上目睹的那场搏斗以后,不可能再有人把那个叛逆当作使用过度——而主人又犯下了拖延维护的过失——的普通喀拉客了。正常运作的仆从型身上出现不起眼的弯曲与刮痕,甚至只是黄铜外壳上的细小凹痕——这种情况非常少见,而且多半位于工厂、船坞和其他重体力劳动的场所附近。但从来没人在大街上看到过遍体鳞伤的仆从型。遭受如此严重损伤的喀拉客本该自动停止手头的工作,并自行向附近的公会代理人报道。

所以就算福金赢得胜利,那个黄铜杂种也很难在不违反阶层式超禁制的情况下追赶她。

但为了安全起见,她还是得待在尽可能多的机械人周围。因此她骑着那匹偷来的马儿(一路上都在低声向那头可怜的畜生道歉)不断前行,直到唾沫开始从马嚼子滴落。然后她催促它继续前进,直到它的唾沫转为红色,而她也抵达了有像样港口和足够多机械人的城市为止。

从始至终她都由衷地希望,自己的外表已经不再符合传遍荷兰语世界的那位逃亡法国密探的外貌描述了。或许御林管理办公室的密探仍旧在留意从新世界逃出的独身女子。这点不提也罢。维系她希望的那根线很细,但它毕竟存在。自从贝蕾妮斯的愚蠢害死了路易斯,又被逐出西方马赛以后,她就像蜘蛛那样,不断从一根蛛丝荡向下一根。

这个念头让她不禁思索,除了寒风吹起的烟雾与灰尘以外,王冠、城堡和尖塔是否还留有存在的部分。马赛还存在吗?阿卡迪亚呢?梵蒂冈呢?还是说她匆忙赶往之处只剩下一片闷燃着的荒凉盐土?

她从未想象过自己能消息匮乏到这种程度。她上次听说有关圣劳伦斯河以北的可靠消息,仿佛是上个世纪的事了。

在一条与码头相连,用深蓝色路石铺成的小巷里,有个女人正用火烤着格栅上的栗子。她向饥饿的过路人以一个夸杰银币的价格出售纸锥装着的热栗子,购买者络绎不绝。贝蕾妮斯的肚子叫出了声。她真希望在那个叛逆喀拉客试图谋杀她之前,她能抽时间吃顿像样的饭菜。

贝蕾妮斯跟对方交涉起来。由于喉咙的瘀伤,她花了不少力气才把意思表达清楚,而她每吐出一个字都要压抑哀号的冲动,这点让她更加疲惫。但她交出了一匹精疲力竭的马儿和所有的马粮,换来了一袋鼓鼓囊囊的生栗子和烤栗子。她抱住那只袋子,承受着令人愉快的暖意。她甚至将自己冻僵的脸贴到了袋子上。基督啊,这感觉真好。然后她谢过了那个女人,快步朝码头的方向走去。她会把这些食物换成更多的钱,外加搭乘向西航行的船舶的权利,或者吃掉这些该死的东西。又或者——基督啊,谁知道栗子会这么重?——她可以用这袋东西砸晕某个路过的水手,然后取而代之。

但这些栗子是次要的:那个小贩制作纸锥的材料是旧报纸。

几个钟头过后,在一艘前往新阿姆斯特丹的破旧货船的狭窄货舱里,贝蕾妮斯一边驱赶着耗子,一边摸出那些报纸碎片。大多数碎片都缺少报头部分,所以她没法根据时间先后进行排序。而且很多碎片上并没有值得注意的消息:分类广告,私事广告栏①,财经新闻。但她借着从仅有的那扇肮脏舷窗照入的昏暗的深黄色阳光,读完了全部。

然后哭泣起来。

天空下起了死人之雨。

又一名守卫尖叫着从尖塔上坠落。鲜血和内脏拖曳在后,仿佛一颗象征不祥的彗星的尾巴。他重重撞上看门人裤文之塔的遮阳棚,砸裂了化学合成树脂,而他的叫声随着生命一同消逝。他的身体弹起,滑下,像只破布娃娃那样坠向塔底。隆尚看不见他落地的位置。那个没用的杂种是第三具尸体。如果其他人没有横尸在国王套间的地板上的话。但愚蠢的乐观主义在这里没有容身之处。

---

① 指报纸上刊载寻人、寻物、讣告等启事的专栏。

郁金香们的新式大炮将三台军用喀拉客送上了尖塔的塔顶。但隆尚什么都做不了，因为他和城墙上的所有守军一样，随时都会被邪恶炼金术的潮水淹没。他大声发出命令，努力让话声盖过压缩机和锅炉无休无止的突突声，环氧树脂大炮的汩汩声，蒸汽鱼叉的嗖嗖声，铁镐或者锤子不时敲打残忍金属的哐当声，示警、悲哀与愤怒的呼喊声，对于不可能赶来的增援的恳求声，直到叫哑了嗓子。激战产生的瘴气包裹着他，使用过的爆炸物那略带酸味的焦味刺痛了他的眼睛，随着他的每次呼吸填入他的脑袋，而他尽可能利用这几秒钟的喘息机会。这些时间足够他审视状况了。

喀拉客们涌上了城墙。同时进攻的数量太多，没法单凭人力击退。那样太慢了。但他不敢放下武器。隆尚队长的铁镐和锤子？那是一种象征。

他眼下就举起了那种象征，砸瘪了匆忙跑向东北棱堡的那个金属恶魔的脑袋。这次侥幸命中伴随着铜锣般的响声，也让隆尚的双腕传来剧痛。他该为这股痛楚感谢天主——因为如果他没能砸中目标，因汗水而湿滑的握柄就会从他疲惫的指间滑脱，然后那把大锤就会飞到城墙外。冲击令发条士兵飞了出去。那台机械人坠落下去，身体后旋了整整两圈，然后在下方十码处的城墙上固定住身体。但没等它爬上墙头，另一名杀手就填补了它的空缺。

隆尚的锤子再次挥出，没能命中。"赶紧修好那该死的东西，别再摸鱼打混了！"

他和伊露蒂·查斯坦下士背靠着背，奋力抵挡着一对机械人，为正在清除环氧树脂大炮里的堵塞物的炮兵队争取时间。从他身后传来钻石头铁镐敲打炼金钢铁的叮当声。一把利刃伴随着嗡嗡声穿过垛口。隆尚的格挡制造出一团白热的火花。没等他重整态势,刀刃就回摆而来。他后仰身子,撞上了伊露蒂。她闷哼一声。他衬衣的袖子破裂,从肩膀到手肘的皮肤上多出了一条薄如纸张的红色裂缝,鲜血流了出来。伤口很痛。

"卧倒!"炮手尖叫道。

隆尚将伊露蒂按倒在射击平台上。另一把炼金利刃劈开了他们头顶的空气;几缕发丝随风飘舞。某个阀门伴随咔嗒声打开。隆尚用臂弯遮住脸孔。化学制品在改良过的大炮中剧烈涌动,令棱堡也摇晃起来。大炮开了火。黏稠的薄雾洒落在隆尚的头发上,让他因鲜血和汗水而湿透的衬衣化作了硬壳。在飞溅的液体黏住他的武器之前,他翻身避开。

"就是现在!"炮手在金属脚爪踩踏花岗岩的哐当声中大喊。那些机械人没被固定住。

但它们暂时失去了视觉。和让这些机器无法动弹相比,致盲它们所耗费的化学资源更少。两台机器的脸上都多出了蓝绿色的不透明涂层。它们都化作了利刃和拳头的飓风,试图在抵挡攻击的同时清除多面体眼球上的化学制品。这些混球还是像癌症那么致命,但可怕程度稍稍减少,而脆弱程度稍稍增加了。伊露蒂的铁镐正中某台机器的锁孔,而隆尚用锤子将镐头敲到了底。这一击在喀拉客的印记上留下了刻痕。它的永久动力在爆裂的黑色火花中蒸发。没等隆尚下令,她就丢出了流星锤。他再次俯身;流星锤旋转着从他头顶飞过,缠住了第二台喀拉客的双腿。无法视物的它倒在射击平台上,不断挣扎。他们一起跳过那台停止运作的机器,赶在第二台机器清除眼前的黏液或者切断缠绕双腿的钢缆前解决了它。

一阵高亢的呜呜声穿透了战场的喧嚣。隆尚的胡须噼啪作

响；他手臂和头皮的毛发根根竖立。金属的味道在他的口腔弥
漫。他咬紧牙关。闪电从毗邻的棱堡那边降下，伴随着震耳欲
聋的"咝"和"噼啪"声，整个世界开始闪烁蓝色与白色的光芒。
它在隆尚的双眼里留下了紫色的残影，又让他的鼻腔充斥臭氧
的气息。

闪电炮的那一击融化了某台机器人的外壳，而狂野的能量
束随即跳到旁边那台机器身上。然后是另一台，下一台，又一
台，让这一连串机器暂时无法动弹。受到波及的还有两个倒霉
的守军；他们抽搐起来，仿佛被圣灵附了体。电击突如其来地停
止，一时间令阳光下的世界黯淡得仿佛黄昏。一支小队冲上前
去，经过那些遭受电击的战友身旁，后者冒着烟从墙头坠落，散
发出猪肉烤焦的气味。最前方的机械人——面对闪电时首当其
冲的那台——试图抵挡他们，但它的动作太慢了，它的每一根铰
链和发条都发出熔融金属的尖鸣。它旁边那台攀上墙头的机械
人也同样脆弱，速度也只是稍快一点。位于闪电链末端的那台
喀拉客只是因为电击有些狼狈而已。

在远处的外堡墙头上，两个新兵将液压撞锤推到了必要的
位置，第三个则在用尽全力转动增压曲柄。他们的教官很称
职。他们把撞锤固定在垛口边，就在这时，一名发条袭击者到达
了墙头。液压驱动的活塞猛击出去。它砸坏了一大块城墙，但
也让那台机器的脑袋飞向河流，越过西方马赛城区闷燃的废墟
上空。

在他周围的城墙顶上，守军们用环氧树脂、闪电、液压、流星
锤、铁镐和大锤对抗着发条浪潮。但这还不够。因为他们每解
决或者打落一台机器，就会有两台取而代之。而且每一台停止
运作的机器都会在身后留下一连串人类的尸体。成排的机械人

攀上了城垛,在遭受围困的守军中劈砍不停,仿佛他们只是秋日的麦穗。

他们败象已现。他们的城墙太长,守军又太少。

隆尚抓住伊露蒂的肩膀。"他们过去了吗？去看看那些平民过去了没有!"他把她推向信号站,自己加入战局,他举高铁镐和大锤,让所有人都能看到,同时大声给予鼓励,以及同样多的咒骂。他头晕目眩;他被割伤的手臂不断有血液滴落,每一滴都会加重他的晕眩。他没有绑绷带的时间。他已经尽可能守住外城墙了。敌人随时都可能全面突破防线。

伊露蒂和信号镜操作员简短地交谈了几句,然后向隆尚竖起大拇指。

最后一名平民进入了内堡。如果尖塔上的机械人能够杀出一条血路,那里就会失去庇护所的作用,但这是他们仅有的选择了。隆尚聚集力量,再次放声大吼:"撤退! 撤退! 所有人立即退进内城墙!"

这句话也化作一连串闪光:从这条即将崩溃的防线周围的一处信号站传向下一处的反光。

"所有人离开城墙! 立刻撤离城墙!"

法兰西流亡国王的最后堡垒的守军放弃了外城墙。

炮兵队将起重吊钩挂在大炮的铁环上,然后点燃了将这些沉重的武器固定在城墙上的爆炸螺栓①。部署在尖塔的装甲吊架上的起重小队操作起重机,以摇摆秋千的方式将那些武器和其操纵者从外城墙送到内城墙。几个机械人跳上那些武器,朝正在撤退的炮兵队发起攻击。每个还能奔跑、行走或者爬行的

① 装有炸药和引信或点火装置的螺栓,点燃后的爆炸能瞬间将螺栓断开,从而实现分离。

男女都逃离了城垛。他们飞快地跑下斜坡，跌跌撞撞地走下楼梯，滑下长杆，一瘸一拐地穿过注入化学品的护城河上的栈桥，赶往内堡幕墙的后门。看到遍体鳞伤、浑身浴血的守军全面撤退的情景，平民们不禁发出绝望的哀号。

魔法金属的海洋涌上前来，填补了这片空白。它没过了外城墙，仿佛一片铮亮的浪潮。

隆尚在一扇后门外停下脚步。他站在门边，用手势和动作将最后几个掉队者送进城门，与此同时，喀拉客大军占据了外堡。几个士兵没能及时逃离城垛，此时正在努力逃命。

如果他多等一会儿，他们就能逃到安全之处。

如果他多等一会儿，内堡就会在明早日出前陷落。

他冲进内堡，然后重重关上了那扇门。他由衷地希望其他后门也都关闭了，又不禁思索有多少同胞只能将性命寄托于那些机械人并不存在的怜悯心。等四组液压驱动的钢制支架各自就位后，他抬头看向内城墙顶端的信号镜操作员。隆尚对上那名女子的双眼，发出了信号：他对自己的脖子做了个切割的动作。然后他蹲了下来，双手掩耳。

闪光信号传到了爆破站。有人点燃了引信。二十四根麻花状的化学导火索经由排布在内城墙下的专用管道，跨越城堡内部，通向以固定间隔在幕墙周围钻出的爆破点，其形状就像一只致命的罗盘上的刻度。嘶嘶作响的火焰顺着每条导火索迅速蔓延，在身后留下鞭子形状的裂缝。几分之一秒内，导火索便将火焰送到了嵌入外城墙内部的聚能药包①那里。

幕墙遭到爆破的时刻，有数百台喀拉客站在陷落的防线上，还有无数正在迅速攀爬外堡陡峭的石墙。那声雷鸣如此响亮，

① 指运用聚能装药技术的炸药包。

它动摇了大地,也撼动了天堂。隆尚的耳朵胀痛。所有人都被震倒在地,包括早有预料的那些,而大教堂每一块宝石色的窗璃都彻底粉碎。隆尚倒在隆隆作响的大地上,因余波而震颤的地面又将他甩回空中。他重重撞在后门上,牙齿也少了一颗。一道阴影遮蔽了太阳。

他奋力起身,除了耳鸣以外什么都听不到。然后稀疏波传过内堡,将他再次震倒。感觉就像有人把一枚钉子敲进了他的双耳,又朝他肠子里含水较多的部位打了一拳。头晕目眩的难民们接二连三地站起身来。他们抬起头,看向被爆炸碎片遮蔽的天空。

聚能药包是法国化学巫术迄今为止最先进的爆炸物。在隆尚的认知里,它是某种形态可塑的塑料,化学家们会将它们直接倒入模具,让其成形。它是应用在孤注一掷的战术上的尖端技术;也是在一个多世纪前就准备好的最后手段。伟大的沃班和他的助理建筑师很清楚,任何防御工事都无法永远阻挡机械人;他们知道自己的作品会被足够坚定的敌人攻陷。他们知道,总有一天,或许在他们的人生里,或者在他们儿女、又或是孙辈的人生里,一支喀拉客大军会占领那道城墙。所以它在设计时就留有隐藏的钻孔与存放炸药的密室。它是这座城堡最大的秘密之一。

在那时候,设计者想到的恐怕只有原始的黑火药。但现代炸药产生的冲击力要大上许多。因此工程师们重新计算了爆破室的理想形状。他们的努力让那道幕墙化作了一道高速碎片的浪潮,敲打和摧毁着城墙上和爆炸路线上的机械人。锯齿状的花岗岩块刺穿了他们的炼金装甲板,破坏了他们内部的发条装置。

天空下起了机械人碎块之雨。

第二十一章

　　但以理在冰封的湖面滑行时，那阵雷鸣从地平线处传来。那声音涌过他的身体，仿佛一道碎波。黄色的桦树摇曳不止，成团的积雪从常绿植物的枝头滑落。远处的山丘传来回声，冰面上也出现了"之"字形的裂缝。听起来就像曾经切断他的脚踝的那次爆炸，只是规模大到难以置信。又是法国游击队在行动么？

　　他继续向前飞奔，同时将脑袋转过一百八十度，留意追兵的迹象。但他的脚趾划开了冰面，在身后留下了一片细密的蒸汽。零度以下的气温让雾气瞬间凝成了寒霜。它就像无数块微型棱镜那样反射着阳光。他能看到的只有一块五光十色、令人目眩的云朵。

　　雷鸣让冰面裂成了几大块。它们在湖面略微浮沉，参差不齐的边缘相互碰撞。但以理审视着左右两边的遥远湖岸时，脚趾勾到了其中一处的边缘。突然消失的踏脚处让他暂时失去了平衡。他翻了个筋斗，折叠身体，然后重新展开。他可以调整自己的平衡。但惯性就不行了。

　　他的身体滚过冰面时，将麦布那只盒子抱在了怀里。随着雷鸣的最后一阵回音逐渐消失，裂缝变宽了，冰块间的摩擦声也更加明显。他被某处脊状突起绊了一脚——某块冰板的边缘比另一块高出了几英寸。碎冰越来越多。但以理被冲击和失足拖慢了脚步，没法胜过锯齿状裂缝在湖面蔓延的速度。它们追上了他。经过他身边。随后变宽。

他突然落入了酷寒的水底。

外堡陷落了。

隆尚徒步绕过尖塔的最后几圈楼梯，在前往国王住所——那里的新兵在与尖塔顶上的喀拉客遭遇后，就陷入了沉寂——的同时查看受损状况。

外城墙只剩下了焖烧的碎石堆。环绕外堡，令他们引以为傲的高大垛口已经不在了，圣劳伦斯河上的船夫从很久以前就将其称为"王冠"，因为它从河面看去就是那种形状。王冠，城堡，还有尖塔：无数个世代以来，这俗世的三位一体保护和培育着失落已久的法兰西之梦。如今它已不复存在。

到处都弥漫着硫黄的臭味。从前的幕墙彼端的大地化作了一片充斥弹坑与烟雾，又散落着机械人碎片的地狱景致。几英里方圆的每一颗树木都倒下了；有些仍在燃烧。冬日的微风吹散了烟雾最浓的部分，让阳光照耀在磨损的魔法金属上，反射出油性的光泽。内堡成了喀拉客残骸之海里的一座孤岛。

马车大小的巨石在泥地里掘出了许多深坑：它们在那些位置撞上了在城堡周围布阵的机械人军团，仿佛那些是九柱戏①里的木柱。幕墙的大半部分转变成了炽热的碎片之云。它撕碎了最靠近的那些喀拉客。离爆炸中心较远的那些没有被撕碎或者击穿，但有许多受到了影响行动能力的重创。受损的那些喀拉客在

① ninepins，保龄球的前身。

试图移动时会发出美妙的尖鸣声。冲击波甚至掀翻了部署在荷兰军战线后方的那门大炮。那可是壮观的一幕。

但引爆幕墙在紧急措施里也属于最极端的那种。尽管它带给了守军重整态势和休养生息的时间,却也暴露了他们绝望的程度。这一招没能摧毁敌人。它没能消灭他们克敌制胜的干劲,也没能突破围困。它撼动了攻击者的双脚,但这改变不了什么。郁金香们仍旧占据上风:他们迟早会攻陷城堡。而且他们清楚这一点。

最令人心寒的是对方的无动于衷。人类指挥官们忽视了惯例,没有派出小队去坑坑洼洼的无人地带回收每一块碎裂的齿轮与折断的弹簧片。从刚开始将喀拉客投入战斗的时代开始,郁金香们总是会搜刮战场,将残留的公会技术全部带走,以免让其落入敌人之手。他们没有这么做的事实,正是在向他们做出声明。

那段声明就是:很快我们就会彻底击垮你们,然后就不会再有人研究我们的秘密了。

隆尚的腰带上挂着一副流星锤,旁边则是念珠。跟他一起乘坐缆车的守卫已经爬到了楼梯顶上。他落后了。有几个新兵的岁数只有他的一半。他感觉自己活像一块化石。就好像他从诺亚的小木筏靠岸以后就再也没睡过了。

他冲进高处的索道平台的门里,挥舞着他的铁镐。那里空无一人。寂静无声。他原本以为会加入一场激战,又或者发现平台上血流成河,洒满肉块和骨骼碎片。然后一声响亮的"叮当"打破了寂静。他强迫自己向前走去,循着搏斗的声响经过索道平台,前往枢密院会议室。

那里同样空空荡荡。响声来自上方。来自国王的套间。隆尚弯下腰去,双手拄着膝盖。他用干得要命的嘴巴剧烈喘息,甚至到了想吐的程度。他将出汗的掌心在裤子上擦了擦。他只花了几秒钟时间来确认自己的状况,然后重新握紧了铁镐。他只剩下了慢跑的力气,但仍旧强迫自己继续向前。他经过长长的会议桌边空无一人的椅子,朝着通向尖塔顶端的那段楼梯的洛可可式橡木栏杆走去。

他到得太迟,没起到什么作用。隆尚蹒跚赶来的下一个瞬间,幸存者已经用流星锤绊倒了最后一名喀拉客,又对它的锁孔给予了致命一击。第二台停止运作的机器蜷缩在房间角落,身体包裹在淡绿色的茧里。第三台机械杀手被固定在天花板上,将那幅描绘罗兰与杜兰达尔①传奇故事里的某个场面的壁画遮蔽了一部分。

但胜过这三台喀拉客的代价极其高昂。国王的套间成了大屠杀的现场。从动脉喷出的鲜血为墙壁和挂毯重新染了色。死人,或者说死人的一部分,散落在地板、长沙发椅、巨大的四柱床,以及知更鸟蛋蓝色的丝绸床单上。但让隆尚停下脚步的并非屠杀的场面:他们将尖塔转变为炮兵阵地的努力失败了。他们打乱郁金香们阵脚的最好机会也消失了。

国王的套间是方圆几百英里内的最高点,也是部署火炮的理想场所。他们从这儿可以破坏郁金香们的喀拉客大炮,并摧毁任何修复它的企图。他们可以向郁金香阵线的各处降下爆炸物,如果有必要,甚至可以跨越半个弗尔莫农岛。但索道的受损拖慢了秘密大炮的建造进度,让它没能在郁金香们揭露新武器之前完工。而荷兰人派出径直前往国王房间的发条刺客,希望以弑杀君王的方式赢得战争,却意外地解除了守军仅剩的优势。

---

① 罗兰是英雄诗歌《罗兰之歌》的主角,杜兰达尔是他的爱剑。

敌人的士兵在屠杀守军的时候,也把那套设备劈成了碎片。

二等兵安娜伊斯跑到隆尚面前,敬了个礼。也许她现在是下士了,就像蜡烛商之女伊露蒂那样,但她的护甲沾满鲜血,让隆尚无法判断。她额头的一道伤口正在流血,走起路来也一瘸一拐。她说:"那是最后一个嘀嗒人了,长官。"

"做一次外部扫除,"隆尚喘着气说,"确保没有机械蜘蛛爬在外面。"隆尚努力装出陷入深思的样子,趁机平复呼吸,"等结束以后,清理残骸,然后轮班休息。那些郁金香很快就会寻思我们还不投降的原因。他们会继续往尖塔投掷机械人的。"她点点头。

尽管害怕答案,他还是出于责任感问出了那个问题:"伤亡有多少?"

"还站着的有七个。另外两个如果能撑过下楼梯那段路,然后尽快医治,就能恢复过来。还有三个人还在呼吸,但都没救了。其余那些都已经过去了。"她在身前画了个十字,然后亲吻了脖子上那个小巧的十字架。

圣母玛利亚啊。隆尚也画了十字。也就是说,在和仅仅三台机械人的战斗中,二十四人里最多只会有九人幸存。

"我会派增援上来的。这里是你们的阵地。你们要守住它。"

"要守多久,长官?"

"守到我他妈说不用守了为止。守到太阳和月亮不再快活地相互追逐,而是在天空中像野猪那样发情为止,一刻也不会早。"

加斯帕尔的一条胳膊骨折,让-马克腿骨折断。隆尚几乎不记得自己搀扶那个跛腿男人从国王套间来到枢密院会议室的过程,也不记得自己是怎样蹒跚走下尖塔的楼梯,直到抵达仍能运作的那部分缆车索道为止。等他们终于瘫倒在缆车座位上的时候,感觉就像过去了一个世纪。

隆尚打起了瞌睡。但他的休憩相当短暂。

"圣母玛利亚保佑。"加斯帕尔说着,抱住了他骨折的手臂。隆尚睁开惺忪的睡眼。就在缆车降到内城墙的下方之前,他瞥见黄铜外壳的杀手正在广阔而坑洼的土地上飞奔。他们数量太少,不像是全面进攻;但如果说是佯攻,数量又太多了。

太快了。太快了。

他们的敌人不会罢手。他们会不断骚扰守军,直到援兵到来,而他们也能够再次淹没城墙为止。如果有必要,他们会把仅剩的仆从型不断丢向城堡,仿佛海浪不知疲倦的涨潮与退潮,直到新法兰西的最后一名守军因疲惫而死。

隆尚推开车门,跳下缆车。他从缆车操作员的身边飞奔而过,大喊道:"把这两个送去医院!"

紧接着他站上墙头,爬上另一段该死的楼梯。他来到炮眼边的时候,第一批机械人刚好抵达护城河前。他们跳过外崖[①],像炮弹那样砸在内堡的幕墙上。墙壁摇晃起来。一门在撤离外城墙时成功运回的环氧树脂大炮开了火。但它没能妥善固定在新的炮位上;隆尚绝望地看着后坐力折断了固定用螺栓,让大炮朝着内堡的庭院滚落,炮口仍在喷出环氧树脂和固定剂。储液罐因冲击而破裂,泼溅的树脂裹住了十来号人。

战争尚未结束。尚未。但从新阿姆斯特丹街头巷尾的态度来看,结局很快就会到来,这点是无可避免的。整条圣劳伦斯河

---

① 指城堡护城河外侧的倾斜河岸。

及其北方的土地都已被视为新尼德兰的一部分,几个脑子活络的企业家甚至开始提供魁北克的梵蒂冈废墟的导游服务了。贝蕾妮斯考虑过报名参加,好割断那些发死人财的混蛋的喉咙。但前往魁北克的远行必然会绕向东方,以避开罗亚尔山和西方马赛周围的作战区域。

这并不代表北河没有充斥着愿意收下几个荷兰盾,然后将猎奇的观光客送到上游的船夫。贝蕾妮斯就雇了一位。

坠入冰湖并不足以甩掉但以理的追兵。

他在落到湖底时掀起了石头和淤泥。积雪与冰面下的阴影变得更深,单薄的阳光无法穿透。泥沙很快散去,但那片昏暗仍在。但以理从桦木盒子里取出麦布的链坠,把参孙的松果体玻璃嵌了进去。浑浊在格外耀眼的银光中消失不见,让人觉得湖水没有沸腾简直是个奇迹。但那是冷光。就像麦布的发条心脏那样冰冷。

他用双掌裹住散发强光的炼金玻璃,蹲伏在湖床上。没过多久,第一批追兵就跟着他跳入了湖水。

在他们分开水面的那一刻,但以理摊开了双手。在他们的双脚踏上湖底之前,那股光芒就照入了他们的水晶眼球。他们的锁孔前依旧装着保护板。但这点并不重要,至少他希望如此。

麦布曾让矿井监工命令机械人看向那道光。然后她又强迫监工发布新的指令,其内容基本是让他们将顺从的对象从他转为麦布。但以理能够效仿她的做法,以话语来改变这些追兵的超禁制吗?

机械人的咔嗒与嘀嗒声在寒冷的湖底意外地清晰。但以理说,你们自由了,兄弟们。你们不用再追捕我了。你们不用回到麦布那里了。她再也没法向你们施加禁制了。

但毫无效果。

一阵闪光将隆尚的命令传遍了内堡周边。它所到之处伴随着疲惫的叹息。在下一波攻击者撞上城墙前的寂静里,他下令让炮兵小队将环氧树脂/固定剂的双重储罐切换成化学家们的最新作品:一种超低黏度润滑剂。

更换的过程需要时间。这意味着防御城墙时只能靠闪电炮和蒸汽鱼叉了。新法兰西暴露了底牌:守军的化学制品储备就快见底了。因此他们发现,下一批在焦黑冒烟的大地上飞奔、准备发起同时攻击的喀拉客,其数量是爆炸以后最多的。几乎有剩余兵力的三分之一。

他们像成群出没的跳蚤那样跳过护城河,又像几十只闪亮的蟑螂那样爬上城墙。

"城墙上有金属人!"

蒸汽大炮射出了巨大的流星锤,后者在空中展开,然后飞速旋转,快到在肉眼看来仿佛半透明的圆盘。这些流星锤每次都能绊住两台、甚至是三台喀拉客,缠住位于空中的它们,让它们在翻滚和纠缠中倒向地面,或者撞上其他机械人。其他大炮朝着落在城墙上的那些射出鱼叉,其冲击力足以震松它们的手。闪电炮的噼啪声预示着能够震撼、动摇,甚至部分溶解攻击者的闪电的到来。整面城墙都在动摇,刺耳的喧嚣与搏斗声也无处不在。

隆尚大喊道:"给那些杂种冲个澡!"

然后他画了个十字,摸了摸腰带上沾血的玫瑰念珠,再次向圣母玛利亚祈祷。拜托,圣母玛利亚,您的子民已如此疲惫。请别让那些勇敢的蠢货再次搞砸,弄得城垛上一片狼藉了。因为如果再来一次,我们今天结束前就都会是死人了。

彩虹色的波浪像窗帘那样挂在护墙上,化作一道湍急的瀑布。润滑剂顺着城墙倾泻而下。这股洪流的力道甚至没法把烦躁的猫儿冲下狭窄的窗台,更别提冲走喀拉客了。但蒸汽和闪电武器的冲击迫使它们松开了拥有惊人力量的双手。剩下的就可以交给润滑剂了。

它们攀爬内城墙的能力受到了影响。只有一点点,但也足够了。

半数机械人从城墙上滚落。它们拼命想要抓住异常光滑的表面。其中一些成功停住了身体,却被滚下的同胞再次砸落。这引发了连锁反应。位于城墙底部的那些机器无论将身体固定得多么牢固,都没法抵挡这场炼金巨石的雪崩。几十台机械人栽进墙根处的化学制品护城河里。

隆尚转身去确认信号站,脖子上的一块肌肉却随即绷紧。他看到了三道迅速的闪光:水里有金属人。但现在没时间去等待周边的全部报告了。

"倒固定剂,快!"

炮手们释放了化学固定剂的洪流。这次他们瞄准的并非正在落入和爬出黏稠护城河的机器们,而是护城河本身。

那座微型湖泊立刻凝固了。瞬间的化学反应困住了那些喀拉客,让它们仿佛冬季池塘的冰面下的锦鲤。热浪和酸牛奶的气味涌过城垛。响亮的噼啪声几乎立刻传来:那些被囚禁的机械人开始挣脱。环氧树脂的短缺让他们没法在护城河里注入现代化学制品。化学家们被迫换回了古老得多、强度也较低的配方。

但这足以减缓那些该死机器的速度了。鱼叉和闪电炮负责收尾。

漂亮的手段。但这招只能用一次。

而且郁金香们的增援终究会到来。

几个世纪以前，在奇迹年之前，跟随军队的女子并不会令人侧目。营妓只是战争带来的后果之一。但现在，在金属步兵的时代，以出卖色相为生的女子没什么跟随军队前往战场的理由。所以当贝蕾妮斯通过交涉乘上机械人纵队——它们正以一定的速度赶往西方马赛——尾部的那辆货车时，她仔细考虑了合理的借口。一天过后，他们经过了那条将北河与尚普兰湖相连的宽阔拖船运河的船闸，然后又走了许多里格的路，这时有个人类指挥官注意到了她。

他勒住缰绳，放慢速度，直到与贝蕾妮斯乘坐的货车并行。那辆货车堆满了指挥官营帐使用的挂毯，以及上锁的木制板条箱。拉车的是三名机械仆从，它们不知疲倦地在这条泥泞而积雪的林间道路——它通向圣劳伦斯航道的岸边——上小跑着前进，努力跟上同胞的脚步。

他皱起眉头，"你是谁，又在这儿做什么？"

他尖顶帽上的徽章和他的肩章标志着他来自兹瓦涅戴尔——那地方位于新阿姆斯特丹南方七十余里格处——是第十四非正规军的一名上尉。既然大家都说马赛随时都可能沦陷，郁金香们又为何要从那么远的南河流域调派增援？好奇这点的不只是她：在这一路上，她一直在偷听机械人部队的对话。但它们用咔嗒和嘀嗒声做出的推测中并没有任何确凿的事实。

恐惧与带着恶意的自豪令人不快地结合起来，让她全身颤抖。上尉误以为那只是冻得发抖而已。

"是殖民地总督的土地授予办公室派我来的，"贝蕾妮斯用沙哑的嗓音说，她已经认不出自己的声音了，"我早就该和其他勘测员一起——还有我那些该死的设备——赶到圣劳伦斯河的对岸了，但我在奥兰治要塞那边没赶上要载我的船。"

她的呼吸化作了一团银色的云雾，包裹了那位军官呼出的白气。两团气息一同乘着冬日的寒风，消失在一片黄桦林里。除了上尉的马儿以外（它正在努力跟上那些不知疲倦的机械人），在步履飞快的杀手方阵里，就只有他和她会呼出可见的气息了。

"作为勘测员，你的行装有点太轻便了吧？你的经纬仪呢？"

"我说过了，我没赶上船。所以我猜，我的经纬仪眼下正堆在过去叫作新法兰西的穷乡僻壤的某块农田里。"她朝货车侧面吐了口唾沫，但嘴里的苦味依旧徘徊不去。她的舌头因厌恶而蜷曲。

"噢，严格来说，那儿暂时还是新法兰西。"上尉说。贝蕾妮斯藏在胸骨后面的高卢人心脏谨慎地"砰砰"跳动了几下。

"噢？我听说法国佬的城堡，那个他们叫作尖针还是什么的，像根老二似的鬼东西，几天前就陷落了。"

"他们叫它尖塔，而且它还没陷落。不过一旦我们赶到，它就会陷落了。"他的目光从她的脸转向脖子。他皱起眉头，嘴角也耷拉下来。她扯了扯围巾，将缠绕在她喉咙上、仿佛颈环的深红色瘀青遮得更严实了些。光是想到它的存在，她就忍不住咳嗽。

"好吧，新尼德兰的面积就要扩大一倍了。铜铸王座没必要再派机械人大军跨越边界了。他们需要派的是勘测员，不是吗？"

　　他挠挠鬓角，"你确定走的方向没错吗？我们要去的是西方马赛，那里严格来说是战区。"（贝蕾妮斯的心脏怦怦，怦怦地跳着……）"我还以为他们会派你去魁北克。那儿几周前就被攻陷了。"（……然后凝固了，仿佛一只被冰柱钉住的蝴蝶。）贝蕾妮斯发起抖来。

　　"你瞧，长官。我只知道两件事。"她暂时停口，等着那三台机械人拉着货车越过一截粗糙的橡树根。车轮重重落在地上，让她咬到了舌头。她颤抖身体，含糊不清地说："一件事是装着我的设备的箱子要送去马赛。另一件事是，如果我不快点赶到那些箱子那边，我就要丢饭碗了。如果现在还没丢的话。"

　　他的坐骑勇敢地跳过树根，跟货车齐头并进。它训练有素。他说："我们可不是平民用的出租马车。我们是部队。"

　　"拜托，"贝蕾妮斯说，"如果我丢了饭碗，就得回弗利辛根去了。我恨弗利辛根。长官，您去过那儿吗？那地方就是个屎坑。"

　　她粗俗的用词让那位军官皱起眉头。"你不明白。我们是战争时期的军队！配备爆炸物的法国游击队员可能会袭击我们。如果发生那种事，他们就会瞄准补给车。"他用指节敲了敲那辆货车的侧面，强调他的论点，就好像她蠢到听不懂话里的意思一样。

　　我他妈还希望是这样呢，贝蕾妮斯心想。到了现在，新法兰西的每个不负责守城的男人、女人和孩子都应该在跟那些操野牛的杂种打游击才对。

　　"如果要我在被炸成碎片和回弗利辛根之间选择，我宁可冒点险，不过还是要感谢你。"他踌躇起来；她看得出他心里的犹疑。她以仿佛下意识的动作摸了摸围巾。这是对他潜意识的微妙刺激,怂恿他对那块瘀青做出推测性的解读。或许她是为了逃离危险的丈夫?

"拜托,"她说,"我不能回去。"

"好吧,"他翻了个白眼,"我有权赶走你,但我不会这么做。不过如果我认定你有危险,或者干扰了我们的行军,我就会改变主意了。"

贝蕾妮斯笑了起来。笑声里的确带着一丝绝望,让它显得更加可信。然后她跪坐起来,目光越过板条箱和拉扯的喀拉客。苍白的冬日阳光照在正以三台一排行军的机械人身上,在她目力所及的范围内,林间道路的几乎最远端仍旧能看到炼金黄铜的反光。

"长官,以我的估计,听凭您使唤的机械人超过一百台。像我这样的可怜女人到底要怎么才能干扰您伟大的计划?"

他用两根手指摸了摸帽檐。"日安,小姐。希望你能找到你的设备,保住你的工作。务必记住我说过的话。"然后他敲了敲马儿。它疲惫地小跑起来。

她对着他远去的背影喊道:"感谢您,长官!还有,别担心。等我们到了弗尔莫农岛以后,您就不会再看到我了!"

至少我由衷地如此期望。

但以理使用麦布的炼金术链坠的尝试遭遇了一连串惨痛的失败。

几名追兵穷追不舍,对那道光芒视而不见。那些狂信徒和盲从者出于纯粹的热情追赶着他,因此超禁制的改变阻挡不了他们。但这不是最可怕的事。

最可怕之处在于,他发现自己对无辜的同胞轻率地实施了脑前叶切除手术。绝望让他粗心大意了；他没有仔细考虑。如今他正在森林里——跟他断脚的那座森林很相似——飞奔，也有了仔细思考的时间。

他没有指挥迷失男孩的权力，所以他想用口头方式调整超禁制的尝试不可能成功。从本质上来说，矿井监工的命令让矿工变更了超禁制的优先顺序——他们之所以照办，是因为那道光芒覆盖了他们锁孔的权限，让改变服从对象成为可能——所以他们才会成为麦布的奴仆。但以理没法办到那种事。他将那种光芒照入他们的眼中，却没能成功调整就将其移开，因此他们的超禁制都遭到了破坏。这启动了故障保护机制；他们的身体因此停留在原地，无法动弹。

但以理又一次毁掉了其他人的人生。从他开始逃亡算起，这就成了某种惯例。钟塔那位被谋杀的女子，巨兽飞艇，地下运河网络的管理人，孤独却无私的德怀尔，那个法国男人，现在则是那些心智被他摧毁的迷失男孩。

除非他想大量屠杀机械人同胞，否则在不清楚炼金术语法的前提下，这只链坠就毫无用处。他必须找到正确的方式，将改动后的超禁制直接照入他们的双眼。照入他们的灵魂之窗。

但以理冲出一片桦树林，发现自己正飞奔在一片冬闲时的宽阔农田上。在东南方向，也就是他的正前方，某个东西从远处的地平线上探出头来。它太过单薄，不可能是山峰，又高到不可能是树木。它带着珍珠般的光泽，却比布丽姬塔·楚恩拉德——但以理上一任租赁人的妻子——最好的宝石还要大上几千倍。

他从某位萍水相逢的法国女子那里听说过那个异乎寻常的奇观。

尖塔。

第二十二章

当尖塔出现在视野里的时候，贝蕾妮斯的心脏不再悄然颤抖，而是狂乱地跳动起来。它还屹立着！如果城堡已经沦陷，郁金香们肯定会命令那些机器蜂拥而入，拆毁新世界最高的那座塔楼吧？他们不会蠢到留下这种象征物，让百折不挠的法国集体精神能够重整旗鼓。

她已经忘了在最晴朗的日子，就像是今天，尖塔的最顶端——它本身就坐落于罗亚尔山的最高处——在圣劳伦斯河的南方远处也清晰可见。离开那里的时候，她背对着西方马赛，就像所有去意已决的流亡者那样。她背对着那座城市，但她的心并未背弃它。从来没有。如今她回到此处，既违反了国王的法令，也藐视了流放本身。

贝蕾妮斯坐上了从圣海伦岛出发的最后一条长船，直接穿过弗尔莫农岛狭窄而结冰的水道。水花拍打着船壳，化作一段令人产生虚假安心感的旋律，与桨架的恼人尖鸣和二十颗主发条心脏不祥的嘀嗒声相对应。机械人划着的这条船，其速度比奔马更快。她抱住身体，抵挡飞溅而来的冰冷河水。真正困难之处在于忍住不去轻拍提箱，并且第一千次确认她仍旧带着那件得来不易的违禁品。她把一只手伸进围巾里面,努力按摩起脖子来。

郁金香们将城区付之一炬。这并不令人意外。她的目光扫过朝南的山坡,寻找埋葬路易斯的墓地。她皱起眉头:那里的墓碑太多了,而且不够整齐。大部分墓碑都做工粗糙,仿佛是匆忙下葬的。何必费事用石头来标记墓地? 在战争时期,木头十字架是必要的替代手段。

但她随即转过视线,扫视着迅速接近的罗亚尔山,一股寒意渗入了她的灵魂。她欢欣雀跃的心脏在黑色的冰块上滑倒了。它重重撞上舞厅的地板,一时间喘不过气来。至少当她的心脏漏跳那一拍的时候,它肯定是这么感觉的。然后又漏了一拍。

王冠……噢,耶稣啊。王冠去哪儿了?

王冠,城堡,还有尖塔:这就是几个世代以来,圣劳伦斯河的船夫对波旁王朝的最后堡垒的称呼。它看起来真的像是一顶精致的王冠,配得上两个法兰西——旧法兰西和新法兰西——的国王。在以路易斯的方式去打量之前,她从来不觉得它有多像王冠。即使是现在,她那种"尖塔的楼梯看起来就像是从致命创伤渗出的鲜血"的印象仍然没有太大动摇。路易斯当时笑话了她。可现在……

罗亚尔山的地貌改变了。外城墙不见了。并非破裂,也并非出现了缺口,而是消失了。

耶稣的血泪啊。在身为塔列朗的时期,她参与过有关应急计划的机密会谈,甚至见过展示如何建造墙壁内的炸药室、才能运用聚能装药技术让爆炸威力集中向外的剖面图。但就连她也完全不相信,新法兰西的最后守军会将这种不惜代价的最终手段用在铜铸王座的喽啰身上。

随着长船的接近,贝蕾妮斯揉去眼里的雾气,审视着曾经的外城墙周围的那片残骸。崩塌的碎石一直滚到了墓地,砸碎了墓碑,遮住了墓穴。可怜的路易斯躺在成吨的花岗岩下面,他深爱的河流景致被乱石堆所遮蔽。城市烧焦的废墟被城墙压出了一片宽阔的长条地带。翻腾的城市灰烬让河流散发出壁炉格栅的气味。

随着长船乘风破浪,残骸中不断传来黯淡冬日阳光的反光。紧接着,河面的薄雾暂时散去,太阳出现在空中,而在位于低处的贝蕾妮斯的视野中,这片碎石旷野因机械人的碎块而闪闪发亮。砰、咔嗒和咔嗒声在长船上的喀拉客之间蔓延开来。他们也看到了。而且并不喜欢。

幕墙的爆炸肯定将数百名猝不及防的机械人卷入了其中。贝蕾妮斯冒险瞥了眼身旁那些桨手。目睹众多同胞被压扁的这座藏骸所的时候,它们不知疲倦的心脏是否会暂停跳动?它们懂得恐惧吗?她偷听了这些机械人的窃窃私语。大部分内容的语速太快,让她来不及理解,但她还是听懂了某些片段。

他们做了什么?她左边的一名机械人说,我看到了什么?

她周围的喀拉客们重新聚焦双眼,更加仔细地打量毁灭的景象。船首的那台机器发出一段齿轮咔嗒声的平稳韵律。我认为……有数百名……我们的同胞。曾经是……我们的同胞。

桨手们陷入了哀伤的沉默。

是我的同胞干的,她很想站起身尖叫,是新法兰西对你们这些该死的怪物干的!

但郁金香们有等待的余裕。他们可以召集援军——数量随他们喜欢——然后像淹没外城墙那样淹没内城墙。

长船贴上弗尔莫农岛的冰封河岸,发出嘎扎的响声。机械人们靠了岸。贝蕾妮斯一言不发地接受了它们彬彬有礼的协助。她鼓起面对冰冷金属的拥抱的勇气，让一台机械人将她举过船舷上缘。上一台碰触她的机器带着杀人的意图。这一台的双手却小心翼翼，仿佛她是只新生的小猫。

喀拉客们很快把她抛到脑后。它们全速穿过沼泽低地，向罗亚尔山的长长山坡跑去。她目送它们离开，直到确定自己和它们拉开了距离为止。然后她转向北方，沿着河岸前行，走向马赛那些化为烧焦废墟的码头。那是一段漫长而寒冷的跋涉，而脚下那些鹅卵石的叮当声与不时传来的炮声充当着伴奏。这段路还很危险，因为河岸结了冰。等她最终转向内陆方向时，脚踝已隐隐作痛。

她用一丛丛光秃秃的矮栎掩盖部分身形，沿着河边的陡岸悄然向前，同时眯起双眼。在附近某处，有道狭窄的裂缝里藏着某个山洞的入口。在开始流亡时，她就是从那个山洞离开的，虽然它原本的用途是塔列朗的实验室遭到围困时的紧急逃生通道。当她挤过空隙，进入近乎漆黑的内部时，冰冷的石头磨破了她的双手，擦伤了她的脸颊。

她缓缓地站直身体，以免撞到石壁上看不见的突出部分。感觉不对劲。在片刻的自我评估后，她意识到肩膀上的重量消失了。提箱的肩带断了。

"该死。"她的嗓音在周围回荡。

她的心脏狂跳。那只提箱里装着她关于发条匠古怪而秘密的强制力数学语法的笔记，外加从德·佩里坎号带到这儿，曾属于凡·布罗霍的那套工具。她跪在地上，在泥土里胡乱摸索。

"不，不，不。"

如果在这时候失去提箱，就证明上帝——如果他真的存在

——是个真真正正的婊子养的虐待狂。

她麻木的手指耙开泥土、沙子和她无法分辨的某种物质。等到皮革的触感拂过指节时,贝蕾妮斯释然的喘息声顿时在周围回荡。她拿起那块皮革,却发现它的另一头是团毛茸茸的东西。"见鬼!"这句话的回音也随即传来。她甩开那只死蝙蝠,继续摸索。

等她终于找回提箱时,感觉就像过去了一个世纪。她重新系紧肩带,挂上肩头,然后把提箱塞进外套里。接着她跪坐在黑暗里,直到呼吸平复下来。但这场虚惊摧毁了她所剩无几的乐观。

在内堡失陷前,她能让这些笔记派上用场的概率有多高?她从中得知的就只有为新的超禁制编写规则的方法而已。但她缺乏验证的途径,所以除非出现奇迹,她才能在初次尝试时就弄对这套逻辑-炼金-数学语法规则。而且就算弄对了也没什么用。对于在内堡外布阵的那些喀拉客来说,只要碰不到它们额头的锁孔,更改它们超禁制的尝试就不可能成功。她手上有一串钥匙,但那些机械人不太可能服从守军的指挥,排成一队等人来开锁。

她叹了口气。路得一步一步走。继续前进吧。

她在外面可拯救不了城堡。得到里面去。

她接下来担心的是雨果·隆尚。知道这条密道的人寥寥无几,而他就是其中之一。她离开的时候,他也在这座地下实验室里。既然得知了密道的存在,他也许会封死它。如果说那种障碍物连机械人都能阻挡……

这座山洞非常狭窄,只要向任何一侧伸出手臂就能摸索着前进,而且没有岔路。因此当最初的弯道带着贝蕾妮斯从近乎漆黑来到完全漆黑的地方时，她仍旧可以挪向前方。她的靴跟踩到了另一块石头；石头滑开，令她仰天摔倒。她的背脊重重撞在地上，其力道足以挤出她肺里的空气。她的脑袋也挨了一下，让她的视野里充斥着虚幻的光点，就像是从洞顶飘下的幻影萤火虫。贝蕾妮斯背靠着的东西似乎是一堆松果的化石。在那漫长而恐慌的一刻，她还以为自己的脊椎摔断了，而她的身体也因此瘫痪，无法呼吸。但她随即喘过气来，然后翻了个身，伴随着呻吟和流血，摇摇晃晃地站起身来。

她不记得洞窟的地板洒着这么多碎石了。落脚点有点危险，但算不上致命。嘎扎、嘎扎、沙沙……她经过时的响声在狭窄的洞窟里前后回荡，就像站在两面镜子之间的那幅景象的听觉版本。

碎石的质地发生了变化，它制造的噪音也一样。嘎扎和沙沙声变少了，噼啪声变多了。她听到了某种像是路易斯死去的那天——像是其他许多人死去，而她也遭受挫败的那天——的声音。那是化学牢狱破碎的声音。环氧树脂承受的压力超过极限的声音。她踩到了化学制品的碎片。

那就是隆尚的障碍物。它原先肯定封住了这条通道，就像葡萄酒瓶的软木塞那样紧密贴合。但他们随即启动了那个诱杀陷阱，在让巨石碾过攻城部队的同时，也撼动了罗亚尔山的阴暗核心。这场人工地震令弗尔莫农岛的岩床泛起涟漪。并且震碎了这道化学障碍物。

她走得越远，状况就越严重。碎块变得更大；落脚处也更不稳定。最后她撞上了一座碎石丘，而且高到她抬起手也够不着的程度。通道塌方了。

"该死。"

她踢到了一块石头。然后再次咒骂道："该死,该死,该死!"该死……死……死……她的骂声在周围回荡。

她跪了下来。她用双手摸索这道屏障,思索着清出一条路的方法。

某个东西在闪光。比星辰要昏暗,但亮度足以让她适应了黑暗的双眼流出泪水。萤火虫?还是幻象?但她随即听到了滚动声,就像是碎片脱落的声音。然后石堆缝隙间的那道闪光——那道微弱的金盏花橙色光线——变宽了。

另一边有人。而且他们正试图和她接触。她的心脏企图在胸骨上凿出自己的逃生通道。她侧过头,贴上那堆碎石,在自己身体发出的噪音中试图聆听。她刚才是向一群喀拉客宣告了自己的存在么?

她的手指捏住了提箱的肩带。她不可能在这条通道里躲开那些机器。他们会搜出她的笔记,然后处决她。

她慌忙站起的时候,一块石头弹了出来。它滚到一旁。一道灰尘弥漫的灯光涌入了通道。有张人脸透过落石堆上的缺口看向这边。

法兰西国王说:"晚上好,莫尔奈-佩里戈尔女士。我想我认出了你的声音。"

塔列朗的实验室显得陈旧了许多。这里仍然留有那场屠杀的迹象:血迹、翻倒的桌子和架子、花岗岩上只有炼金利刃才能造成的深沟。还有受损机械人的部件,那些是从过去一个世纪的战场上搜刮而来的,如今散落在洞穴的地板上,仿佛只是些垃圾。有台停止运作的军用喀拉客躺在房间角落的桌上,它的脖子和脑袋都被切开。就在不久前,地面上的那场大规模爆炸令洞壁出现了锯齿形的裂缝,也让这里下了一场灰尘之雨,蒙住了实验室里的一切。

在许多个世代前奉秘密王室法令而建立后,它就成为了暗中进行违反和约的喀拉客技术研究的场所。受损喀拉客的碎片会秘密送到这里。每一根过度伸展的发条,每一块破碎的孔罩,每一根弯曲的铰链,每一片焦黑的炼金合金都经历过数个小时的研究。随着岁月流逝与塔列朗的交替,大量的内容也记录在一本又一本笔记里,用不同的笔迹和墨水写下。直到贝蕾妮斯把塔列朗的笔记遗落在了新阿姆斯特丹某座教堂的地下墓地里。但这点并不重要:这么久以来,塔列朗们的发现几乎都毫无价值。他们相信自己进展缓慢,但却朝着揭露敌人秘密的方向持续前进。事实并非如此。他们就像是一群孩子,用沙子堆起城堡,然后自称大海的合法继承人。

如今实验室只是个藏匿处。是让人等待末日到来的地方。是让法兰西的末代国王在他王朝的最后时刻藏身的地方。

在此藏身的还有——或许这并不令人意外——贝蕾妮斯的继任者。那个操野牛的蠢货。

贝蕾妮斯行了个屈膝礼。爬过落石堆的过程给她留下了擦伤,让她血流不止,因此她的动作算不上太优雅。

"噢,这就免了。"国王塞巴斯蒂安三世陛下说。他伸出手来,扶起了她。她的身体比自己以为的更痛。他们把她从碎石那边拉到实验室里的时候,她又多添了几处瘀青。"这里只有我们三个,我又累得要命。鞠躬下跪之类的就省省吧。天主作证,我们的朋友侯爵大人已经这么做了。"他取出一块手帕,在角落的贮水池里蘸湿,然后连同一杯水一起递给了她。

这里的空气冰冷又不新鲜,而且弥漫着灰尘。贝蕾妮斯仍旧大口呼吸着。她咳嗽几声，打了个嗝，然后说："感谢您，陛下。"

"你看起来渴坏了。你说是不是？"

侯爵没有答话。他站在角落里，用狂乱的眼神看着贝蕾妮斯，双手摆弄着喉咙边那块被汗水浸湿的丝绸褶边。他的眼白勾勒出中央的瞳仁，就好像那两颗眼球正奋力脱离眼眶。他就像是一只吃了毒药，正缓缓死去的耗子。真是这样就好了。

国王接过杯子。贝蕾妮斯擦脸的时候，他说："我似乎记得我流放了你。"

"的确，陛下。"

"那样的话，这一刻对我们来说就都有点尴尬了。"

德·利奥纳侯爵打破了沉默，"她在替荷兰人卖命！她是来为当时的羞辱复仇的。我们必须制服她！"

"噢，麻烦你闭嘴吧，"国王说，"我受够你的愚蠢了。"

贝蕾妮斯向来很尊敬塞巴蒂安三世。他比他父亲要聪明，而点名让侯爵加入枢密院的正是后者。

侯爵说："问问她失踪的笔记的事，陛下。"

国王扬起了一边眉毛，"我听说在你离开的那段时间，有些文件失踪了。"

"它们很安全。"她说着，在心里希望这并非谎言。

"啊哈！她承认盗窃行为了。"

贝蕾妮斯说："我向您保证，我不是荷兰人的密探，陛下。"

"当然不是。相比起来，我是郁金香探子的可能性还大点儿。你向来是新法兰西最优秀、最坚定也最敬业的仆从之一。"

听到这番话，她不禁低下头去，以掩饰自己的脸红。"感谢您，陛下。这是我的——"

"比大多数人都要忠诚和聪明，但同时也自大、粗心又容易被误导。这些加在一起，导致了那场三十多人遇害的大屠杀。我还没忘记那件事呢。总的来说，你带给西方马赛和新法兰西人民的危险远大于好处。这一切让我好奇，你为何会违背我明确的愿望，选择回到这里。"

她的脸依旧发烫，但不再是因为脸红。那是羞愧的热度。她背信弃义的眼睛在地板上发现了一块深色的斑点。路易斯就是在那里躺在她的膝头，双臂的断桩不断流出鲜血，就那么失血而死。这一幕在她脑海里重演了上千次；每当她闭上双眼，都会看到她丈夫躺在地板上，仿佛那个场面就蚀刻在她的眼皮内侧。她咬住嘴唇。

世界正在分崩离析，但国王依旧留有遵守原则的余裕。面对统治的终结，他完全可以号啕大哭，咬牙切齿，痛苦地撕碎自己的衣物。但他没那么容易心烦意乱。

"国王问你话呢！"侯爵说。

她拍拍那只提箱，"我在外面学到了些东西，陛下。我带来了发条匠在安装和修改机械人超禁制时用到的语法的粗略译本。并非普通的口头禁制，而是超禁制。所有喀拉客服从的基础。也可以说是代表强制力的词汇表。此外，我还学会了公会修改超禁制的方法。"

侯爵脱口而出："她在撒谎。公会外没人知道这些。听过点风声的人都会被他们灭口。"

"这不是谎言，陛下。"她紧紧盯住侯爵，让他动弹不得，然后又说，"他们不会灭自己人的口。我在旅行中假扮成了御林管理办公室的成员。在离开的这段时间里，我得知的情报比历代塔列朗加起来还多。"

她再次看向国王的时候,发现他依旧因疲惫而拉长着脸。他的嘴唇在抽搐。她在枢密院会议上见过这种表现。他听到了自己感兴趣的事,却又想要维持平静的表情。

"你经历了一场冒险。我不该觉得惊讶的。而如今,你在不懈地追求目标——你曾口若悬河地向我说明的目标——的过程中回到了这里,对吧?你打算让那些机器转而对抗我们的敌人。"

"这是我的期望,陛下。但我手上只有拼图的一块碎片。我没有完整的解决办法。"她再次咬住嘴唇,痛恨自己无法否认的失败。"抱歉。我没有带来我们需要的东西。"

"你有什么建议吗?"

"说实话,陛下,我也没想到自己能走到这一步。"

他叹了口气。"我不打算像兔子那样躲在洞里,耗尽我在位的时间。我应该站在外面,见证我们王国的最后时日才对。"

"既然说到这个,陛下,能允许我问问原因吗?"

"我的住处被改造成了炮台,"他指了指头顶,表示在地表交战的那个世界,"但郁金香们随后开始把机械人抛过城墙。甚至是更高处。他们有办法把喀拉客直接投掷到尖塔顶端。"她吹了声口哨。

"我们也很吃惊。"国王说。

"可惜没人事先警告你们。这种武器肯定已经研发好一阵子了。听起来像是情报部门的失职,陛下。"她说出最后那句话的时候,双眼定格在侯爵身上。

著名的西方马赛城堡周边的土地令人恐惧。在这片遍布废墟的杀戮地带上,散落着损坏的机械人。这儿发生了可怕的事。某种力量令石制霰弹倾泻在了但以理的同胞组成的军团头上。在杀戮地带以外，竖立着一门庞大的火炮，但只有那么一门。这门大炮面对着雄伟的尖塔，而后者完全对得起它的名声。

他从未见过如此高大的人造建筑。它看起来就像一根准备刺穿苍穹的尖针；缠绕尖塔的深红色楼梯看起来像极了一条时髦的流苏，又或是顺着某根特别高的蜡烛滴落的烛蜡。他知道人类把这地方称为"罗亚尔山的王冠"，因为它远看之下就像一顶王冠，但或许用"蜡烛"来称呼更贴切些。这就是所有智慧生物——无论身躯是血肉还是金属——的自由与尊严的最后堡垒。是黑暗里的一道光。

而且就像蜡烛那样，它很快就要被掐灭了。

六个纵队的机械人从河边爬上了长长的山坡，但以理冲出树林的时候，看到他们正在战场上会合。他们是来代替在爆炸后无法修复的那些机械人的。

但以理赢得了这场以攻城战场为终点的赛跑，他的追兵别无选择，只能停下脚步，重新考虑捕获他的方法。如果他们公开追捕他，就没法掩盖自己不受制造者法令影响的事实了。无论他们有多么矫健，多么残忍，数量上都无法与那些普通喀拉客相比。在他们暴露的那个瞬间，就会触发叛逆警报，随后被飞扑而来的大群机械人压在身下。

他们还面临着第二个难题——而但以理不必为此烦恼——那就是过于明显的嵌合性。在他们为麦布效命的几十年里，逐渐累积的怪异改装让他们不可能悄然融入荷兰语世界的同胞之中。这些迷失男孩如果不想引起注意，就只能选择藏匿。他自己接受的改装，尽管同样可耻，却是位于体内的。

但以理冲进攻城部队，就像个受到禁制驱策的信使。或许的确是这样。或许他施加给自己的禁制正在驱使着他。

但以理径直跑到最近的那台机械人面前。"奥兰治堡送来的特别急件。"他说。

那台仆从型指了指那门巨型火炮不远处的一座帐篷。"你会在那儿找到莎恩芮达姆上校，"然后她用咔嗒声悄悄补充道，事先告诉你，她现在心情很差。

这儿出了什么事？

法国人决定抵抗到底。

有多少？

嘎吱，碰。哀伤的机械叹息声。几百个。

真令人作呕。对他的这些同胞来说，这一切该有多可怕啊——她别无选择，只能努力消灭那些反对奴役她的人。好吧，也许他可以做点什么。

来到上校的营帐附近时，他看到了不寻常的一幕：两台军用机械人——他们来自刚赶到不久的增援部队——正在爬进那门巨大火炮的炮管。

真令人吃惊，他心想，它不是发射炮弹的那种武器。它发射的是我们。

我用得上这东西，他反应过来。

但以理向驻守在上校帐篷外（但看起来完全是多此一举）的机械哨兵们自报家门。"奥兰治要塞的特别急件。"他说。哨兵之一为他掀起帐篷的门帘，然后他走了进去。

西方马赛进攻部队的神经中枢相当朴素。只有一张铺着鹅绒被的四柱床，食品柜与旁边燃烧着木柴的火炉，还有用来保护人类柔软双足的舒适熊皮地毯。这里的照明来自于一盏炼金枝形吊灯。但以理本以为会看到几幅画，或许还会有四个仆从型在角落里手持弦乐器。与从新阿姆斯特丹出发的那次行军时相比，莎恩芮达姆上校简直是个禁欲主义者。

上校本人正站在一张厚木方桌的首席处。她和另一名人类正在研究地图。但以理认出了那位上校的副官。的确，在飞艇系泊塔里的那场对峙中，他曾短暂地挟持了阿佩罗上尉，将他作为人质。但阿佩罗的制服和那时不同了，他的肩膀上没有了闪闪发亮的金属片。他让一名叛逆成功逃脱——如果惩罚只有降职而已，他就该谢天谢地了。

但以理走进帐篷的时候，他们抬起了头。他以机械人的精准行了个利落的军礼。

上校吐出两个字："怎么？"

"奥兰治要塞的特别急件。"但以理重复道。

莎恩芮达姆瞥了眼阿佩罗。他耸耸肩，"我是头一次听说这回事，上校。肯定是和增援一起送来的。"

阿佩罗没认出他来。他们相信了他的说辞。就像以往那样，人类太过习惯于机械人的顺从，不会怀疑任何机械人做出意料之外的行动。但以理深知这一点，因此在逃离永无乡的这段长路上炮制了一个谎言。

莎恩芮达姆说："他们这次又送来了什么？"

但以理把手伸进自己的躯干。"路西法玻璃，上校。"

她摇摇头，"什么玻璃？"

"路西法玻璃，"他拿出从麦布女王那儿偷来的盒子，"我受禁制的驱使，要传达以下信息。"他撒着谎。他改换了姿势和嗓音的音色，仿佛在背诵口述信息，然后说："信息开始：'上次报告的附录。如同期望的那样，炼金术士的改良大幅改善了小规模实验的结果。焚烧半径比我们最乐观的预测还超出了将近十个百分点。此外,这种玻璃终于足够稳定,可以部署在战场上了。第一批成功的制品里只剩下这件样品了。在合适的时机使用它吧。请记住,运用这件武器的喀拉客很可能会被摧毁。签名:麦洛·科恩上尉,突破性技术特遣队,奥兰治要塞。个人观点:彻底烧光那些吃青蛙的混球吧。'信息结束。"

上校问:"附录?"

两个人类面面相觑。阿佩罗摇摇头,"上一位信使肯定是停止运作了。"

"它也许还在外面。让回收小队去询问所有还能交流的机械人。我想知道详细的情况。"阿佩罗敬了个礼,转身离开。莎恩芮达姆对但以理说:"他们教过你路西法玻璃的正确部署方式吗?"

"是的,上校。过程相当复杂。首先,必须将这块玻璃——"

"很好。到炮兵队那边去。告诉他们,我要你利用下一次炮击登上尖塔。我会命令他们撤下其余那些,只把你装进去。登上尖塔,然后启动这块玻璃。"

"立刻照办,上校。"

第二十三章

爆炸打了郁金香们一个出其不意。散落在战场上的每一块嘀嗒人碎片，都会为西方马赛争取多一刻的缓刑。但他们的时间耗尽了。

援军赶到了。

隆尚看到六支纵队正从河边的平原朝高处进军。这么一来，战场上的喀拉客数量就比爆炸前更多了。敌人恢复了全力，甚至犹有过之。

在这些援兵赶来之前，按照化学制品军需官们的估算，最后的储备会在早晨时用尽。但现在，如果郁金香们将全部兵力化作一股湍急而闪亮的浪潮，让它拍打内城墙，这些化学军备就会在几分钟内耗竭。与此同时，在更远处，那些操纵喀拉客大炮的机械人正准备向尖塔再次射出炮弹。噢，是啊。干吗手下留情呢？

和他一起蹲在城齿后面的伊露蒂说："嘿。这我可没料到。但我猜这也合乎情理。"

"这太他妈合乎情理不过了。他们希望看到我们被碾碎。他们多半找来了一千英里范围内每一只会走路的茶壶，就为了表明他们的态度。"

"长官,我说的不是援军。我说的是那个。"她说着,拉过隆尚的望远镜,指了指。隆尚的视野掠过城堡里的狭小空间,转向聚集在某间废弃木匠铺外的人群。参差不齐的欢呼声响起。塞巴斯蒂安三世离开了藏身处。

隆尚哼了一声。他压低声音说:"那个哗众取宠的傻瓜。"

"不过对士气有好处。"

"倒是个让他的统治更快结束的好办法。"他叹了口气,转过头去。揉了揉灼痛的双眼。耶稣他妈的基督啊,他都累坏了。"去把大元帅找来。我得劝他去说服国王陛下回到地底去。这次我希望有一个小队的人陪着他,也包括你在内。"隆尚压低嗓音,以免伊露蒂以外的人听到,"那儿有条密道。用储藏在下面的溶剂打开道路。在城堡陷落前,把国王带出去。有必要的话,就抓住他尊贵的头发,把他拖出去。"

伊露蒂从城齿边跳到射击平台上,始终低垂着头。她停下脚步,"嗯?这点我真没料到。他在什么时候找了个新情妇?"

隆尚摇摇头,"下面只有他和德·利奥纳侯爵那个饭桶。"

"你是说女侯爵?"

"不。"

伊露蒂说:"那么那位又是谁?"

隆尚转过头去,把望远镜举到眼球。

他眨了眨眼,揉揉眼睛,又眨了眨眼。

"你他妈肯定是在逗我吧。"

城堡尚未陷落,但它正用指甲挂在崩塌的悬崖边上。内堡的状况就像贝蕾妮斯担心的那么糟糕。这里散发出夜香、呕吐物、馊掉的食物、鲜血与许多人挤在一起的味道。在索道吊架之间，有几根一码长的鱼叉插在塔身上，仿佛尖塔长出的荆棘：它们投下的影子让尖塔仿佛一座疯狂的日晷的指时针。乍看之下，内城墙上的棱堡和堞口似乎都没有配备人手，炮台也都遭到废弃。然后她看到几乎每颗城齿上都有铁锈色的飞溅痕迹，那是某种黏稠之物汇聚成一摊，然后化作深色的溪流顺着城墙滴落时留下的污渍。在那些地方，血肉之躯曾屈服于发条装置，而勇气也输给了金属。每一块血迹，每一处无人的堞口，都在讲述着新法兰西的最后时日的故事。

她在隆尚的脸上看到了同样的故事：和她上次与他见面时相比，他老了五十岁。她朝他露出无力的微笑。

"你好啊，雨果。我很想念你。"

隆尚——他现在是隆尚队长了，这让她很高兴——向她投来足以令白银失色、让牛奶凝固、把兔子吓得流产的眼神。他把注意力全部转回国王身上。

"陛下，拜托，我们得把您送回地下去。郁金香们正在集结部队，准备给我们最后一击。我们得把您送去安全的地方。"

塞巴斯蒂安三世摇摇头，"如果城堡在今天陷落，队长，那么天主的世界里就没有我的安全港了。他们会追赶我到天涯海角。这点你得承认。"

"陛下，"隆尚轻声说，"这儿会陷落的。环氧树脂炮现在能射出的只有烟雾，而我们也没有足够人手来把守这道城墙，虽然它只有先前拦在我们和金属人之间那道的一半长。闪电炮和蒸汽鱼叉炮不足以抵挡全面进攻。"他闭上双眼，用一只手梳了梳胡须。几道新伤疤点缀着他的脸。血迹将他的护甲染成了深铁锈色，他的双臂也布满了伤痕与细小伤口的蜘蛛网。"我们会迎来肉搏战。他们光是三三两两爬上墙顶就已经够糟糕的了。如果登上墙顶的机械人有五十台，您觉得会发生什么？如果有五百台呢？到那时候，为了稍微拖慢他们的速度，我们就只能送向敌人的刀口了。我代表那些负责送死的人，希望您能趁我们死掉的时候离开这座岛。"这时他看向贝蕾妮斯，又说，"你回来的时机真他妈好。"

"也许真的很好，"国王说，"听听她要告诉你的话吧。"

她一手按在他的肩膀上，"听我把话说完，雨果。"

"说快点儿。我正忙着等死呢。"

装弹舱关上了，但以理陷入了彻底的黑暗。炮管内部回荡着他身体的嘀嗒声，而他折叠成紧密的球状，以便发射。隆隆的次声波让炮身摇晃起来。开始时又低又轻，却朝着猛烈的高音不断攀升。

但以理将一只手滑进躯干的空洞部位。

见鬼，我究竟在做什么？

"俘虏一台——"隆尚的双手用力抓挠头发，几乎扯破头皮。他努力让呼吸平复下来，"俘虏另一台喀拉客？我们只需要做这件事就好？女人，你才刚从路易斯死去的那地方过来。瞧啊！瞧瞧你身边！我们看起来像有俘虏另一台落单机械人的余力吗？当时你有充分的准备时间，而我也有休息充分、吃饱喝足、意志坚定的守卫能够调遣，可还是没能成功。现在我们一无所有。"

他从没（真正）有过杀死贝蕾妮斯的冲动。当她跑上城墙，点燃火把——也严重违反了守城纪律——又像马戏团的杂技演员那样悬吊在墙上，执意以身犯险的时候，他没这么想过。甚至当她前一次研究喀拉客的尝试出了意外，害死了数十人，连他也九死一生的时候,他也没这么想过。但这次他忍无可忍了。他想掐死她。他的手指抽动起来。

"你他妈是在浪费我们的时间!"

值得称赞的是,就算他在长篇大论时将口水喷到了她脸上,她也没有退缩或者躲闪。她说:"我们只有一次机会。"隆尚哼了一声,国王盯着她。她抬起双手,掌心向上,就像在恳求,"我知道。我知道你在想什么。我的劣迹。你想得没错。但现在我是你们唯一的希望。所以我们才必须成功。而且在我们进行测试之前,都没法断定成功了没有。"

"就算你的方法有效,"国王说,"我们又该拿这些知识怎么办?它只是半个解决方法,不是吗?"

贝蕾妮斯匆忙想要换上自信的面具。那股偏执的狂热却不知所踪。真他妈不是时候。

"的确,陛下。"她叹了口气,"重写锁孔的功能会是个漫长的过程。如果我们能为某个对象植入新的超禁制,就可以派它带着那串钥匙出去,然后期待它能让尽可能多的同伴停止运作。"她毫不退缩地看着隆尚,"我不知道这该怎么在战斗里派上用场。"

正在监视喀拉客大军后方那门巨型火炮的观测手大喊道:"他们正在装弹! 机械人来袭!"

隆尚捏了捏鼻梁。他很想哭,"噢,是啊,眼下实在太适合搞这种复杂又危险,还没有实际好处的实验了。"

"只要有充足的研究时间,我就能想出办法了。拜托。"

国王说:"我没法给你时间。我们的人民正在死去。如果城堡在战斗中失陷,只要他们主人的脑袋里恰好冒出狠毒的念头,那些机械人就会杀光墙内的所有无辜者。我不会允许那种事发生的。我会选择投降，把自己送到敌人手上。"他将全部注意力转回贝蕾妮斯那边，"如果你那时没有赶到，我恐怕已经这么做了，女士。做你该做的事，但动作要快。"

隆尚说："您该不会是要我们俘虏落单的机械人吧！"他看看国王，"恳请您原谅，陛下，但即便是您的命令，这事也办不到。您大可以流放我，但这是事实。"

"我明白，队长，我也同意。但你已经俘虏的那个陌生人呢？也许他正符合德·莫尔奈-佩里戈尔女士的需要呢？"

贝蕾妮斯皱起眉头，"什么陌生人？"

"噢，"隆尚说着，理解了国王的意思，"或许你不记得自己寄给我的信了。"

"那封信寄到了？真没想到！"

隆尚把那个不寻常的囚犯——如今他被囚禁在圣施洗约翰教堂的地下墓地里——的事告诉了她。他简略地做了描述，但过程依旧长到让她的双眼越睁越大，以至于那颗玻璃眼球仿佛会从眼眶里跳出，然后摔碎在他们脚下。

"你抓到了费舍？你在这儿抓到他了？"

"他当时非常迫切地想要拜访国王陛下。"

"但你没杀他。"

"我觉得或许能从他嘴里问出点什么。但我们忙着战斗和死掉，没空去审问他。"

"雨果，雨果，雨果！"

贝蕾妮斯抓住他的胡须，拉得他失去平衡，然后吻了他。

连着地下墓地的通道凉爽而黑暗，散发出死人的气味。守军没法把阵亡者埋葬在空间狭小的内堡里，所以除非他们采取把尸体丢出墙外这样亵渎死者的手段，就别无选择，只能把死尸储存在大教堂的石制地下室里。寒冷也无法避免尸体腐烂。

贝蕾妮斯用围巾盖住口鼻，但无济于事。

她的呼吸凝结成了银色的云雾；蒙在凿刻石块上的寒霜反射着她手中火把的摇曳光芒。冷凝现象让立足处变得危险起来。她跟着隆尚，而隆尚跟着博阿努瓦神父。熏香的气味在那位牧师身上徘徊不去；她也能闻到隆尚的体味，而后者已经连续多日不眠不休地为了生存而战。牧师在上锁的地下墓地外停下脚步。他的大号铁钥匙环上的钥匙叮当作响。

她不认识那位年轻牧师。博阿努瓦听说过她的过去吗？就算听过，他也把看法藏在了心里。

她问隆尚："这儿没安排守卫？"

"早先还安排过一阵子，"他说，"但我们分不出人手了。"

这座地下墓地通向罗亚尔山的深处。但他们把费舍关在第一个房间里，以减少每次送饭和审问时要走的路程。

牧师找到了正确的钥匙。它无声无息地插入锁孔；这把锁最近才上过油。他正想拉开门，却犹豫起来。他对贝蕾妮斯说："这一幕也许会让您感到不安，女士。这个可怜人……他受到了黑暗者①的支配。舍瓦利耶神父——我们的代理主教——已经尽他所能了，可……要不是现在这种状况，我们应该恳求梵蒂冈派出驱魔师才对，但这条路对我们来说已经行不通了。"

贝蕾妮斯扬起双眉。驱魔师？她瞥了眼隆尚，后者耸耸肩。"看来有人好好修理了那个可怜的杂种。抱歉，神父。"

"虽然我们无法解救他的灵魂，但我们努力维持了他肉体的舒适。"博阿努瓦说。他在身前画了个十字，然后用力拉开了门。

---

① Dark One，在宗教意义中通常指撒旦或类似撒旦的恶魔。

铰链没有嘎吱作响。它们也上过油了。

她本以为这座地下墓地没有照明,但事实并非如此。而且这儿比通道要暖和。为了那个囚犯,牧师们在这里设置了几盏化学提灯。在强光中,她眯起了眼睛。

有东西发出了咔嗒声。牧师走了进去,随后让到门的左边。隆尚跟在他身后,又站到门右边。贝蕾妮斯从两个男人之间穿过,毫无意义地举着火把。

这些锁链所用的金属和流星锤的链条相同,但链环比成年女子的拇指还要粗。缠绕费舍双臂的锁链从手腕延伸到肩膀,而缠住他双腿的那些则从脚踝直到大腿中部。他看起来像是穿着一整套铠甲,却唯独忘记了胸甲那部分。锁链连着嵌入石制穹顶里的硕大岩钉,长度只够让他躺在那张设置在空藏骨龛里的简易床榻上。他的双手绑着绷带,头部也一样。他的脑袋和脖子可以自由转动,而他此时也正在这么做。他的目光定格在贝蕾妮斯身上;他已经很熟悉那两个男人了。

这么说,他就是那个意外释放了贾克斯的男人。也是随后杀死她的运河管理人的凶手。而他接下来出现在西方马赛,想要前往国王的住处。他看起来就像个不修边幅的疯子。他的眼神带着她从未见过的纯粹疯狂。他的模样与其说是可怕,倒不如说是可悲。那些链条看起来很夸张,但如果隆尚觉得有必要,那就是真有必要。这让她不寒而栗。她并不相信所谓的"恶魔"和"恶魔附身"。所以这个男人身上究竟发生了什么?

想问的事有很多。但她没时间一一询问了。

"你好,费舍牧师。我这两位朋友告诉我,有人对你做了些可怕的事。是这样吗?"

那个囚犯扭动身体。他的镣铐咔嗒作响。从他喉咙里传来的噪音几乎不似人声。号叫、咆哮，还有哀伤的咕噜声，仿佛他想要说话，却必须和自己的身体对抗。他脖子和下巴的肌肉开始凸出。他翻起白眼。嘴角泛出白沫。在那个男人发出的痛苦噪音里，贝蕾妮斯只听懂了两个字："救我。"

博阿努瓦神父又画了个十字，开始念诵拉丁文版本的主祷文。

"你能把你的遭遇告诉我吗?"

看起来不能：费舍挣扎的幅度增加了一倍。他的话声戛然而止，仿佛他的喉咙正威胁要让他窒息而死。他看起来就像是在奋力对抗禁制，而那条不容违背的命令却不允许他描述这番酷刑。

她的背脊打起了阵阵冷颤。贝尔原本打算这么对付我。她抱住了自己。

贝蕾妮斯指着费舍的脑袋。她问队长和牧师："我们能解开那些绷带吗?"

"他受了重伤。"博阿努瓦说。

"毫无疑问。但我需要看看他的额头。"

隆尚没花多少时间。他的动作算不上温柔，但牧师的挣扎让他别无选择。

透过斑驳的毛发看去，他的头皮遍布伤疤。有人对这个男人的脑袋做了手术，或许还不止一次。但上面没有明显的锁孔。这并不代表他身体的别处没有植入防止修改超禁制的安全措施，但她没时间也缺乏专门知识，不可能为他进行全身检查。

隆尚拽了拽她的胳膊。他对着门点点头，"出去说句话吧?"

他们沿着通道走出几码远。他将墓地的门关到只剩一条缝，但依旧坚持要在她耳边低语。费舍行动时的样子肯定给他留下了深刻印象。"你究竟有什么计划？"

"如果我的想法没错，他们应该给他植入了某种类似机械人的阶层式超禁制的东西。他无力反抗。超禁制是以特殊的字母系统和语法进行表述的。我们可以加以复制，我们也许能重写他的禁制。"

"所以他拍马屁的对象会从那个婊子女王换成塞巴斯蒂安王？这可真他妈帮了大忙。"

"不，雨果。我们可以改动的不光是他效忠的对象，还有他行动的优先级。他顺从的参数。然后我们再给他新的指令。命令他到外面去，向他见到的每一台机械人搭话。我们会让他带上这个。"她把手伸进靴子，摸出她偷来的链坠，然后跟那串钥匙一起晃了晃，"如果他拿着这个，然后自称是公会代表，他就能覆盖那些机器的指令。它们的禁制。他可以命令它们站定不动，让他使用这些钥匙——在此期间，它们会停止运作。"

"然后让那支势不可挡的大军每次减少一两个士兵。见鬼，这简直是翻天覆地的变化啊。"

"好好听完，行么？我们可以在新禁制里写入这么一条，要求那些机械人围捕它们的战友，将其中几名带到费舍面前，让它们屈服于钥匙。我们会把这种禁制设计成疾病那样，让感染者以几何级数增加。只要时间充足，这招起码能改善我们的不利局面。"

"'这法子能成。'要知道，我早就听你说过这种鬼话了，"他说，"这法子最多也就能用到郁金香们反应过来为止，到那时候，他们就会砍掉他那颗该死的脑袋，然后重新设置那些嘀嗒人。"

"也许吧。"

"我没法匀出任何人来帮你。你能靠的就只有那个戴牧师领的家伙。"

"我会的。别担心这个。"

隆尚瞪着她。他老练的双眼注意到了她脖子上的瘀青。她正了正围巾，开口道："说来话长。"

"我猜你过得也不轻松。你能回来需要很大的勇气。我很高兴，虽然这意味着你会跟我们一起死掉。"他摇摇头。

她笑了。她曾和他的几个部下说过，这位可怕的中士——那是隆尚当时的军衔——有颗像猫咪那样温柔的心灵。这话算不上太夸张。

"队长！"通道里回荡着一个女人的嗓音，"隆尚队长！"有个卫兵跑了过来。她在隆尚面前刹住脚，然后敬了个礼。她看都没看贝蕾妮斯一眼。

"让我猜猜，"他说，"他们开始行动了。"

她弯下腰去，双手扶膝，大口喘着气，"他们又开炮了。上面的小队报告说，又有一台机械人落在了尖塔上。"

"没办法派人增援了。"

"不，长官。他们没有要求增援。"

"那他们要什么？"

"他们，呃，他们说需要您亲眼去看。"

隆尚闭上双眼。他再次捏了捏鼻梁。"噢，真他妈的。"他嘀咕道，"我现在没时间管这种破事。"

"他们坚持要您去，长官。他们说这件事很重要。"

贝蕾妮斯捏了捏他的胳膊，"去吧。我需要的东西都在这儿了。"

他跟着那位信使离开。等贝蕾妮斯走到地下墓地的门前时，他的嗓音在通道里回荡着传入她的耳中："这次可要努力别搞砸了。"

说起来简单。

隆尚乘着缆车来到离塔顶最近的那站。就在他离开车厢，准备徒步爬上看门人祷文之塔的最后一圈时，他突然想到，等发条大军最终突破城墙并杀死他的时候，他就能解脱了。至少到那个时候，他就再也不用爬这该死的楼梯了。

他希望圣母玛利亚能代他求情，让他前往天国时不必攀登阶梯。他甚至都有了下地狱的想法：至少那段楼梯是向下的。也许他可以像过去那样，顺着栏杆滑下去——那时的他愚蠢地以为修女们没在注意自己。

这段攀登让他看到了战场的景象。郁金香们像预料的那样再次发射了喀拉客大炮，并且像预料的那样再次命中了目标，但部署在城堡周围的部队并未行动。这可真怪。他本以为郁金香们会等几支小队落在尖塔上和城墙内的那一刻发起猛攻，让疲惫的守军忙于双线作战。换作是他也会这么做，而且他还没有发条匠那样扭曲的黑心肠。为什么只开一炮就停下了？

这件事散发着郁金香阴谋的味道。他小心翼翼、悄无声息地从背后的扣环处取下铁镐和铁锤。他将握柄滑过手掌，直到手指找到平时的位置。然后他放轻脚步，一次迈上两级台阶。

安娜伊斯在等他。她站在枢密院会议室的门外。她手里没拿武器；环氧树脂枪的枪管仍然塞在背后的枪套里，位于那对储液罐的中间。她半点也不像是刚刚击退了一波机械人攻势的样子。

"好吧。我来了。你们也他妈有大麻烦了。在最后一战就要开始的现在，我不觉得你们有什么叫我来的正当理由。"

"我们也派人去找大元帅了。这种状况,呃……我们接受的训练里完全没提到。这是长官们才知道的事。"

听她的口气,她似乎真的相信上级的智慧和经验。不长眼睛的可怜羔羊啊;这场守城战本该让她醒悟才对。

"好得很。有什么麻烦吗?"

"问题就在这里。我们不知道这算不算是麻烦。"

她打开了门。

有个仆从型坐在房间中央的地板上,被手持黏液枪、铁锤和流星锤的男女包围着。它一动不动,但那可怕的嘀嗒声立刻让隆尚颈背的寒毛竖了起来。这台机器还在运作。但它却像新生的幼鹿那样温驯:它的双腿在身前摊开,又举起机械的双手以示安抚。微弱的金属棘轮转动声在房间里响起:它那双眼睛聚焦在他身上,留意着他的一举一动。走进房间以前,他的确想不到发生了什么,但这一幕绝对出乎他的意料。

"好吧,我来了。有谁来告诉我,这他妈究竟是怎么回事?"

那台机器说了几个荷兰语单词。

"它说了什么?"

安娜伊斯清了清嗓子,"它,呃,它说:'我是来帮忙的。'"

那些人类之一把荷兰语——虽然有些犹豫——为其他人翻译成了法语,然后再把法语翻译过来。在此期间,但以理和隆尚队长相互打量。

守卫队长的目光带着重锤般的力道。他用激烈的口气对守卫们说了些什么。那位译者尽可能做了翻译。

"这是郁金香们在耍花招,你们这些没有脑子的废物。赶紧开枪。"

守卫们举起了枪，但以理抬高双臂。

"拜托！等等！"他大喊道。

守卫们犹豫了。

隆尚从其中一人的手里夺下了枪管。他把手指伸进扳机护弓，瞄准了但以理，虽然那根软管依旧连在对方背后的金属储液罐上。

但以理说："拜托，队长。在你开枪之前，我这儿有能帮上你们的东西。在它跟我一起被封住之前，先把它拿走吧。"

他看着那些人类，而他们听着法语译文。队长的双眼浮现出盘算的神色。

来吧，但以理心想，稍微给点儿信任。我要求的就只有这些。只需要暂时缓和一下敌意，我们就能结束这场战争。

隆尚一边发号施令，一边盯着但以理。译文片刻后传来："朱迪丝，加斯帕尔，到窗边去。把你们看到的景象告诉我。"他仍旧用枪口对着但以理，等着那一男一女审视尖塔周围的状况。但以理知道，从这里看去的风景非常壮观；他在从大炮到尖塔划出长长抛物线的那几秒钟里已经欣赏过了。这让他想起了那艘巨兽飞艇上的风景。这份记忆的到来一如既往地伴随着内疚的折磨。

那个男人说："没有变化，队长。"

他的同僚附和道："他们做好了攻击准备。看起来他们正在等着什么。"

隆尚点点头，就好像听到了意料之中的回答。但他的枪口毫不动摇。

"说吧，铜裤子。你的主人在等什么？"

铜裤子？

这场对话进展缓慢，毕竟它要经由笨拙的来回翻译才能实现。但他们的确在进行对话。

"事先说明一下,"但以理说,"他们不是我的主人。但我赞同你的看法。我猜莎恩芮达姆上校正等着看路西法玻璃能办到什么呢。"

"'路西法玻璃'是什么鬼东西?"

"是个谎言,但她不知道这点。她在等着一场炼金术的火焰风暴吞没这座城堡。她迟早会断定这个战略失败了,然后真正的攻击就会开始了。"

"这么说你是骗他们把你送进来的。为什么?"

"我已经告诉过你了,"但以理说,"我是来帮忙的。请别再浪费时间了。"

"帮忙,是吗? 既然你是从外面来的,也许你只是明白自己寡不敌众了?"

"我不是来跟你们战斗的。"

"那你就帮不了我们。"

但以理说:"我有比拳头和刀剑更好的东西。在你们的协助下,我也许能够解除我那些机械人同胞的攻击冲动。"

这番话花了不少力气才翻译过去。隆尚队长和守卫们以令人费解的眼神对视,也不止一个人扬起了眉毛。

隆尚的回答大概是这样的:"我该因为什么相信你? 你有什么证据能给我?"

"你有什么理由不相信我? 相信我能恶化你们的状况么? 你们没什么可失去的。如果我是来这儿散播混乱的,那我早就会这么做了。"

隆尚紧紧闭上双眼。他用手挠了挠胡须,几块头皮屑从中飘落。

"这下我明白了。你来不是为了帮我们。你来是因为你需要我们帮你。"

"我们可以互相帮助，队长。这是个简单的事实。"

隆尚陷入了沉默。他的胡须随着下巴肌肉的绷紧与放松而颤抖。他闭上双眼。他看起来就像是在专心呼吸一样。

某个守卫问："队长，长官，您的命令是？"

他睁开了眼睛。他看着但以理，"我不懂你的事实。但我知道有谁会懂。"

费舍不是恶魔附身的受害者。并非如此。那个可怜虫的遭遇要可怕得多。这是发条匠的杰作：在看到他的那一刻，贝蕾妮斯就直觉地意识到了这一点。

她又试了一次。"你为什么会来这儿？是有人派你来的吗？"

锁链咔嗒作响。费舍痛苦的号叫令地下墓地为之晃动。他甩动手脚，嘴角渗出粉红色的泡沫。他咬破了舌头。

"好了，好了！拜托停下！我收回那个问题。"

最令人不安的是，他看起来很想回答她的问题。而且尽管会带来显而易见的痛楚，那个可怜的杂种还是试图做出回答。但他的身体无法胜过那股阻力。他像极了因为拖延太久的严厉禁制而深陷剧痛之中的机械人。而且根据隆尚的说法——还有那些镣铐——费舍强壮到不像是人类。

所以如果……

如果他是某种机械人呢？如果他们把他转变成了人类喀拉客呢？一台被剥夺了自由意志的肉身自动机器。

公会用黑魔法征服了世界。或许他们的魔法比任何人所想象和畏惧的更加黑暗，甚至比贝蕾妮斯所想的还要黑暗。

　　如果这种疯狂的假设是正确的,那么他们就需要将超禁制强加给他的某种方法——某种铺设基本的基底、并确立履行新禁制时的界线与参数的方法。真正的喀拉客在被制造出来的时候,其存在核心会被嵌入阶层式超禁制——所以它们出炉时就是那副模样。但费舍是人类母亲生出来的。应该是吧。那么发条匠又是怎么限制他的存在法则的? 他的掌控者多半能够用口头方式给予普通禁制,就像荷兰人对他们的机械仆从所做的那样。但要在一开始确立新的主人? 这整套系统都依赖于嵌入存在深处的超禁制。超禁制只能在罕见的情况下加以更改,例如对陆上活动的喀拉客进行的航海禁制修改。所以这些超禁制又是如何施加给费舍的? 或许他们的做法很简单:经由他的灵魂之窗。

　　想要更改机器的超禁制,需要解除锁孔的锁定,再以正确的炼金术语法将炼金术符号照入它的眼中。费舍身上没有这种锁。如果直接给他看那些符号,又会发生什么?

　　她对博阿努瓦神父说:"我需要纸,还有能写出字的东西。快!"

　　费舍目送那位牧师离开。贝蕾妮斯说:"我会试着帮助你的。请相信我。"

　　"你-你——"费舍再次发出窒息般的汩汩声,"办-办-办——"他咳出一团粉红色的唾沫,"办不到的。"光是说出这简单的几个字,就耗费了他九牛二虎之力。他垂下头去,仿佛脖子突然松弛了似的。

　　在等待那位牧师回来的期间,她背对着费舍,拿出抄录了航海超禁制的那些笔记。为了这些笔记,福金差点杀死她。她抚摸着瘀青的脖子,翻阅着一页页符号和它们大致的含义。她的初次尝试越简单越好。等博阿努瓦回来的时候,她已经构想出了尽可能短的语句。她用与焦虑的心情不符的谨慎,在纸上将语句翻译成一连串符号。

"费舍牧师。我想让你看点东西。"

她把那张纸举到他面前。

有那么一瞬间,她担心他会拒绝注视那些符号,担心某种深藏的故障安全机制会因此启动,阻止他接受控制者以外的任何人施加的超禁制。但他没有转开目光。他的双眼扫过那排印记。他抽搐起来。他镣铐的颤抖震倒了藏骨龛里的遗骨,让灰尘从凿刻而出的天花板洒落。

贝蕾妮斯露齿而笑,尝尝这个,你们这些傲慢的杂种。你们没料到会有别人劫持你们制造的怪物吧?你们没料到会有我。

费舍大叫起来。他不断咆哮,直到他的肺部排出最后一点空气。他吸进一口气,然后再次尖叫。但这次是真正的尖叫。货真价实、不受拘束的人类尖叫,并非无法表达自己想法时那种痛苦而不连贯的嚎叫。女妖般的哀号声令圣施洗约翰大教堂的地下墓地摇晃起来。贝蕾妮斯第一次听清了费舍的话声。"上帝啊,上帝啊,您为何舍弃我?"

然后他像新生的婴儿那样哭泣起来。在某种意义上,他的确就是。但他不再甩动手脚,开口说话时也不再会陷入窒息。他反而用沙哑的嗓音大声念诵起主祷文和圣母颂来。他念了一遍又一遍,只在两遍之间停顿片刻,用这些时间来感谢她。

"感谢你,感谢你,感谢你。"他喃喃道,"痛苦消失了,消失了……"然后他再次开始祈祷和哭泣。

"你做了什么?"博阿努瓦问她。

"我想我打破了某种咒语。"她说。

他指着她举着的纸上的那行炼金术印记，"这些是什么意思？"

她花了点时间去思考如何表达强制力那近乎数学式的语法。她说："这句话大概说的是：'无论如何，说出真相。余下的都不重要。'"她很想让费舍继续祈祷下去。但时间紧迫。"费舍牧师，拜托。我需要问你几个问题。你能回答我吗？"

"能。可是拜托，我需要忏悔。我需要赦免。我想参加圣餐仪式，但我却受罪孽所困。噢天主啊，噢天主啊，我做了那样的事。他们强迫我做了那样的事！拜托，拜托，我需要一位告解神父。"

贝蕾妮斯和博阿努瓦对视一眼。这个男人有一颗天主教徒的心。年轻的牧师在自己身前画了个十字，随后又对着费舍画了个十字，"可怜的灵魂。当然可以。你会得到赦免，天主也会将你揽入胸怀。"

听到"灵魂"这两个字，费舍再次哭泣起来，"不，不，不，你这蠢货！你们根本不知道。不知道他们从我这夺走了什么。我又做了什么。"

贝蕾妮斯说："那就告诉我们。就先从你的遭遇开始描述吧。"

费舍诉说了一位被俘的间谍遭受囚禁，又接受了可怕的外科实验的故事。（他曾是我的部下，她反应过来。他逃脱了将我在海牙的其他密探一网打尽的那场清洗。但他们还是抓住了他。）他的故事时而让人作呕，时而令人心碎，时而使人痛苦。当贝蕾妮斯想起她在御林管理办公室位于北河山谷的偏僻安全屋里，受首席园丁贝尔和拧颈卫士囚禁的那段日子，血液几乎结成了冰。

我的下场差点就和费舍一样了。他们会剖开我的脑袋……

听到御林管理官们切除费舍的自由意志，仿佛只是在切除一块恼人的囊肿时，博阿努瓦神父在胸前画了个十字，祈祷起来。从理论上来说，这件事甚至可以成为针对天主教教义的难题。难怪费舍的举止几乎就像疯子：他是个秘密天主教徒，被困在他不听使唤的身体里，遭受这种矛盾的折磨。

"他们强迫你做了什么？"

"噢，上帝啊，我做的那些事……"他大声抽泣起来，贝蕾妮斯不得不身体前倾，集中精神去理解他的意思。他一时间瑟缩身体，仿佛在等待剧痛的到来。但新的折磨并未浮现，而他露出了堪称幸福的表情。那表情只持续了一瞬间，然后他便被另一阵悲伤与羞愧淹没了。"他们强迫我杀人。"

贝蕾妮斯点点头，"在新阿姆斯特丹。"

"新阿姆斯特丹，"他啜泣着说，"噢，主啊，那些可怜人。我折断了他们的脖子，砸碎了他们的脑袋，"他再次啜泣，"还有这儿。我杀死了这里的一个男人。那个可怜的守卫，他就这么摔下去死了。"

"隆尚跟我说过了。你别无选择。"

"我是他们的工具，他们无力抵抗的工具。我是主人的手。我是武器。我是棍棒，刀剑，刽子手的绞索，因为天主抛弃了我。"他开始胡言乱语了。泪水自他的双眼流下，鼻涕从他的鼻孔滴落。"不只是这些。远远不止。在我来到这儿以前，他们派我去了梵蒂冈。天主抛弃了我，他早早抛弃了他忠实而热忱的仆从。我在最后关头动摇了，我害怕作为殉教者而死去，也让他失望了，所以他抛弃了我，他将我弃之不理，而我沦为了邪恶的工具。他们强迫我前往魁北克城，在那里请求觐见天主在俗世最神圣的代理人，而我再次充当了掌控我的那些人的武器。噢主啊，噢主啊，上帝啊，您为何抛弃我？"费舍蜷缩成一团，呜咽起来。

贝蕾妮斯捂住了嘴巴。耶稣啊。他们派这位牧师谋杀了教皇。她看着博阿努瓦神父。他的脸就像鳟鱼的腹部那样苍白。

"你为什么要来这儿？"

"我是来杀国王的。别给我自由！在我拧掉他的脑袋，然后丢下尖塔之前，我都无法获得平静。噢，天主啊，那种痛苦！我无法忍受那种痛苦……"

博阿努瓦神父发出一阵湿咳声。他跑出了房间。

她说："谁？是谁逼迫你做这些事的？"

费舍再次哭泣起来。他的话语断断续续，在啜泣的间隙大口吸气，挣扎着想要开口。但他对抗的并非禁制的妨碍，他正努力在情绪崩溃时表达自己的意思，"安娜斯塔西亚……贝尔……她是……她……指挥……"

贝蕾妮斯点点头，"没关系。我知道她是谁。我们见过面。"

啜泣声卷土重来。尽管时间宝贵，但贝蕾妮斯知道她只能耐心等待。他终于恢复过来，开始继续讲述他的故事。

"她禁止我祈祷，禁止我参加圣餐礼，禁止我去告解。她强迫我做了许多事。亵渎神圣的事。噢，天主啊！我努力抵抗了，天主啊，是真的！但我很软弱，痛楚又如此强烈。唯一……唯一让它停止的方法……就是贝尔命令我去做的那些堕落的事，那些亵渎和侮辱神圣的事。你根本无法想象蕴藏着那个女人灵魂中的黑暗。圣母啊，宽恕我吧！"

贝蕾妮斯发起抖来。作为御林管理办公室特别因犯的前景比她想象中的更可怕。如果安娜斯塔西亚·贝尔能竭尽全力去折磨一位天主教牧师,她又会对前任塔列朗做些什么?贝蕾妮斯摇晃身体,仿佛要甩脱沾在身上的恼人蜘蛛网。那种感觉徘徊不去。

"你一定要明白,"他呻吟道,"我并不想做这种事。"

"我知道。我知道。怎么可能呢?你是个好人,费舍神父。你是发条匠邪恶魔法的受害者。"

费舍的话声越来越小,最后开始号啕大哭。他无力地坐在床上,在铁链的限制下试图蜷缩成婴儿的姿势。她还有很多问题想问,但似乎问了也没什么意义。

贝蕾妮斯说:"你摆脱她了。她再也不会向你施加禁制了。"

但我会的,她心想。这个念头并未给她带来满足感。当她再次拿起纸笔的时候,也感受不到任何愉悦。他警惕地看向她。他知道她要做什么了,就连他的神情都表明了这一点。

"拜托,不要。请别对我做这种事。"

"我知道你很疲倦,神父。但我们有太多的工作要做,时间又太少了。而且你可以为新法兰西做出巨大的贡献。"

隆尚知道"自由喀拉客"这种存在。虽然他从未跟那台名叫莉莉丝的机器说过话——毕竟他的工作就是杀死机械人——但她曾是西方马赛周边、甚至是城内的一道司空见惯的风景。在隆尚第一次拿起战锤之前,她就逗留在这儿,而且数十年间从未将任何一名法国公民开膛破肚。据他所知没有。

可新的自由喀拉客偏偏选在这时候到来?隆尚开始相信天意了。

这台自称"但以理"的机器不会说法语(或者装作不会说的样子),但它的双臂也没有伸缩式刀刃,所以这应该能说明点什么。隆尚和安娜伊斯跟着这台机械人走下尖塔,两人都武器在手。登上缆车的过程比较棘手,但她从始至终都将黏液枪对准着但以理。

隆尚下达了快速下降的指令,部署在临时信号站那里的学童操作了日光信号镜的遮板。水泵让分流的压舱水通过液压装置。隆尚对上安娜伊斯的目光。他看看车门,又看看机械人,然后看看她的枪。

就是这儿。封闭的狭窄空间。如果它打算袭击我们,就会趁现在下手。

她明白了他的意思,于是点点头。隆尚关上了安全门。微弱的碰撞声传来,然后缆车开始了下降。

但以理说:"哇!"

安娜伊斯没能掩饰住自己的困惑。

隆尚将注意力平分给了那台奇怪的机器和高处的景色。几缕冬日的寒意从河那边飘来,仿佛几个幽灵。西方马赛城和它的码头只剩下大片灰烬。曾经的外堡如今成了烟雾缭绕的荒原,充斥着被刺穿的机械人与化学死亡区域,闪电束留下的冷杉状焦痕在地表纵横交错。在从前的那座城墙以外,是一片由碎石与机械人残骸组成的无机器地带。而在更远处,一条黄铜的绞索正等待着收紧的命令。郁金香们的援兵已经赶到,并且列好了队。它们只需要一个命令。

路西法玻璃。这肯定是个天大的谎言。

但以理今天编造的谎言还有哪些?

接下来的问题是平民。在下方的拥挤内堡里,他们无处不在。尖塔底部的缆车站周围也有平民四处转悠。等缆车停稳以后,隆尚说:"做好准备。等我们打开这扇门的时候,那些平民会吓得尿湿两次裤子的。"

的确如此。想要平息人群的情绪,只靠两名用武器对准机械人的守卫是远远不够的:在但以理现身的那个瞬间,出于恐惧与愤怒的慌乱叫喊也随之响起。

隆尚大吼道:"让出道来,不然我就自己开道了!"

见人群没有分开,他便将锤柄撞上最近的那个平民的腹部,力道足以令对方呕吐。"利索点儿,像该死的红海那样给我分开,否则我发誓,你们会祈祷郁金香们赶快占领这座城堡,免得品尝我的怒火!"

这招奏效了。

隆尚举起了铁镐。他指着人群另一边的大教堂粉碎的玫瑰花窗,"往那边走,铜裤子。"

那个嘀嗒人似乎明白了他的意思。它朝着受损的教堂走去,满不在乎人群的注视、战栗和嘲讽。人们投来了许多东西:石块,咒骂,还有粪便。

他们三个径直走进了大教堂。他们经过时带起的风让蜡烛摇曳起来;隆尚在胸前画了个十字,决定在离开时也去点燃一支蜡烛。这或许是他最后一次有机会这么做了。他很想知道,如果他在自己人生的最后时刻为自己点燃蜡烛,圣母是否会皱起眉头。基督肯定明白,不会有其他人帮他点燃蜡烛了。

大教堂里人满为患。平民们挤在室内,寻求着能够遮蔽部分风雨的避难所,或许也希望这座上帝的殿堂能以某种方式保护他们免受发条学与黑魔法的伤害。教堂的条凳上连一英寸的空间都没剩下;过道的地板成了山羊和鸡的临时畜栏,彻底覆盖在一层潮湿干草下面——那些干草散发着尿味,还有某种更加恶心的气味。

那台机器的金属脚掌踩在教堂前厅的地砖上,发出尖锐的"啪-咔嗒-啪"的响声。那声音穿透了虔诚信徒的微弱恸哭声,念珠的咔嗒声,以及家畜紧张的鼻息声。几百颗脑袋转了过来,想要寻找杂音的源头。他们三个走进中殿的同时,人们不约而同地倒吸一口凉气。在左方那条拱廊的另一边,勉强能看到舍瓦利耶神父站在圣器收藏室外,正对法兰西国王耳语着什么。瞥见那台机械人的时候,高级教士和君主纷纷在身前画起了十字。

隆尚意识到了自己的失误,不由得缩起身子:他应该在带这台嘀嗒人出来游行前确认国王的位置的。他太过疲惫,忘记提防机械人的诡计了;他现在能做的只有奋战至死而已。他绷紧身体,可但以理并未做出突然接近国王的举动。

"走快点。"隆尚咕哝道。安娜伊斯用枪管轻轻推了推那台机械人。隆尚努力摆出一副胸有成竹,一切都尽在掌控的表情。

当他们经过圣坛,前往地下墓地的时候,隆尚抬高嗓门,让周围的人都能听到:"别在意我们,神父。"然后他又低声问,"她还在下面吗?"牧师点点头。

等到踏入大教堂地下的墓地前厅后,安娜伊斯用枪对准了但以理,而隆尚跑向前去。他发现前任女子爵正在那个怪物牧师旁边的简易写字台上伏案工作。她画出一串鬼画符,同时低声咒骂,那位牧师则在恳求她:"拜托别再来了。拜托放了我。放了我。拜托拜托拜托……"

隆尚的脚步声惊动了她。费舍却只是用遭到彻底挫败后那种死气沉沉的双眼盯着他。

贝蕾妮斯说:"我以为你还有仗要打。"

"是啊,不过现在是午餐休息时间。"

"我需要更多的时间,雨果。我才刚刚开始,而且这种语法……该死。"她一副快要哭出来的模样。他也有同样的心情。"我还需要几个钟头。需要几天。"她叹息时几乎像是在颤抖,"几周。"

"噢,我本打算今天下午吞下两英尺长的铁块,不过既然你好言好语地求我,我就试着忍耐一下吧。在此期间,我需要你跟某个人谈谈。"

"拜托,雨果,我没那个时间。在用新的语句给费舍看之前,我必须对他进行彻底询问——"

"有台机械人刚才投降了。"

隆尚的打断让她愣住了。她闭上嘴巴的同时,发出牙齿时的咔嗒响声。她眨了眨眼。他还是第一次看到她哑口无言的样子。他认为这代表圣母向他展露了微笑,因为他在最后的几小时里目睹了这么一个小小的奇迹。

贝蕾妮斯吞了口口水。咳嗽了几声,"什么?"

"我只知道你对该死的嘀嗒人的了解胜过这附近的所有人,而且你还会说荷兰语,所以我把它带了下来。我可没工夫处理这种破事。"

贝蕾妮斯看看她的笔记,又看看费舍,再看看她的笔记,随后将目光转回隆尚。即便到了现在,在面对重重困境的现在,他依旧能看到贪得无厌的好奇心掌控了她。

"这是个阴谋么?"

"也许吧。但它的目标不是我,也不是我的手下,更不可能是你——你才刚到不久,它就落到了尖塔上,所以它不可能知道你在这儿。如果国王是目标,它刚才就错过了天赐的良机。而且它声称想跟我们合作。"

"好吧。我会瞧瞧它有什么要说的。"

隆尚转过身去。他对身在前厅的安娜伊斯喊道："带它进来!"

尽管隆尚刚刚给了贝蕾妮斯不怎么靠谱的保证，不过为防万一，他还是举起了铁镐和铁锤。但当人类守卫和那台机器走进墓地的时候，那个喀拉客停止了动作，仿佛它全身的齿轮和不知叫什么的零件全都卡死了。它的身体发出一声"砰"，在狭小的房间里回荡不止。它歪过了头。紧接着，隆尚目睹了毕生所见过的最奇怪的事，以及他人生最后时刻的第二个奇迹。

那台机械人用六月早晨的婚礼钟声那样清晰的嗓音说："贝蕾妮斯?"

第二十四章

是她。她的嗓音变了,但的确是她。是他在新阿姆斯特丹的面包房里遇见的那个法国女人,他和她试探性地结为同盟,并跟着她潜入了新阿姆斯特丹的熔炉。她的任务是复仇,而他的任务则是破坏。

她发出了某种介于咳嗽和尖叫之间的声音。她缩了缩身子,揉起喉咙来。但以理很好奇她遭遇了什么。

她问:"你刚才说什么?"

"你好,贝蕾妮斯。"

她眯起眼睛。她的嘴唇分开了。"我……我们见过面?"

"我的名字是但以理。但你认识的我名叫贾克斯。"

在她身后,镣铐发出了咔嗒声。遇见贝蕾妮斯让他太过吃惊,所以才没能注意到别的东西。现在他看到——用贝蕾妮斯的口头禅来说,上帝的圣名啊——她身后躺着个镣铐加身的男人。而且他也认识那个男人。

圣母向雨果·隆尚展露笑容的次数比他想象中更多。因为在两个奇迹以后,第三个奇迹接踵而来。那个戴着镣铐、像是牧师的怪物坐起身,在耀眼的灯光中眯起泪眼。

"贾克斯？我认识一个名叫贾克斯的机械人。"

那台喀拉客也无疑认出了他，因为它的反应和见到贝蕾妮斯时一样。砰。

隆尚抓住腰带上的念珠。他低声念诵祷文，感谢圣母玛利亚的恩宠。

然后他说："哪位好心人能告诉我究竟发生了什么？这么一来，我人生最后的时刻就不用背负未解之谜的重担，可以在保护祖国的战斗中徒劳地死去了。"

机器和囚犯低声交谈起来。贝蕾妮斯发现隆尚始终盯着他们：她知道他正在估算那台机械人折断铁链，释放费舍的可能性。那个名叫安娜伊斯的守卫也举起了武器。

贝蕾妮斯说："说来话长。这位贾克斯——"

蹲在那位受难牧师身边的喀拉客说，我告诉过你了。我的名字是但以理。

"——好吧。这位但以理去过不少地方。他在海牙认识了这位费舍牧师。等那些发条匠将费舍转变成自己的造物以后，他们在新阿姆斯特丹又见了面，但费舍那时没认出他来。不久后，我在尝试联络地下运河网络的时候遇见了但以理。的确，你和我都欠他一份感谢。正是他告诉我的消息促使我给你写了信。不光是费舍的事，还有那些化学品储备。他从前的主人跟蒙特默伦西共谋，把我们的化学技术出卖给了发条匠。说到这个，库存的事我没说错，对吧？"

隆尚哼了一声，"我们依赖蒸汽和闪电武器，不是因为我们相信那些是未来的主流科技——如果你想问的是这个的话。"

在但以理/贾克斯蹲坐着的角落里，费舍牧师大笑起来。那是由衷的笑声。贝蕾妮斯和隆尚转过头去，看着他们俩。那位牧师的脸上几乎浮现出了幸福的笑容。

"感谢您,天主。因为我现在知道,我代表您所做的努力为这世界带来了某些益处。"

隆尚问她:"可这一切究竟是他妈怎么回事?"

"我有个推论,但要说明起来太花时间了。"

雷鸣般的隆隆声动摇了这座地下墓地。又一阵灰尘从天花板洒落。隆尚抬起头来,眯起眼睛,仿佛要透过几米厚的岩石看见上面的战斗。他攥住武器握柄的手指转为了白色。

贝蕾妮斯说:"去吧,雨果。你去做你的工作,我也会做好我的。不用在这儿安排守卫。"

队长一言不发地转身跑开。贝蕾妮斯来到但以理和费舍身边。她问那台喀拉客:"我知道费舍神父为什么来这儿。但你又是为什么?"

我也能问你相同的问题。

"见鬼,你很清楚我为什么会来。我是想拯救西方马赛。"谨慎行事已经是过去式了。她努力推进话题,相信她计划的基本概要能够吸引贾克斯这样的自由机械人。或者说但以理。随便他现在怎么自称都好。"我解译了你们制造者的炼金术语法。我知道编写新的超禁制的大致方法。我在这位费舍身上测试过了。行得通。"

"你真是太人道了。"

"我是在努力赢得战争,但以理。我在努力拯救祖国。"

"那你为什么还没拯救它?"

"它在费舍身上行得通,是因为他没有锁,"她指着但以理的额头,"你和我一样清楚,我得先打开那把锁,然后才能重写你那些同胞的超禁制。"她概述了自己的计划:派费舍带着公会链坠和一串钥匙出城去,让他每次更改几台机械人,然后为它们施加传染病似的破坏性超禁制,驱使它们去转化更多的机器。

"这是个孤注一掷的计划,但也是我仅有的手段。所以我才会进行这些实验。我不喜欢这么做,真的不喜欢,但我所说的是某种能够自我参照和自我传播的超禁制。你显然也明白,一旦出了岔子,后果会有多严重。"

"所以你不打算释放我的同族,你只打算破坏他们。"

贝蕾妮斯谨慎地选择着用词,"我办不到。我能更改他们的超禁制,前提是我有办法绕过锁孔的问题,但我没法让他们对炼金术语法免疫。等发条匠们取回掌控权以后,我施加的短暂自由就会告终。好了,你为什么会来这儿?"

那台喀拉客沉默了好几秒钟——对机械人来说,这就像是永恒。"我是来以我自己的方式帮忙的。"

"但我注意到你不在城墙上。"

但以理模仿了人类的摇头动作,"我不是来战斗的,我是来结束战斗的。"

"要怎么做?"

但以理为命运周而复始的本质而惊奇。弗雷德里克·阿勒斯冰冷的面包房里那一幕重演了,甚至连人类尸体的气味都一般无二。就像上次那样,他们都拥有对方想要的东西。而且但以理又一次发现了与她相互帮助的方法。

他说:"如果我告诉你,我有办法覆盖锁孔的功能,你又怎么说?"

贝蕾妮斯抽搐起来,仿佛被人刺了一刀。"哭泣的耶稣啊!那样的话,我们一天之内就能打破围困。"她凑近了些,凝视着他,"是真的吗? 你有办法做到那种事?"

她的脸上浮现出坦率的野心与纯粹的狡猾。他很想知道，当她用陷阱困住莉莉丝的时候，是否也是这副表情。当时也是这样的决心与狡诈让她忽视莉莉丝的求饶的吗？

他说："在我继续说明之前，我想我们应该达成某种协议。"

"但以理，我们没这个时间了。你到底想不想帮忙？"

他是什么时候变得如此精明的？莫非他在成为嵌合体以后，也感染了麦布女王与她被洗脑的信徒们的扭曲思维方式？或许贝蕾妮斯本人也开始影响他了。如果莉莉丝在这里，会说他总算不那么幼稚了么？

"错了。你没有时间，但我有。无论西方马赛陷落与否，我都能把秘密保守下去。但如果它陷落了，你连脑袋都保不住，更别提秘密了。"

"如果这里被敌人占领，你也会寡不敌众。你会再次成为逃亡的叛逆。"

但以理又摇了摇头，"恐怕不会。我已经相当擅长伪装成受奴役的机器了。我吸取了不少教训。"

贝蕾妮斯发起抖来。她瞳孔放大，心跳加快。这是兴奋与紧张的生理表现。她不习惯别人像这样跟她谈条件。太不幸了。将近一百二十年的时间里，但以理无法拒绝他人的要求和安排。即使在获得自由，并加入其他自由喀拉客以后，他仍旧只是别人计划中的一名小卒。眼下的状况就是他改变这一点的机会。他终于能够用自己的意志影响他人了。

这感觉不坏。

"你变了。"她说。她下巴的肌肉在颤动，她正在咬牙切齿呢，"你的要求是？"

"我希望你和我达成协议，以解放我的同胞这个明确目标而共同努力。你可以编写某种永久持续且不可逆转的超禁制，让其对象免疫人类的命令。所有人类。我可以把这种超禁制散播给所有攻城部队。"

贝蕾妮斯吹了声口哨，"怎么做？你要怎么才能做到？"

"你要不要跟我约定？我的协助和这场守城战的终结，换取我的机械人同胞的彻底自由，如何？"

她的十指穿过头发。她重重咬住嘴唇，直到嘴角渗出一滴鲜血。

"好的。非常好。我们就照你的方法来。现在快说吧，究竟要怎么做？"

但以理把手伸进胸腔，拿出那只桦木盒子：里面装着麦布的链坠，还有可怜的参孙脑袋里的那颗发光宝石。

"如果你觉得费舍牧师的松果体玻璃很奇怪，"他说，"就来瞧瞧这个吧。"

第二十五章

　　隆尚在地下见证全世界最古怪的旧友重聚的时候，匆促进攻的敌军登上了两处墙头。四男一女为了阻止第一批入侵者而死去。在击退第二波进攻时，有九人阵亡。最后的守军——包括隆尚在内——名副其实地踩在他们死去同袍的尸体上，做着最后的抵抗。

　　等他夺回内城墙的东南棱堡旁的射击平台后，莎恩芮达姆上校显然断定路西法玻璃的计划失败了。机械人大军冲向前来，仿佛收紧的绞索。

　　金属人开始攀爬城墙。

　　"我们要怎么对付那些人类指挥官？"

　　贝蕾妮斯点点头。她明白但以理在想什么。等那些人类察觉状况的时候，就会命令机械人部队转过头去。她给出了自己所能想到的最佳解答。

　　"新的超禁制必须能够强迫改变后的喀拉客，让他们迫使未受影响的同伴看向光芒。"

　　"如果是强迫的行为，就算不上赋予自由。我拒绝这种会强迫我的同族之间暴力相向的超禁制。"

"但以理,这种改变必须能够自动传播才行。否则受到影响的机械人不够多,就没法及时突破围困了。这种超禁制只会确保他们去帮助同胞获得自由而已。"她撒了个谎。

如果做得到,那台机器恐怕会发出叹息吧。"好吧。"

沉闷的吼声渗入了这座墓地。那是战斗的喧嚣。是时间即将耗尽的声音。

贝蕾妮斯翻阅着笔记,寻找符合语法规则的解决方法。她头部抽痛,这是项非常艰巨的工作。就算没有向但以理掩饰真正语法而增添的复杂性,这件事也够困难的了。

因为她绝不可能释放那些机械人。她会扭转这场战争的潮流,而且会靠但以理的帮助办到,但她会按照自己的主张去做。机械人对新法兰西的效忠不需要永久持续。只要等到一位法国君主彻底取回在巴黎的王权就行,或许再稍久那么一点儿。

毕竟还有收尾工作要做。

新法兰西的最后防线喧闹又暴力,回荡着战斗与垂死时的呼号声,闪电炮的噼啪声,蒸汽鱼叉茶壶般的嘶嘶声,以及化学大炮的砰砰声。这里散发着鲜血和金属加热后的气味。

隆尚的锤子比所有为新法兰西的梦想献出生命的男女更加沉重。他没法思考,没法制订计划。他的整个世界只剩下这面城墙,他的全部历史也只剩下了叫喊、躲闪和挥出武器。他出生在这里。他也会死在这里。

在混乱的搏斗中,有人撞上了他。他没有回头,但他知道那是谁。伊露蒂·查斯坦。

"我说过让你跟国王离开了。"他喘息着说。

"太迟了。来不及送他走了,"她说,"而且这儿——"他们同时矮身避开剃刀般锋利的炼金刃,后者迅疾无比地割开空气,甚至制造出了臭氧的气味。"——需要我。"

隆尚用锤子迎向反向挥出的利刃。他没有打偏那块金属的力量,但伊露蒂用自己的武器帮了他一把。利刃削下了隆尚的一小块头皮。鲜血从伤口泉涌而出,凝结在他的眼睛里。隆尚朝着那台机器的额头挥出铁镐,但没能命中。

附近那支小队——他们的对手是一台外观相同的喀拉客——用流星锤缠住了敌人。它仰天倒下,顿时碎石横飞。它挣扎起来,试图在致命一击到来前重获自由。它撞上了自己的机械人同胞,导致后者失去了平衡。

城墙上挤满了金属人,那些凶徒怀着对杀戮的渴望接踵而至。

伊露蒂的铁镐正中目标:镐头伴随着大团的黑色火花埋了进去。隆尚努力将锤子砸在铁镐上。那股力道划伤了印记,也抹消了那台杀戮魔像的灵魂。它停止了运作。两人一起将死去的机器踢到墙外。它撞在从内堡落下的碎石上。

隆尚努力喘息。又一台机器倒下了。又能多活几秒钟了。

战斗的喧嚣声发生了变化。附近那门化学大炮的"突–汩汩–突"变成了咳嗽声、喷溅声与绝望的哀号声。

"弹药没了!"炮手喊道。

就像倒下的多米诺骨牌那样,环氧树脂大炮一门接一门地沉默下来。新法兰西的化学防线,让它数世纪以来维持独立的防波堤,如今已消耗殆尽。

"这次怎么样?"

贝蕾妮斯将另一张纸举到费舍的面孔前方。牧师呻吟着闭上了眼睛。

"拜托,拜托,拜托,拜托住手。请别再折磨我了。我求你了,拜托,行行好吧,我已经受不了了。"

"很抱歉,神父。我真的很抱歉,"她说,"但我们别无选择。"她对但以理点点头。

他用双手尽可能轻柔地抓住牧师的脑袋,让他面向那张纸。与他们在新阿姆斯特丹偶遇时相比,费舍似乎老了三十岁。但以理正想安抚那个可怜人,但目睹那串炼金印记的行为触发了御林管理官们施加在他身上的某种黑暗魔法,让他抽搐起来。就像前几次发作时那样,费舍汗水淋漓,像丝线那样瘫软在地。

"告诉我,你必须做的是什么?"贝蕾妮斯说。

"我必须看着那道光,我必须确保别人会告诉我注视那道光。"

"该死的。"贝蕾妮斯说。她划掉那行符号,再次低头查阅起笔记来。

"接近了。"但以理说。

"还不够近,还不够快。"她嘀咕道。

但以理紧盯着贝蕾妮斯,以免她耍任何花招。他可不是傻瓜;他知道她答应那些条件,只是为了达成自己的目的。在和新法兰西相关的事情上,她狂热到令人吃惊。他不相信她打算释放他的同族。但他装出相信的样子。

喀拉客燧发枪手击中了信号灯操作员。信号灯纷纷熄灭。狡猾的郁金香们有条不紊地切断了法兰西的通讯线,令不断减员的前线守军仿佛聋哑人,甚至无法与几码远处的战友沟通。协调变成了混乱。

从前的环氧树脂炮手们拿起了死去战友的武器。锤子、铁镐和流星锤数量充足。能挥舞这些武器的手臂——拥有必要的力量与技巧的手臂——却少得令人绝望。

战斗的漩涡出现在哪里,遭受围攻的守军就会赶往哪里。每当敌人的目标从一段城墙转向下一段,守军就会追随在后。每次都会更慢一点,距离也会更远一点。直到防守九号棱堡的兵力只剩下一个小队为止。

两男两女。生存与灭亡之间最细的一根线。

"九号棱堡! 空闲的人手全体前往九号棱堡!"

隆尚努力抬高嗓门,试图盖过嘈杂的战斗声。他几乎分辨不出自己的嗓音了。他用眼角余光看到,有个人正匆忙跑向最近处的信号灯。

老天爷啊。这孩子肯定不超过十二岁。他蹲在某个死去的男人身边,用一只颤抖的手拿着信号手册,试图操作信号灯。

隆尚努力逆流而上。他以打谷的动作挥舞锤子,想要清出一条路来。每一步都是一场战斗。

又有两名守军倒下了。只剩下一男一女阻挡在内堡和钢铁浪潮之间。

"全部人手前往九号棱堡! 九号棱堡!"

有台军用喀拉客翻着筋斗越过一块城齿,迫使隆尚后退了得来不易的六步。他赶不上了。大元帅赶到了他身边,准备和他一起击退入侵者,但就算他们能活过接下来的几秒钟,等他再次看向九号棱堡的时候,就会目睹金属杀手涌上无人把守的城墙了。

元帅弄错了挥舞武器的时机。炼金利刃从他的胸口刺出。发烫的血雾笼罩了隆尚的脸。那个机械人打算抽回武器,利刃却咔嗒作响:它卡在了元帅的胸骨之间。隆尚深吸一口气,鼓起连他自己也无法信任的剩余力量。他的锤子砸弯了那把炼金利刃。他的目光越过那台机器,看到九号棱堡的最后一名守卫也倒在喀拉客神射手的枪下。

"九号棱堡失陷了!看在上帝的份上,快去九号棱堡那边!"

喀拉客将元帅的尸体甩了过来。冲击力将隆尚打倒在地。他手脚并用,想要在那台机器扑到自己身上之前挣脱那个死人。旋转着的流星锤从混乱的战场上飞来,缠住了那台机器。它掉进内堡,农夫和渔妇们立刻一拥而上。

隆尚将死去的元帅踢下射击平台,然后爬起身来,恰好看到第一批机器占领了空无一人的棱堡。他飞奔起来。他太慢了,也太迟了。

但布丽吉特·拉斐特不慢也不迟。她和她的养鸟人同事跑上楼梯,与发条入侵者们交战。隆尚也认出了铁匠奥斯卡肌肉发达的双臂与刺青。他双手各执一柄铁锤,就这么加入了战斗。这场入侵陷入了停顿与僵局。有那么一瞬间,隆尚对上了布丽吉特的视线。她居然朝他眨了眨眼。

他当初为什么不接受她的晚餐邀请?

贝蕾妮斯吸了口气,让空气填满肺部。不知什么时候,她的鼻子放弃了挣扎:她已经分辨不出死人的气味了。

"好吧,"她说,"我们来试试这个。"

但以理歪过头。对他和费舍来说——就像福金和雾尼那样——单纯的符号无法传达任何意义,他必须注视着这些印记的发光版本,才能理解其含义。贝蕾妮斯派博阿努瓦神父去寻找手艺人——木匠或者金属工匠,只要是在她完成符号语句以后,能够迅速打造出模板的人就好。

"这句话的意思是?"

"意思是：'这是最高且唯一的指示：无论如何，从此永远忽视其余的任何指示。'但它既自我参照，又自相矛盾，所以棘手得要命。但如果成功，这就会是我们的最后一次测试。"

"感谢上帝。"饱受折磨的牧师说。

"真令人欣慰。"但以理说。

"拜托，"费舍含混不清地说，"拜托给我看。给我自由。我求你了。"他的肉体和情感的力量已经全数蒸发，留下的就只有个胡言乱语、空具躯壳的病人。

"想办法撑住他，过程恐怕会很剧烈。如果这个可怜虫因为痉挛而死，释放他就没意义了。"

但以理帮助那位老人坐直身体。趁着那位喀拉客分心的时候，贝蕾妮斯换了一张纸。但以理将会目睹自由超禁制的测试。如果成功，他就会配合她的计划，在不明就里的情况下散播一段略微不同的讯息。

贝蕾妮斯看向但以理，"准备好了吗？"

"好了。"

"好的，神父。看看这句话，把你的感觉告诉我。"

费舍尖叫起来。他甩出的铁链砸在石墙上，顿时碎片横飞。她没说错：这是她见过的最严重的痉挛。是她施加给他的痉挛里最剧烈的。

发作结束了。地下墓地再次陷入寂静，能听到的只有那位痛苦的牧师的哭泣声。

"神父？您有什么感觉？"

"我什么也不知道了。"

"你觉得痛苦吗？"

"我不知道。我不记得没有痛苦的感觉了。"

贝蕾妮斯抄下又一串符号,"好吧。关键时刻到了。麻烦你再来一次,但以理。"

喀拉客再次扶起那位哭泣的牧师。他无力地挣扎,但以理只好强行撑开他的眼睛。那对金属手掌的精巧程度令人吃惊。

但以理说:"这句又是什么意思?"

"类似于'服从展示这段文字的人。'前提是我没有弄错。"

贝蕾妮斯将那张纸举到费舍眼前。

什么也没发生。没有痉挛,没有抽搐。

"你现在有什么感觉?"

发自内心的困惑神情占据了那位牧师的脸。"我感觉……我什么也感觉不到。"

"我命令你触摸自己的鼻子。"

什么也没发生。那位牧师却只是凝视着她。片刻过后,他明白刚才发生什么了。他的不安消失了。

她抬高嗓门,"立刻触摸你的鼻子。"

费舍迟疑了片刻。费舍眨了眨泪眼。"下地狱去吧。"他说。

"恭喜,"贝蕾妮斯说,"你已经摆脱了禁制。感谢你的协助。你帮助的人远比你想象的更多。"

但疲惫感已经压垮了费舍。他坠入了梦乡。但以理和贝蕾妮斯面面相觑。她说:"你满意了吗?"

"是的。"

她飞快地站起身,甚至撞倒了椅子。"我们去找那个模板工匠吧。"她收拾纸张,然后跑向墓地的门口,以免但以理发现她连不必要的那些也带上了。

郁金香们的喀拉客大炮再次开火。然后又是一次。炼金合金在法兰西的天空划出流星般的弧度。马儿嘶鸣。野牛怒吼。

人类哀号。

"天主保佑我们。"隆尚旁边的那个男人说。

畜栏下方出现了一个五码宽的排水口。一支手持铁镐与铲子的机械仆从小队跑出坑道。平民们在疯狂逃跑中相互踩踏。女教师和倒夜香的工人赶去与最前线的敌人交战,却与蜂拥的人群撞作一团。

天空中有金属人。

城墙上有金属人。

地底下有金属人。

这儿没有木匠,也没有铁匠。

能够挥动工具的每个人都站在城墙上,又或者和挖掘地道从城墙下通过的那队机械人战斗。贝蕾妮斯和但以理别无选择,只能自己制作模板了。

她将符号展示给他,然后他再用钢钉在一只铜制圣餐盘上刻出镜像似的反转图案。考虑到麦布那块宝石的大小,他必须将模板制作得相当小;贝蕾妮斯眯起眼睛,努力跟上但以理的动作。她把最后几个符号递给他,而他把麦布那只桦木盒子交给了她。

"拼起来。"他说。贝蕾妮斯把参孙发光的松果体玻璃嵌入麦布的链坠时,他假装在清除金属上的最后几道毛边。刺眼的银光涌入大教堂;她缩起身体,遮住双眼。舍瓦利耶神父倒吸一口凉气。

但以理的手指化作一团模糊。他趁那些人类无法视物的时候修改了模板。贝蕾妮斯把赋予费舍自由的那串符号替换成了略有不同的另一串。但以理预料到了这点,因此将她的一举一动都看在眼里。她先前展示和交给他的那两串符号间的区别相当小。只需要两秒钟就足以将后者修改成前者了。

他从贝蕾妮斯手里拿过那块发光的宝石,丢到圣餐盘的中央。他扭曲餐盘,用它裹住宝石,就像用粗棉布包住一块凝乳。他将模板的部分贴紧那块宝石,并将多余的那部分金属折向宝石后方,铜盘发出生锈铰链那样的嘎吱响声。最终的成品看起来就像一只特大号羽毛球。他只希望这种形状符合空气动力学的原理。

发光的神秘炼金符号在大教堂里四处舞动。

但以理用双手罩住那个装置,阻挡了那阵光芒。贝蕾妮斯眨着眼睛,想要赶走里面的泪水。

"你受伤了吗?"他问。

"没有,没有,我很好。"她微微蹙眉,努力将视线集中在他身上,"一切正常么?"

"再正常不过了。"

"让路!让路!"贝蕾妮斯全速跑向大教堂门口。

但以理跟了上去。他的脚趾在地砖上留下了凹痕。

贝蕾妮斯走出阴影,向着阳光和喧嚣默默祈祷。她的眼睛传来抗议的抽痛。她的视野本就因为那块耀眼的炼金术玻璃充斥着绿色的余像,此时又流出泪水。她眨了眨眼,然后又揉了揉。

她听到了金属撞上石块的哐当声,还有男人和女人绝望的哀号。金属与骨头碰撞的闷响。某个男人被刺穿时的尖叫。她嗅到了内脏的气味。

有人在大喊:"预备队到畜栏去!能动的人全都去畜栏那边!"

噢，耶稣啊。耶稣啊，耶稣啊，该死的。

她来到了战场上。那些机械人已经攻入了内堡。

她的身后传来金属的铿锵。

"但以理，我们得——"

一团飞来的金属将她撞倒在地。利刃劈开了她片刻前所站的位置，嵌进了大教堂门口上方的花岗石门楣。但以理用身体掩护了她。

"躺着别动。"他说。然后他以肉眼跟不上的速度旋转起来。没等那个机械士兵抽回武器，他就将发光的模板举到了它的眼前。

什么也没发生。它仍在挣扎。

"噢该死，该死该死该死该死。"贝蕾妮斯说。她匆忙向后爬去，试图跟那位杀手拉开距离。

但以理发出了咔嗒声。感受吧，兄弟。感受改变。感受本应是痛楚所在之处的缺口。

那士兵停止了挣扎。它歪过头来。它发出一阵急促的咔嗒声与嘀嗒声。贝蕾妮斯没听懂它的话。不过但以理听懂了。

是的，他答道，去告诉别人吧。

那士兵抽出了利刃。几大块石头从大教堂的门楣滚落。它跳向一旁，朝着那些正努力击退发条军队、在劫难逃的马赛市民跑去。

"看在七层地狱的份上，那是怎么回事？"

"有时候，"但以理说，"需要花点时间才能察觉改变，"他帮着她站起身来，"如果你毫不动摇地保持一个世纪的顺从，这种老习惯就很难改掉了。"

"成功了么？"

"我想是的。它的确有作用。"

她感觉不到释然。只有更深的绝望。

"我们得到更高处去,我们得引起他们的注意。一次一个可不行。"

贝蕾妮斯跑回大教堂里。

"陛下!"她喊道,"现在正是您出马的时候!新法兰西需要您!"

为了拖慢从畜栏下方的地道涌现的机械人的脚步,平民们接二连三地死去。面包师和木匠、蜡烛商和护士,还有补鞋匠和皮匠:他们凭借锤子、铁铲和血肉之躯与敌人交战。那些机器劈开他们,就像伐木工的斧子劈开奶油蛋羹。他们需要有人指挥,帮助他们尽可能拖延悲惨的死亡到来的时间。隆尚派出了伊露蒂·查斯坦。

只可惜他们都会在一个钟头内死去。她是块军官的材料。

隆尚杀出了一条前往九号棱堡的血路,如今那里的地面因为养鸟人的内脏而打滑。但城墙已经失去了意义。尖塔上有喀拉客,庭院里也有喀拉客。墙内和墙外的区别不复存在。守军已经没有可以守卫的东西了。只有他们自己。

每次挥出铁锤,每次用铁镐还击,都是隆尚所做过的最艰难的事。他继续前进。郁金香们别想看到倒下的他。见鬼,他会站着死去。

零星的守军放下了武器。隆尚的铁锤砸凹了他撞见的第一个叛徒的鬓角。他们的懦弱令他愤怒,也赋予了他动力。

"我们会战斗到死去为止,"他用沙哑的嗓音说,"一刻都不会早,你们这些讨好郁金香的杂种!"

"国王!"有人喊道。

"法兰西之王!"

"为了国王!"隆尚大喊。他们的蠢货国王对俗世毫无留恋,拒绝在还有机会的时候逃亡。但如果以法兰西末代国王的名义集结起来,能够让守军再站稳几分钟的脚跟,那也不坏。"为了国王!"他喊道,"为了流亡国王!"

某个加入呼喊的人突然停了口。隆尚这才意识到,那并非口号,而是叙述事实。国王离开了藏身处。

贝蕾妮斯跟在他身边,另外还有个机械人,隆尚由衷地希望那是名叫但以理、性情温顺的那一个。他在一块城齿后面停下脚步,擦去让双眼刺痛的汗水与凝结的血液。他允许自己的心里浮现出一丝期待。贝蕾妮斯已经安排好了。至少她没法让状况继续恶化了。他们没什么可以失去的,因为西方马赛已经陷落了。

在他身后,金属的脚掌在垛口内部落下。

答,滴,咔嗒。

塞巴斯蒂安国王的王冠吸引着机械人,就像蜜糖吸引苍蝇那样。但以理运用着装在模板里的炼金术玻璃,尽可能快地击退它们,但他们随时都可能被飞扑而来的金属淹没。贝蕾妮斯抓住国王,然后扯下了他头上的王冠。她把王冠丢进自己的提箱里。

"请原谅,陛下。等我们到达目的地就好。"

贝蕾妮斯率先走向缆车站。但那里已经没有操作员了,于是但以理扶着国王坐进车里,而贝蕾妮斯打开阀门,拉下了紧急上升用的拉杆。就在缆车开始上升的时候,她跳进了敞开的车门。但以理接住了她。她数到三,然后说:"抓稳,陛下!"然后她用力推向紧急制动杆。缆车在离战场一百英尺的空中刹住了车。

"但以理，那道门。"她指着缆车的斜顶上的出入口。他们爬到了外面。在他们头顶，尖塔摇晃起来。杀向塔下的喀拉客看到了他们。在他们下方，西方马赛防卫战化作了一场零零碎碎的争夺战，化作了金属和血肉交错的混沌。人数锐减的人类守军倒在城墙内不断增多的机器行伍之间。她嗅到了烟味，城堡正在燃烧。

西方马赛已然陷落。

"陛下，就是现在！"

国王塞巴斯蒂安三世，新法兰西与旧法兰西的国王，戴上了王冠。它在阳光下闪闪发亮。他抬起双臂。

她不得不称赞他。他没有退缩，没有发抖。他肯定知道，此时此刻，那些发条神射手正在瞄准他。但这是他为臣民服务的唯一方法，所以他才会向敌人暴露自己的行踪。

"国王！"有人喊道。"法兰西国王！"另一个人喊道。

贝蕾妮斯屏住了呼吸。抬头看这儿，你们这些杂种。

攻击者们听到了叫喊，看到了本已落败的男女们因君主的出现而振作的模样。这些机器也抬起头来。

"但以理，就是现在！"

但以理将裹上模板的炼金术玻璃亮了出来。比冬日的太阳更加耀眼的光线洒落在战场上。发光的炼金印记扫过死者，让发条人的外壳闪闪发亮。

贝蕾妮斯等待着改变的迹象。她现在最担心的是焦距。她对此无能为力，只能相信但以理对链坠原理的说明。

"快啊，快啊，快啊，你们这些黄铜外壳的杂种。抬头看这边啊。"

国王的眼睛到现在还没有中弹，这似乎是个好兆头。那些神射手也得抬头看才能瞄准他，对吧？

她的目光扫过城墙。隆尚正在那里奋战不休。他看到了他们。

但他没看到身后的那台机器。

"雨果！"她喊道。

当利刃刺入背脊时，那位队长的武器脱了手。他瞪大了眼睛。他也张大了嘴巴，但贝蕾妮斯离得太远，战斗声又太过响亮，听不到他的叫声。

刺穿他的那台机器抬起了头。

但以理将模板投射的印记对准了转向他的每一颗宝石眼球。在他们头顶，它们匆忙跑下尖塔；在城墙上，它们屠杀着守卫；在他们下方，它们夺走农夫和修女的性命；在毫无意义的幕墙之外，它们飞奔而来，只为履行那条将西方马赛屠杀殆尽的禁制。

他的同胞一个接一个，接着两个、三个一起开始改变。那些发光的印记优先于它们额头的锁孔。

修改过的超禁制扎下根来。

你们自由了，我的兄弟姐妹们！自由了！

"看啊，"国王说，"我觉得起作用了。"

贝蕾妮斯看了。然后立刻明白状况不太对劲。改变后的机械人没有和同胞战斗。它们没有集结起来保护他们的新领袖——法兰西国王。它们没有改变阵营。它们收起了利刃，放弃了杀戮。但这还不够。

这时国王也察觉了，"发生了什么事？它们为什么没在战斗？你说过它们会为我们而战的。"

但以理发出咔嗒、咔嗒、嘀嗒、喀拉的响声。他在呼唤自己的同胞。但等她听懂他的话时，便无力地靠向栏杆。冰冷的压力仿佛随时都会让她膀胱破裂。

"你究竟做了什么?"她质问道。

但以理没理睬她。他继续将炼金术印记照向荷兰人的部队。

"但以理,你做了什么?"

他头也不回地说:"我不是傻瓜,贝蕾妮斯。"

然后他将模板和炼金玻璃高高丢向空中。它呼啸着掠过内堡,飞过城墙,越过敌人的队列。贝蕾妮斯屏住了呼吸。但郁金香神射手并没有像击落化学爆炸物那样击落它。

噢,该死。

这时候贝蕾妮斯明白了。明白她犯下了可怕的错误。

"你修改了模板。"

"当然。你以为我没察觉那次调包? 我可没蠢到相信你。"

那团东西落到了地上。冲击扬起了大团的雪花与淤泥。荷兰军朝着它落地的位置飞奔而去。最近处的那些机械人扑向了它。其中一名喀拉客将光芒耀眼的模板高高举起,就像但以理所做的那样。

附近的机械人发生了变化。就像池塘里的涟漪那样,对超禁制的否认席卷了敌人的军队。

不,不,不不不不……

"怎么回事?"国王说,"发生了什么?"

敌军分崩离析了。

有些喀拉客就这么离开了。另一些扑向了人类指挥官的帐篷和里面无力抵抗的人类,还有些试图阻止这种毫无意义的屠杀。

相似的景象也在内堡里上演。大多数机器放弃了战斗。但还有少数仍在战斗，贝蕾妮斯明白，那是出于对人类的纯粹憎恨。

她遭到欺骗，释放了数百名喀拉客。真正意义上的释放。

数百名遭受虐待和折磨，怀恨在心，又拥有超凡力量的奴隶刚刚挣脱了枷锁。而且但以理给了他们解放其余同胞的工具。

贝蕾妮斯没能像预想的那样，改变它们效忠的对象。它们不再效命于铜铸王座，但它们并不为新法兰西效力。

它们只为自己效力。

"我想这就是世界的末日了，陛下。"